Le Poisson et le Bananier

David Bellos

Le Poisson et le Bananier

L'histoire fabuleuse de la traduction

Traduit par Daniel Loayza
avec la collaboration de l'auteur

Flammarion

Titre original : *Is That a Fish in Your Ear ?*
Translation and the Meaning of Everything.
First published in Great Britain in the English language by Penguin Books Ltd.

ISBN : 978-2-0812-5624-8

À la mémoire de mes maîtres.

Translating is to impose oneself to produce a text through a constraint which is represented by the original text. And for me, in a utopian way of thinking, there is no difference between languages. I would like to know a lot of languages, but unfortunately it takes too long to practice so I am just able to balbutiate in English. But it's very interesting to try to produce the same text when you start from a different one.

Georges Perec,
entretien en anglais avec Kaye Mortley, 1981.

Prologue

Du temps où je n'étais encore qu'un jeune étudiant, le bruit courait dans mon université qu'un certain Roy Harris avait refusé d'ouvrir un séminaire sur la traduction sous prétexte qu'il ne savait pas ce que la « traduction » pouvait bien être.

Il avait mis le conseil universitaire au défi de lui dire en quoi consistait ce qu'il était censé enseigner. « Tout le monde sait bien ce que c'est ! », lui répondit-on. On enseigne la traduction chez nous depuis des siècles. Mais savoir comment perpétuer une tradition académique et savoir ce que vous faites sont deux choses très différentes. Comment pouvait-on demander à Harris d'enseigner une discipline que ses aînés étaient incapables de définir ?

Nous autres, étudiants, nous la trouvions bien bonne : un jeune professeur avait soulevé une difficulté philosophique pour s'éviter une corvée, et avait pris les vieilles barbes dans ses filets.

Et pourtant – malgré la séduisante énigme évoquée par Roy Harris au seuil de ma vie adulte – j'ai eu l'audace depuis lors d'enseigner la traduction pendant plusieurs décennies. J'ai aussi traduit de nombreux livres, et dirigé un programme de traduction et communication interculturelle. Il est donc plus que temps que je tente de répondre à la question posée.

Cela dit, les réponses se laissent d'autant mieux cerner que la question a été bien posée. Or, en règle générale, une formule du genre de « Qu'est-ce que… ? » ne fournit pas un très bon point de départ. Elle vous amène d'ordinaire tout droit à couper les cheveux en quatre et à ergoter sur le sens de tel ou tel terme.

Le sens du mot « traduction » n'est évidemment pas dépourvu d'intérêt, et l'un des chapitres de cet ouvrage lui est consacré. Mais il n'a pas plus d'importance que bien d'autres questions que soulèverait de même l'emploi de n'importe quel autre terme à sa place. En voici quelques-unes : « Que pouvons-nous apprendre de la traduction ? Qu'est-ce qu'elle nous enseigne ? »

Du coup, bien d'autres questions viennent à l'esprit : « Que savons-nous effectivement de la traduction ? Qu'avons-nous encore à découvrir à son sujet ? »

Et il nous faut aussi demander : « Que veut-on dire quand on expose des opinions et des préceptes sur la meilleure façon de traduire ? Toutes les traductions sont-elles une seule et même sorte de chose, ou y a-t-il différentes opérations impliquées dans différentes façons de traduire ? Le fait de traduire se distingue-t-il fondamentalement du fait d'écrire ou de parler, ou n'est-il qu'un aspect parmi d'autres de ce mystère encore irrésolu : comment en venons-nous à savoir ce que quelqu'un d'autre veut dire ? »

Ce livre ne vise pas à vous dire comment traduire, ou comment je traduis. Il y a beaucoup d'excellents ouvrages de ce genre – inutile d'en ajouter un moins bon sur la pile.

Au lieu de cela, il est fait d'histoires, d'exemples, de discussions qui tournent autour de ce qui constitue à mes yeux la vraie question : comprendre ce que fait la traduction.

J'ai essayé de brosser un panorama d'ensemble en explorant le rôle de la traduction dans des contextes culturels, sociaux et humains de toute sorte. Pour ce faire, je me suis appuyé sur des articles ou des ouvrages savants, et j'ai mis à contribution l'érudition de nombreux amis ; en plus d'un endroit, j'ai aussi profité de ma propre expérience.

J'ai grandi en Angleterre et je vis aux États-Unis ; le point de vue de ce livre s'enracine donc, sans conteste, dans l'univers anglo-saxon. La version française que voici reste tout aussi ancrée que l'originale dans la situation spécifique – et spéciale – du monde anglophone. J'espère qu'elle rendra un peu plus compréhensibles aux lecteurs français les difficultés et les désavantages que vaut à l'anglais sa position dite « dominante » parmi les langues du monde d'aujourd'hui. En même temps, Daniel Loayza, traducteur et gymnaste cérébral hors pair, a su « tourner » bon nombre des illustrations de traduction vers l'anglais de façon à ce qu'elles fassent sens en français. À deux, nous avons aussi retravaillé de nombreux passages ; j'ai également ajouté quelques éléments pour que les exploits et les aventures de la traduction en quelque sens que ce soit deviennent aussi abordables au lecteur de ce livre hybride qu'aux lecteurs du texte que j'ai écrit en anglais.

Comme l'anglais est à l'heure actuelle la principale langue de communication au niveau mondial, les locuteurs de langue maternelle anglaise qui ne sont pas impliqués dans la traduction éprouvent généralement de plus grandes difficultés que les autres à comprendre ce qu'est la traduction. C'est là le principal motif qui m'a poussé à écrire ce livre.

Pour dégager ce que la traduction a fait par le passé et ce qu'elle fait aujourd'hui, pour rappeler ce qu'on a pu en dire et pourquoi, pour déterminer si elle est une ou multiple, nos enquêtes vont nous entraîner sur des terrains aussi lointains que variés : à Sumer, à Bruxelles, à Pékin, de la bande dessinée aux classiques de la littérature, aux confins de disciplines aussi diverses que l'anthropologie, la linguistique, l'informatique. Que fait la traduction ? Une telle interrogation ouvre à tant de recherches pour lesquelles des réponses existent que nous avons largement le temps de remettre à plus tard la question de savoir ce qu'elle est.

1

QU'EST-CE QU'UNE TRADUCTION ?

Douglas Hofstadter tomba un jour en arrêt devant un court poème de Clément Marot, spirituel poète français du XVIe siècle. Le voici :

Ma Mignonne,
Je vous donne
Le bon jour.
Le séjour,
C'est prison.
Guérison
Recouvrez
Puis ouvrez
Votre porte
Et qu'on sorte
Vitement :
Car Clément
Le vous mande.
Va friande
De ta bouche
Qui se couche
En danger
Pour manger
Confitures :
Si tu dures
Trop malade,
Couleur fade
Tu prendras,
Et perdras
L'embonpoint.
Dieu te doint
Santé bonne,
Ma Mignonne.

Hofstadter en envoya copie à un grand nombre d'amis et de connaissances et leur demanda de le traduire en anglais, en respectant autant que possible les traits formels suivants qu'il y avait identifiés :

> (1) 28 vers (2) trisyllabiques (3) à rimes plates (4) identité du premier et du dernier vers (5) au milieu du poème, passage du vouvoiement au tutoiement (6) présence du nom du poète dans le corps du texte [1].

Hofstadter, un spécialiste de sciences cognitives en poste à l'université d'Indiana, reçut des douzaines de réponses au cours des mois et des années qui suivirent. Chacune différait des autres, et pourtant chacune constituait sans aucun doute une traduction du petit poème de Marot. L'expérience si simple de Hofstadter suffit à démontrer par le fait l'une des vérités les plus curieuses et les plus étonnantes au sujet de la traduction, à savoir : nul énoncé de longueur non triviale n'a de traduction unique. Tout énoncé compte une foule innombrable de traductions acceptables.

Que l'on traduise de la prose courante ou de la poésie, le résultat est le même : confiez à cent traducteurs compétents une page à traduire, et la probabilité que deux versions soient identiques est quasiment nulle. De ce fait (un fait inhérent à la communication interlinguistique), beaucoup de gens sont persuadés que la traduction n'est pas un sujet intéressant : parce qu'elle est toujours approximative, elle ne serait qu'un phénomène de deuxième ordre. C'est pourquoi aucune discipline académique traditionnelle ne doit son nom à la « traduction », alors même que ceux qui la pratiquent ont souvent occupé une chaire dans un autre domaine. Comment dégager des principes ou développer une théorie à propos d'un processus qui ne débouche sur aucun résultat déterminable ?

Comme Hofstadter, je soutiens le point de vue opposé. La variabilité des traductions est une preuve indiscutable de la flexibilité sans bornes des esprits humains. Et je ne vois guère de sujet plus intéressant que celui-là.

Que font réellement les traducteurs ? Combien y a-t-il de modes différents du traduire ? Qu'est-ce que les emplois de cette mystérieuse capacité nous apprennent sur les sociétés humaines d'hier et d'aujourd'hui ? Comment les faits de la traduction sont-ils liés à l'usage de la langue en général – et à nos conceptions de ce qu'est une langue ?

Tel est le genre de questions que j'aborde dans cet ouvrage. Définitions, théories, principes peuvent être laissés de côté jusqu'à ce que nous ayons une meilleure idée de ce dont nous parlons. Nous ne devrions pas les invoquer trop tôt pour décider si la version ci-dessous du poème de Clément Marot (l'une des nombreuses qui sont dues à Hofstadter lui-même) est bonne, mauvaise, ou quelconque. Au contraire : aussi longtemps que nous ne pourrons expliquer pourquoi cette version doit être considérée comme une traduction, nous ne savons pas vraiment ce que nous disons en prononçant ce terme.

Gentle gem,
Diadem,
Ciao ! Bonjour !
Heard that you're
In the rough :
Glum, sub-snuff.
Precious, tone
Down your moan,
And fling wide
Your door ; glide
From your oy-
ster bed, coy
Little pearl.
See, blue girl,
Beet-red ru-

by's your hue.
For your aches,
Carat cakes
Are the cure.
Eat no few'r

Than fourteen,
Silv'ry queen –
But no more
'n twenty-four,
Golden dream.

How you'll gleam !
Trust old Clem,
Gentle gem.

Pour montrer clairement qu'il ne s'agit pas nécessairement d'un changement de langue dans ce genre de réécriture, voici une version française du poème de Hofstadter (ici, l'auteur s'incline bien bas devant son traducteur), qui possède de toute évidence une proche parenté formelle et sémantique avec un certain poème français du XVIe siècle :

Douce gemme,
diadème,
meilleurs vœux !
Allez mieux !
Perle pâle,
Fleur d'opale,
Laissant là
Matelas,
Édredon,
Quittez donc

L'oreiller
Pour briller,
Je t'en prie,
T'en supplie,
D'autres feux,
Plus radieux
Qu'argent, or
Et trésors
rayonnants
D'Orient !

C'est Clément,
Humblement,
Qui l'espère
Et suggère,
Lui qui t'aime,
Un tel thème
En ce poème,
Douce gemme !

2

PEUT-ON ÉVITER LA TRADUCTION ?

La traduction est partout – aux Nations unies, à la Communauté européenne, à l'Organisation mondiale du commerce, sans parler de tant d'autres organismes internationaux régissant des aspects fondamentaux de la vie contemporaine. La traduction est un élément constitutif de l'économie moderne, et il n'y a guère d'industrie majeure qui n'utilise et ne produise des traductions au cours de ses opérations. On trouve des traductions sur nos étagères, dans les bibliographies de tous les cours de toutes les disciplines enseignées à l'université, sur les étiquettes des plats préparés, sur les instructions de montage des meubles en kit. Comment pourrait-on se passer de traductions ? Il paraît vain de se demander dans quel monde nous vivrions si la traduction n'y opérait pas sans cesse à tous les niveaux, depuis les messages bilingues sur les écrans des guichets automatiques jusqu'aux entretiens confidentiels entre chefs d'État, depuis la notice de garantie d'une montre que nous venons d'acheter jusqu'aux classiques de la littérature mondiale.

Cela dit, nous pourrions tout de même nous en passer. Au lieu de traduire, nous pourrions soit apprendre les langues de toutes les différentes communautés avec lesquelles nous souhaiterions entrer en rapport, soit décider de parler tous la même langue ou d'adopter ensemble une langue commune ne servant qu'aux échanges entre différents groupes humains. Enfin, si nous reculons à l'idée d'adopter une telle langue et refusons d'apprendre les autres langues dont nous avons besoin, nous pourrions tout bonnement ne prêter aucune attention aux gens qui ne parlent pas comme nous.

Ces trois options paraissent plutôt radicales, et je suppose que la plupart des lecteurs du présent ouvrage ne souscriraient à aucune d'entre elles. Mais elles ne sont pas des solutions imaginaires aux nombreux paradoxes de la communication interculturelle. Chacune de ces trois façons de rejeter la voie de la traduction est historiquement attestée. J'irai plus loin : le refus de traduire, par le recours à l'un ou l'autre de ces modes, est probablement plus proche de la norme historiquement constatée sur notre planète que ne l'est la culture de la traduction, qui nous semble de nos jours tellement inévitable et si largement répandue dans le monde entier. C'est là une vérité importante sur la traduction que l'on passe souvent sous silence : nombreuses sont les sociétés qui se sont fort bien débrouillées sans elle.

Le sous-continent indien abrite depuis longtemps de nombreux peuples parlant une grande variété de langues. Et pourtant, il n'existe pas en Inde de tradition de la traduction. Jusqu'à une époque récente, entre l'ourdou, l'hindi, le kannada, le tamoul, le marathi, et ainsi de suite, rien n'était jamais traduit directement. Or les communautés concernées vivent côte à côte depuis des siècles dans un continent à la population très dense. Comment y sont-elles parvenues ? En apprenant d'autres langues ! Aujourd'hui comme hier, peu d'habitants du sous-continent s'en tiennent au monolinguisme ; traditionnellement, les citoyens indiens parlent trois, quatre ou cinq langues [1].

Vers la fin du Moyen Âge, de nombreuses régions d'Europe ont connu une situation similaire. Sillonnant terres et mers, commerçants et poètes, marins et aventuriers se sont initiés à des idiomes plus ou moins lointainement apparentés qu'ils ont souvent mêlés l'un à l'autre chemin faisant, et parmi eux, seuls les tempéraments les plus réflexifs ont même songé à se demander s'ils parlaient des « langues » différentes ou ne faisaient que s'adapter à des particularités locales. Le grand explorateur Christophe Colomb constitue un spécimen remarquablement bien documenté d'intercompréhensibilité et d'interchangeabilité entre langues européennes à l'époque concernée. Les notes marginales qu'il a laissées dans son exemplaire de Pline sont rédigées dans ce que nous identifions aujourd'hui comme étant une forme de vieil italien, mais il recourut à des toponymes typiquement portugais (« Cuba », par exemple) pour baptiser ses découvertes dans le Nouveau Monde ; il écrivit sa correspondance officielle en castillan, tout en recourant au latin pour son précieux journal de voyage, mais composa également une copie « secrète » de ce journal en grec, et il doit avoir connu assez d'hébreu pour consulter les tables astronomiques d'Abraham Zacuto, ce qui lui permit de prédire une éclipse de lune et d'impressionner les peuplades indigènes qu'il rencontra dans les Caraïbes. Il avait sans doute une connaissance familière de la *lingua franca* (une « langue de contact » à base de syntaxe arabe simplifiée et d'éléments lexicaux surtout italiens et espagnols, employée en Méditerranée par les marchands et les marins depuis le Moyen Âge jusqu'au début du XIXe siècle), car il lui emprunte quelques mots caractéristiques quand il écrit en castillan ou en italien [2]. Combien de langues Colomb connaissait-il donc quand il traversa l'Atlantique en 1492 ? La réponse risquerait d'être aussi arbitraire pour un tel cas que pour celui de tant d'Indiens aujourd'hui, locuteurs de langues pour lesquelles un certain degré d'intercompréhensibilité existe de l'une à l'autre. Il est peu probable que Colomb ait même conceptualisé l'italien, le castillan ou le portugais en tant que langues différentes : aucune n'avait encore fourni la matière d'un manuel de grammaire. Il était un homme instruit, capable de lire et d'écrire les trois langues anciennes. Mais il était aussi un simple marin de Méditerranée, parlant à chaque fois la variété langagière qu'il lui fallait pour faire son travail.

Il existe actuellement environ sept mille langues parlées à travers le monde [3] – ce qui excède évidemment les capacités d'apprentissage d'un être humain. Dans toutes les cultures, quel que soit leur degré de multilinguisme, la limite effective semble varier d'une demi-douzaine à une dizaine de langues. Certains obsessionnels en ont emmagasiné une vingtaine ; quelques linguistes d'exception, qui passent leur temps à apprendre des langues, ont pu prétendre en posséder une cinquantaine, voire plus. Mais même les plus grands maniaques du sport cérébral ne maîtrisent qu'une infime fraction de la totalité des langues existantes.

La plupart des langues du monde sont parlées par des communautés très réduites, ce qui suffit à expliquer pourquoi un grand nombre d'entre elles sont à deux doigts de l'extinction. Cela dit, exception faite de la poignée de pays où l'on ne parle que l'une des cinq ou six langues « majeures » du monde, rares sont les populations de notre planète à ne posséder qu'un seul idiome. Au sein de la fédération de Russie, par exemple, les langues se comptent par centaines – qu'elles appartiennent aux familles slave, turque, caucasienne, altaïque ou à d'autres encore. Mais quasiment tous les membres des communautés parlant ces langues si différentes ont également une certaine connaissance du russe. De même, en Inde, la plupart des gens disposent de l'hindi, de l'ourdou, du bengali, de l'anglais, ou d'une autre de la demi-douzaine de grandes langues intercommunautaires du sous-continent. Pour entrer en relations avec la plus grande partie des peuples du monde, il est donc inutile de maîtriser tous leurs idiomes de base. Il suffit d'apprendre leurs langues véhiculaires – celles qu'apprennent les locuteurs non natifs en vue de communiquer avec les locuteurs natifs d'une langue tierce. Quatre-vingts langues environ jouent un tel rôle dans le monde. Mais comme ces langues véhiculaires sont également les langues maternelles de certains groupes humains (généralement très nombreux), et étant donné que beaucoup de gens parlent plus d'une langue véhiculaire (dont l'une peut être ou non leur langue maternelle), vous n'aurez pas besoin d'apprendre l'ensemble de ces quatre-vingts langues pour communiquer avec la plupart des habitants de la Terre. Il vous suffirait d'en connaître neuf – le chinois (1,3 milliard de locuteurs), l'hindi (800 millions), l'arabe (530 millions), l'espagnol (350 millions), le russe (278 millions), l'ourdou (180 millions), le français (175 millions), le japonais (130 millions), et l'anglais (entre 800 millions et 1,8 milliard) – pour soutenir une conversation simple, à défaut de négociation détaillée ou de débat intellectuel sérieux, avec au moins 4,5 milliards, voire peut-être 5,5 milliards d'individus, autrement dit 90 % environ de la population mondiale. (La largeur de la fourchette d'estimation dans le cas de l'anglais s'explique par notre difficulté à définir ce qu'il faut entendre ici par « parler anglais ».) Pour faire bonne mesure, ajoutez-y l'indonésien (250 millions), l'allemand (185 millions), le turc (63 millions) et le swahili (50 millions) [4], et vous avez à vos pieds tout le continent américain, la plus grande partie de l'Europe de l'Atlantique à l'Oural, le vaste croissant islamique du Maroc au Pakistan, une bonne partie de l'Inde, un beau morceau d'Afrique, ainsi que la majorité des zones les plus peuplées de l'Extrême-Orient. Que demander de plus [5] ? Adieu les traducteurs ! Vive les professeurs de langue ! Les uns et les autres sont d'ailleurs les mêmes têtes sous d'autres casquettes, si bien qu'à l'échelle de la planète, la destruction nette d'emplois serait sans doute à peu près nulle.

S'il paraît difficile de maîtriser treize idiomes, pourquoi ne pas en choisir un que tous devraient apprendre ? Pour les Romains, cette solution allait de soi. Ils ne firent guère d'efforts pour se familiariser avec les langues des nombreux peuples qu'ils soumirent (à l'exception, unique mais majeure, de celle des Grecs). On ne relève guère chez eux de traces d'un quelconque intérêt pour l'étrusque, l'ombrien, les langues celtiques autrefois parlées sur les territoires actuels de la France et de la Grande-Bretagne, le germanique des tribus établies aux frontières nord-est de l'Empire, les langues sémitiques entendues à Carthage (qu'ils rayèrent de la carte), dans les colonies de l'Orient méditerranéen, ou du côté de la mer Noire. Si Rome vous avait conquis, vous appreniez le latin, un point c'est tout. À long terme, cette unification linguistique du domaine impérial eut pour résultat que la langue latine, sous sa forme écrite, demeura le principal véhicule de communication interculturelle en Europe pour plus d'un millénaire après la chute de l'Empire. Cette cécité romaine à l'égard des différences propres des autres peuples a rendu à l'Europe un énorme service [6].

Une uniformisation linguistique du même ordre de grandeur s'est produite au cours des cinquante dernières années dans la plupart des champs scientifiques. Nombreuses sont les langues qui ont servi au cours des siècles à propager les avancées du savoir. De l'Antiquité au Moyen Âge, le chinois, le sanscrit, le grec, le syriaque, le latin, l'arabe y ont successivement contribué. L'italien et le français ont à leur tour joué ce rôle pendant la Renaissance et à l'époque des Lumières. Au XVIIIe siècle, les progrès dus à Linné en matière de description et de classification des espèces botaniques, ainsi que les recherches du chimiste Berzelius, firent du suédois l'une des langues de la science, et il conserva une position enviable pendant une centaine d'années. Tandis que le français et l'anglais continuaient à être employés dans beaucoup de disciplines, l'allemand fit son entrée en scène au cours du XIXe avec la nouvelle chimie due à Liebig et à d'autres savants ; avant la fin du même siècle, Dmitri Mendeleïev, le découvreur de la table périodique des éléments, contribua à promouvoir le russe comme langue scientifique internationale. Entre 1900 et 1940, tandis que le suédois rentrait dans le rang, les chercheurs publiaient encore leurs résultats en russe, français, allemand ou anglais, ce qui parfois n'allait pas sans intenses rivalités. Mais l'attitude des nazis à l'égard de la science entre 1933 et 1945 discrédita la langue qu'ils employaient. L'allemand commença à perdre son statut de langue scientifique mondiale dès la chute de Berlin en 1945 – et comme on sait, de nombreux savants allemands émigrèrent de gré ou de force aux États-Unis et en Grande-Bretagne et y poursuivirent dès lors leurs travaux en tant qu'anglophones. De son côté, le français entra dans un lent déclin, tandis que le russe connut une forte expansion après la Seconde Guerre mondiale puis continua à être cultivé pour des raisons politiques aussi longtemps que dura l'Union soviétique, avant de disparaître de la scène scientifique après 1989. Reste donc l'anglais. Il est aujourd'hui, dans le monde entier, le langage de la science. À Tokyo, à Pékin, à Moscou, à Berlin, à Paris, soit les publications savantes se font en anglais, soit elles comprennent des traductions ou des résumés de leur contenu en langue anglaise. Dans tous les pays, les postes académiques sont attribués en fonction de publications effectuées en anglais. Et selon les Israéliens, Dieu lui-même ne pourrait pas espérer faire carrière dans une faculté scientifique à l'université de Jérusalem. Pourquoi ? Parce qu'il n'a qu'une seule publication – et qu'elle n'est pas en langue anglaise. (J'ai quand même du mal à y croire. La publication en question a été traduite en anglais. Elle est même disponible en livre de poche, ce qui devrait tout de même impressionner favorablement les comités chargés d'examiner les candidatures.)

Malgré cela, à l'heure actuelle, beaucoup d'efforts sont consentis pour donner à certaines langues la possibilité d'être à nouveau employées comme dialectes scientifiques locaux. Le gouvernement américain soutient par exemple un service sur Internet, worldwidescience.org, offrant des moteurs de recherche dans des bases de données rédigées dans d'autres langues que l'anglais, en Chine, en Russie, en France et dans certains pays d'Amérique latine, ainsi qu'une retraduction automatique des résultats en chinois, français, allemand, japonais, coréen, portugais, espagnol et russe. Il est intéressant de noter que l'asymétrie des sources et des cibles disponibles sur ce nouveau site permet de cartographier les zones actives de la science d'aujourd'hui.

Les raisons pour lesquelles l'anglais a imposé son hégémonie sur la science sont loin d'être évidentes. Et parmi elles, nous ne pouvons certainement pas inclure le fait que l'anglais serait plus simple que les autres langues – une idée aussi largement répandue qu'elle est fausse.

D'un autre côté, l'état actuel du paysage linguistique en matière de science ne se laisse pas davantage expliquer comme une conséquence directe de la puissance économico-industrielle du monde anglo-saxon. Historiquement, comme nous l'avons vu, trois langues (l'allemand, le suédois, le russe) doivent d'être devenues des véhicules scientifiques aux recherches d'un seul homme (Liebig, Berzelius et Mendeleïev, respectivement), trop importantes pour que le reste du monde les ignore. L'une de ces langues, l'allemand, a été déchue de son rang du fait des options politiques lamentables de ses locuteurs. Ce n'est donc pas, semble-t-il, qu'une langue unique se soit imposée au détriment de ses concurrentes ; elle s'est plutôt dégagée au terme d'un processus d'élimination, sous la pression des circonstances (afin de répondre à la nécessité, pour la communauté scientifique, de disposer d'un moyen de communication global). La langue survivante, l'anglais, n'est pas nécessairement la mieux faite pour cela : il se trouve simplement qu'elle a jusqu'ici échappé à tous les accidents.

L'extension de l'anglais a notamment eu pour conséquence qu'il s'agit aujourd'hui d'un idiome écrit ou parlé majoritairement par des locuteurs dont ce n'est pas la langue maternelle, ce qui fait des « anglophones natifs » une minorité au sein de ses usagers. Une bonne part de l'anglais actuellement publié par des chercheurs en sciences naturelles ou en sciences humaines dont l'anglais n'est pas la langue première est quasiment impénétrable à des lecteurs non spécialistes qui s'imaginent qu'en qualité de locuteurs natifs, ils devraient être en mesure de comprendre tout ce qui est écrit dans leur idiome. L'anglais scientifique international est assez gauche et « déviant » pour que même des locuteurs non natifs y trouvent matière à jeux d'esprit. Georges Perec s'est amusé à parodier ce jargon dans son célèbre « rapport » sur les effets du jet de tomates sur les cantatrices, « *Experimental Demonstration of the Tomatotopic Organization in the Soprano (Cantatrix Sopranica L.)* », dont il donne lui-même une imitation dans le résumé :

> Sommaire : *Démonstration expérimentale d'une organisation tomatotopique chez la Cantatrice*. L'auteur étude les fois que le lancement de la tomate il provoquit la *réaction yellante* chez la Chantatrice et demonstre que divers plusieurs aires de la cervelle elles était implicatées dans le response, en particular, le trajet légumier, les nuclei thalameux et le fiçure musicien de l'hémisphère nord[7].

Mais pasticheurs et parodistes ont beau faire, l'anglais scientifique international remplit une fonction importante – et n'aurait guère d'existence s'il ne s'en acquittait pas de façon satisfaisante. Il est bien, en un sens, une façon de contourner l'écueil de la traduction (même si, dans nombre d'occurrences, il n'est au fond qu'une traduction de la langue maternelle de l'auteur). Or, si les sciences naturelles ou sociales peuvent se forger une langue mondiale, si défectueuse soit-elle aux yeux du groupe relativement réduit d'individus qui la considèrent comme étant la leur propre, pourquoi ne souhaiterions-nous pas que toutes les autres formes de contact et d'échange entre êtres humains parviennent également à ce même niveau d'unification linguistique ? Au milieu du siècle passé, le critique et réformateur Ivor A. Richards était ardemment convaincu que la Chine n'entrerait dans le concert des nations qu'en adoptant une langue internationale, dite BASIC E (« *British-American-Scientific-International-Commercial English* », ou anglais britannique-américain-scientifique-international-commercial : comme son nom l'indique, il s'agit d'une forme d'anglais à la syntaxe simplifiée et au lexique réduit, à usage commercial et technique). Richards voua la seconde moitié de son existence à la mise au point, à la divulgation, à l'enseignement et à la diffusion de cette utopique langue de contact entre « Est » et « Ouest ». À sa façon, il ne faisait que marcher sur les traces de Lejzer Zamenhof, un intellectuel juif de Białystok (aujourd'hui en Pologne), autre inventeur d'une langue de l'espoir, l'espéranto, qui devait selon lui délivrer le monde des malentendus et des horreurs dont la multiplicité langagière était la cause. De fait, le XIXe siècle a vu la naissance de bien des langues internationales artificielles, en quantité proportionnelle à celle de mouvements d'indépendance européens fondés sur un sentiment d'appartenance nationale et linguistique. Toutes ces langues ont pratiquement disparu, sauf l'espéranto, qui est toujours employé comme langue de culture par quelques centaines de milliers de personnes dispersées à travers le monde – non pas à des fins scientifiques ou commerciales, mais surtout pour la traduction d'œuvres poétiques, théâtrales ou de fiction, à l'usage des espérantistes de tous les pays.

Les Européens semblent avoir conservé jusqu'à nos jours un vague souvenir populaire de l'importance qu'eut le latin au Moyen Âge et dans les siècles qui suivirent. Le latin a d'ailleurs continué à jouer un rôle limité en tant que langue internationale entre locuteurs de « petites » langues européennes. Antanas Smetona, qui fut le dernier président de la Lituanie avant l'invasion des troupes soviétiques puis nazies en 1941, recourut au latin pour lancer (sans succès) son dernier appel à l'aide aux Alliés [8]. Et jusqu'à aujourd'hui, depuis l'autre rive de la mer Baltique, à Helsinki, un bulletin radio d'informations en latin est diffusé chaque jour *via* Internet.

À supposer que l'unification linguistique se produise un jour, elle ne consacrera sans doute pas le latin, l'espéranto, le volapük ou une « langue de contact » restant à inventer, mais une langue jouissant déjà d'une solide avance. Il ne s'agira probablement pas de la langue avec le plus grand nombre de locuteurs natifs (à l'heure où nous écrivons, le chinois mandarin), mais de celle qui compte le plus grand nombre d'usagers non natifs, à savoir, actuellement, l'anglais. Cette perspective terrifie et consterne beaucoup de gens, pour toutes sortes de raisons. Mais un monde dans lequel tous les échanges interculturels s'effectueraient par le biais d'une langue unique ne verrait pas diminuer la variété des idiomes humains. La seule conséquence en serait que les locuteurs natifs du véhicule de communication international seraient des usagers du langage moins sophistiqués que tous les autres, puisque eux seuls ne pourraient penser qu'en une seule et unique langue.

Les deuxièmes langues ou les parlers véhiculaires sont appris plus vite, mais aussi oubliés plus facilement qu'une langue maternelle. Au cours des cinquante dernières années, d'innombrables millions de personnes ont acquis un certain niveau d'anglais à travers le continent européen ; l'anglais est à présent le seul idiome commun entre locuteurs de différentes langues dans des pays tels que la Belgique, par exemple, ou l'île de Chypre. D'un autre côté, le russe, qui fut avant 1989 compris et utilisé par la classe instruite dans toute la sphère d'influence de l'URSS, de la Baltique aux Balkans et de Berlin jusqu'en Mongolie extérieure, a été oublié très vite, et même quand il n'a pas été tout à fait effacé, on évite généralement d'y recourir dans les relations avec les étrangers. Si l'unification linguistique doit se poursuivre au cours du XXIe siècle, ses futures étapes ne seront pas fonction des qualités ou de la nature de la langue unificatrice ou des langues qu'elle bousculera. Elles dépendront des prochains développements de l'histoire mondiale.

Outre le multilinguisme et l'unification linguistique, la troisième voie qui permet d'éviter la traduction consiste à ne plus se soucier de ce que d'autres cultures peuvent avoir à dire, et à s'en tenir à la sienne propre. L'isolement a été le rêve de bien des sociétés, et certaines d'entre elles ont été bien près de le réaliser. Pendant l'ère Edo (1603-1868), les seuls étrangers avec lesquels le Japon était en contact furent, outre les Chinois, une poignée d'aventuriers hollandais autorisés à maintenir un comptoir sur une île dans la baie de Nagasaki. En Europe, la Grande-Bretagne semble s'être souvent complu dans un « splendide isolement » – le 22 octobre 1957, le *Times* annonçait dans un gros titre resté célèbre « Brume sur la Manche : le continent est coupé du monde » – mais il s'agissait là plus d'une pose que d'une réalité, contrairement à ce qui s'est produit dans la minuscule Albanie. Enver Hoxha, le dictateur communiste qui dirigea le pays de 1944 à 1985, rompit d'abord les relations diplomatiques avec son plus proche voisin, la Yougoslavie, en 1948, puis avec l'Union soviétique en 1960, et enfin avec la Chine de Mao en 1976. L'Albanie resta dès lors totalement isolée pour plusieurs années, et il y eut un temps, vers le début des années 1980, où l'on ne comptait pas plus d'une douzaine d'étrangers dans tout le pays (personnel diplomatique compris) [9]. Les téléviseurs étaient réglés de façon à ne pouvoir capter les émissions étrangères ; les seuls ouvrages à être traduits étaient ceux qui confirmaient le point de vue albanais sur la position du pays dans le monde (autant dire qu'ils n'étaient pas nombreux) ; les livres étrangers n'étaient pas importés ; quant aux échanges commerciaux, ils étaient aussi limités que les contacts culturels ou linguistiques, et aucune dette étrangère ne fut contractée. Aux portes de l'Europe, à deux pas des sites touristiques de Corfou et des stations balnéaires les plus chics des côtes italiennes de l'Adriatique, l'Albanie et son demi-siècle d'isolement volontaire démontrent que des populations relativement importantes sont parfois disposées à renoncer à tous les bénéfices que l'on est censé tirer des échanges interculturels.

Le rêve de l'isolement se présente sous bien des formes, et l'on retrouve son ombre récurrente dans plus d'une histoire rapportée par les anthropologues à propos de sociétés sans écriture vivant dans des coins reculés de la planète. Georges Perec n'a pas eu à forcer son talent pour pasticher leur style scientifique et consacrer le chapitre XXV de *La Vie mode d'emploi* à nous raconter la vie de Marcel Appenzzell, disciple fictionnel du bien réel Marcel Mauss, parti dans la jungle de Sumatra pour nouer des liens avec les Kubus. Après un épuisant voyage à travers des forêts tropicales, Appenzzell finit par faire leur rencontre. Ils ne disent rien. Il dépose bien en vue ce qu'il estime être des cadeaux traditionnels et s'endort. À son réveil, les Kubus ont disparu. Ils ont laissé ses cadeaux, renversé leurs huttes, battu en retraite. Appenzzell suit leur piste dans la jungle, les rattrape, répète toute la procédure, convaincu qu'il doit agir ainsi pour entrer en contact avec cette tribu d'avant tout contact. Mais le résultat est le même : ils s'en vont. Et ainsi de suite, semaine après semaine, jusqu'à ce que l'ethnographe comprenne que les Kubus ne *veulent* pas entrer en communication avec lui, ni avec quiconque. C'est d'ailleurs leur droit le plus strict. Une peuplade peut préférer l'autarcie au contact. Qui sommes-nous pour affirmer qu'elle a tort ?

Cela dit, dans l'histoire telle que Perec la raconte, les Kubus n'incarnent pas seulement la fierté et l'autosuffisance d'un peuple : ils sont aussi un spécimen d'entropie linguistique et culturelle. Ils possèdent quelques outils et bijoux métalliques qu'ils ne sont plus capables de fabriquer eux-mêmes, ce qui suggère qu'ils descendent d'une civilisation plus développée. Et leur langue paraît de même avoir perdu une large part de son lexique :

> Une des conséquences de ce fait était qu'un même mot désignait un nombre de plus en plus grand d'objets. Ainsi *Pekee*, le mot malais désignant la chasse, voulait dire indifféremment chasser, marcher, porter, la lance, la gazelle, l'antilope, le cochon noir, le *my'am*, espèce d'épice extrêmement relevée abondamment utilisée dans la préparation des aliments carnés, la forêt, le lendemain, l'aube, etc. De même *Sinuya*, mot qu'Appenzzell rapprocha des mots malais *usi*, la banane et *nuya*, la noix de coco, signifiait manger, repas, soupe, calebasse, spatule, natte, soir, maison, pot, feu, silex (les Kubus faisaient du feu en frottant l'un contre l'autre deux silex), fibule, peigne, *hoja'* (teinture pour les cheveux fabriquée à partir du lait de coco mélangé à diverses terres et plantes), etc.

Le lecteur peut évidemment être tenté de passer directement de cette description de l'entropie lexicale à la conviction presque morale que l'isolement est un mal, puisqu'il conduit (comme le montre la suite) à l'appauvrissement, puis à la mort d'une langue et de la culture dont elle est solidaire, et en fin de compte à l'extinction de tout un peuple. Mais dans les lignes suivantes, Perec prend immédiatement un tel sentimentalisme à contre-pied :

> Si, de toutes les caractéristiques de la vie des Kubus, ces traits linguistiques sont les mieux connus, c'est qu'Appenzzell les décrivit en détail dans une longue lettre au philologue suédois Hambo Taskerson [...]. Au passage, il fit remarquer que ces caractéristiques pourraient parfaitement s'appliquer à un menuisier occidental qui se servant d'instruments aux noms très précis – trusquin, bouvet, gorget, varlope, bédane, riflard, guillaume, etc. – les demanderait à son apprenti en lui disant simplement : « Passe-moi le machin [10]. »

Le menuisier laconique de Perec peut servir d'avertissement à quiconque déplore trop bruyamment la dégradation des capacités linguistiques chez (par exemple) les adolescents et les étudiants d'aujourd'hui. Le savoir-faire du menuisier n'est pas affecté par le type de mots qu'il emploie dans l'exercice de son métier, parce qu'il n'y a pas de relation de cause à effet entre l'entropie linguistique et la plupart des autres richesses culturelles. La perte d'un lexique, ou son remplacement par un vocabulaire moins raffiné, n'a pas d'impact général sur ce que les gens sont capables de faire.

Il serait tout aussi peu sage de croire que l'isolement entraîne le déclin et la mort des langues. De fait, l'isolement peut constituer la condition la plus féconde d'une diversification et d'un enrichissement des formes d'expression : les innombrables jargons distinctifs créés par les bandes d'adolescents dans toutes les cultures en fournissent un bon exemple.

Il y a d'ailleurs bien des activités hautement enrichissantes que nous accomplissons en contact avec autrui, y compris avec des locuteurs d'autres langues, qui ne nécessitent aucun recours à l'expression verbale.

Mon père fit un jour un voyage au Portugal. En défaisant sa valise, il s'aperçut qu'il avait oublié ses pantoufles. Il sortit, trouva un magasin de chaussures, choisit un modèle, se fit apporter sa taille (39 E) par le vendeur, régla la facture, vérifia sa monnaie, exprima sa gratitude, prit congé d'un geste et regagna son hôtel – le tout sans articuler un seul mot en quelque langue que ce soit. Tout usager d'une langue humaine doit avoir fait l'expérience analogue d'une communication interculturelle absolument (ou quasiment) non verbale. Nous recourons au langage pour communiquer, et le langage que nous employons n'est évidemment pas sans influence sur l'objet, le partenaire, le mode d'une telle communication. Mais on ne saurait s'en tenir là. Il serait tout aussi artificiel de réduire l'éventail de la communication au seul langage écrit ou même oral qu'il le serait de restreindre une étude de la nutrition humaine aux menus des restaurants cités dans le guide Zagat.

3

Au fait, pourquoi « traduction » ?

Comme la parole et la communication, les mots et les choses n'occupent pas tout à fait le même espace. Mais il y a plus grave. Certains mots n'ont avec les choses aucune relation de sens, de quelque ordre que ce soit.

Charles K. Ogden, sémanticien et célèbre excentrique qui cosigna avec Ivor Richards *The Meaning of Meaning* (*Le Sens du sens*), estimait qu'une bonne part de nos problèmes était due à une sorte de tour de passe-passe : l'illusion qu'une chose existe du seul fait que nous avons un terme pour la désigner. Il appelait ce phénomène *word magic*, « illusion nominale ». Parmi les entités qui en relèvent : « lévitation », « socialisme réellement existant », ou « placement sans risque ». Il ne s'agit pas de fictions pures et simples, mais d'illusions créées et garanties par le lexique. Selon Ogden, l'illusion nominale maintient notre esprit dans l'engourdissement. Elle nous empêche de mettre en cause les présupposés cachés dans les mots et permet à ceux-ci de manipuler nos pensées. Il nous faut donc prendre quelques précautions, et poser la question préjudicielle : est-ce que la « traduction » existe ? Autrement dit, ce mot de « traduction » désigne-t-il quelque chose de réel, d'identifiable, que nous puissions définir, explorer, comprendre – ou n'est-il qu'un mot ?

En anglais, en français et en bien d'autres langues, le mot *translation*, « traduction », présente une double face. D'un côté, il nomme un produit : toute œuvre traduite d'une autre langue est « une traduction », *a translation*. D'un autre côté, « la traduction », avec article défini (en anglais : *translation*, sans article), nomme un processus – celui par lequel « une traduction » advient à l'existence. Cette sorte de double sens ne pose pas de problème aux locuteurs des langues qui possèdent des séries étendues de termes renvoyant à la fois à un processus et au produit de ce processus (ce qui est le cas de la plupart des langues occidentales). En anglais, on s'amuse à glisser d'un pôle à l'autre de cette duplicité dans des expressions comme *walk the walk* ou *talk the talk*, où le verbe désigne le processus et le complément, son produit. Plus spécifiquement, en français comme en anglais, les dérivés du latin munis du suffixe *-tion* renvoient presque toujours à un processus *et* à son résultat : « l'abstraction » (qui consiste à abstraire) se distingue d'« une abstraction » ; « la construction » (l'action de construire) ne se confond pas avec « une construction » (la chose ainsi construite), etc. Autre exemple, distinct mais apparenté, de ce genre d'ambiguïté lexicale : un maître dispensant en anglais une leçon sur l'art de mitonner des petits plats n'a guère besoin de souligner que le mot « cuisine » signifie en français tantôt le lieu où les aliments sont transformés (anglais *kitchen*), tantôt le style dans lequel s'opère une telle transformation (au sens où l'on parle de « haute cuisine », de « cuisine bourgeoise », etc.) ; l'expression de « cuisine américaine » peut donc désigner soit un type d'aménagement particulier du lieu qu'on nomme en anglais *kitchen*, soit un ensemble de recettes typique du Nouveau Monde. Que des expressions telles que « la traduction » et « une traduction » renvoient à des sens distincts ne devrait donc pas nous embarrasser outre mesure. Gardons néanmoins présent à l'esprit qu'il ne s'agit pas là des mêmes choses, et veillons toujours à ne pas prendre l'une pour l'autre.

Le mot « traduction » pose une autre sorte de difficulté. Beaucoup de textes de divers types sont ordinairement identifiés comme étant des spécimens de ce qu'on appelle « une traduction » : sont ainsi désignés des contrats immobiliers, des manuels d'entretien de véhicule, des poèmes, des pièces de théâtre, des traités juridiques, des volumes de philosophie, des notes sur des pochettes de CD, des publications sur des sites web, pour n'en citer que quelques-uns. Quelle propriété partagent-ils qui nous amène à croire qu'ils sont tous des échantillons d'une seule et même chose, que nous qualifions de « traduction » ? Plus d'un professionnel en matière de langage vous dira que la traduction d'un catalogue de manufacture et celle d'un poème sont deux activités foncièrement différentes. Pourquoi ne disposons-nous pas de mots également différents pour les désigner ? Dans d'autres langues, les termes ne manquent pas pour distinguer entre les multiples nuances de ce que l'anglais ou le français englobent sous le nom de « traduction ». Voici à titre d'exemple les principaux vocables dont vous pourriez user en japonais :

Si la traduction en question est complète, nous pourrions l'appeler un 全訳 *zen'yaku* ou un 完訳 *kan'yaku*. Une première traduction est un 初訳 *shoyaku*. Une retraduction est dite 改訳 *kaiyaku*, et la traduction nouvelle est un 新訳 *shin'yaku*, lequel remplace la vieille traduction, ou 旧訳 *kyū yaku*. La traduction d'une traduction est un 重訳 *jū yaku*. Une traduction reçue qui ne sera vraisemblablement pas remplacée est un 定訳 *teiyaku* ; également difficile à surpasser est un 名訳 *meiyaku*, c'est-à-dire une « traduction illustre ». Quand c'est le traducteur qui est illustre et qu'il parle de sa propre œuvre, il peut la rabaisser en la qualifiant de 拙訳 *setsuyaku*, « traduction maladroite », ce qui revient à dire « ma propre traduction », à ne pas confondre avec une traduction réellement médiocre, dédaigneusement désignée comme 駄訳 *dayaku* ou comme 悪訳 *akuyaku*. Une co-traduction est un 共訳 *kyō yaku* ou un 合訳 *gō yaku* ; le premier jet d'une traduction, ou 下訳 *shitayaku*, peut être retravaillé par le biais d'une « traduction de supervision », ou 監訳 *kan'yaku*, sans pour autant devenir un *kyō yaku* ou un *gō yaku*. Les traductions reçoivent différents noms en fonction de leur approche du texte original : elles sont tantôt des 直訳 *chokuyaku* (littéralement des « traductions directes ») ou des 逐語 *chikugoyaku* (« traductions mot à mot »), tantôt des 意訳 *iyaku* (« traduction pour le sens »), des 対訳 *taiyaku* (« traduction avec le texte original en regard »), voire, s'il s'agit de traductions d'œuvres de Sidney Sheldon, Danielle Steel, John Grisham, Marc Lévy ou Katherine Pancol, des 超訳 *chōyaku* (« traductions meilleures que le texte original », une invention et une marque déposée de l'*Academy Press*) [1].

L'anglais et le français possèdent une vaste collection de noms pour différentes espèces de fleurs. L'une des façons de désigner la relation entre, par exemple, « tulipe » et « fleur » est de définir « fleur » comme un hyperonyme, tandis que « rose » (ainsi qu'« hydrangée », « camélia », etc.) sont les hyponymes du mot « fleur ». « Hyperonymité » et « hyponymité » désignent des relations entre mots d'une langue, et non entre les êtres (botaniques ou autres) auxquels ils renvoient. Nous pourrions donc dire que le japonais ne dispose pas d'hyperonyme pour ses différents termes nommant la traduction, tandis que le français ou l'anglais, tout en possédant un tel hyperonyme, n'ont guère d'hyponymes à faire valoir. Cela dit, la structure même d'une telle argumentation nous entraîne sur un terrain glissant. Elle semble poser le français (ou l'anglais) comme point de référence, langue-étalon ou « langue de pensée », parce que l'un ou l'autre idiome possède le terme général et pourrait sans trop de mal forger des néologismes correspondant aux nuances du japonais : « surtraduction », « subtraduction », « néotraduction », « retraduction », « cotraduction », etc. En revanche, la traduction de la notion générale ou abstraite de « traduction » en japonais ne s'offre pas avec autant d'évidence, et nous pourrions en conséquence être tentés de croire que cette langue souffre d'une lacune à l'endroit même où elle se montre plus riche que l'anglais ou le français.

Dans la pratique, les locuteurs japonais disposent bel et bien d'un moyen de traduire notre « traduction » en japonais. C'est le mot *hon'yaku* qui est alors employé, avant tout dans des versions japonaises d'ouvrages de littérature comparée ou de théorie de la traduction, mais aussi dans le monde de l'édition et dans le commerce international des livres. Mais son domaine d'emploi n'en fait pas un équivalent simple du mot « traduction ». Le *hon'yaku* décrit spécifiquement une traduction du non-japonais vers le japonais, ou *vice versa*, et parfois même, plus précisément encore, des traductions de textes européens ou américains, ce qui limite d'emblée son utilité en tant que terme général. Comme l'écrit Michael Emmerich, « ceux qui, comme moi, essaient de rendre "traduction" par le mot *hon'yaku* recourent [...] subrepticement à un type de traduction qualifié en japonais de 誤訳 *goyaku*, autrement dit, de "maltraduction" ». *Hon'yaku* est quelque chose comme un terme technique, alors qu'à nos yeux, le mot « traduction » nomme quelque chose dont la réalité va de soi.

Sous l'effet de l'« illusion nominale », un terme générique ou catégoriel peut amener des usagers inattentifs à se figurer que la catégorie ainsi nommée jouit d'une existence effective. Une façon d'envisager cet état de fait consiste à dire que la catégorie ou la classe – quelle qu'elle soit – existe réellement en tant que réalité mentale si un nom correspondant à cette réalité existe dans la langue. Mais c'est là tout autre chose que de dire que la catégorie ainsi créée est une manière sûre, utile, appropriée ou véritablement sensée de parler de notre monde. L'absence d'un terme catégoriel rend certainement plus difficile à concevoir (mais non pas inconcevable) le point commun qui existe éventuellement entre les membres d'un même ensemble, différenciés par les termes qui les désignent. Dans le cas qui nous occupe, nous disposons d'un tel terme, unique et très général, pour parler de « traduction », là où les Japonais en ont plusieurs. Ce qui ne revient pas à dire qu'il soit impossible, en japonais, de penser la traduction en général. En revanche, cela signifie bel et bien que des questions européennes sur la « véritable nature de la traduction », une fois traduites en japonais, tendent à poser un problème qui se rapporte à un certain aspect de la culture européenne (à savoir la « traduction », ou *hon'yaku*), et non pas à ce que nous prenons pour la vraie question – la nature de la « traduction en soi ».

On ne saurait parler sans mal d'un X si l'on ne dispose pas d'un terme correspondant à ce X. C'est pourquoi toute recherche d'ordre intellectuel invente une terminologie désignant les choses qui existent, ou dont il faut supposer l'existence, dans tel ou tel domaine d'enquête spécial. Cela dit, « traduction » n'est pas un mot inventé, un néologisme ou un emprunt, comme « hydrogène », « mégaoctet » ou *chiaroscuro*. « Traduction » est un nom commun, un mot ordinaire, non marqué, susceptible d'un emploi général. Que nomme-t-il exactement ?

Le traitement conventionnel d'une telle question consiste à faire appel à l'étymologie, à l'histoire du mot lui-même. « Traduire » dérive du bas latin *traducere*, « faire passer d'un lieu à un autre », dont les humanistes, par métaphore, ont tiré au XIVe siècle un sens nouveau : « faire passer d'une langue à une autre » (d'où, dès 1420 environ, l'italien *tradurre*). Le verbe « traduire » a supplanté l'ancien français « translater » (d'où l'anglais *translate*), lequel remonte en dernière analyse à deux mots latins distincts : le préverbe *trans-*, « à travers », et *latum*, la forme du passé (dite supin) du verbe *ferre*, « porter ». « Traduire », « translater » ou *translate* sont donc, d'après l'histoire des mots, des modalités du transport, du transfert ou de la traversée. Plusieurs autres langues européennes ont forgé des termes similaires à partir de radicaux de même sens : voir l'allemand *übersetzen* (« trans-poser ») ou le russe переводить (« tra-duire »). Ce sont de telles étymologies qui ont inspiré les formules et les proclamations bien connues qui figurent dans tant de manuels de version, d'encyclopédies, etc., sur le modèle suivant :

> La traduction est le transfert du sens d'une langue dans une autre.

Cela paraît trop évident pour mériter un commentaire. Pourtant l'histoire d'un mot ne révèle pas grand-chose sur son sens effectif. Savoir par exemple que le mot « divorce » vient du latin *divortium*, « ligne de partage des eaux » ou « point de séparation de deux routes », ne vous instruit guère sur sa signification actuelle. Les étymologies laissent dans l'ombre des vérités essentielles sur notre façon d'user du langage, et parmi elles, des vérités sur la traduction. Soyons donc clairs : si un traducteur « porte (une certaine chose) à travers (un certain obstacle) », c'est uniquement parce que le mot dont on se sert pour décrire ce qu'il fait signifiait « porter à travers » dans une langue ancienne. « Porter à travers » ou « transporter » n'est qu'une métaphore, et loin d'être prise pour argent comptant, sa relation avec la véritable nature de la traduction reste à établir. Il existe une foule d'autres métaphores dans beaucoup d'autres langues, dont la nôtre, et qui n'ont pas moins droit à notre attention que la notion quelque peu floue du nautonnier ou du convoyeur transportant quelque chose de A jusqu'en B.

Et si nous recourions à un mot dérivé de racines tout à fait différentes ? Et si nous avions perdu toute trace de son histoire ? Les traducteurs n'en continueraient pas moins à traduire, sans que cela change quoi que ce soit aux problèmes et aux paradoxes de leur profession. En revanche, si nous usions d'un autre terme pour parler de traduction, une bonne part du discours contemporain à ce sujet se trouverait dépourvue de sens.

En sumérien, la langue de l'antique Babylone, voici à quoi ressemble le mot correspondant à notre « traducteur », en écriture cunéiforme :

Prononcé *eme-bal*, il signifie « tourneur de langage ». En latin classique, les traducteurs avaient à *vertere*, « tourner », des expressions grecques dans la langue de Rome. *Tanimtok*, le mot correspondant à « traduction » en tok pisin, la *lingua franca* de Papouasie-Nouvelle-Guinée, est un composé des mêmes éléments : « tourner » (*tanim*) et « parler » (*tok*) [2]. Bien entendu, « tourner » n'est pas une image beaucoup plus fiable que « convoyer » : le lait tourne, lui aussi. Mais la dynamique sous-jacente de cette image implique une transmutation plutôt qu'un transport : le lait peut être transformé en beurre (l'anglais dit d'ailleurs « tourné en beurre », *turned into butter*), un crapaud en prince, le plomb en or. Et du coup, l'histoire de la traduction et le statut des traducteurs (sans parler de leur rémunération), pour peu que leur tâche eût été toujours envisagée sous cet angle, auraient pu prendre une tout autre tournure.

Le finnois dispose de deux verbes pour traduire « traduire ». L'un, *kääntää*, signifie également « tourner » (comme en latin) ; l'autre, *suomentaa*, signifie « rendre finnois » (tout comme *verdeutschen*, « rendre allemand », est en langue allemande l'une des façons d'exprimer l'idée de « traduire » – vers l'allemand, bien entendu). Un spirituel auteur finnois s'est emparé un jour d'un poème visuel de Christian Morgenstern intitulé *Fisches Nachtgesang* (« La Berceuse du poisson »), lequel se présente ainsi :

Fisches Nachtgesang

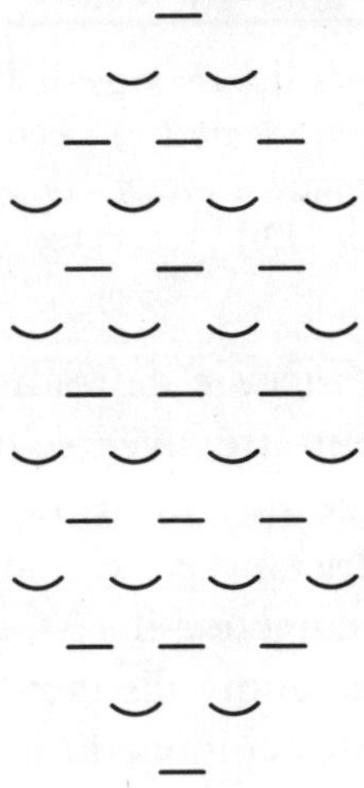

… et en a fait le poème finnois que voici, joliment « tourné » :

Kalan yölaula

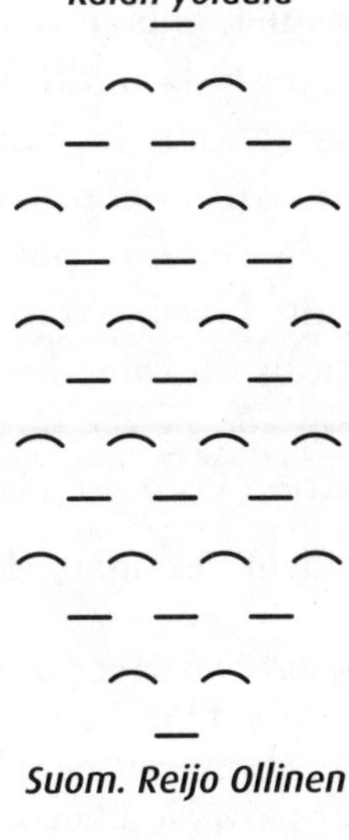

Suom. Reijo Ollinen

La plaisanterie tient à ce que le mot (abrégé) employé avant la signature pour indiquer que le texte a été « traduit par Reijo Ollin » n'est justement pas celui qui signifie « tourner » ou retourner mais bien l'autre, « rendre finnois » ou « finlandiser », comme pour suggérer que pour obtenir la version finnoise d'un tel poème aquatique, une simple inversion suffit – et le tour (du traducteur) est joué [3].

Dans la Chine ancienne, le titre qui vous désignait si vous occupiez la fonction de traducteur officiel dépendait de la frontière impériale à laquelle vous étiez affecté.

> Ceux qui étaient chargés des régions de l'Est étaient appelés *ji* (ceux qui sont mandatés pour transmettre) ; ceux du Sud, *xiang* (ceux qui restituent des équivalences) ; ceux de l'Ouest, *didi* (ceux qui connaissent les tribus de Di) ; et ceux du Nord, *yì* (traducteurs/interprètes) [4].

La division d'une bureaucratie de traducteurs selon des secteurs géographiques paraîtra peut-être inventée par Borges, mais elle n'est pas beaucoup plus étrange que notre façon de qualifier de sinologues, arabisants ou africanistes tels individus tous également employés aux Affaires étrangères. Il ressort clairement du passage cité que le recours à des noms distincts pour les fonctions que remplissaient ces spécialistes chinois du langage n'a pas entraîné la conviction qu'ils s'acquittaient tous de tâches différentes. Autrement dit, avant même qu'existe un nom commun pour les englober, ceux du Nord, du Sud, de l'Est et de l'Ouest étaient déjà considérés comme effectuant le même type de travail.

Cependant, à mesure que le bouddhisme pénétrait le domaine chinois par le biais de traductions, les notions associées au mot *yì* ont couvert un champ plus large, débordant la définition originelle (liée aux seules activités de certains postes de fonctionnaires en relation avec les langues du Nord). Voici, dans l'ordre chronologique, différentes explications du caractère *yì* telles qu'elles figurent dans des listes de mots et gloses de textes anciens réparties sur plusieurs siècles de civilisation chinoise classique :

> 1. Ceux qui transmettent les mots des tribus dans les quatre directions.
> 2. Énoncer sous forme ordonnée et posséder couramment les mots employés dans le pays et hors du pays.
> 3. Échanger, c'est-à-dire changer et remplacer les mots d'une langue par ceux d'une autre pour parvenir à la compréhension mutuelle.
> 4. Échanger, c'est-à-dire prendre ce que l'on a en échange de ce que l'on n'a pas [5].

Loin de moi l'idée d'intervenir ici dans un débat toujours en cours entre sinologues sur l'histoire et le sens de l'idéogramme qui est aujourd'hui prononcé *fanyì* (une forme augmentative de *yì)* et qui tient lieu en chinois de traduction du mot « traduction ». Je voudrais simplement souligner ceci : au sein d'une culture plus ancienne que la nôtre, et qui s'est confrontée avec érudition et subtilité aux problèmes théoriques et pratiques de la traduction tout au long de plusieurs millénaires, jamais personne n'a songé à expliquer la « traduction » en termes de « transport du sens d'une langue en une autre ».

« Tourner », « rendre », « restituer », « transmettre », « parler après », « articuler », « échanger » ne sont pas nécessairement des manières plus révélatrices ou plus exactes de comprendre la traduction. Mais si vous héritez de l'une de ces autres façons de nommer des actes de communication interlinguistiques, vous ne songez même pas à définir la traduction comme « transport du sens d'une langue en une autre ». Cette définition courante en français (comme en anglais, en allemand, en russe…) n'est qu'une extrapolation tirée de la formation même du terme servant à désigner la traduction. Elle ne nous apprend rien de plus que le sens étymologique des éléments composant ce terme.

La métaphore du « transport » a engendré toute une collection de mots, de pensées, de maximes et de banalités qui n'ont peut-être pas plus de réalité que l'idée qui les fonde, selon laquelle la traduction « transporte le sens » de A à B. Aurions-nous jamais forgé le concept de « barrière linguistique » si notre mot pour « traducteur » ne suggérait pas quelque chose comme « convoyeur » ? Nous serions-nous jamais demandé ce qu'un traducteur ou une traductrice « transporte à travers la barrière de la langue » si nous les avions appelés des « tourneurs », des « reverbeurs » ou des « changeurs » ? Je pense que non. Les termes courants des études en traductologie ne sont que des extensions métaphoriques – des élaborations de la métaphore implicite dans la formation étymologique du mot « traduction » lui-même.

Mais nous ne saurions échapper au monde qui est le nôtre. Nous disons « traduire » et nous pensons « transporter » ; et parce que nous pensons « transporter », nous sommes conduits à trouver le complément d'objet de ce verbe. Or, dans la tradition dominante de la pensée occidentale sur le langage, un seul candidat a paru convenir à ce rôle : le « sens ».

Cependant, le « sens » n'est pas le seul composant d'un énoncé qui puisse être en principe (et qui ait été en pratique) « tourné » autrement ou « transformé » en autre chose. Bien au contraire. Ce qui est dit est toujours dit dans un certain ton, selon un certain rythme accentuel, dans la réalité d'un certain contexte, en lien avec certains usages du corps (gestes, postures, mouvements...). Quant au langage écrit, il se présente toujours dans une certaine mise en pages, composé en tel ou tel corps, ou calligraphié dans tel ou tel style, sur un certain support physique (affiche, livre, étiquette, journal...). Cela étant, la plupart de ces dimensions, qu'un énoncé possède nécessairement, ne sont que rarement traitées comme relevant de la tâche du traducteur. Et ici comme ailleurs, pour mettre en évidence les limites de la traduction, rien de tel qu'une bonne blague.

Spanglish, une comédie sentimentale réalisée par James Brooks, repose sur une situation linguistique que connaissent peut-être beaucoup de lecteurs de ce livre, et qui doit être aussi vieille que l'histoire des sociétés humaines. L'héroïne du film est une mère célibataire mexicaine qui travaille comme employée de maison chez une riche famille américaine. Elle ne parle pas anglais – mais sa fille de dix ans, si. À un moment crucial, la mère doit exprimer sa façon de penser à ses employeurs, et recrute donc sa fille pour lui servir de truchement [6]. Cette dernière a toutes les compétences linguistiques requises, mais ne connaît rien des conventions de traduction habituelles. Au lieu de se borner à traduire le sens du discours verbal de sa mère, elle reproduit avec brio les mouvements dramatiques de celle-ci, en une sorte de pas de deux décalé ou de canon gestuel. Tout en parlant un anglais parfait, elle agite les bras, tape du pied, élève la voix, en module le timbre pour imiter la performance de sa mère en espagnol. Ce sketch nous fait rire sans arrière-pensée. Pourquoi ? Parce que seule une enfant intelligente mais manquant d'éducation pourrait s'imaginer que c'est en cela que la traduction consiste – à nos yeux.

La traduction n'a pas à se soucier, dit-on, des dimensions d'un énoncé ne relevant pas de son « sens ». Ou plutôt d'un certain concept de sens – lequel concept simplifie sans doute grandement la tâche des traducteurs, mais lui fait perdre beaucoup de son charme. Et pourtant, il existe des moyens de recréer certaines de ces dimensions dans une autre langue. Soit par exemple la sonorité (non le sens) du vers suivant, le premier d'un célèbre poème enfantin anglais :

Humpty Dumpty sat on a wall

ou celle d'un équivalent français, tiré d'une chanson traditionnelle :

Il était un petit navire...

Essayez à présent de restituer les sonorités du vers anglais en français, et *vice versa*. En toute rigueur, c'est bien entendu impossible : les systèmes phonétiques des deux langues sont distincts. Mais nous pouvons choisir à chaque fois des sons qui se rapprochent le plus possible de ceux qu'emploie la langue source. Et nous pouvons les écrire comme s'il s'agissait de transcrire des mots de la langue cible, ce qui donne respectivement :

Un petit d'un petit
S'étonne aux Halles [7]

et

He'll eat a ton, Paddy, no fear, ah...

Est-ce là une traduction ? Ma foi, cela se pourrait, si au lieu de « traduire » nous disions quelque chose comme « relanguer » ou « postarticuler ». À l'heure actuelle, la traduction des sonorités (qu'on appelle aussi traduction homophonique), dont on vient de donner deux exemples, n'a sans doute qu'une faible valeur pratique, mais elle est historiquement l'un des principaux processus d'enrichissement de notre vocabulaire. Au cours des siècles, les locuteurs anglais ou français ont été en contact avec des douzaines d'autres cultures, ont écouté les mots qu'elles employaient, puis les ont restitués dans leur propre système phonétique, créant ainsi des termes nouveaux, tels que bungalow, cacao, tomate, patate, etc. De même, des locuteurs d'autres langues transposent aujourd'hui les sons de toutes sortes de termes anglais, produisant ainsi de nouveaux mots en chinois (酷 *kù*, fashionable, de l'anglais *cool*), en français (« le footing », « le jogging »...), en japonais (*smāto*, « svelte », de l'anglais *smart*), en allemand (*Handy*, « téléphone portable »), entre autres innombrables échantillons d'un lexique que les anglophones ne comprennent qu'imparfaitement, voire pas du tout.

Les mots d'emprunt (et plus généralement la diffusion d'éléments de vocabulaire, de syntaxe ou de phonétique entre des langues dont les locuteurs sont en contact) ne sont pas considérés d'ordinaire comme relevant de l'étude de la traduction. Il est vrai que d'un point de vue conventionnel, le procédé (sans doute universel) consistant à répéter à peu près ce que vous ne comprenez pas est l'opposé de la traduction – qui consiste à dire autre chose à la place de ce que vous comprenez. Mais d'un autre côté, l'échange de matériaux linguistiques entre groupes humains en contact mutuel est une donnée fondamentale de la communication interculturelle – et nous sommes bien là au cœur du domaine de la traduction.

Dans les faits, les traducteurs professionnels recourent fréquemment à la transposition sonore. Les traducteurs d'*Une journée d'Ivan Denissovitch*, où Soljenitsyne révélait pour la première fois l'expérience des goulags, durent prendre une décision sur la façon de désigner les prisonniers des camps, qui étaient appelés, et s'appelaient eux-mêmes, зеки (au singulier : зек, de заключенный, « enfermé »). Ces traducteurs, en français comme en anglais, les baptisèrent zeks. « Zeks » n'est pas un mot possible en russe : il n'est que la transposition sonore d'une racine russe, à laquelle s'ajoute un suffixe en -s qui en fait un pluriel anglais ou français. Si la traduction ne consiste qu'à transférer du sens d'une langue à une autre, alors « zeks » n'est pas une traduction du tout, et n'est pas davantage un terme anglais ou français. Une telle conclusion est irrecevable. La traduction implique beaucoup d'opérations qui ne se laissent pas définir ni enfermer dans les cadres courants. Élargir notre compréhension de ce qu'elle est est bien plus intéressant que d'anéantir les efforts des traducteurs de Soljenitsyne sous prétexte que leur pratique ne s'accorde pas avec les définitions de nos dictionnaires – attitude qui reviendrait à jeter le bébé *au lieu de* l'eau du bain.

4

CHOSES QU'ON DIT À PROPOS DE TRADUCTION

C'est bien connu : une traduction ne saurait tenir lieu de l'original. Il est tout aussi parfaitement clair que cela est faux. Les traductions tiennent lieu de textes originaux. On s'en sert à la place d'une œuvre écrite dans une langue qu'on ne sait pas lire couramment.

L'affirmation selon laquelle une traduction ne saurait tenir lieu de l'original n'est pas la seule sentence fausse que nous devons à la sagesse populaire. On se complaît à invoquer des proverbes comme « le crime ne paie pas », « en mai, fais ce qu'il te plaît » ou « la vérité sort de la bouche des enfants », malgré les contre-exemples flagrants – les mafieux russes en vacances sur la Côte d'Azur, les printemps pourris, l'affaire d'Outreau. C'est que les adages de ce genre n'ont pas à être vrais pour avoir leur utilité. Ils servent le plus souvent à avertir, consoler, encourager autrui dans certaines circonstances, et non pas à fonder une théorie de la justice, faire progresser la science météorologique, ou orienter une enquête policière. Aussi bien, prétendre qu'une traduction ne saurait tenir lieu de l'original ne cause du tort qu'à ceux qui prennent ce cliché pour l'affirmation d'un fait bien connu. Il est consternant de voir combien de gens tombent dans ce piège.

Quand vous dites « le crime ne paie pas » à un adolescent pris la main dans le sac en train de dérober un DVD dans un grand magasin, peu importe que vous y croyiez ou non. Vous tentez d'amener cette jeune personne à obéir au huitième commandement, et si vous énoncez cette expression conventionnelle, c'est uniquement en vue d'atteindre ce but moral. De façon analogue, un enseignant qui attrape ses élèves en train de lire *Des souris et des hommes* en français, alors qu'ils étaient censés préparer leur cours en lisant le roman de Steinbeck en version originale, a de bonnes raisons de les admonester en déclarant d'un ton professoral : « Une traduction ne saurait tenir lieu de l'original ! » Les élèves savent très bien que ce n'est pas vrai : s'ils viennent justement d'être surpris en train de recourir à une traduction, c'est bien parce qu'elle leur tenait lieu de l'original. Mais ils comprennent également que leur maître n'a fait que se servir d'un cliché puisé dans la sagesse des nations pour exprimer tout autre chose, et qui est bel et bien une vérité : à savoir que ce n'est qu'à force de lire davantage en anglais qu'ils amélioreront leur niveau dans cette langue. L'enseignant ne vise qu'à les pousser à travailler avec plus de zèle, et non pas à proférer une thèse sur la traduction.

Avec le temps, les étudiants obtiennent leur diplôme et trouvent un métier ; certains d'entre eux finissent même par écrire des comptes rendus d'ouvrages. S'ils ont à le faire à propos d'une œuvre de littérature étrangère traduite en français et qu'ils ne sachent pas trop quoi dire, il peut alors leur arriver de se faire l'écho du solennel avertissement entendu jadis sur les bancs de l'école. Mais il en va de cette phrase comme de tout ce que les êtres humains disent et écrivent : la valeur d'une maxime comme « une traduction ne saurait tenir lieu de l'original » est complètement altérée quand le contexte d'énonciation a changé.

Dans le nouveau contexte qui nous occupe, elle signifie à présent que le signataire du compte rendu détient, à propos d'un original quel qu'il soit, un savoir suffisant pour être en mesure de juger que la traduction dudit original ne saurait en tenir lieu. Que ce signataire ait ou non effectivement lu l'œuvre originale, dès lors qu'il proclame que sa traduction ne saurait en tenir lieu, il affirme une compétence et un pouvoir.

Un tel emploi de cette maxime affecte évidemment le sens de ce que l'on entend par « tenir lieu ». Si je disais par exemple que « le café instantané ne saurait tenir lieu d'un expresso à base de grains fraîchement moulus », j'aurais tort, dans la mesure où l'instantané a justement pour raison d'être de tenir lieu d'autres manières plus pénibles de se faire un café ; mais j'aurais aussi raison, à condition de considérer que « tenir lieu de » est ici compris comme synonyme d'« égaler », « se confondre avec » ou « être aussi bon que ». Un instantané n'est évidemment pas la même chose qu'un expresso ; la plupart des gens estiment que l'un ne vaut pas l'autre ; et comme les préférences en matière de boisson chaude relèvent du goût de chacun, il n'est pas déraisonnable de traiter la poudre lyophilisée comme n'étant pas équivalente à la mouture de grains fraîchement torréfiés. Autant de vérités que nous explicitons souvent, le cas échéant, lorsqu'il s'agit de café. Mais tout se complique quand on en vient à la traduction.

Déclarer que les traductions ne sauraient tenir lieu de l'original revient à prétendre que l'on possède un moyen de reconnaître et d'apprécier l'objet réel, la composition originale en tant qu'elle se distingue d'une traduction. Faute d'une telle compétence, on ne pourrait faire une telle déclaration. De même qu'une incapacité à distinguer entre deux types de café vous priverait de toute possibilité de les comparer, de même la capacité à faire le partage entre « une traduction » et « un original » est une condition préalable que doit satisfaire quiconque prétend soutenir que l'un n'est pas égal à l'autre, ne se confond pas avec lui, ou n'est pas aussi bon.

Dans la pratique, nous consultons la page de titre, la quatrième de couverture, celle du copyright, ou encore les références à la fin d'un article pour déterminer si ce que nous lisons est ou non une traduction. Mais en l'absence de telles indications, les lecteurs sont-ils effectivement capables de distinguer, d'après le goût que laisse un texte sur leurs papilles linguistiques et littéraires, si celui-ci est « original » ou « traduit » ? Pas du tout. D'innombrables auteurs ont pu faire passer des originaux pour des traductions, ou des traductions pour des originaux, sans que personne s'en aperçoive – pendant des semaines, des mois, des années, voire des siècles.

Fingal, An Ancient Epic Poem in Six Books (*Fingal, un ancien poème épique en six livres*), fut publié en 1762 et remporta un immense succès. Pendant des décennies, l'ouvrage fut tenu pour un précieux vestige de la vénérable culture des premiers habitants des confins nord-ouest de l'Europe. Des figures aussi éminentes que Napoléon ou aussi érudites que le philosophe allemand Herder se laissèrent fasciner par la poésie populaire authentique du « barde gaélique ». À tort. L'histoire d'Ossian ne remontait pas à d'antiques poètes celtes. Elle avait été composée en anglais par un auteur mineur nommé James Macpherson.

Horace Walpole résista moins longtemps. Dans l'introduction à la première édition du *Château d'Otrante* (*The Castle of Otranto*

[1764]), il prétendit que son roman n'était que la traduction d'un ouvrage italien initialement paru en 1529 et promit d'en republier le texte si son propre livre trouvait un accueil favorable. En fait d'accueil, ce fut un best-seller qui fonda le roman gothique. Une deuxième édition s'imposa très vite, et l'auteur dut humblement confesser la supercherie : il ne pouvait produire l'original italien. Et pour cause – lui aussi avait écrit sa « traduction » en anglais. Des tromperies de ce genre, et d'autres plus grandes encore, ponctuent l'histoire de bien des littératures. Les *Lettres portugaises*, d'abord publiées en 1669, se donnent pour être une traduction (l'original ne fut jamais livré au public). Ce texte exquis et de haute tenue spirituelle, qui a fait les délices de ses lecteurs depuis trois bons siècles, a été traduit du français en beaucoup d'autres langues ; l'une de ses versions allemandes est due au poète Rainer Maria Rilke, qui ne se douta jamais qu'on s'était joué de lui. Ces lettres étaient en fait dues à la plume d'un ami de Racine, Gabriel de Lavergne Guilleragues, qui ne fut pas démasqué avant 1954 [1].

La littérature française fournit également un exemple plus récent de pseudo-traduction : les trois premiers romans d'Andreï Makine, publiés entre 1990 et 1995, furent présentés comme étant traduits du russe par Françoise Bour, un personnage fictif. En 1995, *Le Monde* révéla qu'il s'agissait de textes français originaux – et c'est ainsi qu'à l'occasion de son quatrième roman, *Le Testament français*, Makine put remporter le prix Goncourt.

Les pseudo-traductions peuvent avoir la vie dure. En Union soviétique, le poète Emmanuel Lifshitz estima qu'il pouvait s'exprimer plus pleinement en écrivant comme s'il était un autre – James Clifford, un Anglais inexistant. D'abord publiés dans une revue de Batoum, ses vingt-trois poèmes prétendument traduits de l'anglais furent réimprimés à Moscou avec une courte notice biographique sur leur « auteur », dont la dernière phrase vendait la mèche : « Telle aurait pu être la biographie de ce poète anglais, qui grandit dans mon imagination et s'est matérialisé dans les poèmes dont je vous demande de considérer la traduction [2]. » Mais même des indices aussi énormes peuvent échapper à des lecteurs qui tiennent absolument à croire qu'ils peuvent distinguer la différence entre original et traduction. Lifshitz n'inclut pas les poèmes signés Clifford dans ses propres recueils, et c'est peut-être là ce qui explique pourquoi James Clifford, poète anglais bien connu, a survécu de nombreuses années dans certains cercles littéraires. Eugène Evtouchenko a mentionné au cours d'une conversation avec Lifshitz qu'il se souvenait bien de l'Anglais mélancolique – « un véritable excentrique [3] ».

Les exemples du procédé inverse – faire passer des traductions pour des originaux – sont probablement tout aussi nombreux. Trois romans de Romain Gary qui étaient censés avoir été écrits en français (*Lady L.* [1963], *Les Mangeurs d'étoiles* [1966] et *Adieu Gary Cooper* [1969]) avaient en fait été composés et publiés en anglais sous les titres de *Lady L.* (1958), *The Talent Scout* (1961) et *The Ski Bum* (1965) avant d'être secrètement traduits par l'un des principaux éditeurs de la maison qui publiait Gary en France [4]. Combien de traductions se sont-elles ainsi fait passer pour des originaux, sans que personne s'en doute ? Il est peu probable que toutes les tromperies de ce genre aient déjà été démasquées.

Les auteurs ne manquent pas de raisons de vouloir faire passer des originaux pour des traductions et *vice versa*. La manœuvre peut aider à déjouer la censure ; elle peut permettre d'essayer une nouvelle identité. Elle peut satisfaire des fantasmes individuels ou collectifs sur l'authenticité nationale ou linguistique ; elle peut aussi répondre au goût du public pour un certain exotisme. Quoi qu'il en soit, les cas de ce genre démontrent que la seule lecture ne suffit pas à vous révéler si un texte a été écrit à l'origine dans la langue où vous le lisez. La différence entre une traduction et un original n'est pas du même ordre que la différence entre l'instantané et l'expresso. Elle est un peu plus qu'une idée. Mais elle n'est pas facile à cerner.

L'idée qu'une traduction ne saurait tenir lieu de l'original est également passible d'une autre critique. Si cette sentence était vraie, qu'est-ce donc que les usagers d'une traduction tireraient d'un tel usage ? Non pas « la chose même », évidemment. Mais s'ils n'en tiraient pas autre chose qui en tienne lieu, c'est-à-dire un substitut ou un succédané, alors ils n'obtiendraient pas même l'équivalent littéraire du café en poudre. Affirmer le caractère irremplaçable d'un original littéraire condamne ceux qui ne peuvent l'aborder dans sa langue à la consommation, non pas de Nescafé, mais d'eau de vaisselle. Seuls les lecteurs de l'original seraient à même de se former une opinion valable.

Cependant les exemples de Cervantès (qui présente *Don Quichotte* comme étant traduit de l'arabe), Walpole, Macpherson, Gary,

Guilleragues, Makine, Clifford et d'innombrables autres auteurs démontrent que nul ne peut être certain d'avoir effectivement lu un original.

Ismail Kadaré raconte une autre histoire encore sur l'indistinction entre original et traduction dans sa fiction autobiographique intitulée *Chronique de la ville de pierre*. À dix ans, il fut captivé par un livre que lui avait passé un oncle. Il y était question de fantômes, de châteaux, de meurtre, de trahison, et l'intrigue le séduisit d'autant plus qu'elle semblait expliquer une part des événements dont il avait été le témoin dans la ville forteresse de Gjirokastër aux cours des années de guerre et de luttes civiles qui avaient précédé. Ce livre était *Macbeth*, de William Shakespeare. Le jeune Ismail pouvait voir Lady Macbeth au bout de sa rue, se tordant les mains sur son balcon, s'efforçant de laver les taches laissées par les atrocités commises dans son foyer. Il ne se doutait pas du tout que la pièce avait été à l'origine écrite en anglais. Dans sa fascination enfantine pour un texte qu'il avait lu et relu inlassablement, Kadaré recopia à la main la traduction insoupçonnée, et depuis, quand un journaliste lui demande quel est le premier livre qu'il ait écrit, il répond invariablement *Macbeth*, avec à peine un demi-sourire. À ce jour, Kadaré n'a pas appris à parler anglais, mais il persiste à compter *Macbeth* comme l'expérience fondatrice de sa propre vie en littérature. Quelle qu'ait pu être la valeur de la traduction qui l'inspira à ce point, elle n'eut pas sur lui l'effet d'une eau de vaisselle. Plutôt d'un élixir.

Mais alors, dans ces conditions, pourquoi s'obstiner à dire qu'une traduction ne saurait tenir lieu de l'original ? On comprendrait que cet adage serve la cause des lecteurs qui évitent consciemment d'aborder une œuvre en traduction : il justifierait et expliquerait leur pratique. Mais comme il n'existe aucun critère sûr permettant de distinguer, sur la base d'un examen purement interne, entre une traduction et un original, de tels puristes ne pourraient jamais être absolument certains d'être fidèles à leurs propres principes. Et même à supposer qu'ils puissent, par un coup de chance, exclure de leurs lectures toute œuvre qui ne soit pas originale, leur vision du monde serait pour le moins particulière : de tels lecteurs, s'ils étaient francophones ou anglophones, n'auraient aucune connaissance de la Bible, de Tolstoï, d'Homère ou de *Cent Ans de solitude*. Une perspective plutôt étriquée. Cette histoire de « traduction qui ne saurait tenir lieu de l'original » ne fait que fournir une couverture douteuse à qui veut défendre à tout prix l'opinion prétentieuse qu'une traduction n'est qu'un texte de deuxième ordre. Voilà ce que veulent dire ceux qui invoquent cette formule.

5

FICTIONS DE L'ÉTRANGER

L'« AIR ÉTRANGER » ET SES PARADOXES

Tout au long d'une bonne partie du XXe siècle, critiques et amateurs se sont plu à déclarer, dès qu'ils voulaient porter une traduction aux nues, qu'elle paraissait avoir été écrite en français. L'éloge paraît bien creux, car cette même communauté de critiques et d'amateurs a souvent montré son incapacité à dire quand une prétendue « traduction » avait effectivement été composée en français. Quoi qu'il en soit, le naturel et la fluidité du style dans la langue cible (c'est-à-dire celle de la traduction) sont aujourd'hui tenus en très haute estime dans le monde francophone. Mais certaines voix discordantes se sont fait entendre. Si un roman policier situé dans la capitale anglaise nous propose des personnages qui parlent et pensent comme des Français, même quand ils longent la Tamise brumeuse, sirotent un whisky à leur club ou se font servir de l'agneau rôti nappé de sauce à la menthe – c'est que quelque chose ne tourne pas rond. À quoi bon lire un roman policier anglais s'il n'a pas quelque chose d'anglais à vous offrir ? Ne voulons-nous pas que nos détectives anglais aient l'air anglais ? L'approche consistant à domestiquer et acclimater dans la traduction le caractère britannique des criminels d'outre-Manche a pu être dénoncée par certains critiques comme étant une marque de « violence ethnocentrique [1] ». Selon eux, l'éthique de la traduction impose aux traducteurs de ne pas éradiquer toute l'étrangeté, ou pour mieux dire l'« étrangèreté », d'un texte écrit dans une autre langue.

Comment donc représenter au mieux cette « étrangèreté » dans la langue cible ? Le mathématicien et philosophe Jean d'Alembert, qui coédita l'*Encyclopédie* avec Diderot, proposa en 1763 l'ingénieuse réponse suivante :

> La conversation des étrangers [...] est l'image d'une bonne traduction. L'original doit y parler notre Langue, non avec cette timidité superstitieuse qu'on a pour sa Langue naturelle, mais avec cette noble liberté, qui fait emprunter quelques traits d'une Langue pour en embellir légèrement une autre. Alors la traduction aura toutes les qualités qui doivent la rendre estimable ; l'air facile & naturel, l'empreinte du génie de l'original, & en même temps ce goût de terroir que la teinture étrangère doit lui donner [2].

La difficulté d'une telle approche tient à ce que dans bien des circonstances sociales et historiques, l'air étranger d'une traduction – au même titre que la diction un peu gauche d'un véritable étranger parlant français (ou anglais, ou allemand...) – risque fort d'être taxé de maladresse ou de fausseté, à tout le moins.

En fait, le recours le plus simple pour donner une teinture étrangère à un texte consiste à y conserver quelques éclats de l'original. Telle était la convention en Grande-Bretagne à l'époque romantique. Dans les premières traductions des *Liaisons dangereuses*, par exemple, les personnages se désignent entre eux par leurs titres français (« Monsieur le vicomte », « Madame la présidente ») et emploient des expressions courantes telles que « Allez ! », « parbleu ! » ou « ma foi ! » dans des phrases qui sont par ailleurs entièrement rendues en anglais [3]. De même, dans des traductions récentes des romans de Fred Vargas, le héros, Jean-Baptiste Adamsberg, conserve son titre français de « commissaire » à la tête d'une équipe de « brigadiers », mais il s'adresse à eux en anglais [4]. Selon la même logique de ce que l'on pourrait appeler l'« étrangèreté sélective », les officiers allemands dans la plupart des films hollywoodiens ayant pour cadre la Seconde Guerre mondiale s'expriment dans un anglais tout à fait naturel, qu'interrompent à intervalles réguliers des *jawohl*, des *Gott in Himmel* et autres *Heil Hitler*.

Le procédé est susceptible d'applications plus larges, aussi bien dans des œuvres populaires que dans des grands classiques. La version italienne de *Chantons sous la pluie* fait des miracles en matière de doublage des dialogues les plus vifs et spirituels, mais ne touche pas à la bande-son originale de la chanson qui donne son titre au film. Dans une célèbre mise en scène moderne du *Roi Lear* en chinois, Cordélia répond à son père, qui lui a demandé de s'exprimer du fond du cœur, en récitant les vers shakespeariens originaux

– elle dit la vérité à son père en employant la véritable langue de sa tirade[5].

En règle générale, cependant, les traductions ne font que simuler le ton étranger d'œuvres étrangères. En fait, le défi qui consiste à écrire quelque chose qui sonne comme une langue donnée peut même être relevé sans écrire cette langue du tout. L'anglais, par exemple, est diffusé dans le monde entier *via* la musique pop, les émissions de télévision… et des millions de personnes l'entendent sans comprendre les paroles, les slogans, les dialogues. Conséquence : beaucoup de gens reconnaissent la phonologie de l'anglais (les sons qui le caractérisent) sans rien connaître de son lexique ni de sa grammaire. Il y a une quarantaine d'années, un rockeur italien a interprété un petit numéro musical où il jouait un professeur d'anglais montrant à ses élèves qu'on n'a pas besoin de comprendre le moindre mot pour savoir comment sonne l'anglais. Chanté sur un rythme entraînant, *Prisencolinensinainciusol ol rait* est une spirituelle et surprenante simulation de la façon dont l'anglais « sonne » – sans contenir quasiment un seul mot d'anglais. La transcription de l'« anglocharabia » de Celentano ne produit toutefois son effet que si elle est lue (à haute voix ou mentalement) selon les règles phonétiques de l'*italien. Prisencolinensinainciusol ol rait*, que l'on peut localiser sans difficulté sur de nombreux sites Internet (certains en proposent d'ailleurs une version textuelle), est une fiction spécifiquement italienne de l'anglicité.

Dans le même esprit, on peut tout aussi bien débiter du charabia qui « sonne étranger » pour des oreilles anglaises. Un exemple célèbre : la chanson de Charlie Chaplin dans *Les Temps modernes* (1936). Le pauvre Charlot, engagé comme serveur et chanteur dans un restaurant-dancing, se retrouve sur la piste de danse tandis que l'orchestre entame un air de music-hall, « Je cherche après Titine » – dont il ne connaît pas les paroles ! Il danse, mime quelques gestes, semble embarrassé. Paulette Goddard, depuis les coulisses, articule silencieusement le mot « Chante ! » Un intertitre confirme ce que nous lisons sur ses lèvres : « Chante ! Tant pis pour les paroles ! »

Chaplin se lance alors dans une mélopée en langue romane générique d'immigré, qui peut être transcrite à peu près comme suit, mais uniquement pour des auditeurs anglophones :

Se bella giu satore
Je notre so cafore
Je notre si cavore
Je la tu la ti la tua

La spinash o la bouchon
Cigaretto porta bello
Si rakish spaghaletto
Ti la tu la ti la toi

Senora pilasina
Voulez-vous le taximeter ?
Le zionta su la sita
Tu la tu la tu la wa

Sa montia si n'amura
La sontia so gravora
La zontcha com sora
Je la poosa ti la tua

Je notre so lamina
Je notre so cosina
Je le se tro savita
Je la tuss a vi la tua

Se motra so la sonta
Chi vossa l'otra volta
Li zoscha si katonta
Tra la la la la la la

Cela sonne comme du français – ou de l'italien, ou peut-être de l'espagnol – pour un anglophone qui ne connaîtrait pas ces langues, mais serait familiarisé avec leurs sons. Les vers sont dépourvus de sens, et seuls quelques mots par-ci par-là sont effectivement français (ou italiens, ou espagnols). La morale de cette petite histoire : inutile de se soucier du sens pour « sonner étranger ». Pour les Grecs de l'Antiquité, ce « son étranger » était ressenti comme un borborygme ou un bégaiement de bouche bée, quelque chose comme « ba-ba-ba » ; ils qualifiaient en conséquence les locuteurs non grecs de βάρβαροι, autrement dit, de barbares. « Sonner étranger », c'est parler en charabia, être obscur, ne rien dire qui vaille : le mot russe pour « Allemand » est немец, de немой, « muet, sans parole », et le terme s'appliquait autrefois à toute personne non russophone.

Cela étant, depuis les années 1980, un certain nombre de classiques européens ont été retraduits en français, ainsi qu'en anglais, par des traducteurs dont l'intention avouée était de restituer à des œuvres aussi célèbres que *Crime et châtiment* ou *La Métamorphose* une part de leur « étrangèreté » – sans pour autant, bien entendu, les réduire à du charabia. Au XIXe siècle, les traducteurs conservaient souvent des mots ou des expressions de la langue étrangère (surtout si cette langue était le français) ; de nos jours, les retraducteurs qui retravaillent les mêmes textes sur de nouvelles bases, si attachés qu'ils puissent paraître à leur « étrangèreté », recourent rarement à un tel procédé. Quand Grégoire Samsa se réveille un matin et découvre qu'il s'est transformé en insecte pendant la nuit, il ne s'exclame pas *Ach Gott !* dans les traductions anglaises ou françaises contemporaines, pas plus qu'Ivan Fiodorovitch ne dit Это вот как dans quelque version que ce soit des *Frères Karamazov.* Si ces textes avaient été composés en français et traduits en anglais selon les conventions des années 1820, nous pouvons être sûrs que Grégoire Samsa se serait écrié « Oh mon Dieu ! » et qu'Ivan Fiodorovich aurait commencé par « Alors, voilà » dans son édition britannique.

Les choses ont bien changé – non pas en français, allemand ou russe, mais en anglais. Dans la culture linguistique contemporaine, des lecteurs anglophones ne sont pas censés pouvoir reconnaître de telles interjections de la langue quotidienne sous leur forme allemande ou russe, alors que dans la culture linguistique de l'Angleterre victorienne et edwardienne, les formules françaises de ce type étaient familières aux lecteurs instruits.

Le maintien d'éléments du texte source dans la traduction peut avoir un but éducatif et social tout à fait réel. Il permet aux lecteurs d'acquérir des expressions qu'ils n'ont pas apprises à l'école, ou de rafraîchir leurs souvenirs de leçons à demi oubliées. Quand la formulation originale est conservée dans certaines situations de discours étroitement délimitées et s'expliquant d'elles-mêmes (telles que salutations, exclamations, etc.), les lecteurs en retirent un bénéfice qu'ils attendent peut-être de la lecture d'une œuvre en traduction : à savoir, la vague impression d'avoir lu un roman en français. À l'époque où la lecture en langue française était une importante marque de distinction culturelle, un tel sentiment devait valoir bien des satisfactions à ceux qui l'éprouvaient.

Une trace persistante du prestige attaché à l'utilisation d'éléments de la langue française lorsqu'on s'exprime dans une autre langue survit dans l'habitude qu'ont les Français eux-mêmes de la signaler en note par les mots : *en français dans le texte.* Il n'existe aucun équivalent de cette pratique en anglais, ni, autant que je sache, dans aucune autre langue. Ce qui me paraît encore plus significatif, c'est que même en français, on ne marque pas l'*Inch' Allah* d'un chauffeur de taxi berlinois dans un roman traduit de l'allemand par « en arabe dans le texte », et encore moins le *Mazal tov* d'un personnage de roman new-yorkais en version française par « en yiddish dans le texte ». Quoi qu'en disent les manuels de traduction, *en français dans le texte* n'a qu'un très faible rapport avec la déontologie : cette phrase sert plutôt à rappeler au lecteur que sa langue française est toujours en service au-delà des frontières. Cocorico !

Le recours sélectif ou « décoratif » à la couleur locale n'est possible que dans la traduction entre langues dont les liens sont solidement établis. Le français a constitué pendant des siècles l'une des bases de la haute éducation dans le monde anglophone ; en conséquence, tout anglophone cultivé disposait de fragments de français dans ses réserves linguistiques. Ces fragments de l'autre langue signifiaient tout bonnement « C'est du français ! », avec pour agréable corollaire : « Je sais un peu de français ! » L'effet sur l'estime de soi du lecteur n'était qu'à peine atténué si le sens exact d'expressions telles que « parbleu » ou « ma foi » s'était perdu. Du temps où une certaine maîtrise du français était un signe distinctif des classes éduquées, une part de l'intérêt que les lecteurs moins instruits pouvaient trouver à la lecture d'un roman français en traduction tenait à la perspective d'acquérir les biens culturels que l'élite possédait déjà. Plus il restait de français dans l'œuvre traduite du français, mieux les besoins et les attentes du lecteur étaient satisfaits à cet égard.

Impossible, de nos jours, de procéder ainsi pour le russe ou l'allemand. Ces langues ne sont plus enseignées qu'à de minuscules groupes d'étudiants. La connaissance de l'un ou l'autre de ces idiomes (voire des deux) ne joue aucun rôle dans les hiérarchies culturelles du monde anglophone – elle signifie simplement que vous êtes une sorte de linguiste, ou alors un astronaute, ou un ingénieur dans l'industrie automobile.

Qu'est-ce qui pourrait représenter le caractère « russe » ou « allemand » au sein d'une œuvre écrite en anglais ? Les solutions conventionnelles à cette difficulté ne sont rien de plus que cela : des conventions culturelles, fixées dans le domaine anglais sous l'influence de contacts historiques, de flux migratoires, de divertissements populaires (ainsi des drames du temps de la guerre froide, du genre de *Docteur Folamour*). Mais si nous devions nous régler sur la recommandation de d'Alembert, nous nous efforcerions de donner à Kafka et à Dostoïevski l'accent et la tournure des étrangers qu'ils ont incontestablement été... en les faisant écrire un anglais « embelli » par certains traits non natifs.

En allemand et en russe, bien entendu, Kafka et Dostoïevski, si inimitables que soient leurs styles, ne donnent pas aux lecteurs qui les découvrent dans leurs propres langues l'impression de s'exprimer comme des étrangers. Le ton étranger dans une traduction est nécessairement un ajout à l'original. Dans le charabia de Chaplin et dans les retraductions des classiques de la littérature, le ton étranger est une fiction de la langue cible. Conséquence : l'« étrangèreté » d'une traduction visant à donner à son lecteur une idée de la qualité authentique de l'original ne peut que reproduire et renforcer la façon dont l'étranger en question est déjà perçu et imaginé au sein de la culture d'accueil.

Friedrich Schleiermacher, éminent philosophe du XIXe siècle qui fut aussi le traducteur de Platon en langue allemande, s'est attardé sur ce paradoxe fondamental dans une étude souvent citée, *Des différentes méthodes du traduire*. On estime généralement qu'il a pris ses distances avec la traduction fluide, invisible ou « normalisatrice » en écrivant : « On peut dire que le but de traduire comme l'auteur aurait écrit originairement dans la langue de la traduction non seulement est inaccessible, mais est en soi vide et négatif[6]. » Mais cette célèbre affirmation peut aussi bien être comprise en sens inverse : il ne serait pas moins artificiel de prêter à Kafka le ton d'un « Allemand » fictif écrivant en français que d'imposer à Grégoire Samsa une métamorphose en insecte dans un garni de Gennevilliers.

Et d'ailleurs, pourquoi aurions-nous envie ou besoin que Kafka « sonne allemand » ? Dans l'original, Kafka ne « sonne » pas « allemand » – il sonne comme du Kafka. Mais à l'oreille d'un francophone qui a appris l'allemand sans pour autant se sentir pleinement et naturellement à l'aise dans cette langue, tout ce qu'a écrit Kafka « sonne allemand » à un certain degré, précisément parce que l'allemand n'est pas tout à fait la langue où ce lecteur se sent chez soi. Faire en sorte que Kafka sonne allemand en anglais (ou en français) est peut-être le mieux qu'un traducteur puisse faire pour communiquer au lecteur sa propre expérience de lecture de l'original.

De fait, pour Schleiermacher, à l'exception de « ces maîtres admirables qui se meuvent avec une égale aisance dans plusieurs langues [...], tous les autres hommes, même s'ils lisent bien une langue étrangère, conservent face à elle la sensation de quelque chose d'étranger ». La tâche du traducteur consiste à transmettre à ses lecteurs « cette impression de se trouver face à quelque chose d'étranger[7] ». Mais c'est là un objectif plutôt paradoxal et particulièrement difficile à atteindre, à moins de pouvoir s'appuyer sur des conventions déjà admises dans la langue cible pour représenter l'« autre » spécifiquement associé à la culture dont provient le texte source.

La recréation d'un « ton étranger » n'est donc réellement une option pour un traducteur que s'il travaille à partir d'une langue avec laquelle la langue cible et sa culture ont déjà établi des liens. Pour le monde anglophone en général, la relation de ce type à la fois la plus ancienne et la plus profonde est celle qui s'est nouée avec le français. Aux États-Unis, depuis quelque temps, l'espagnol est devenu la langue étrangère la plus familière à une majorité de jeunes lecteurs. L'anglais dispose en conséquence de nombreuses manières de représenter la « francité », et l'américain possède aujourd'hui toute une panoplie de ressources pour représenter l'« hispanité ». À un moindre degré, nous autres Anglo-Saxons pouvons représenter la « germanité », ou encore, dans d'étroites limites, l'« italianité ». Mais qu'en est-il du yoruba ? du marathi ? du chuvash ? ou de n'importe laquelle des sept mille autres langues du monde ? Il n'y a aucune raison spéciale de supposer qu'il existe en anglais ou en français des ressources qui permettraient à un auteur écrivant dans ces langues de rendre un « pur son yoruba » ou de transmettre une impression plus authentique de l'effet produit par la littérature chuvash. Nous n'en savons tout bonnement rien. Le projet d'écrire des traductions conservant dans leur tonalité même une trace du « caractère étranger authentique » de l'original ne peut être mené à bien que si ce dernier n'est au fond pas si étranger que cela.

D'un autre côté, certains textes traduits peuvent apprendre à leurs lecteurs intéressés et bienveillants un certain nombre de choses sur la tonalité de l'original, l'impression qu'il produit, ou même ses propriétés syntaxiques. Certaines œuvres originales en sont également capables – en français, *Les Mots étrangers* de Vassilis Alexakis propose une initiation à la langue sambo ; en anglais, *Things Fall Apart* d'Achebe intègre des emprunts à des langues africaines, et *English, August* de Chatterjee, offre une bonne introduction aux vocabulaires hindi et bengali. Mais quand le caractère étranger n'est pas thématisé – quand il n'est pas posé comme étant le sujet explicite de l'histoire – une certaine connaissance préalable de la langue originale est indispensable à la production d'un « effet d'étrangèreté ». Pour que mes lecteurs s'aperçoivent que la présente phrase une traduction fidèle à l'« étrangèreté » de l'allemand constitue, doivent-ils auparavant savoir que dans cette langue les propositions subordonnées à la fin leur verbe placent. Sinon, elle n'est que comique, pataude, dépourvue de sens, etc. – mais pas du tout « allemande ».

Les Temps modernes et Adriano Celentano jouent à des jeux très amusants avec les sonorités littérales de l'étranger, qu'elles soient chantées ou parlées. Bien sûr, une traduction récente de *La Métamorphose* pourrait être articulée mentalement par son lecteur dans un système phonologique autre que celui de sa langue. L'une des premières phrases de Grégoire Samsa au style direct – « Ah, Dieu, songea-t-il, quel métier fatigant j'ai choisi ! Jour après jour en tournée » – pourrait ainsi être traitée comme la représentation écrite conventionnelle de sons dont une transcription plus fidèle donnerait à peu près : « Ach Gott, soncha-t-il, kel mètyèh fatigannte ch'è schwassi ! Chour après chour anntournè », ce qui est évidemment une sottise – aucun traducteur de l'allemand n'a jamais demandé que son texte fût prononcé avec l'accent que Balzac prête au baron de Nucingen. Mais nous n'en sommes pas moins contraints à nous poser une question très sérieuse : si ce n'est pas là ce qu'on veut dire quand on parle de « l'étrangèreté » de la traduction d'un texte étranger, alors qu'entend-on par là exactement ? Qu'est-ce qui nous permet de décider si le passage suivant préserve une trace authentique de la « tonalité française » de Jacques Derrida, ou s'il est juste affreusement difficile à comprendre ?

> *The positive and the classical sciences of writing are obliged to repress this sort of question. Up to a certain point, such repression is even necessary to the progress of positive investigation. Beside the fact that it would still be held within a philosophising logic, the ontophenomenological question of essence, that is to say of the origin of writing, could, by itself, only paralyse or sterilise the typological or historical research of facts.*
>
> *My intention, therefore, is not to weigh that prejudicial question, that dry, necessary, and somewhat facile question of right, against the power and efficacy of the positive researches which we may witness today. The genesis and system of scripts had never led to such profound, extended, and assured explorations. It is not really a matter of weighing the question against the importance of the discovery ; since the questions are imponderable, they cannot be weighed. If the issue is not quite that, it is perhaps because its repression has real consequences in the very content of the researches that, in the present case and in a privileged way, are always arranged around problems of definition and beginning*[8].

Nous savons bien que le contenu de cet extrait, difficile à suivre, et le caractère plus ou moins « anglais » de sa tonalité sont deux aspects du texte qui ne sont pas liés – la chanson de Celentano nous a déjà montré qu'il est possible de conférer à des suites de sons absolument dépourvues de sens les sonorités de l'anglais authentique si le seul but à atteindre consiste à « sonner » phonétiquement comme de l'anglais. Cela étant, relevons un détail qui marque ce texte comme étant une traduction du français : le recours hors norme au mot *researches*, au pluriel, correspondant dans l'original à l'emploi, *a contrario* tout à fait régulier, d'un terme français tout à fait similaire : « recherches ». Naturellement, ce genre de détail n'est visible que pour un lecteur connaissant aussi bien l'anglais que le français : le caractère « étranger » de *researches* ne crève pas les yeux d'un lecteur strictement anglophone, qui pourrait fort bien forger d'autres hypothèses pour se l'expliquer, ou encore l'accepter comme un usage spécialisé ou un terme technique propre à l'auteur. Mais si le lecteur bilingue dispose en outre de quelques lumières sur la terminologie philosophique française, alors le mot *positive* qui précède et qualifie *researches* devient transparent. Un lecteur bilingue peut distinguer sans peine que *positive researches* doit correspondre à « recherches positives » dans la source. Quant à ce que veut dire l'expression française, c'est encore un autre problème (mais l'expression anglaise correspondante serait *empirical investigation*).

Nous pourrions dire que *positive researches* est une traduction médiocre d'une expression française standard que le traducteur semble avoir prise pour autre chose ; ou nous pouvons voir dans son choix la volonté de transmettre une trace de la tonalité authentique de l'original. De fait, il faut bien qu'un tel syntagme, une fois traduit, soit perçu comme étant hors normes – faute de quoi, nous serions hors d'état d'y reconnaître la moindre trace d'« étrangèreté ». Mais il est tout aussi évident que nous serions incapables de discerner le « caractère *français* authentique » d'une expression comme *positive researches* si nous étions de purs anglophones sans aucune pratique de la langue française.

Une retraduction d'une expression privilégiant l'« étrangèreté » (en l'occurrence, le gallicisme *positive researches*) dans un certain nombre d'autres langues, par exemple le grec moderne, conduirait au même résultat – autrement dit, elle permettrait de saisir que cette expression doit être interprétée comme signifiant « recherches positives » (*empirical investigation* en anglais). Faute de l'information précisant que l'œuvre en question a été traduite de la langue A, les styles de traduction favorisant l'« étrangèreté » ne permettent pas par eux-mêmes à leur lecteur de déterminer à quelle langue étrangère il convient d'identifier A.

Ces styles de traduction imposent à la langue cible des formes reflétant tel ou tel aspect limité de la langue source, par exemple l'ordre des mots ou la structure syntaxique. Mais elles reposent, pour leur effet d'« étrangèreté », sur une certaine connaissance préalable, chez leur lecteur, de la forme et des sonorités approximatives de la langue étrangère considérée (et dans le cas de la traduction de Derrida par Spivak, de certaines particularités lexicales de cette langue).

Imaginez un roman traduit d'une langue comme l'hindi, qui dispose de trois façons d'exprimer la deuxième personne : *tu*, *tum* et *ap*, correspondant respectivement à un niveau intime, amical et formel de l'adresse. Le passage d'une forme à l'autre constitue une part significative de la façon dont les personnages de notre roman imaginaire entrent en relation. Un traducteur pourrait-il créer en français une anomalie linguistique correspondant à cette triple forme ? Il le pourrait certainement. Mais saurions-nous qu'elle marque un trait emprunté à l'hindi ? Non, à moins d'une note du traducteur – et cela, parce que nous ne connaissons pas l'hindi. (L'« étrangèreté » linguistique et culturelle s'abolit tout autant dans le sens inverse. Comme on sait, à l'anglais *you* correspondent deux formes françaises, le *tu* et le *vous*. Un traducteur français est donc contraint de décider à quel moment les personnages passent d'un code à l'autre – si tant est qu'ils le fassent, car on peut aussi choisir de s'en tenir à un seul code de bout en bout. Mais cette unicité se signalerait-elle comme étant particulièrement « anglaise » aux yeux d'un lecteur non averti ? C'est peu probable.)

Comme la plus grande partie des traductions s'effectue entre des langues parlées par des communautés dont les relations culturelles, économiques ou politiques sont très étroites, les emprunts formels ou lexicaux à la langue source ont souvent eu pour rôle de représenter l'« étrangèreté » – et le prestige – de textes importés d'au-delà des frontières. Au XVIe siècle, par exemple, de nombreux ouvrages littéraires ou philosophiques ont été transportés de l'italien en français, exactement comme de nombreux artisans et artistes italiens ont franchi la frontière pour travailler à la décoration des palais et des châteaux de France. Les traducteurs de cette époque écrivaient un français truffé de termes et de tournures empruntés à l'italien, parce qu'ils avaient le sentiment que leurs lecteurs devaient sans doute (ou auraient dû) comprendre les italianismes qu'ils employaient. Et même plus : ils estimaient que la langue française avait tout à gagner à puiser ainsi dans les ressources de l'italien. Et de fait, le rapprochement du français de son modèle italien s'est poursuivi jusqu'à nos jours. Le caban et le caleçon dans votre placard (et si vous avez de la chance, le cantaloup et le caviar dans votre frigo), ainsi qu'une foule d'autres choses, ordinaires, savantes, raffinées, délicieuses, doivent leur nom français à l'italien, et la plupart de ces emprunts, c'est à des traducteurs que nous en sommes redevables [9].

Au XIXe siècle, un enrichissement lexical du même genre s'est produit en territoire germanophone, quand les populations ont cherché à se constituer en une nation distincte et toujours plus unifiée. Les traducteurs allemands ont importé en toute conscience de nombreux termes grecs, français, anglais, non seulement pour mettre les classiques européens à la disposition de leurs lecteurs, mais aussi pour améliorer la langue allemande en enrichissant son vocabulaire. L'enjeu, à leurs yeux, était le suivant : le français et l'anglais étaient déjà des langues internationales, soutenues par des États puissants. En conséquence, nombre de locuteurs étrangers apprenaient le français (et dans une moindre mesure l'anglais). Comment donc l'allemand parviendrait-il jamais à être le véhicule d'un État puissant si des étrangers n'entreprenaient pas de le lire ? Et pourquoi devraient-ils le faire, à moins qu'il ne se prête aisément à l'expression des nuances de sens qui imprègnent les cultures transnationales considérées comme représentatives de la richesse de la civilisation européenne ?

Dans le monde contemporain, les traducteurs vers les « petites » langues considèrent souvent qu'il leur incombe de défendre ou d'améliorer leurs idiomes (parfois les deux). Voici un extrait d'une lettre que vient de m'écrire un traducteur vivant à Tartu :

> Ma langue maternelle, l'estonien, est parlée par un million de personnes environ. Je n'en suis pas moins convaincu que *La Vie mode d'emploi* et ma langue se méritent l'un l'autre. En traduisant Perec, je veux prouver que l'estonien est assez riche et souple pour affronter la complexité qu'une telle œuvre porte en elle.

Il est clair que la traduction peut servir des intérêts nationaux – mais aussi bien la cause contraire, celle de l'internationalisme. Un auteur qui signe sous le nom d'Antoine Volodine a formulé en termes frappants les raisons pour lesquelles il souhaite user de sa langue maternelle comme si elle était une langue étrangère. Pour Volodine, le français n'est pas que la langue de Racine et de Voltaire :

> L'idée fausse la plus répandue, c'est qu'écrire en français signifie obligatoirement prendre sa place dans la culture française et francophone [...]. Or, même s'il est exact que la langue véhicule toute l'histoire [...] des pays où elle est parlée [...], elle véhicule aussi beaucoup d'autres éléments empruntés ailleurs. Car la langue [...] est aussi un immense territoire international [...]. À partir du moment où les traductions existent, chaque langue du monde porte en elle l'héritage de TOUTES les cultures du monde [10].

Étant donné que la traduction en français a déjà une très longue histoire, le français littéraire est également la langue de Pouchkine, de Chalamov, de Li Bai et de García Márquez, voire du Livre des morts tibétain : « Autrement dit, une langue qui colporte des cultures, des philosophies, des préoccupations poétiques qui n'ont rien à voir avec les habitudes de la société française et de l'univers francophone. » Loin d'être le vecteur privilégié d'une identité, d'une histoire et d'une culture nationales, le français selon Volodine est donc « une langue non rattachée à une aire géographique déterminée, et clairement "étrangère", puisqu'elle ne véhicule pas la culture et les traditions du monde français ou francophone » ; il est par conséquent un moyen, pour un auteur tel que lui, de chercher « à explorer et à représenter une culture non pas relativement, mais ABSOLUMENT étrangère ». Soulignons ce dernier point : ce n'est pas que le français soit par nature ou par destination une langue internationale. Au contraire. Seule la pratique de la traduction en français fait de la langue un instrument de l'internationalisme dans le monde moderne. C'est à une vénérable tradition de traduction de langues étrangères que le français doit d'être aujourd'hui un véhicule possible pour une littérature imaginaire, infiniment envoûtante, que Volodine se plaît à considérer comme absolument étrangère à la langue comme telle.

On aurait donc tout à fait tort de considérer l'interpénétration progressive des langues anglaise, française, allemande et italienne, compliquée d'emprunts de termes ou d'expressions aux sources gréco-latines ainsi qu'au russe et au chinois (dans les textes de Volodine), comme le seul produit de ce qu'on appelle aujourd'hui la mondialisation. En tout cas, la mondialisation ne se réduit pas à l'intrusion croissante de la seule langue anglaise dans d'autres idiomes et d'autres cultures : on pourrait aussi bien l'illustrer par la diffusion du lexique de la pizza et de la pasta dans les bars, les fast-foods et les snacks de la planète. Elle est aussi le résultat des longs efforts des traducteurs pour élever leurs langues nationales à un rang international. Ils ne cherchaient pas nécessairement à donner à leurs traductions une qualité authentiquement étrangère. Ou si c'est là ce qu'ils cherchaient effectivement à faire, leur succès a souvent eu raison de leur ambition, car les mots qu'ils ont importés ou imités sont aujourd'hui devenus partie intégrante de la langue cible, au point d'avoir perdu tout caractère étranger (à preuve, la présence de tels mots naturalisés dans le paragraphe que vous venez de lire : vous êtes-vous amusés à les repérer au passage ?).

Dans un dictionnaire anglais de bonne taille, à peu près 40 % des mots rubriques sont à l'origine des emprunts, provenant d'une très grande variété de langues ; le français, langue nettement moins hybride, compte néanmoins plusieurs milliers de mots pris directement au latin, au grec, à l'anglais, à l'italien et à bien d'autres langues encore. Mais que l'emprunt soit un mot, une expression ou une structure grammaticale, une fois qu'un traducteur souhaitant préserver ses nuances originales l'a introduit dans la langue cible, son destin est déjà tout tracé : soit la tentative échouera (et sera considérée comme un acte de traduction maladroit, bizarre ou inachevé), soit elle réussira – et le greffon ainsi implanté, bouturé, assimilé, perdra tout caractère étranger.

Cela dit, les efforts actuels visant à produire des traductions anglaises qui retiendraient dans leur texture certains traits authentiquement étrangers ne se laissent pas strictement comparer aux campagnes de traduction qui ont eu pour effet de rendre, au cours des âges, l'allemand plus proche de l'anglais, le français de l'italien, le syriaque du grec, et ainsi de suite. Les défenseurs contemporains de l'« étrangèreté » ne luttent pas pour hisser l'anglais au rang de langue internationale : il en est déjà une, par excellence. Ils cherchent plutôt, jusqu'à un certain point, à enrichir l'anglais en le dotant de ressources linguistiques fournies par des langues qui en sont très distantes. « L'une des idées subliminales qui ont guidé mes premiers pas de traducteur était de contribuer à dynamiser l'anglais lui-même », a affirmé Richard Pevear dans une interview au *New Yorker*[11]. Un tel projet d'écriture créative repose sur le désir du traducteur de partager avec ses lecteurs certaines des impressions qu'il éprouve en lisant un roman russe. Pevear a en outre indiqué plus d'une fois qu'il ne parle pas le russe couramment et compte sur sa collaboratrice pour lui fournir un mot à mot à partir duquel il élabore une version littéraire [12]. Peut-être d'autres partisans de styles de traduction privilégiant l'« étrangèreté » en diraient-ils autant. Sur cette voie, le projet d'écrire des traductions infligeant un minimum de « violence ethnocentrique » à l'original court le risque de s'estomper au profit de tout autre chose – la simple représentation des curieuses manières de s'exprimer qu'emploient les étrangers.

Pour représenter l'« étrangèreté » d'énoncés étrangers, la voie la plus naturelle consiste à les laisser dans la langue originale, entièrement ou en partie. Une telle ressource est possible dans toutes les langues, et toutes l'ont employée, à toutes les époques, à des degrés divers [13].

Représenter l'« étrangèreté » des langues étrangères de façon tout à fait sérieuse est loin d'être simple. Il faut l'humour d'un Chaplin ou d'un Celentano pour en tirer des effets qui soient comiques sans être blessants.

La première tâche d'une traduction est de représenter ce que veut dire un texte étranger. Ce qui, comme nous allons le voir, est déjà bien assez difficile.

6

La compétence native
Votre langue est-elle bien la vôtre ?

Traditionnellement, et en vertu d'une règle aujourd'hui presque inflexible, les traducteurs travaillent à partir d'une langue étrangère vers ce que l'on nomme leur langue maternelle. Dans un cadre scolaire, ce genre de traduction s'appelle une « version » (l'exercice inverse étant le « thème ») ; dans le commerce du livre, on distingue de même entre « intraduction » et « extraduction » ; dans le domaine qui est le nôtre, le terme consacré est « traduction L1 », par opposition à la « traduction L2 », qui consiste à traduire vers une autre langue (généralement acquise par apprentissage). Toutes ces nomenclatures reposent sur une distinction entre la langue maternelle et une langue qui ne l'est pas. Mais qu'est-ce exactement qu'une langue maternelle ?

Nous sommes tous nés d'une mère, et il semble aller de soi que nous ayons appris à parler dans ses bras. La langue dans laquelle votre mère vous a parlé est donc celle « dans laquelle » vous êtes né et l'expression de « langue native », parfois employée comme synonyme de « langue maternelle », ne peut guère signifier autre chose.

Selon l'un des axiomes de la linguistique, être un locuteur natif d'une langue consiste à posséder entièrement cette langue, et réciproquement, la pleine maîtrise d'une langue est généralement comprise comme équivalant à la connaissance qu'en a un locuteur natif. Évidemment, les locuteurs d'une même langue en font des usages infiniment variés, disposent souvent de lexiques très différents et se distinguent par leurs habitudes linguistiques au niveau du registre, du style, de la diction, etc. ; néanmoins, nous partons du principe que seuls les locuteurs natifs de langue française (par exemple) ont une connaissance complète du français et que seuls ces locuteurs natifs sont en mesure de juger si un autre locuteur, quel qu'il soit, use de la langue comme le ferait un locuteur natif.

À force d'observer des locuteurs natifs (qu'il s'agisse d'autrui ou de nous-mêmes), nous avons également appris que de tels locuteurs font des erreurs grammaticales ou lexicales, et qu'il leur arrive d'avoir du mal à s'exprimer. En vertu d'une convention aujourd'hui généralement reçue, les faux pas et les hésitations d'un locuteur natif font eux-mêmes partie intégrante de ce que l'on entend par la compétence linguistique d'un tel locuteur. Les professeurs de langues étrangères sont passés maîtres dans l'art de distinguer entre les fautes commises au cours de l'apprentissage et celles qui sont caractéristiques de l'usage natif ; et dans toutes les langues, il existe pour leurs locuteurs natifs certaines erreurs qui paraissent non seulement incorrectes, mais « non natives ». Laissons cependant de côté ces applications pratiques de la distinction entre « natif » et « non natif ». D'autres questions, bien plus difficiles, sont soulevées par l'emploi de termes tels que « natif » ou « maternel » pour nommer la façon dont nous nous sentons plus ou moins chez nous dans la langue que nous appelons la nôtre.

Il n'est pas nécessaire que nous apprenions notre langue maternelle auprès d'une mère. Elle peut être acquise tout aussi efficacement auprès des frères et sœurs, d'une nourrice, d'une jeune fille au pair, ou des enfants des voisins. La seule chose qui importe pour un développement humain normal est que notre environnement immédiat pendant la petite enfance mette une langue à notre disposition, car aucun enfant n'invente une langue à lui tout seul, sans rien devoir à l'extérieur. Nous acquérons notre première langue en la puisant aux sources présentes dans notre environnement enfantin, quelles qu'elles soient. Certains enfants le font plus vite que d'autres, certains absorbent un lexique plus riche que d'autres, mais normalement, tous les enfants atteignent une certaine compétence de communication dans une fenêtre temporelle assez étroite, entre un et trois ans. Cela dit, la langue acquise au cours de ces premières étapes du développement n'est pas forcément la langue dans laquelle, une fois adultes, nous nous sentirons le plus à l'aise. On trouve partout dans le monde un grand nombre de gens qui ne sont pas des usagers particulièrement adroits de la langue dont ils se sont imprégnés au cours de leur enfance. Dans bien des circonstances, au cours de l'éducation formelle, la langue d'enfance est supplantée par un autre idiome, destiné à servir à l'âge adulte comme moyen effectif de communication.

Depuis la disparition du latin en tant que langue parlée, entre le VIe et le VIIe siècle après Jésus-Christ, jusqu'à l'âge de Descartes, Newton et Leibniz, jamais aucune mère n'a parlé latin à son enfant, et jamais aucun enfant n'est né au sein d'une famille parlant latin. Et pourtant, à travers l'Europe chrétienne, le latin a été enseigné aux jeunes gens des classes supérieures pendant plus d'un millénaire. Tout au long de cette période, le latin fut la langue dont se servaient les Européens cultivés dans leurs réflexions, leurs discours formels, leurs compositions, et qu'ils appliquaient dans des domaines aussi divers que la diplomatie, la philosophie, les mathématiques, la science et la religion. La langue était enseignée sous forme écrite ; elle était également parlée dans les écoles, les monastères, les églises, les chancelleries, les tribunaux, en tant que forme orale d'un idiome écrit. Tous les locuteurs du latin pendant la période où il constitua le principal véhicule de communication savante parlaient au moins une autre langue maternelle, mais ces parlers vernaculaires ne constituaient pas des instruments au service d'une pensée ou d'une expression élaborées. Cela étant, si l'on peut faire pour les hommes de rang social élevé, nés en Europe occidentale entre 700 et 1700 après Jésus-Christ, une distinction claire entre l'idiome qu'ils tiennent de leur mère et celui où ils agissent le plus efficacement, alors les concepts mêmes de « langue maternelle » et de « locuteur natif » méritent un nouvel examen.

D'autres exemples de la différence entre « première langue apprise » et « langue active » se laissent observer presque partout dans le monde. Je peux en citer plusieurs dans ma propre famille. Mon père a appris à parler en yiddish, qui était la langue de sa mère et de son environnement dans l'East End, à Londres, il y a environ quatre-vingt-dix ans. Dès qu'il alla à l'école, il se mit à y apprendre l'anglais. Il eut évidemment tôt fait de développer dans cette langue des compétences qui lui étaient inaccessibles dans sa langue maternelle. De même, la mère de mes enfants parla tout d'abord hongrois, mais commença à apprendre le français dès son arrivée en France, à l'âge de cinq ans. Dans ces deux cas, la langue maternelle fut conservée. Newton, Descartes, Leibniz continuèrent eux aussi à parler chaque jour leur « langue native » : l'anglais, le français et l'allemand, respectivement.

À l'époque moderne, il arrive fréquemment que la langue maternelle ainsi supplantée par un idiome érudit (réservé aux activités de haut niveau) ne soit plus qu'une « langue pour la mère », exclusivement employée dans les échanges avec la génération précédente. Le yiddish et le hongrois demeurèrent pour mon père et pour la mère de mes enfants la langue de la conversation avec leurs mères, et n'eurent quasiment pas d'autre fonction dans leur vie adulte. Ce genre de situation est assez typique chez les immigrés de première génération dans des pays tels que la France, la Grande-Bretagne ou les États-Unis : beaucoup d'entre eux possèdent une langue maternelle dont le degré d'élaboration ne dépasse guère un niveau atteint vers l'âge de cinq ans. Mais cela n'était certainement pas le cas de Descartes ou de Newton, qui écrivaient également en français ou en anglais, et cela ne l'est sans doute pas davantage aujourd'hui de millions d'autres locuteurs bilingues de par le monde.

Tout au long de notre existence, nous conservons un lien émotionnel plus ou moins fort avec la langue en laquelle nous avons appris nos premières chansons, nos premières comptines, les premiers jeux, les premières règles collectives, les rituels familiaux. Ce sont là des expériences fondatrices, et la langue en laquelle nous les éprouvons doit certainement rester à tout jamais imprégnée de la chaleureuse lumière de la mémoire enfantine. Mais il ne s'ensuit pas automatiquement de là que la langue de nos plus anciens souvenirs soit revêtue d'une importance particulière, en tant que langue, à l'égard de ce que nous pouvons devenir, ou de ce que nous considérons comme notre identité personnelle.

Quand la première langue à être apprise est recouverte par une langue transmise par l'éducation, elle cesse d'être aux avant-postes du développement de l'individu. C'est dans cette dernière (langue seconde, mais devenant jour après jour plus semblable à une première langue) que sont transmises les techniques fondamentales de l'écriture et du calcul, ainsi que des systèmes aussi importants que les règles du football ou du tennis, les paroles de chansons, les mille et un petits chocs de l'interaction sociale hors du cercle familial. Ce brusque afflux d'apprentissages se laisse évidemment retraduire dans une première langue, surtout si le cadre familial est favorable à un développement parallèle et si les parents ou la fratrie prennent le temps d'enseigner à l'enfant comment exprimer tous ces nouveaux savoirs dans l'idiome familial ; mais faute d'un tel appui, rares sont les enfants qui s'imposeraient des efforts aussi manifestement absurdes (absurdes, puisque sans aucun lien avec les usages sociaux et personnels des compétences récemment acquises).

L'un des problèmes que pose l'emploi de l'expression de « langue maternelle » pour nommer la langue dans laquelle un adulte est le plus à son aise pour agir tient à ce qu'un tel emploi confond l'histoire de l'acquisition, par un individu, de ses compétences linguistiques avec le mystère de ce que nous entendons par « maîtrise » d'une langue. Mais cet emploi a encore un autre effet, plus insidieux : il invite à considérer que notre langue préférée n'est pas seulement la langue qu'une mère a employée pour nous parler, mais qu'elle est, en un sens quasiment mystique, la mère de notre identité – l'idiome qui nous a faits ce que nous sommes. Parler de « langue maternelle » n'est pas neutre : l'expression véhicule un ensemble complexe d'idées sur la relation entre langue et identité personnelle, et nous en fait porter le poids aussi longtemps que nous la tenons pour une manière naturelle, non problématique, de nommer le lieu où nous nous sentons linguistiquement « chez nous ».

Il est probable que nous soyons tous, dès la naissance, dotés d'un certain potentiel de développement du langage, ainsi que du besoin d'acquérir la langue – autrement dit, que nous soyons équipés de ce que certains linguistes ont appelé une structure d'acquisition linguistique, inscrite dans notre cerveau. Mais dans les faits, nous ne sommes pas destinés à naître dans telle ou telle langue particulière : à l'orée de la vie, tous les bébés sont peut-être déjà dans le langage, mais encore hors de toute langue. Et pourtant, nous employons l'expression de « locuteur natif » comme si le contraire était vrai – comme si la forme linguistique acquise par un effort naturel mais assez soutenu au contact de notre environnement enfantin était un droit de naissance, un héritage et le séjour définitif, inaltérable de notre identité langagière. Mais savoir le français, l'anglais ou le tagalog n'est pas un droit de naissance, et moins encore un héritage : c'est une acquisition personnelle. Parler de maîtrise « native » d'une langue est aussi approximatif, et dans une certaine mesure aussi trompeur, que de parler d'avoir une « langue maternelle ».

Pour mieux saisir la curieuse idéologie qui sous-tend ce genre d'expressions, songeons aux exigences des universités anglaises et américaines qui précisent conventionnellement, lorsqu'elles cherchent à recruter un professeur d'une langue donnée, qu'un niveau de « compétence natif ou quasi natif » est exigé dans la langue en question. Que peut-on bien vouloir dire par « quasi natif » ? En termes pratiques, cela signifie simplement « très, très bon ». Implicitement, cela signifie que vous pouvez être très bon en français, en russe ou en arabe, même si ce n'est pas par droit de naissance. Mais d'un autre côté, quelles sont les implications les plus évidentes de la formule ? Premièrement : qu'on peut opérer une distinction entre les « locuteurs nés » de la langue considérée et les autres ; deuxièmement : que du point de vue des exigences d'une éducation linguistique de haut niveau, cette distinction n'a aucune importance. D'où un curieux problème : si la deuxième proposition est vraie, comment la première peut-elle l'être ?

Les spécialistes de linguistique distinguent entre les phrases qui sont grammaticalement et lexicalement « acceptables » et celles qui ne le sont pas en faisant appel aux jugements intuitifs des « locuteurs natifs ». La « compétence du locuteur natif » est le critère le plus fréquemment invoqué pour délimiter le domaine de ce qu'une grammaire de telle ou telle langue doit expliquer. Il peut sembler évident que « Jeanne aime Paul » est une phrase de la langue française alors que « Jeanne Paul aime » ne l'est pas, et qu'une grammaire française devrait expliquer pourquoi la première est acceptable et non la deuxième. Mais si l'on fonde les frontières entre ce qui est français et ce qui ne l'est pas sur les seuls jugements des locuteurs natifs, c'est tout le projet de constitution d'une grammaire qui risque en conséquence de reposer sur un cercle vicieux assez vertigineux. Comment jugeons-nous au préalable que le français tel que le parle un individu donné est « natif » ou non ? Uniquement en faisant appel à la grammaire, elle-même établie par référence aux jugements des « locuteurs natifs » eux-mêmes. Or il n'existe aucune procédure qui permette de distinguer sans ambiguïté entre locuteurs natifs et non natifs d'une langue. Le plus souvent, sans même recourir à des tests formels, nous nous contentons de nous fier aux déclarations de ces locuteurs. Et du coup, nous commettons plus d'une erreur.

Pour le dire autrement : les usagers de la langue française ne peuvent pas déterminer sûrement si une autre personne parlant leur langue l'a apprise au berceau, à l'école, ou par quelque autre voie. Et nous sommes encore moins capables de séparer les « natifs » des « autres » en matière d'expression écrite. Il arrive qu'on me prenne pour un Français quand je parle français. Mais je n'en suis pas un locuteur « natif » au sens courant du terme : je l'ai appris à l'école, dans la classe d'un gentil professeur un peu effacé qui s'appelait Mr Smith. Quand des Français s'écrient : « Ça alors ! J'aurais juré que vous étiez français », j'en rougis encore de fierté, comme l'élève sage que j'étais. Cependant, ce que de tels flatteurs veulent vraiment dire par là n'est pas que je parle le « français natif », mais qu'ils ont pris mes paroles pour l'indice d'une certaine nationalité. La nationalité compte évidemment parmi les rares choses que la plupart des gens acquièrent par la naissance – que ce soit en vertu de celle de leurs parents (par « droit du sang », *jus sanguinis*) ou du lieu où ils ont vu le jour (par « droit du sol », *jus soli*) [1]. L'histoire, relativement récente, de l'État-nation européen fondé sur une certaine uniformité linguistique a entraîné une confusion assez profonde entre langue et nationalité, ainsi qu'entre « compétence native » et pays d'origine.

Bien entendu, votre passeport n'a rien à voir avec votre compétence en tant que traducteur – pas plus que la langue que vous avez apprise dans votre enfance. Êtes-vous ou vous sentez-vous chez vous dans la langue où vous traduisez ? C'est là tout ce qui importe.

Qualifier cette compétence de « native » n'ajoute rien. Et s'obstiner à soutenir qu'on ne peut traduire que vers une langue « maternelle », moins encore. Les voies par lesquelles les locuteurs en arrivent à se sentir chez eux dans une langue sont bien trop variées, les capacités de ces derniers couvrent un registre trop large, pour qu'on les fasse entrer de force dans l'une des deux cases marquées « natif » et « non natif », si vagues et problématiques que puissent être leurs définitions.

On suppose généralement qu'une excellente connaissance de deux langues est la condition préalable à la capacité de traduire. Dans de nombreux domaines, ce n'est en fait pas le cas. Dans la traduction poétique et dramatique, ou dans celle des sous-titres de films, par exemple, la traduction en collaboration est la norme. L'un des partenaires est natif dans la langue du texte source, ou L1, l'autre l'est dans la langue cible, ou L2 ; l'un et l'autre doivent avoir quelques compétences dans une langue commune, qui est généralement, mais non pas nécessairement, L2. En outre, le traducteur qui maîtrise la langue cible doit être ou se croire expert dans l'idiome spécial du genre – qu'il soit poète, dramaturge, ou très doué pour concentrer le sens dans le format réduit d'un sous-titre, etc. Même dans la traduction de la fiction en prose, il existe de belles équipes de traducteurs : par exemple, Richard Pevear et Larissa Volokhonsky, qui ont établi ensemble de nouvelles versions anglaises de nombreux classiques de la littérature russe. Autre forme de transmission en collaboration : j'ai moi-même travaillé sur les romans d'Ismail Kadaré ; or je ne possède de sa langue, l'albanais, que quelques rudiments. Je pars des traductions françaises dues au violoniste Tedi Papavrami, puis je pose mes propres questions tant à Papavrami qu'à Kadaré lui-même ; je les formule en français, que l'auteur parle assez bien pour discuter d'allusions, de références, de points de style et autres questions de ce genre.

Dans d'autres cultures que celles d'Europe occidentale, le préjugé contre la traduction dans une langue non native est moins profond ; parfois, il n'a tout bonnement pas cours. L'Union soviétique a exigé pendant des décennies que les discours de ses délégués aux Nations unies soient traduits non par des interprètes natifs des autres langues officielles, mais par des locuteurs russes maîtrisant parfaitement la traduction vers l'espagnol, le français, l'anglais, l'arabe et le chinois. L'école de traduction de Moscou développa une théorie (ou une belle excuse) visant à justifier cette pratique, dont les motifs étaient politiques : selon cette théorie, le principal talent d'un interprète consiste à comprendre à fond l'original [2]. La plupart des professionnels sont d'un autre avis et estiment que la capacité à s'exprimer couramment, sans prendre le temps de la réflexion, dans la langue cible, constitue la véritable clef permettant de résoudre les difficultés quasiment inimaginables que soulève la traduction simultanée – et pourtant, pendant plus de quarante ans, l'Union soviétique s'est appuyée presque exclusivement sur ce qu'on appelle des « interprètes L2 », qui s'acquittèrent fort bien de leur tâche [3].

La traduction de type L2 – l'écriture dans une langue non « native » – est également très répandue pour des langues qui n'appartiennent pas au petit groupe de langues occidentales bénéficiant de vénérables traditions d'enseignement scolaire des autres idiomes dudit groupe ainsi que de vieilles relations de traduction réciproque. Peu de personnes écrivant à titre « natif » en anglais, français, espagnol ou allemand peuvent lire couramment le tamoul, le tagalog, le persan ou le wolof, et parmi elles, plus rares encore sont celles qui souhaitent consacrer du temps à la traduction. Pour des auteurs écrivant dans ces langues (ou dans la plupart des autres langues du monde), le seul moyen d'atteindre une audience internationale consiste à faire passer leur œuvre dans une langue mondiale apprise à l'école ou à l'étranger, par l'émigration ou en voyage. Mais le remède peut être pire que le mal. La triste réputation des traductions L2 produites en Chine ou en Albanie est méritée. Un grand nombre des exemples les plus atroces d'erreur de traduction dans des documents commerciaux ou des panneaux touristiques sont visiblement dus à une traduction L2. Mais il serait vain d'exiger que la loi d'airain de la traduction L1 s'impose à toutes les relations interculturelles du monde, à moins d'insister également sur son inévitable corollaire : à savoir que tous les systèmes éducatifs dans chacune des quelque quatre-vingts langues véhiculaires du monde devraient consacrer, année après année, d'importants moyens à la formation de soixante-dix-neuf groupes de traducteurs L1 compétents dans chaque génération d'étudiants. La seule alternative à une telle solution, qui reste utopique, serait que les locuteurs des langues cibles deviennent plus tolérants et accueillent avec plus de bienveillance les variantes qu'introduisent en anglais, français, allemand (etc.) les traducteurs L2 qui, de fait, se donnent beaucoup de mal pour se faire comprendre.

7

LE SENS, CE N'EST PAS SIMPLE...

Qu'elle soit due à un locuteur de L1 ou de L2, une traduction acceptable reproduit le sens d'un énoncé produit dans une langue étrangère.

Cela paraît assez évident et correspond tout à fait au service que les traducteurs et les interprètes contemporains prétendent rendre. Mais cela ne fournit pas une compréhension satisfaisante de ce qu'est la traduction, parce que le sens d'un énoncé n'est pas « une seule chose ». Quoi que l'on dise ou que l'on écrive, on produit du sens sur plusieurs plans à la fois. C'est un fait : les énoncés ont toutes sortes de « sens » de types distincts. Ce que « sens » veut dire, voilà un sujet quelque peu intimidant, mais on ne peut guère étudier la traduction si on le laisse de côté. Philosophiquement, c'est peut-être la bouteille à l'encre – mais c'est un problème que chaque traduction résout bel et bien.

Il va sans dire que la signification d'un énoncé ne se réduit pas au sens des mots qui sont prononcés ou écrits, et voici une histoire toute simple qui montre pourquoi. Jim est parti camper avec des amis. Il s'éloigne du groupe et se retrouve dans les taillis. Le voilà tout à fait égaré. Puis l'odeur du café vient flatter ses narines. Qu'est-ce que cela signifie ? Cela signifie que le camp n'est pas loin. Pour Jim, cette odeur est pleine de sens – mais d'un sens qui n'a rien de verbal.

Le type de sens que les choses revêtent par elles-mêmes est appelé le sens indiciel. Les odeurs, les sons, les sensations physiques, la présence de tel ou tel objet naturel ou manufacturé prennent sans cesse des sens indiciels. Dans la vie quotidienne, nous captons chaque jour des milliers de signaux de ce genre, mais ne retenons que ceux d'entre eux qui introduisent dans notre monde les sens dont nous avons besoin. De même, toute parole énoncée, du seul fait qu'elle a été énoncée, a aussi un sens indiciel. Si j'entre dans un café et que je demande un expresso, qu'est-ce que cela signifie ? En tant qu'indice, cela veut dire que je parle français, que le garçon le parle également, et ainsi de suite. C'est évident. Le plus souvent, le sens indiciel d'un énoncé est tout bonnement trop évident pour être remarqué. Mais ce n'est pas toujours le cas.

La Grande Évasion (*The Great Escape*), un film réalisé par John Sturges en 1963, raconte l'histoire, presque vraie, d'une évasion collective hors d'un stalag. Le cerveau du projet, un chef d'escadrille nommé Bartlett, se débrouille assez bien en français et en allemand. Il fait équipe avec MacDonald, qui ne parle qu'anglais, pour faire la route ensemble depuis la sortie de leur tunnel jusqu'aux côtes de la Manche. Déguisés en hommes d'affaires français, ils font la queue pour monter dans un bus. Il leur faut franchir un contrôle. Bartlett, en bluffant, s'en tire grâce à son français et à son allemand, très plausibles. Il est déjà dans le bus quand le policier, perspicace, leur souhaite à tous deux « *Good luck* »... en anglais. MacDonald, debout sur le marchepied, se retourne instinctivement, sourit et laisse échapper un « *Thank you* » – qui signe la fin de sa grande évasion. Ce n'est pas le sens linguistique de la formule employée par le policier, ni celui de la réponse de MacDonald, qui trahit les fugitifs, mais le sens indiciel de la langue qu'ils utilisent.

Il n'est pas possible de reproduire le sens indiciel de l'emploi d'une langue donnée dans une autre langue que celle qui est ainsi employée. On ne peut pas, par exemple, recréer en finlandais l'effet produit par « le fait de parler anglais alors qu'on s'évade d'un camp de prisonniers allemand ». Dans la version française du film, « *Good luck* » et « *Thank you* » ne sont pas traduits : le spectateur français est censé identifier ces expressions et saisir à demi-mot le sens indiciel d'un tel emploi de l'anglais dans l'Allemagne nazie pendant la guerre. En revanche, dans des versions destinées à des publics pour lesquels l'anglais, le français et l'allemand parlés présentent tous confusément l'aspect sonore de « l'européen occidental standard », le sens global de la scène ne peut être préservé ni par le simple maintien du dialogue original (comme dans la VF), ni par sa traduction, puisque le recours à toute autre langue que l'anglais ruinerait l'effet indiciel. Il faut alors ajouter une nouvelle couche ou un nouveau canal de communication (un sous-titre ou un surtitre, par exemple). Cette piste de sens supplémentaire peut servir à fournir une description métalinguistique des énoncés, quelque chose comme « Le policier allemand parle anglais » ou comme « Les forces de l'ordre emploient la langue maternelle du fugitif, qui commet l'erreur de répondre de même. » Une telle façon de procéder doit-elle être considérée comme une traduction ? Sans doute, puisqu'elle a pour but, et pour effet réel, de fournir un accès rapide au sens d'une œuvre en langue étrangère. Mais elle ne correspond pas à la définition simple de la traduction qui ouvre le présent chapitre. Le sous-titre ne reproduit pas ici le sens d'un énoncé produit dans une autre langue. Il ne fait que vous donner l'information dont vous avez besoin pour saisir, non pas ce qui se dit effectivement, mais bien plutôt ce qui se passe du fait que cela est dit.

La compréhension de quoi que ce soit implique toujours une mise en rapport de l'énoncé (le « *Thank you* » de MacDonald) au sens que revêt le fait de son énonciation. Tel est le cadre de base de tout acte de communication. Le problème tient à ce que la relation entre un énoncé et le sens que revêt son énonciation est instable, et parfois extrêmement trouble. Après tout, le fugitif anglais se serait trahi exactement de même en répondant n'importe quoi d'autre au « *Good luck* » du policier allemand, s'il avait fait cette réponse en anglais. On pourrait soutenir que dans un tel contexte, « *Thank you !* », « *Get lost !* » et « *You're a real gentleman* » (« Merci ! », « Fiche-moi la paix ! » et « Vous êtes un vrai gentleman », respectivement) ont le même sens, et l'on pourrait prouver cette affirmation scandaleuse en montrant qu'un seul et même sous-titre devrait leur correspondre en chinois.

Pour en revenir à la parabole de Jim perdu dans les bois avec sa camarade Jane, l'un ou l'autre pourrait s'exclamer, en percevant la douce odeur du café qu'on prépare dans les environs : « Ah ah ! Ça sent le café ! » ou « Tu sens ce que je sens ? » ou encore « Et toi, tu la sens, cette odeur de café ? » Ce sont là des phrases distinctes qui sont toutes porteuses de différents « sens propositionnels », comme diraient les linguistes, mais dans le présent contexte, elles ont toutes la même implication : à savoir, que le camp n'est pas loin, qu'ils ne sont pas égarés, qu'ils peuvent s'estimer heureux, etc. Dans une traduction, les nuances entre les différents sens propositionnels n'ont ici guère d'importance. Ce qui importe dans un tel cas, c'est de conserver les implications de l'énoncé, et le principal talent d'un traducteur consiste à savoir les restituer dans une autre langue. Les niveaux de politesse dans la conversation, tout comme les us et coutumes régissant les rapports entre un homme et une femme lorsqu'ils se perdent ensemble dans les bois, peuvent varier du tout au tout d'une langue ou d'une culture à l'autre. En ce qui concerne l'histoire de Jim et de Jane, le traducteur a donc pour tâche d'exprimer la valeur que revêt l'énoncé dans les circonstances en question, dans des formes appropriées à la langue cible et à la culture qui lui correspond. Peu importe dès lors que la forme des mots choisie corresponde ou non au sens propositionnel de la phrase prononcée par Jim.

Bien entendu, Jim aurait pu communiquer le sens qu'il confère à sa perception d'une certaine odeur, non par des mots, mais par un sourire, un frémissement de narines, un geste de la main. Dans de nombreuses circonstances analogues, une communication non verbale peut être quasiment l'équivalent d'un énoncé. Il y a là de quoi surprendre les étudiants qui se forment à la traduction, mais c'est un fait : le sens n'est pas seulement véhiculé par les mots. Quand il s'agit de savoir ce que quelque chose veut dire et quel sens a été compris, il est impossible de tracer une séparation franche entre le langage et les formes non linguistiques de communication (à savoir, dans l'histoire de Jim et Jane, entre les paroles et les sourires, les frémissements de narines ou les gestes de la main). Il n'y a pas de frontière nette, seulement une ligne mouvante entre les modes d'expression linguistiques et tous les autres.

Les indices et les compléments non verbaux de l'expression verbale se situent aux limites, voire juste au-delà, du domaine de la traduction, car celle-ci ne couvre que les énoncés de forme linguistique – mais un énoncé ne se réduit jamais à sa seule forme linguistique. C'est pourquoi il n'existe aucun moyen d'assigner sans équivoque le point où tel mode ou type de sens s'achève et où tel autre commence. Si vous coupiez la bande-son de la scène du bus dans *La Grande Évasion*, vous verriez un homme en manteau de cuir dire au revoir à deux individus en tenue civile ; l'un d'eux lui rend la politesse, puis tente inexplicablement de prendre la fuite. Vous n'y comprendriez pas grand-chose. Mais si vous vous borniez à écouter la bande-son, sans rien voir du contexte dans lequel quelqu'un dit « *Good luck* » avec un léger accent allemand, vous comprendriez encore moins. Le contexte à lui seul ne vous dit pas ce que signifie l'énoncé, si vous n'êtes pas en mesure d'entendre celui-ci ; réciproquement, l'énoncé à lui seul est très loin de recéler assez d'information pour vous permettre de reconstruire le contexte. Il vous faut les deux.

La captation filmique est un instrument utile pour explorer les milliers de voies par lesquelles advient le sens. Ce que nous comprenons d'une séquence ou d'une scène se constitue à partir de différentes sortes d'information acheminées par différents moyens techniques. L'angle de la caméra, la profondeur de champ, le décor, les costumes, les mimiques, la gestuelle des personnages, les accessoires en jeu, les effets de son et la musique d'ambiance qui se superposent à l'action, tous ces éléments affectent les sens que nous tirons d'un extrait de film. Dans les meilleurs cas, aucun de ces canaux ne se laisse séparer des autres. Ils opèrent de concert, et leur rythme global fait partie intégrante du sens qu'ils construisent. Chaque flux de sens est une partie du contexte qui confère à tous les autres flux leur pouvoir de signifier, et qui affecte nécessairement leurs sens spécifiques.

Ce fait, que le cinéma laisse apparaître assez nettement, est également observable dans la communication humaine en général, et jusque dans les phrases les plus banales et les plus simples. Dans la traduction comme dans la vie, le sens *est* contexte.

L'expression « une noisette à emporter, s'il vous plaît » – une expression que j'emploie presque tous les matins vers huit heures – veut dire ce qu'elle veut dire quand un client l'adresse à un *barista*. La situation (le café) et ses participants (le client et le *barista*) sont des parties indispensables, inséparables du sens de l'énoncé. Imaginez-vous en train de dire la même phrase à deux heures du matin, au lit, à votre partenaire. Ou imaginez-la prononcée par un fanatique du cyclisme transsaharien à son arrivée dans un camp touareg. Les mots seraient les mêmes, mais le sens de leur énonciation serait entièrement différent. Du point de vue indiciel, il se pourrait que vous fassiez un cauchemar, ou que la déshydratation ait fait perdre la tête au pauvre cycliste. Tout comportement langagier, même une simple demande de café, prend un sens différent quand son contexte d'énonciation est modifié.

Ce point mérite d'être répété : le sens que revêt un énoncé pour celui qui l'énonce et pour celui à qui il est adressé ne dépend pas exclusivement du sens des mots énoncés. Entre autres paramètres du mode de signification d'un énoncé (et du sens effectivement énoncé), la situation d'énonciation, d'une part (temps, lieu, connaissance des comportements habituels présents en ce temps et en ce lieu), et les identités des participants, d'autre part (ainsi que leurs relations mutuelles), constituent deux déterminants d'une importance cruciale. Le sens linguistique des mots employés n'est pas sans importance (une noisette n'est pas la même boisson qu'un cappuccino au lait écrémé sans mousse), mais il n'est qu'une pièce du puzzle ou du processus d'ensemble que mobilise l'énonciation. Cette pièce-là peut être la seule à faire visiblement l'objet d'une traduction, mais elle est loin de constituer l'intégralité de ce qui s'est dit.

Le philosophe John L. Austin, dans une étude devenue classique, a souligné l'existence en langue anglaise (mais en français aussi bien) de certains verbes qui ne décrivent pas une action, mais *sont* des actions du seul fait qu'ils sont énoncés. « Je vous avertis de ne pas approcher du bord de la falaise » est un avertissement parce que le locuteur a dit « je vous avertis ». L'anglais et le français comprennent un assez grand nombre de tels verbes, dits performatifs (tous ne fonctionnent pas tout à fait comme dans l'exemple précédent). Mais dès qu'on tente de traiter des verbes tels que promettre, avertir, conseiller, menacer, marier, baptiser, nommer, juger, etc., comme autant de spécimens d'une classe verbale spéciale, de nombreuses difficultés surgissent. D'abord, rares sont les verbes à constituer l'acte qu'ils nomment, à moins que plusieurs conditions non linguistiques n'aient été satisfaites. Une phrase comme « Je baptise ce navire *La Libellule* » n'a toute sa force – autrement dit, elle ne donne effectivement son nom à un navire réel – que si la personne autorisée à mettre le vaisseau à la mer la prononce bel et bien au cours de la cérémonie de lancement, et pourvu que les rituels associés à celle-ci soient accomplis en même temps (qu'une bouteille de champagne soit brisée contre l'étrave, que les cales soient retirées, etc.). Dite dans d'autres circonstances – par exemple, murmurée par un homme allongé dans un transatlantique sur la plage de Talloires –, cette même phrase ne constitue absolument pas l'acte de baptême d'un navire. Austin appelle ces facteurs concomitants nécessaires à l'accomplissement de l'action d'un verbe performatif ses « conditions de réussite ». Bien entendu, il existe mille et une façons de saboter ou de détourner un tel accomplissement performatif en altérant les conditions de réussite qu'il réclame. Mais cela n'affecte en rien la thèse si importante d'Austin : la valeur d'un énoncé n'est pas exclusivement fonction du sens des mots dont il semble être composé. Les accessoires non linguistiques, les circonstances d'une expression verbale – telle personne, parlant en présence de telle autre, à tel moment, à tel endroit, et ainsi de suite – sont les éléments qui permettent vraiment aux usagers du langage de « faire des choses avec des mots ».

Bien des actions peuvent être effectuées sans le moindre recours à un verbe performatif censé l'« accomplir ». Je peux m'engager à épouser une personne en répondant « bien sûr » à sa demande en mariage, ce qui me lie tout autant que si je disais « je m'y engage ». Je peux avertir quelqu'un en employant l'impératif – « Ne t'approche pas de la falaise ! » – tout comme je peux menacer quelqu'un en l'invitant sur un certain ton à me suivre dehors. La valeur d'un énoncé n'est pas uniquement fonction des sens des mots qui y sont employés. Dans plus d'un cas, si l'on ne se fonde que sur des facteurs strictement linguistiques, il n'est pas facile de déterminer quel peut être le rapport entre valeur globale et sens particulier, ni même qu'un tel rapport existe.

L'altération intentionnelle d'un ou plusieurs traits contextuels de base d'un énoncé transforme le plus souvent une expression douée de sens en un charabia inintelligible. Mais l'inverse est également possible : le charabia peut revêtir un certain sens pour peu qu'on lui suppose un nouveau contexte. Dans les premières pages de son travail révolutionnaire intitulé *Structures syntaxiques* (1957), Noam Chomsky a forgé une phrase dépourvue de sens afin d'illustrer ce qu'il considérait comme la différence fondamentale entre une phrase douée de sens et une phrase simplement grammaticale. « D'incolores idées vertes dorment furieusement » était censé constituer un exemple de phrase pleinement grammaticale qui ne pouvait avoir le moindre sens. Il ne fallut guère plus de quelques mois pour que des étudiants malicieux s'amusent à réfuter Chomsky sur ce point, ouvrant à Stanford un petit concours du meilleur texte dans lequel « D'incolores idées vertes dorment furieusement » serait non seulement une phrase grammaticale, mais aussi une expression pleinement significative.

Voici l'un des spécimens primés :

> Seule la perspective de la verdure à venir peut nous pousser dès l'automne à acquérir ces petites boules de matière végétale blanchâtres et dormantes sous leur fine pellicule brune que nous plantons amoureusement avant de veiller sur elles. Je m'émerveille quand je songe à quelle allure elles travaillent sous cette enveloppe à nous faire l'offrande de leur soudaine et stupéfiante beauté : ô don, ô floraison printanière

des bulbes ! Tant que règne l'hiver, la terre est en repos, mais d'incolores idées vertes dorment furieusement [1].

De nos jours, une expression telle que « d'incolores idées vertes » pourrait faire référence aux points qu'abordèrent les négociateurs au sommet de Copenhague sur le réchauffement climatique en décembre 2009 ; ajouter qu'elles « dormirent furieusement » serait dès lors une allusion aux maigres résultats auxquels ils aboutirent. Mais ces remarques ne visent pas tant à rappeler que les gens se plaisent à jouer avec la langue (et à tourner en dérision les généralisations que les discours d'autorité dictent à son sujet). L'essentiel est le point suivant : en quelque langue que ce soit, il est impossible de former une phrase grammaticale de telle façon qu'elle ne puisse jamais trouver de sens dans un certain contexte d'énonciation. Ce qui signifie aussi que tout ce qui peut être dit ou écrit – même le *nonsense* – peut (à un moment ou à un autre) être traduit. *Colorless green ideas sleep furiously*, ou encore : *verdi idee senza colore dormono furiosamente.*

La traduction d'énoncés qui réalisent une action conventionnelle du fait de leur énonciation même (salutations, ordres, etc.) exige que la langue cible dispose de conventions équivalentes sur les choses que l'on peut « faire avec des mots ». Or il existe, sur ce point, d'importantes différences d'une culture ou d'une langue à l'autre. Une idée telle que « chose promise, chose due » a peut-être cours dans le monde entier, mais les « conditions de réussite » ainsi que les formes linguistiques correspondant à l'effectuation d'une promesse peuvent varier du tout au tout quand on passe, par exemple, du Japon aux États-Unis. Une expression telle que « croix de bois, croix de fer, si je mens je vais en enfer » ne doit pas être traduite à la lettre si le but que l'on se fixe est de prendre un engagement semblable dans la langue cible. Une fois encore, les termes de l'énoncé (qu'il soit oral ou écrit) ne sont pas le seul ni même le premier objet d'une traduction quand c'est la valeur de l'énoncé qui importe – ce qui est toujours le cas.

Ces considérations n'affectent pas seulement l'ensemble des verbes qu'Austin qualifiait de performatifs. Le répertoire des choses que l'on peut « faire avec des mots » ne se borne pas, loin de là, à promettre, avertir, anoblir, baptiser et autres actions qui ont retenu l'attention du philosophe ; mieux vaudrait considérer ces verbes, qui n'ont rien de si spécial ni en anglais ni en français, comme une façon parmi d'autres de saisir un aspect plus général de l'usage du langage. Quand je demande « Comment ça va ? » à une connaissance que je rencontre, j'accomplis une convention sociale (désignée par le verbe performatif « saluer ») en recourant à un énoncé qui lui est conventionnellement associé. Que j'emploie un verbe performatif (« Salaam, votre Altesse, je vous salue très humblement ! ») ou une autre formulation (« Hugh ! »), l'expression qui constitue l'action de saluer n'a de sens qu'en vertu du type d'action que j'accomplis en l'employant. « Saluer » pourrait être conçu comme un certain registre ou genre de l'usage linguistique. Il n'est pas difficile de voir que la traduction de « Comment ça va ? » en quelque autre langue que ce soit consiste à traduire la convention de salutation, et non pas les termes isolés « comment », « ça » et « va ». Or un tel principe, généralement tenu pour applicable dans le type d'usage linguistique que reflètent toujours les guides de conversation pour touristes, ne perd rien de sa validité dans bien d'autres contextes de traduction. Une fiche tricot qui ne suit pas les conventions de la langue cible en matière de fiches tricot est bonne à jeter, tout comme la traduction d'une menace de rétorsion qui ne se conformerait pas aux conventions gouvernant la menace dans la culture cible ne serait ni une menace, ni une traduction.

Au cours de l'été 2008, le *Wall Street Journal* publia en première page un article sous le titre suivant :

GOP Veep Pick Roils Dems

Pour y comprendre quelque chose, il vous faut connaître pas mal de choses sur la vie politique américaine au cours des mois qui précédèrent la dernière élection présidentielle, et en particulier les surnoms conventionnels des deux partis en présence (« *GOP* » = *Grand Old Party*, littéralement le « grand et vénérable parti », désigne les républicains ; « *Dems* », les démocrates), mais vous devez aussi être rompus au style des petits jeux alphabétiques qu'affectionnent les rédacteurs des équipes de nuit dans leurs bureaux de Manhattan (*Veep* = *V. P.* = *Vice President*). Devrions-nous pour autant verser des larmes de pitié sur les pauvres traducteurs du monde entier, censés restituer l'essentiel de la nouvelle en un clin d'œil ? Pas vraiment. Le sens des termes dans ce gros titre importe peu. Ce qui importe, c'est que ces mots composent un titre. Comme tous les gros titres de la presse anglophone, *GOP Veep Pick Roils Dems* est expliqué par l'article qui suit, et qui en développe la teneur sous forme moins condensée. La tâche du traducteur – s'il appartient bien au traducteur, et non au rédacteur, de s'acquitter de cette fonction – est d'abord de comprendre la dépêche, et ensuite seulement d'inventer un titre approprié, selon le code des titres qui est en vigueur dans la langue cible. « Le choix de Mme Palin comme candidate républicaine à la vice-présidence des États-Unis choque le parti démocrate », par exemple, est tout à fait conforme au style du *Monde*, et constitue une contrepartie plausible à l'ellipse accrocheuse du *Wall Street Journal*. Tant l'original que sa traduction doivent observer les conventions générales gouvernant la composition des titres dans leurs cultures respectives, car l'écriture des titres n'est pas moins un genre – un type particulier d'usage linguistique restreint à certains contextes – que ne le sont la promesse, le baptême, la menace et autres actions analogues.

Combien y a-t-il de tels genres ? Un nombre incalculable. Comment savez-vous de quel genre relève telle phrase écrite ? En fait, vous ne le savez pas, et c'est bien le problème. Aucune phrase ne contient toute l'information dont vous avez besoin pour la traduire. Dans toute expression considérée simplement en tant que succession bien formée de termes lexicalement acceptables, il manque toujours un certain niveau essentiel d'information : celui qui concerne son appartenance générique. Le genre ne peut être fourni que par le contexte énonciatif. Dans le cas d'une phrase parlée, on voit bien de quoi il s'agit : il faut être là, en contexte, pour l'entendre dire. En ce qui concerne les textes écrits, on dispose aussi le plus souvent de beaucoup d'informations. Les traducteurs n'acceptent pas, en règle générale, de travailler sur un texte à moins de savoir à l'avance s'il s'agit d'un indicateur de chemins de fer ou d'un poème, d'un discours aux Nations unies ou d'un fragment romanesque (et tout aussi rares sont les lecteurs qui s'attaquent à de tels textes dans leur version originale sans que la couverture, le prière d'insérer ou un paratexte quelconque ne précise à leur intention la nature de ce qu'ils lisent). Pour faire leur travail, les traducteurs ont besoin de savoir quel travail on leur demande.

Faire une traduction « à l'aveugle », « à froid », « en partant de zéro », ou encore « traduire un texte en soi et pour soi » (comme le diraient certains spécialistes de la chose littéraire), n'est pas techniquement impossible. Telle est après tout la teneur de l'examen final que l'on impose aux étudiants dans certaines universités. Mais ce n'est pas là un travail tout à fait honnête. On ne peut y arriver qu'en devinant ce que sont le contexte et le genre de l'énoncé. Même si vous devinez juste, et même si l'on vous accorde qu'une telle réussite peut être la marque d'un savoir étendu et d'un esprit vif, en fin de compte vous ne faites là que jouer à un jeu.

Bien des genres présentent des formes reconnaissables dans la majorité des langues et des cultures : recettes de cuisine, boniments de foire, formules de salutation, expression de condoléances, vœux de mariage, rituels juridiques, règles de football, procédures de marchandage, autant de types qui se retrouvent presque partout dans le monde. Les formes linguistiques dans lesquelles ces genres se manifestent peuvent varier, parfois du tout au tout, mais pour peu que le traducteur sache quel genre il est en train de traduire et qu'il soit familiarisé avec les formes que revêt ce genre dans la langue cible, leur traduction ne pose pas de problème particulier. Les problèmes surgissent bien plus fréquemment quand les usagers d'une traduction opposent des objections aux changements de forme verbale qu'implique une traduction digne de ce nom. Les traducteurs ne traduisent pas des recettes de cuisine chinoises « en français ». S'ils sont bien des traducteurs, ils les traduisent en recettes de cuisine. De même, quand un titre de film doit être traduit, il doit l'être en un titre de film, non en une réponse à une question d'examen.

It's Complicated est le titre original d'une comédie romantique américaine dont les héros, interprétés par Alec Baldwin et Meryl Streep, éprouvent l'un pour l'autre un retour de flamme sous le soleil de Santa Barbara quelques années après leur divorce. Les « complications » auxquelles le titre fait allusion comprennent la jeune épouse de Baldwin, soupçonneuse et toujours aux aguets ; son fils de cinq ans, dont l'ouïe est d'une finesse paranormale ; et les trois enfants du premier lit, maintenant âgés de dix-huit à vingt-cinq ans. Leurs parents peuvent-ils réellement se retrouver ? Comme le dit Baldwin au cours d'un dernier échange sentimental sur la balancelle du jardin : « *It's complicated.* » En français, et abstraction faite de tout contexte d'énonciation, ces mots peuvent être adéquatement rendus par « C'est compliqué. » Dans une interrogation scolaire, ce genre de réponse obtiendrait 20 sur 20.

Dans le contexte dramatique qui nous occupe, « C'est compliqué » constituerait également une traduction tout à fait acceptable du « *It's complicated* » résigné, incertain et évasif que laisse échapper Baldwin. Mais le titre de la version française du film lui-même n'est pas *C'est compliqué*. Les distributeurs ont préféré l'intituler *Pas si simple* !

Ce n'est pas que le sens soit si différent. Ce n'est pas non plus que le contexte d'énonciation modifie à lui seul la signification : les titres de film, précisément parce qu'ils sont des titres, sont à un certain point de vue dépourvus de tout contexte. Les titres d'œuvres nouvelles annoncent et construisent le contexte dans lequel le sens de l'œuvre est censé être appréhendé. En d'autres termes, la composition de titres constitue un certain usage de la langue – un genre. Comme pour tout autre genre, un titre traduit n'a de valeur comme traduction que s'il accomplit sa fonction propre, c'est-à-dire s'il marche bien en tant que titre, en vertu des conventions qui président à la composition de titres dans la langue cible (or les à-peu-près, les homonymies approximatives et autres jeux de mots font partie intégrante de l'art du titre dans le journalisme et le monde du cinéma en France, sinon partout dans le monde). Pour prendre un autre exemple : quand on traduit un compliment, la chose la plus importante est que la traduction remplisse la fonction du type de comportement linguistique que nous désignons du nom de « compliment ».

Dans le cas de langues (et de sociétés) aussi proches que le sont l'anglais et le français, il arrive fréquemment que des phrases qui se ressemblent par leur structure et par leur matériau verbal s'acquittent également de fonctions génériques similaires. Mais ce n'est pas toujours le cas. Il incombe alors au traducteur de savoir ne pas succomber aux sirènes de la ressemblance.

En français parlé contemporain, « compliqué » a des connotations que l'anglais « *complicated* » n'a pas. Dans certains contextes, « compliqué » peut aller jusqu'à introduire une nuance de complexité ou de perversité. Une façon plus vraisemblable de suspendre une décision, de ne pas se laisser piéger, de déplorer les difficultés de la vie, consiste à dire : « Ce n'est pas si simple. » Bien entendu, on pourrait aussi bien dire « *It's not so simple* » en anglais, si le contexte s'y prête. Mais pourrait-on en tirer un titre de film ? En anglais, *Not so simple* est loin d'être aussi efficace que *It's complicated*, qui a eu la préférence des producteurs. Mais son équivalent français marche très bien, tout en évitant les nuances qui assombriraient *C'est compliqué*. De tels jugements n'exigent pas seulement du traducteur qu'il fasse montre de « compétence native ». Ils réclament aussi une profonde familiarité avec les lois du genre.

Ce qu'il faut retenir de tout cela, c'est que les expressions écrites ou orales d'une langue, quelle qu'elle soit, ne sont pas dotées d'un sens sans autre forme de procès, tout simplement, par elles-mêmes. La traduction représente le sens que revêt un énoncé, et de ce point de vue, elle fournit un assez bon moyen de déterminer ce que peuvent vouloir dire les expressions que cet énoncé contient. En fait, pour être sûr et certain qu'un énoncé quelconque possède un sens, le seul recours dont vous disposiez en dernière analyse est justement de le faire traduire.

8

… Les mots, c'est encore pire

En russe, il existe deux mots, голубой et синий, que l'on rend par « bleu », mais ils n'ont pas le même sens. Le premier s'emploie pour des nuances de bleu pâle ou clair, le second pour des teintes plus sombres, comme le bleu marine. L'un et l'autre peuvent donc être traduits en français, pourvu que vous leur ajoutiez un terme qui précise de quel bleu vous voulez parler. À l'inverse, vous ne pouvez traduire le « bleu » français en russe : en effet, quoi que vous disiez – quel que soit l'adjectif que vous choisissiez d'employer – vous ne pouvez éviter d'en dire plus que l'original français. Or les éditeurs et le public s'attendent par convention à ce que les traducteurs n'ajoutent rien au texte qu'ils traduisent. Si donc vous souscriviez à ces conditions de travail, vous pourriez très vite, en vertu d'une impeccable logique, en arriver à la conclusion que la traduction est une tâche absolument impossible.

Cette observation et d'autres du même tonneau ont été invoquées par plus d'un éminent érudit pour refuser à la traduction le statut d'objet théorique intéressant. Roman Jakobson, figure capitale de l'histoire de la linguistique, a fait remarquer que сыр, le mot russe correspondant à « *cheese* » ou à « fromage », ne peut être employé pour décrire le *cottage cheese*, lequel porte en russe un autre nom, творога (et n'a aucun équivalent exact en français, bien qu'il soit parfois traduit par « faisselle » ou par « *cottage cheese* »). Pour reprendre ses termes, « l'anglais "*cheese*" ne peut pas être complètement identifié à son hétéronyme russe [1] ». Résultat : il n'existe pas de traduction russe tout à fait adéquate d'un mot apparemment aussi simple que « *cheese* » ou « fromage ».

C'est un fait linguistique incontestable que les ensembles de termes dont chaque langue dispose analysent les traits caractéristiques du monde selon des divisions distinctes et parfois radicalement différentes. Les termes de couleur ne se correspondent jamais tout à fait : un francophone a toujours un problème quand il lui faut savoir ce qu'un Anglais veut dire par « *brown shoes* », puisque les chaussures en question peuvent s'avérer être marron, bordeaux, voire rouge foncé. Les noms des poissons et des oiseaux forment souvent des groupes dont les décalages d'une langue à l'autre sont d'une complexité vertigineuse. De façon analogue, les formules toutes faites servant à conclure une correspondance sont rangées en séries graduées de politesse (ou de servilité) croissante qui ne sont susceptibles d'aucune application hors de la culture où elles sont employées.

Mais ces exemples bien connus de « corrélation imparfaite » ou d'anisomorphisme des langues ne permettent pas vraiment de conclure à l'impossibilité de la traduction. Pour peu que le traducteur puisse voir le ciel qui est qualifié de bleu – que le ciel en question soit réel ou figuré dans un tableau, par exemple –, aussitôt le terme qu'il doit évidemment choisir en russe lui sautera aux yeux. De même, si tel fromage que l'on achète chez le fromager n'est pas du *cottage cheese*, alors le choix du terme russe ne pose plus de problème. D'un autre côté, s'il s'agit de traduire une phrase de roman, peu importe, au fond, de quelle sorte de bleu russe on se sert pour qualifier un vêtement qui n'existe que dans l'image mentale que s'en fait le lecteur. Si la nuance précise de bleu finit par jouer un rôle effectif dans une autre partie ou à un autre niveau de l'histoire, le traducteur peut toujours revenir en arrière et revoir son choix pour l'ajuster à ce qui doit suivre. Contrairement à ce qu'ont soutenu certains théoriciens de la traduction, le manque de termes exactement équivalents ne constitue donc pas vraiment une difficulté insurmontable.

Les dictionnaires de poche contiennent des mots communs, d'usage fréquent, et leurs imposants grands frères sont entrelardés de termes plus rares. La plupart de ces mots additionnels sont dotés d'un sens relativement précis, voire recherché, comme « polyester », « récitatif », ou « pédalier ». Traduire des mots de ce genre dans la langue d'une communauté qui a eu l'occasion de s'intéresser aux fibres synthétiques, à l'opéra italien ou à l'entretien des cycles est un jeu d'enfants. Du coup, d'épais dictionnaires qui font autorité créent la curieuse illusion que la vaste majorité des mots d'une langue peuvent être traduits automatiquement par simple substitution des termes qui leur correspondent dans un tel dictionnaire. Mais la majorité des entrées dans un dictionnaire est une chose et les mots les plus fréquents dans l'usage en sont une autre, très différente. De fait, quelle que soit la langue considérée, deux à trois mille mots suffisent à rendre compte de la plus grande partie des occurrences lexicales dans l'ensemble des énoncés – et ce ne sont pas du tout des mots tels que « pédalier », « récitatif » ou « polyester » [2].

Si la traduction ne consistait qu'à substituer des termes correspondants à la place voulue, alors il est clair qu'il serait impossible de traduire à peu près tout ce que nous disons, exception faite de nos références (relativement peu fréquentes) à une très large gamme d'objets matériels spécifiques. Réciproquement, les nombreux tenants de la thèse faussement évidente de l'impossibilité de la traduction semblent bien désirer que tout lexique soit constitué de mots désignant de tels objets. Ce n'est que ce désir de croire (en dépit des preuves du contraire) que les mots sont au fond les noms des choses qui voue la mission du traducteur à cette apparente impossibilité.

L'idée qu'une langue n'est qu'une liste de noms correspondant aux choses existantes hante la pensée occidentale depuis les Hébreux et les Grecs jusqu'à l'homme de la rue du XXIe siècle, en passant par plus d'un esprit distingué. Voici comment Leonard Bloomfield, un professeur de linguistique qui a dominé sa discipline aux États-Unis pendant plus d'un quart de siècle, s'est attaqué au problème du sens dans le manuel qu'il a signé. Soit le mot « sel ». Que signifie-t-il ? Dans le manuel de Bloomfield, « sel » est décrit comme étant l'étiquette correspondant au chlorure de sodium, désigné de façon plus exacte (ou tout au moins plus scientifique) par les symboles NaCl. Mais Bloomfield était évidemment conscient que seule une faible proportion des mots d'une langue est justiciable d'une analyse aussi simple. Le sens de termes tels qu'« amour » ou « angoisse » ne se laisse pas dégager ainsi. Bloomfield conclut en conséquence :

> Pour donner une définition scientifiquement exacte du sens de chaque forme d'une langue donnée, il nous faudrait disposer d'une connaissance scientifiquement exacte de l'ensemble du contenu du monde du locuteur […][et comme cette connaissance nous fait

défaut,] la détermination des sens est le point faible de l'étude du langage [3].

Quand on attaque le problème sous cet angle, c'est le moins qu'on puisse dire.

Qu'un homme aussi savant et intelligent que Bloomfield ait jamais pu se figurer que « NaCl » ou « chlorure de sodium » puisse constituer le sens du mot « sel », je n'en reviens pas. Que sont donc ces expressions ? Cela crève les yeux : ce sont des traductions de « sel » dans des registres linguistiques différents. Cela étant, même si nous révisons de la sorte la naïveté bloomfieldienne, nous restons prisonniers de l'idée que les mots (même traduits dans tout autre registre ou toute autre langue qu'il vous plaira) sont les noms des choses.

Comme on sait, si tant de gens prennent les mots pour les noms des choses, c'est entre autres raisons parce que la Bible l'affirme :

> L'Éternel Dieu forma de la terre tous les animaux des champs et tous les oiseaux du ciel, et il les fit venir vers l'homme, pour voir comment il les appellerait, et afin que tout être vivant portât le nom que lui donnerait l'homme [4].

Ce bref verset a durablement influencé la façon dont le langage a été imaginé dans les cultures occidentales. Il affirme que le langage a commencé par être, et en principe est toujours, une liste de mots ; et que les mots sont les noms des choses (tout particulièrement des êtres vivants). Il affirme aussi, très succinctement, que le langage ne compte pas au nombre des choses créées par Dieu, mais est une invention arbitraire de l'humanité, sanctionnée par l'approbation divine.

Le « nomenclaturisme » – qui soutient que les mots sont essentiellement des noms – a donc une très longue histoire ; il continue à imprégner subrepticement une bonne part du discours sur la nature de la traduction entre langues, lesquelles ont des mots qui « nomment » différentes choses, ou qui nomment les mêmes choses de manière différente. Or le problème ne tient pas réellement à la traduction, mais bien plutôt au nomenclaturisme lui-même, car il rend compte de façon très insatisfaisante de la façon dont une langue fonctionne. Un terme aussi simple que « tête », par exemple, ne peut être considéré comme le « nom » d'une certaine chose particulière. Il figure dans toutes sortes d'expressions. Il peut désigner la tranche supérieure du dos d'un livre, le principal candidat d'un parti (« tête de liste »), un bloc minéral faisant saillie sur le fond marin (« tête de roche »), la partie d'un outil opposée à la panne (« tête de marteau »), le vin tiré des premières cuvées d'une récolte (« tête de cuvée »), la pièce électromagnétique permettant de déchiffrer des enregistrements sur une piste (« tête de lecture »), la partie d'un pont la plus avancée en territoire ennemi (« tête de pont »). Qu'est-ce qui relie des choses aussi disparates ? Comment savons-nous quel sens prend le mot « tête » dans ces différents contextes ? Que signifie d'ailleurs le fait de dire que nous connaissons le sens du mot « tête » : que nous connaissons l'ensemble des différentes choses qu'il désigne ? Ou que nous connaissons son véritable sens, tout en étant également capables de l'interpréter quand il veut dire autre chose ?

L'une des solutions avancées au vieux problème du lien entre les mots et leurs sens consiste à raconter une histoire récapitulant par quelles voies un mot en est venu à prendre toutes les significations qu'il assume. À en croire l'histoire du mot « tête », par exemple, telle que la rapportent plusieurs dictionnaires, il était une fois, pour ce mot, une référence centrale, fondamentale ou originelle à cette partie de notre anatomie qui repose sur notre cou. Par la suite, ce sens-là fut étendu progressivement, de façon à désigner d'autres types d'objets reposant sur autre chose : une tête de roche ou une tête de livre peuvent représenter des extensions de ce genre. Mais comme la tête des animaux familiers, quadrupèdes plutôt que bipèdes, est anatomiquement située devant leur corps plutôt qu'au-dessus, « tête » s'est étendu dans une autre direction encore, pour s'appliquer à des objets faisant saillie (tels que la tête de pont ou la tête de marteau).

Certaines de ces histoires peuvent être corroborées, à partir de séries de textes représentant des états plus anciens de la langue. L'étude de la façon dont les mots ont effectivement altéré et étendu leurs sens, ou dont ils peuvent l'avoir fait, constitue le domaine de la sémantique historique. Mais si élaborée que soit l'histoire, si subtil que soit son narrateur, si riche que soit la documentation rassemblée, jamais la sémantique historique ne pourra vous dire comment un usager ordinaire de la langue française s'y prend pour savoir : (a) que « tête » est un mot et (b) quel est l'ensemble des choses que « tête » signifie.

Il ressort de tout ceci que le mot « tête » ne peut être traduit par un seul mot en aucune autre langue. Mais le sens qu'il revêt dans tel ou tel emploi particulier se laisse représenter sans peine dans une autre langue : en anglais, par exemple, « tête de liste » se rendrait par *chief candidate*, « tête de pont » par *bridgehead* ou par *foothold*, « tête de course » par *lead*, « tête de roche » par *reef* ou *shelf*. De fait, la traduction est une manière très élégante de résoudre le problème du lien entre mots et sens. Ce qui ne revient pas à dire qu'on puisse vous expliquer ce que ce mot veut dire en anglais ou en toute autre langue. Mais vous pouvez expliquer, grâce à la traduction, ce que ce mot veut dire dans le contexte où il apparaît. C'est là un fait lourd de sens. Il rend manifeste une merveilleuse capacité des esprits humains. Le sens d'un énoncé est donné par sa traduction.

Les linguistes et les philosophes n'en ont pas moins élaboré des techniques dignes d'Houdini pour se tirer des pièges qu'ils se sont tendus à eux-mêmes en s'imposant de rendre compte du sens des mots en tant que mots. « Tête » est considéré comme un mot unique, avec une gamme de sens dérivés ou figurés servant à illustrer ce qu'on appelle la polysémie. D'un autre côté, des mots tout aussi courants sont distingués l'un de l'autre et traités comme des homonymes, dont la forme est indiscernable à l'écrit comme à l'oral. En anglais, *light* peut être adjectif (*a light suitcase*, « une valise légère ») ou substantif (*the light of day*, « la lumière du jour »), mais s'agit-il de deux emplois d'un même mot, ou de deux mots distincts ? Que dire, en français, de termes tels que « mode » ou « aigle », dont le genre peut varier en fonction de leurs emplois ? Et pourquoi certains dictionnaires traitent-ils du mot « harde » dans trois articles distincts, selon qu'il s'agit d'un singulier (soit « troupe d'animaux sauvages », soit « lien servant à attacher les chiens de chasse quatre à quatre ou six à six ») ou d'un pluriel ? La distinction entre polysémie et homonymie est complètement arbitraire du point de vue de l'usage linguistique[5]. Quand l'orthographe varie mais que la prononciation est identique (« saint/ sain/ sein/ ceint », etc.), les linguistes changent leur fusil d'épaule et parlent d'homophonie. D'autres subdivisions peuvent être posées pour rendre compte de la tendance des mots à glisser d'un sens à un autre. Une partie peut valoir pour un tout (exemple : « un troupeau de cinquante têtes »), ou le tout valoir pour la partie (exemple : s'exclamer « La flotte a débarqué ! » pour saluer l'entrée d'un marin dans un bar). Il existe parfois, ou l'on dit qu'il existe, une analogie entre le noyau de sens d'un mot et l'une de ses extensions, et l'on parle alors de métaphore (exemple : « écorcher » la prononciation d'un nom) ; parfois l'extension de sens est censée s'expliquer par un lien de contiguïté ou de causalité physique, et l'on parle alors de métonymie (exemple : « frapper à toutes les portes » quand on cherche désespérément un emploi). Tout le vaste domaine séculaire des tropes ou des « figures de pensée », tout ce continent actuellement englouti que fut l'empire rhétorique, constitue aujourd'hui encore un superbe terrain de jeux, mais en fin de compte ne repose sur rien. Polysémie, homonymie, homophonie, métaphore, métonymie, autant de termes qui, loin de nous aider à comprendre comment les mots font sens, tentent tant bien que mal de maîtriser et de fixer l'irrésistible propension des mots à vouloir dire autre chose. Quels trésors d'expertise et d'imagination linguistiques ne faudrait-il pas déployer pour expliquer pourquoi la boisson que les Québécois désignent comme « liqueur » est dénommée « soda » en France ! La sémantique lexicale, en dépit des nombreux amateurs enthousiastes qui en font leur passe-temps, reste intellectuellement la bouteille à l'encre.

Malgré tout, la plupart des langues disposent de mots désignant les mêmes types de choses, et ne s'encombrent pas de mots pour des choses inexistantes ou inutiles. Dans l'ensemble, elles permettent de formuler des distinctions nettes dans des domaines tels que l'orientation spatiale (haut, bas, gauche, droite, etc. – mais certaines langues ne le font pas : voir p. 173-174), les modes de locomotion (courir, marcher, sauter, nager, etc.), le mouvement directionnel (aller/venir, arriver/partir, etc.), les relations familiales (fils, fille, beau-frère, etc.), les sentiments et les sensations (chaud, froid, amour, haine…), les événements ou les étapes biographiques (naissance, mariage, mort, maladie, santé…), les types de vêtements, la nourriture, les animaux, les caractères physiques du paysage, les nombres cardinaux (jusqu'à cinq, dix, douze ou seize). Certaines langues possèdent des mots pour des quantités fractionnaires : voir l'allemand *anderthalb* (« un et demi ») ou l'hindi *sawa* (« un et un quart ») – mais je ne pense pas qu'il en existe aucune qui se soit donné un terme spécial pour nommer un nombre tel que 2,375. Toutes les langues parlées dans les sociétés employant des véhicules à roues ont des mots qui servent à désigner différentes sortes de véhicules à roues, mais aucune, pour autant que je sache, ne dispose d'un élément lexical signifiant strictement « véhicule à roues à guidon chromé » et regroupant les bicyclettes, les tricycles, les tandems, les vélomoteurs, les motos, les landaus et les tondeuses à gazon. Le français possède ou a possédé des termes désignant exactement l'ensemble des effets personnels que l'on emporte dans ses bagages, et en particulier les vêtements du marin ou du soldat (« hardes »), le sol pierreux propre à la culture de la vigne (« grou »), ou la partie du littoral que la mer découvre à marée basse (« estran ») ; l'anglais, lui, qui peut faire la distinction entre différentes sortes de débris d'un naufrage, selon qu'ils sont rejetés sur le rivage (*jetsam*) ou qu'ils flottent encore à la surface de l'eau (*flotsam*), dispose d'un substantif désignant la quantité de vin qui manque pour remplir tout à fait une barrique (*ullage*), ou d'un adverbe décrivant un mouvement qui s'opère dans une direction contraire au mouvement apparent du soleil (*widdershins*). Mais en pratique, toutes sortes de choses, de classes de choses, de sensations, réelles ou possibles, sont dépourvues de nom dans la plupart des langues. Ni l'anglais ni le français ne me fournissent un terme pour désigner le fragment de pita à demi dévoré placé en équilibre instable au sommet d'une palissade entre deux jardins par un écureuil trop bien nourri que je peux voir en ce moment même depuis la fenêtre de mon bureau, mais cette lacune de mon vocabulaire ne m'empêche pas de l'observer, de le décrire, d'y faire référence. Réciproquement, l'existence en arabe d'un terme comme *ghanam*, qui signifie à la fois « mouton » et « chèvre », sans distinction, n'empêche pas un pasteur arabophone de trier chèvres et moutons quand il le souhaite. Et si l'anglais, lui, ne dispose pas d'un mot ou d'une expression correspondant au « je-ne-sais-quoi » français ou au *Zeitgeist* allemand, cela ne m'empêche en rien de savoir comment dire en anglais ce que ces mots signifient. Loin de fournir des étiquettes applicables à « toutes les choses du monde », les langues limitent leur lexique à un ensemble d'états et d'actions qui est en dernière analyse arbitraire, tout en se donnant les moyens d'exprimer, le cas échéant, tout ce que l'on voudra. La remarquable flexibilité des langues humaines, leur capacité à épouser des sens nouveaux, n'est pas seulement une condition de possibilité de la traduction : elle est un aspect fondamental de l'usage linguistique. User d'un mot à la place d'un autre, nous le faisons tous. Les traducteurs, eux, le font en deux langues. Voilà tout.

Pour contourner le problème insoluble de la fixation du sens d'un mot, l'une des approches naguère à la mode consistait à concevoir ce sens comme un composé d'unités mentales infralinguistiques ou de « traits » sémantiques. Soit par exemple les trois mots « maison », « hutte » et « tente ». Tous trois désignent des demeures, et tous trois permettent d'en distinguer différents types. L'analyse en traits distinctifs se fixait pour tâche de dégager les constituants sémantiques minimaux permettant de rendre compte des relations de sens entre ces trois termes sémantiquement apparentés. Tous trois sont « marqués » par le trait [+ demeure], mais seul « maison » possède en outre les traits [+ permanence] et [+ brique]. « Tente » aurait pour marques [- permanence] [- brique] ; « hutte » pourrait dès lors être marqué par [+ permanence] [- brique]. Ne serait-ce pas merveilleux si tous les mots d'une langue se laissaient ainsi décomposer en atomes de sens ! Vous pourriez alors spécifier intégralement la signification d'un mot par la simple énumération complète des traits distinctifs qui le marquent. Et si vous étiez capable de rendre compte des différences de sens entre tous les mots d'une langue au moyen de la distribution d'un ensemble fini de traits sémantiques, alors vous pourriez faire un pas de plus. Vous seriez en mesure de bâtir un gigantesque Meccano de l'esprit, où tous les sens possibles se laisseraient construire à partir de blocs de sens, binaires et irréductibles.

Dresser ainsi la carte d'un domaine lexical donné (pour ne rien dire de toute une langue) en ne recourant qu'à des traits élémentaires de ce genre est assurément une perspective séduisante, mais un tel projet se heurte à un problème fondamental : sur quel critère faut-il se fonder pour établir la liste des traits sémantiques élémentaires eux-mêmes ? Le bon sens nous dicte sans doute que [± animé] et [± féminin] doivent compter parmi les traits distinctifs constituant le sens du mot « femme », tandis que [± chromé] ne le doit pas. Mais ce bon sens fait appel à notre expérience totale du monde non linguistique non moins qu'à notre capacité à nous orienter dans le dédale de la langue : c'est précisément cette sorte de savoir confus, vague et informel que l'analyse en traits distinctifs cherche à surmonter et à remplacer. La décomposition sémantique binaire a beau rendre de grands services dans certains types de description linguistique ou (sous forme bien plus complexe) dans la mise au point de certains logiciels capables de « traitement automatique du langage naturel » (TALN), il n'en reste pas moins que le sens des mots ne peut jamais être entièrement déterminé par le seul recours à une liste d'atomes sémantiques. Les gens sont bien trop versés dans l'art de tordre les mots en tous sens pour leur faire dire autre chose.

Ce genre de calcul quasi mathématique du « sens » ne permet pas davantage de résoudre un problème plus fondamental encore : comment identifier les unités mêmes dont le sens doit être spécifié ? Demander ce que veut dire un mot (et les traducteurs se voient souvent demander ce que tel ou tel mot veut dire) implique que vous sachiez sur quel mot porte votre question, ce qui exige que vous sachiez ce qu'est un mot. Le mot « mot » est sans aucun doute un instrument familier, commode, efficace, que nous puisons spontanément dans notre boîte à outils mentale quand nous parlons du langage. Mais il est extrêmement difficile de déterminer ce qu'il veut dire.

Les ordinateurs doivent le savoir, puisqu'ils comptent les mots. Piètre consolation. Ce que les ordinateurs savent sur les mots, il a bien fallu qu'on le leur dise, et ce savoir repose finalement sur la définition que voici : un mot est une suite de caractères alphabétiques limitée à gauche et à droite soit par un espace, soit par l'un des symboles typographiques suivants : – / ". ? ! : ; , . [6]. Les ordinateurs, eux, n'ont pas besoin de savoir ce qu'un mot veut dire pour effectuer leurs opérations. Mais nous, si ! Et si, dans certains cas, nous ne le savons pas, alors nous cherchons à nous renseigner dans un dictionnaire, nous interrogeons un ami, nous écoutons comment parlent d'autres personnes. Mais toutes sortes de problèmes demeurent.

Dans des langues telles que le français ou l'anglais, l'identification des mots relève plus de l'art que de la science. Les éditeurs ont leurs propres conventions pour savoir si l'héritier d'un artiste est son « ayant droit » ou « son ayant-droit » ; mais il arrive même au commun des mortels de se demander s'il faut compter là deux mots ou un seul. (Qui se souvient encore aujourd'hui que « vinaigre » s'écrivait jadis en deux « mots » au sens informatique du terme – « vin aigre » ? Que dire d'un « mot » comme « aujourd'hui » : s'il ne compte plus pour trois, compte-t-il encore pour deux, du fait de l'apostrophe ? Mais ces exemples paraîtront peut-être trop empreints d'étymologie. En voici donc un autre : pour combien de mots faut-il compter « au » ?...) Personne n'est réellement en mesure de répondre [7].

Les experts avides de savoir ce qu'est un mot trouveront dans la langue anglaise une matière à réflexion inépuisable : je veux parler des verbes prépositionnels. Ces verbes comprennent trois ou quatre éléments. Parfois, ceux-ci restent accolés (« *Did you remember to* take out *the bins ?* », « Tu as pensé à *sortir* la poubelle ? »), et parfois non (« *I promised to* take *my daughter* out *to see a film* » – « J'ai promis de *sortir avec* ma fille au cinéma »). Qu'est-ce à dire : *to take out* constitue-t-il un seul mot – ou plutôt trois – ou encore deux mots différents (voire six), mais très ressemblants ? Les auteurs de dictionnaires alphabétiques bricolent différentes solutions pratiques, mais la question sous-jacente – quel est ce mot ? – reste entière. Les professeurs d'anglais seconde langue, eux, connaissent la meilleure réponse à la question de savoir combien de mots comprend un verbe prépositionnel. Si vous tenez vraiment à savoir comment parler correctement, ne posez pas de questions.

Au vu de l'inextricable complexité des différentes terminologies et des solutions incompatibles adoptées par les spécialistes face au casse-tête que constitue la détermination des unités lexicales dans des expressions anglaises parfaitement courantes, il paraît assez évident qu'un locuteur ordinaire d'une langue telle que l'anglais n'a pas besoin de savoir ce qu'est un mot – ou de quel mot il s'agit – pour se faire comprendre. Le concept de « mot » est souvent utile, mais n'a pas de frontières très nettes.

D'autres langues sapent les frontières entre mots par d'autres voies. L'allemand les emboutit les uns dans les autres pour en créer de nouveaux. *Lastkraftwagenfahrer* (« routier ») est évidemment un mot unique dans l'usage courant, mais peut facilement être considéré comme deux mots écrits côte à côte (*Lastkraftwagen* plus *Fahrer*, « camion » plus « conducteur »), comme trois mots combinés (*Last* plus *Kraftwagen* plus *Fahrer*, « cargaison » plus « véhicule à moteur » plus « conducteur »), ou comme l'addition de quatre termes (*Last* plus *Kraft* plus *Wagen* plus *Fahrer*, « cargaison » + « puissance » + « véhicule » + « conducteur »). Le hongrois s'y prend différemment, mais non moins élégamment, pour souder entre eux ce que nous considérerions comme plusieurs mots distincts. Par exemple, pour traduire l'expression *Annáékkal voltunk moziban*, où un ordinateur compterait trois mots, il en faudrait en français plus d'une dizaine : « Nous sommes allés [*voltunk*] au cinéma [*moziban*] avec Anna et sa bande » (d'amis, de proches, ou de parents, sans distinction). Il suffit d'un modeste suffixe, *-ék*, pour transformer « Anna » en tout un groupe, et si vous lui ajoutez *-kal*, ce petit additif agglutiné précise que vous en faisiez partie. En 2003, quand ma fille cadette s'est mariée à Londres, j'ai porté un toast (soigneusement préparé à l'avance) en l'honneur de ses grands-parents hongrois en m'exclamant *édeslányaméknak*, « à l'époux, à la belle-famille et aux amis de ma fille chérie » – le tout en un seul mot.

Le grec ancien n'a pas de mot qui corresponde à notre « mot » ; qui plus est, dans les papyrus et les monuments les plus anciens, les textes ne présentent aucune séparation entre mots. Mais cela ne signifie pas forcément que les penseurs grecs n'avaient aucun concept d'une unité linguistique plus fondamentale que l'énoncé. Le linéaire B et le syllabaire cypriote, deux systèmes d'écriture antérieurs à l'invention de l'alphabet grec, nous ont conservé des traces de division entre mots, et d'autres indices permettent de supposer que la notion d'une certaine « unité de base » s'est dégagée au sein d'une langue qui ne dispose pourtant pas d'un « mot » pour désigner l'unité ainsi distinguée [8]. Les Hongrois eux-mêmes reconnaissent que certains « mots » sont plus fondamentaux que d'autres, que sous la gangue pratiquement infinie des formes composées ou agglutinées, des noyaux se laissent dégager, qui sont les constituants élémentaires de la construction du sens. *Gyerek* est l'équivalent hongrois du mot « enfant », et même s'il peut ne jamais figurer sous cette forme dans aucune expression effectivement attestée, il n'en est pas moins le « radical » ou la « base » correspondant au français « enfant ». Faute d'un concept opératoire des unités de sens constitutives d'une langue donnée, on aurait du mal à imaginer comment élaborer un dictionnaire de cette langue. Et sans dictionnaire, comment pourrions-nous apprendre une langue étrangère, ou à plus forte raison la traduire ?

9

Comment comprendre un dictionnaire

Les traducteurs recourent sans cesse aux dictionnaires. J'en ai toute une collection, dont l'*Oxford English Dictionary* en deux volumes et le *Thesaurus* de Roget à la place d'honneur, ainsi que des dictionnaires unilingues, bilingues ou visuels d'expressions françaises, de proverbes russes, de termes juridiques, et bien d'autres encore. Mais le fait que je cherche (et trouve) de l'aide dans les dictionnaires ne signifie pas pour autant que sans eux, la traduction n'existerait pas. À vrai dire, c'est exactement le contraire. Sans les traducteurs, ce sont les dictionnaires tels que les conçoit la culture occidentale qui n'existeraient pas.

Parmi les plus anciens spécimens d'écriture figurent des listes bilingues de termes désignant des choses importantes. Ces glossaires établis par des scribes visaient à garantir une certaine cohérence dans la traduction d'une langue à l'autre, et à accélérer chez les apprentis l'acquisition des compétences requises pour cette tâche. Telles sont encore de nos jours les principales fonctions des lexiques bilingues ou multilingues. Les parfumeurs français conservent dans des bases de données les termes propres à leur activité afin d'aider les traducteurs à produire du matériel promotionnel à destination des marchés à l'exportation, et les fabricants de tours mécaniques, les chercheurs en médecine, les cabinets de juristes spécialisés dans le droit commercial international ne procèdent pas autrement. Tous ces instruments facilitent grandement la tâche des traducteurs, mais ne sont pas au fondement même de l'activité de traduction. Ils sont les fruits d'une pratique de traduction établie, et non la source originelle des talents du traducteur.

Les dictionnaires sumériens bilingues consistent en monceaux de tablettes d'argile classées par catégories – activités, parenté, loi, objets en bois, objets en roseau, céramiques, peaux et cuivre, autres métaux, animaux domestiques et sauvages, parties du corps, pierres, plantes, oiseaux, poissons, textiles, lieux-dits, nourriture et boisson ; chaque terme est mis en rapport avec son équivalent dans la langue (sans lien avec le sumérien) des conquérants akkadiens de Sumer [1]. Leur organisation par domaine fait d'eux les correspondants directs des actuels dictionnaires spécialisés – « L'anglais des affaires », « Le russe dans l'industrie du pétrole et du gaz », « Termes juridiques allemands », etc. Certaines tablettes sont multilingues (comme bon nombre de nos dictionnaires spécialisés) et proposent des équivalents en amorrite, hourrite, ougaritique et en d'autres langues parlées par des cultures avec lesquelles les Akkadiens avaient noué des contacts commerciaux (pas toujours pacifiques) [2]. De la Mésopotamie antique jusqu'à l'Europe occidentale de la fin du Moyen Âge, des listes d'équivalence entre deux langues ont continué à rendre les mêmes services : régulariser la pratique de la traduction tout en formant la prochaine génération de traducteurs. De telles listes assuraient fréquemment le passage entre l'idiome des conquérants et celui du peuple conquis, conservé en tant que langue de culture. Mais il fallut attendre l'invention de l'imprimerie en Occident pour que surgissent des lexiques généraux ou polyvalents définissant des séries de termes dans la langue de ces termes mêmes. Le dictionnaire unilingue occidental, ou dictionnaire général, est un produit tardif de la liste bilingue, cette vénérable compagne de l'activité du traducteur. Mais son impact sur notre façon de concevoir une langue a été immense. Le premier véritable dictionnaire général a été entrepris par l'Académie française au cours du XVIIe siècle ; le premier volume, couvrant les lettres A à L, est paru en 1694. Le premier dictionnaire complet de ce type, couvrant une langue de A à Z, est dû à Samuel Johnson, dont le célèbre dictionnaire de la langue anglaise fut publié en 1755.

Ces monuments marquent l'invention du français et de l'anglais en tant que langues dans un sens spécial, tout à fait moderne. Après leur parution, chaque autre langue devait être dotée de son propre dictionnaire général – faute de quoi elle n'aurait pas réellement rang de langue. Mais la grande course à la rédaction de dictionnaires pour chaque « langue nationale » ne s'explique pas seulement par des considérations de prestige. Le besoin de compiler des listes autodescriptives de tous les mots d'une langue exprimait également une conception nouvelle de la sorte d'entité qu'est une langue, et cette conception dérivait directement de ce qui s'était produit en anglais et en français.

La tradition chinoise est entièrement différente [3]. La riche histoire de ses listes lexicales est essentiellement liée à une tradition de commentaires de textes anciens et non pas à une activité de traduction de langues étrangères, pour lesquelles la civilisation chinoise antique semble avoir témoigné aussi peu d'intérêt que le firent les Grecs. Les premiers dictionnaires chinois étaient organisés par champs sémantiques, et donnaient des définitions qui ressemblaient à peu près à ceci : « Si quelqu'un m'appelle oncle, je l'appelle neveu » (extrait du *Erh Ya*, IIIe siècle avant notre ère). Trouver un mot dans l'*Erh Ya* n'était pas chose facile, et un grand nombre des définitions qu'il proposait étaient trop vagues pour rendre les services que nous attendons aujourd'hui d'un dictionnaire. Il permettait de parfaire sa connaissance de textes plus anciens, afin de maintenir un certain niveau de raffinement dans l'expression écrite et orale. Le second type de glossaire du chinois classique apparut au Ier siècle après Jésus-Christ : les caractères y étaient classés en fonction des principaux traits de leur forme écrite (autrement dit, par « racines graphiques »). Ce type de glossaire ne donnait aucune indication sur la prononciation des termes, et ne visait en somme qu'à faciliter l'interprétation de textes anciens. Un troisième type de lexique chinois ancien est le dictionnaire de rimes : ce genre d'écrit répondait aux besoins des candidats au mandarinat, qui devaient passer des examens de composition poétique. Ce n'est qu'au XVIIe siècle qu'un système de classification disposant les caractères chinois dans un ordre qui permettait de les localiser facilement fut mis au point par l'érudit Mei Ying-Tso, quelques années avant que les missionnaires jésuites ne rédigent les premiers dictionnaires bilingues « à l'occidentale » (chinois-latin, puis portugais, espagnol et français). Les dictionnaires, lexiques ou glossaires chinois traditionnels ne recueillent pas « tous les mots de la langue » comme les dictionnaires occidentaux cherchent à le faire : ils relèvent des caractères écrits qu'ils organisent soit par champs sémantiques, soit par formes graphiques, soit par sonorités. Autant de profondes différences qui nous aideront peut-être à saisir combien la lexicologie à l'occidentale est aussi une tradition « régionale », née du caractère particulier de notre écriture.

À quoi sert un dictionnaire ? L'utilité d'un glossaire bilingue crève les yeux. Mais à quoi bon une version unilingue ? L'existence d'un dictionnaire général semble impliquer que les locuteurs natifs ne connaissent pas très bien leur langue, comme si l'anglais (pour prendre le premier exemple historique) était dans une certaine mesure étranger aux anglophones eux-mêmes. Pourquoi, sinon, auraient-ils besoin d'un dictionnaire qui leur traduise les mots de la langue ? La conceptualisation d'un projet aussi vaste que le dictionnaire de l'Académie suppose que la forme écrite d'une langue parlée soit traitée comme un objet destiné non pas aux étrangers, mais aux locuteurs natifs. C'est une idée curieuse : par définition, ce qu'un dictionnaire unilingue codifie est précisément la compétence linguistique des usagers de ce dictionnaire.

Seconde présupposition sur laquelle se fondent les dictionnaires généraux : il est possible d'établir une liste de tous les mots d'une langue. Nous sommes aujourd'hui si habitués à l'existence des dictionnaires généraux qu'il nous faut un instant de réflexion avant de saisir ce que cette thèse a d'extraordinaire. Nous sommes prêts à accorder qu'un dictionnaire est toujours un peu dépassé, que même les meilleurs d'entre eux omettent telle ou telle chose qu'on aurait souhaité y trouver – mais prenons le temps de faire un pas de plus : il est aussi vain de prétendre capturer « tous les mots d'une langue » que de vouloir recueillir toutes les gouttes d'eau d'une rivière. Si vous le pouviez, ce ne serait plus une rivière. Ce serait un aquarium.

Une fois que le latin eut cessé d'être une langue parlée, il devint possible de dresser la liste de toutes les formes linguistiques figurant dans les manuscrits latins. Cette tâche a été faite plus d'une fois, de même qu'il s'est trouvé des érudits romains pour compiler des lexiques de la langue homérique ou des moines bouddhistes pour recenser tous les mots attestés dans les textes sacrés sanscrits [4]. Le dictionnaire unilingue moderne traite le français, l'anglais ou l'allemand comme s'il s'agissait de latin – et tel était bien le but : faire de la langue vernaculaire l'égale en dignité de la langue savante, prouver que l'usage de l'idiome vivant réclame et manifeste autant de labeur culturel que celui du latin. Le dictionnaire unilingue fut d'abord une arme à double visée, conçue non seulement pour améliorer l'expression de l'homme de la rue, mais aussi bien pour la célébrer.

« Amélioration » et « célébration » peuvent sembler ici marcher main dans la main, mais à y regarder de plus près, ces mains-là sont plutôt jointes dans un rude bras de fer. Les premières listes alphabétiques de mots d'une langue vernaculaire furent des extensions des outils de formation linguistique traditionnels : quand Robert Estienne publia en 1544 *Les Mots francais selon l'ordre des lettres ainsi que les fault escrire & tourner en latin*, il comptait d'abord aider les enfants francophones à apprendre les rudiments de la grande langue de culture qu'était le latin, mais du même coup, il leur donnait un instrument permettant d'écrire correctement leur langue maternelle. (Au XVIe siècle, l'orthographe française était loin d'être fixée, et Estienne, en tant qu'imprimeur, avait tout intérêt à favoriser une standardisation de la langue écrite.) Au cours du siècle suivant, à mesure que l'anglais et le français absorbaient plus de mots empruntés à leurs voisins ou aux langues classiques, les listes alphabétiques de termes techniques, philosophiques ou étrangers devinrent de plus en plus populaires. En 1604, un instituteur de Coventry, Robert Cawdrey, fit publier un ouvrage dont le titre interminable énonce sur quelles bases sociales et culturelles la lexicologie n'a cessé de reposer depuis lors : *A Table Alphabeticall of Hard Usual English Wordes, with the Interpretation Thereof by Plaine English Words, Gathered for the Benefit & Help of Ladies, Gentlewomen, or Any Other Unskilful Person. Whereby They More Easilie and Better Understand Many Hard English Wordes, Which They Shall Heare or Read in the Scriptures, Sermons, or Elsewhere, and Also Be Made Able to Do the Same Aptly Themselves* (*Une table alphabétique de mots anglais difficiles, avec leur explication en mots anglais simples, établie pour aider et soutenir les dames, les demoiselles ou toute autre personne manquant de lumières. Grâce à laquelle elles pourront mieux et plus aisément comprendre beaucoup de mots anglais difficiles qu'elles entendront ou liront dans les Écritures, les Sermons, ou ailleurs, et se verront aussi donner les moyens d'y parvenir très bien toutes seules*).

Une fois compilées de telles œuvres socialement utiles visant à l'éducation des classes sans instruction, l'étape suivante – la confection de dictionnaires comprenant *tous* les mots – peut sembler suivre tout naturellement. Elle s'expliquerait comme d'elle-même par les progrès de l'alphabétisation, la croissance du marché du livre, la course obsessionnelle à la rédaction de glossaires toujours plus spécialisés, la volonté de rassembler toutes les données linguistiques ainsi élaborées en un seul et même ouvrage. Mais ce ne serait là qu'une illusion rétrospective. Intellectuellement, il y a un gouffre entre le projet consistant à compiler dans des volumes (épais ou non, peu importe) le sens de termes « difficiles », techniques ou étrangers pour aider une certaine classe de lecteurs à combler leurs lacunes, et la volonté de recueillir *tous* les mots qu'emploient les locuteurs d'une langue donnée. Pour franchir ce gouffre, il faut concevoir cette langue parlée en tant qu'entité finie. « La langue anglaise » (ou « française ») doit être conceptualisée non comme pratique sociale, mais comme objet doté d'une existence propre. Voilà pourquoi l'invention du dictionnaire unilingue (celui de Johnson, par exemple) est aussi, historiquement, l'invention d'« une langue » au sens où nous comprenons aujourd'hui ce mot.

Si les langues naturelles ont été ainsi envisagées comme objets, elles ne le doivent pas seulement aux dictionnaires. Mais ceux-ci ont cristallisé un certain point de vue particulier, qu'on peut dire moderne, sur la nature de ce que l'on entend par « parler une langue ». De façon générale, la diffusion de l'imprimé a également joué un rôle essentiel, entre autres circonstances et technologies dont la convergence nous a légué les idées qui dominent depuis lors la réflexion sur le langage, et qui affectent si profondément notre façon de comprendre ce que font les traducteurs.

De Samuel Johnson à Webster, de Brockhaus à Robert, les dictionnaires généraux établissent la liste des mots qui font partie de la langue. Du même coup, ils nous disent que la langue que nous parlons *est* une liste de mots. L'émergence de la conscience typographique moderne a favorisé de façon massive, sinon définitive, la conception « nomenclaturiste » de la langue, dont les origines remontent à la Bible hébraïque.

Quels mots ont le droit de figurer dans un dictionnaire qui prétend recueillir non pas les termes d'un domaine restreint, mais ceux qui constituent l'ensemble d'une langue ? Réponse : tous les mots qu'emploient les gens, bien sûr. Tous, vraiment ? Dans ce cas (et en supposant, évidemment, que cela soit possible) les dictionnaires généraux doivent sacrifier leur prétention historique à servir à l'instruction des masses. Tel est le bras de fer dont nous avons parlé plus haut (dans les cas extrêmes, les fonctions descriptive et prescriptive s'excluent l'une l'autre). Rédiger le sens des mots et fixer leurs emplois, conformément au louable projet de Cawdrey, voilà qui s'oppose frontalement au projet plus vaste visant à recueillir tous les mots effectivement employés par les locuteurs, avec toute la variété de sens qu'ils sont susceptibles de leur donner. Voilà bien pourquoi les grands dictionnaires unilingues de référence sont devenus si énormes, jusqu'à devenir d'un maniement incommode. La solution à ce problème est illustrée avec brio par la carrière d'un personnage de Perec :

> Cinoc [...] exerçait un curieux métier. Comme il le disait lui-même, il était « tueur de mots » : il travaillait à la mise à jour des dictionnaires Larousse. Mais alors que d'autres rédacteurs étaient à la recherche de sens et de mots nouveaux, lui devait, pour leur faire de la place, éliminer tous les mots et tous les sens tombés en désuétude.
>
> Quand il prit sa retraite [...] il avait fait disparaître des centaines et des milliers d'outils, de techniques, de coutumes, de croyances, de dictons, de plats, de jeux, de sobriquets, de poids et de mesures [...] il avait renvoyé à leur anonymat taxinomique des centaines de sortes de vache, des espèces d'oiseaux, d'insectes et de serpents, des poissons un peu spéciaux, des variétés de coquillages, des plantes pas tout à fait pareilles, des types particuliers de légumes et de fruits ; il avait fait s'évanouir dans la nuit des temps des cohortes de géographes, d'entomologistes, de Pères de l'Église, d'hommes de lettres, de généraux, de Dieux & de Démons [5].

Dans quelque langue que ce soit (et en particulier dans celles qui s'écrivent au moyen d'un alphabet), les dictionnaires généraux sont toujours d'une taille virtuellement infinie, parce que nulle langue ne se laisse assigner des limites fixes dans l'espace ou dans le temps, et parce que nulle pratique sociale ne peut être soumise à une analyse ultime, définitive, en un ensemble fini d'éléments. Pour se soustraire à cette difficulté tout en travaillant à l'ambitieux projet de dresser la carte d'une langue particulière, Peter Mark Roget conçut son *Thesaurus* (du mot grec qui signifie « trésor »), dont le principe organisateur ne repose pas sur l'arbitraire alphabétique, mais sur l'ordre naturel du monde. Roget établit six classes générales de « choses réelles », qui ne sont pas des entités matérielles, mais des idées : Relations abstraites, Espace, Matière, Facultés intellectuelles, Pouvoir volontaire et Puissances de la sensibilité et de la moralité. Il divisa ces classes en catégories, puis chacune de celles-ci en groupes d'idées de moindre extension, et ce n'est qu'à ce niveau qu'il établit la liste de tous les mots ou expressions pouvant servir à communiquer l'idée. Par exemple, la section intitulée « Puissances de la sensibilité et de la moralité » comprend la catégorie « Affections personnelles », dont l'un des groupes est constitué par les « Affections discriminatives », parmi lesquelles figure le sous-groupe « Irritation ». C'est là que vous pouvez trouver une collection d'expressions ou de mots tels que *anger*, *ire*, *fury*, *to get up someone's nose*, *to piss someone off* et *to get someone's goat* (« colère », « courroux », « fureur », « casser les pieds de quelqu'un », « faire chier », « mettre quelqu'un hors de ses gonds ») – une longue liste de synonymes qui expriment tous une certaine qualité ou variété de l'irritation. Le *Thesaurus* de Roget est une œuvre extraordinaire. Sa structure est comme un dernier écho des tablettes d'argile sumériennes classant leurs termes par catégories thématiques ; mais comme il ne contient que très peu de mots tels que « polyester », « pédalier » ou « récitatif », il ne peut être invoqué à l'appui des thèses identifiant la langue à une sorte de liste des noms des choses. En fait, il donne plutôt à voir, à un degré spectaculaire, la redondance pléthorique du vocabulaire anglais, où des douzaines de mots permettent de couvrir, pour une seule et même chose, des nuances de sens à peine perceptibles (*anger*, *ire*, *fury*...). Roget nous rend sensibles à l'illogique complexité du langage, à la richesse d'un instrument fait pour produire des distinctions d'une finesse souvent arbitraire – pour détailler, séparer, dire la même chose de différentes façons.

Le *Thesaurus* de Roget n'a pas été spécialement conçu pour aider les traducteurs, mais il leur rend deux genres de service, également importants. Le premier est éminemment pratique. Un auteur – ou un traducteur, aussi bien – n'a qu'à feuilleter la liste de quasi-synonymes ou de termes apparentés que lui fournit Roget pour y repérer peut-être le terme qui l'aidera à rendre une nuance sémantique plus exactement que tel premier mot qui lui sera venu à l'esprit. Cependant – c'est là le second service –, un trésor tel que le *Thesaurus* proclame à chaque page que savoir une langue, c'est savoir comment dire la même chose en d'autres termes. Et c'est précisément ce que les traducteurs cherchent à faire. Le merveilleux *Thesaurus* de Roget leur rappelle qu'au sein d'une seule et même langue, non moins que d'une langue à l'autre, tous les mots sont des traductions d'autres mots.

10

Le mythe de la traduction littérale

Avec des dictionnaires bilingues pour leur mettre le pied à l'étrier et les dictionnaires analogiques pour peaufiner leurs brouillons, les traducteurs ne devraient pas avoir trop de mal à nous dire ce que les mots sur la page veulent effectivement dire. Mais ce sont justement les mots sur la page qui jettent un voile d'ombre sur le sens effectif d'un texte. Pris un à un, les mots empêchent de percevoir la signification et la force illocutoire d'un énoncé ; c'est bien pourquoi, le plus souvent, une traduction mot à mot ne donne rien de bon. Cette remarque n'est pas une nouveauté : les arguments contre la traduction littérale sont presque aussi anciens que la traduction écrite elle-même [1]. Après s'être plongé pendant plusieurs années dans l'histoire de la traduction, George Steiner a découvert qu'elle consistait largement en une litanie d'arguments récurrents sur ce même problème. « Depuis deux mille ans qu'on en débat et qu'on légifère », note-t-il avec une irritation perceptible, « les certitudes et les désaccords sur la nature de la traduction sont, pour ainsi dire, les mêmes [2]. »

Quand par exemple le livre de chevet de Don Quichotte, *Amadis de Gaule*, parut en français, son traducteur expliqua à son patron et protecteur pourquoi il ne s'en était pas tenu aux sens littéraux des mots espagnols, en invoquant les deux raisons suivantes :

> Et si vous appercevez en quelque endroict que je ne me soye assubjecty à le rendre de mot à mot : je vous supplye croyre que je l'ay fait, tant pource qu'il m'a semblé beaucoup de choses estre mal seantes aux personnes introduictes, eues regard es meurs et façons du jourd'huy, qu'aussi pour l'advis d'aulcuns de mes amys, qui ont trouvé bon me

délivrer de la commune superstition des translateurs, mesmement que ce n'est matiere où soit requise si scrupuleuse observance [3].

Ces justifications jumelles en faveur de la traduction « libre » – la littéralité n'est tout simplement pas appropriée étant donné le public visé, et ne convient pas davantage à l'original – étaient des thèmes familiers en 1540, et l'étaient déjà depuis plusieurs siècles. De fait, peu de penseurs se sont prononcés en faveur d'une traduction littérale ou mot à mot. La traduction littérale est précisément ce que les traducteurs représentant la tradition occidentale la plus courante ne font pas. Mais si la traduction littérale est si peu répandue, pourquoi tant de traducteurs ressentent-ils le besoin de s'en prendre à elle – souvent en termes d'une flamboyante véhémence ? Le poète et homme de lettres mexicain Octavio Paz a énoncé le point de vue dominant : *No digo que la traducción literal sea imposible, sino que no es una traducción* [4] (« Je ne dis pas qu'une traduction littérale soit impossible, je dis qu'elle n'est pas une traduction »).

De quand date une telle position ? On en trouve trace dans les écrits de Cicéron (106-43 avant notre ère) et d'Horace (65-8 avant notre ère), mais c'est une longue phrase de saint Jérôme, premier traducteur de la Bible en latin et destiné à devenir le saint patron des traducteurs, que l'on peut retenir comme première formulation complète du combat inégal entre « littéralité » et « liberté ». En l'an 346, alors qu'il touchait au terme de ses travaux, Jérôme écrivit une lettre à son ami Pammachius pour répliquer aux critiques suscitées par ses traductions déjà publiées. Voici ce qu'il dit sur la conception qu'il se faisait de sa tâche :

> *Ego enim non solum fateor, sed libera voce profiteor me in interpretatione Graecorum absque scripturis sanctis ubi et verborum ordo mysterium est non verbum e verbo sed sensum exprimere de sensu.*

Une première traduction approximative donnerait à peu près ceci : « Quant à moi, en effet, non seulement j'avoue, mais je proclame à haute et libre voix qu'en traduisant les Grecs, exception faite des Écritures saintes où l'ordre même des mots est un *mysterium*, je ne rends pas mot pour mot, mais sens pour sens. »

L'expression de Jérôme *verbum e verbo* (littéralement « le mot hors/à partir du mot ») peut être considérée comme équivalant à « traduction littérale », tandis que *sensum exprimere de sensu*, « exprimer le sens à partir du sens », correspond à l'idée d'une traduction « libre ». Jérôme proclame qu'il ne suit pas la méthode « littérale » sauf quand il traduit du grec « les Écritures saintes ». Ce qui paraît assez clair jusqu'à ce qu'on s'aperçoive que cette exception est tout de même assez massive, Jérôme ayant consacré une bonne partie de sa longue vie à traduire cette Écriture sainte, dont une forte proportion à partir du grec.

Jérôme précise qu'il abandonne le « sens pour le sens » non pas lorsqu'il traduit les Écritures saintes, mais spécifiquement *ubi et verborum ordo mysterium est*, « où même l'ordre des mots est un *mysterium* ». S'agit-il des Écritures saintes en général (mais seulement en grec) ou bien de passages spécifiques dans lesdites écritures ? L'expression latine conviendrait mieux à la première supposition ; mais le sens commun et la pratique même de Jérôme, dont la traduction en latin des Évangiles n'est vraiment pas du « mot à mot », ne permettent que la seconde hypothèse. Pourtant, cette distinction ne constitue ni la seule ni la plus grande difficulté du propos de cette lettre *ad Pammachium* : car depuis près de dix-sept siècles, il n'y a toujours pas d'accord unanime sur la signification du mot *mysterium*. À la source du débat en Occident sur la meilleure façon de traduire, on trouve un mot-mystère que personne ne sait traduire avec une certitude absolue.

Dans le latin d'Église tardif, *mysterium* signifie le plus souvent un saint sacrement. La phrase de Jérôme paraît donc recommander de se conformer scrupuleusement à l'ordre des mots du Nouveau Testament grec parce que cet ordre est sacré. Un grand historien de la traduction de la Bible comprend le propos de Jérôme de la façon suivante :

> *Not only do I admit, but I proclaim at the top of my voice, that in translating from Greek, except from Sacred Scripture, where even the order of the words is of God's doing, I have not translated word for word, but sense for sense* [5].
>
> Non seulement j'admets, mais je proclame à pleine voix qu'en traduisant du grec (à l'exception de l'Écriture sainte, où même l'ordre des mots est œuvre divine), je n'ai pas traduit mot pour mot, mais sens pour sens.

Les latinistes auront noté qu'en traduisant l'infinitif présent de Jérôme (*exprimere*) par un passé composé en anglais (*have* [...] *translated*), Louis G. Kelly cherche à restituer le sens – son sens – de la formule, et se conforme ainsi à l'une des recommandations contradictoires de son auteur. Mais en même temps, sa version met en relief la signification contraire – à savoir que Jérôme, loin de promouvoir la traduction du « sens », est en fait partisan du « mot à mot ». Mais pourquoi Jérôme traite-t-il l'ordre des mots grec comme sacro-saint et ne procède-t-il pas de même pour les écritures qu'il a traduites de l'hébreu et de l'araméen ? Cette « exception grecque » n'a pas grand sens, si vraiment la sainteté est la principale raison qui justifie la reproduction de l'ordre des mots de l'original.

Reste cependant que Jérôme a pu vouloir dire autre chose par *mysterium*. Peut-être a-t-il voulu expliquer sa position à l'égard d'une question que tout traducteur est amené un jour à se poser : comment traiter les expressions que l'on ne comprend pas ? C'est un problème tout à fait réel pour tous les traducteurs, car tout énoncé, écrit ou parlé, en quelque langue que ce soit, a son côté brumeux, incertain, obscur.

Dans la parole, l'écoute et la lecture ordinaires, nous avons différentes façons de nous en tirer face aux lacunes. Une phrase impénétrable peut être considérée comme une erreur de transmission – prononciation défectueuse, faute de frappe, distraction de copiste. Nous n'avons aucun mal à lui substituer ce que nous devinons sur-le-champ être la forme authentique, et c'est ainsi que nous opérons dans l'échange verbal, de façon automatique, sans remarquer les corrections que nous y introduisons. Quand nous lisons, nous nous appuyons sur le contexte pour interpoler un sens convenable. Quand le contexte ne fait pas l'affaire, nous sautons le passage. Nous sautons d'un point à l'autre, et nous le faisons tout le temps ! Personne ne connaît le sens de tous les mots qui figurent dans *Les Misérables*, mais cela n'a jamais empêché personne d'apprécier le roman de Hugo. Cela dit, les traducteurs, eux, n'ont pas le droit de sauter des passages. C'est une contrainte sérieuse, qui ne se manifeste quasiment jamais dans la plupart des autres usages du langage. Elle constitue l'un des quelques problèmes posés à la traduction qui n'appartiennent quasiment qu'à elle.

Jérôme travaillait à partir de nombreuses sources différentes, mais pour l'Ancien Testament, la principale d'entre elles était la Septante, une traduction grecque effectuée plusieurs siècles plus tôt à partir de sources hébraïques aujourd'hui perdues. Selon la légende, elle avait été entreprise vers 236 avant Jésus-Christ sur l'ordre du pharaon Ptolémée II (qui parlait grec) pour la bibliothèque qu'il venait de fonder à Alexandrie. Il aurait fait recruter en Judée des Juifs instruits qui comprenaient l'original, puis leur aurait offert l'hospitalité sur l'île de Pharos, où ils se mirent au travail. Les participants de ce premier séminaire de traduction de l'histoire étaient au nombre de soixante-dix (ou soixante-douze), d'où le nom du texte qu'ils produisirent, la Septante.

Les Septante n'écrivaient pas dans la langue d'Homère ou de Sophocle, mais en *koiné*, la langue parlée populaire des cultures hellénistiques disséminées à travers le Moyen-Orient. Ils l'écrivaient également sous une forme particulière, peut-être parce que la *koiné* n'était que leur langue véhiculaire et ne leur était pas tout à fait familière. Il n'y aurait donc rien d'étonnant à ce que certains mots, certaines phrases ou expressions qui y figurent aient laissé saint Jérôme perplexe quelques siècles plus tard. Un indice éloquent des difficultés des Septante avec le grec est leur traitement des mots hébreux relatifs aux mystères religieux juifs. C'est ainsi qu'ils représentèrent l'hébreu כרובים par χερουβίμ, qui n'est pas une traduction, mais une translittération du même mot dans un autre alphabet. Jérôme fit de même : il écrivit à peu près les mêmes sons au moyen de lettres latines, ce qui donna *cherubim*. Les traducteurs anglais (ou français) de la Bible suivirent son exemple et nous transmirent une forme hébraïque de masculin pluriel (en *-im*) pour un concept qui a embarrassé tous les traducteurs depuis le IIIᵉ siècle avant Jésus-Christ. Qui plus est, le voyage des lettres à travers trois écritures et quatre langues a altéré le son du mot, de *kheruvím* à « chérubin », jusqu'à le rendre quasiment méconnaissable.

Cette manière de procéder avec un élément intraduisible en renonçant à le traduire tout en le rendant prononçable (restitution phonétique, ou traduction homophonique : voir plus haut, p. 42-43) pourrait être considérée comme la signification première, originale de ce que l'on entend par une « traduction littérale ». Elle consiste à représenter un mot étranger en remplaçant les lettres qui le constituent par celles qui lui correspondent dans l'écriture de la langue cible. Mais de nos jours, nous n'appelons plus un tel procédé « traduction littérale » – nous l'appelons translittération. Et ce n'est certainement pas à cela que Jérôme songeait en écrivant sa célèbre phrase dans sa lettre à Pammachius.

Mais alors, qu'est-ce que Jérôme voulait dire au juste par *mysterium* ? Voici une autre traduction du passage mystère par un chanoine de la cathédrale de Cantorbéry :

> Car moi-même, non seulement j'admets mais je proclame bien volontiers qu'en traduisant du grec (sauf dans le cas des Saintes

Écritures, où même l'ordre des mots est un mystère), je rends sens pour sens et non pas mot pour mot.

Ce qui donnerait, dans une paraphrase un peu lâche : « Je ne traduis mot pour mot que là où l'original – y compris l'ordre de ses mots – reste pour moi complètement impénétrable. » Et c'est ainsi, bien entendu, que les traducteurs ont toujours procédé. Dans l'ensemble, ils transmettent le sens ; quand celui-ci est obscur, le mieux qu'ils puissent faire – car contrairement aux lecteurs ordinaires, il leur est interdit d'omettre des portions de texte – est d'offrir une représentation des mots de l'original, pris isolément. Un fait qui suffit d'ailleurs à expliquer le style de la traduction de l'extrait cité page 61. Peut-être que le traducteur de Derrida, loin de chercher à rendre une tonalité étrangère, était tout simplement perplexe.

Qu'est-ce donc qu'une traduction littérale ? Non pas une substitution de lettres, puisque nous appelons cela une translittération. Alors, un remplacement des mots écrits, pris isolément, l'un après l'autre ? Peut-être bien. L'une des plus fameuses histoires de Mark Twain, *The Celebrated Jumping Frog of Calaveras County* (*La Célèbre Grenouille sauteuse du comté de Calaveras*), publiée en 1865, rapporte au style direct un conte à dormir debout narré par un certain Simon Wheeler. Ce conte s'ouvre sur ces mots :

> *There was a feller here once by the name of Jim Smiley, in the winter of '49 – or maybe it was the spring of '50 – I don't recollect exactly, somehow, though what makes me think it was one or the other is because I remember the big flume wasn't finished when he first came to the camp ; but anyway, he was the curiosest man about always betting on any thing that turned up you ever see, if he could get anybody to bet on the other side, and if he couldn't he'd change sides.*

Ce qui, dans la première traduction française due à Thérèse Bentzon, donne ceci :

> Il y avait une fois ici un individu connu sous le nom de Jim Smiley : c'était dans l'hiver de 49, peut-être bien au printemps de 50, je ne me rappelle pas exactement. Ce qui me fait croire que c'était l'un ou l'autre, c'est que je me souviens que le grand bief n'était pas achevé lorsqu'il arriva au camp pour la première fois, mais de toute façon il était l'homme le plus friand de paris qui se pût voir, pariant sur tout ce qui se présentait, quand il pouvait trouver un adversaire, et, quand il n'en trouvait pas, il passait du côté opposé[6].

Trois ans plus tard, lorsque Mark Twain se vit confronté à cette traduction un peu trop libre à son goût, il décida de la rétrotraduire en anglais mot à mot (c'est du moins ce qu'il dit), sous prétexte de prendre le contre-pied des excès de reformulation de la version française :

The Frog Jumping of the County of Calaveras

It there was one time here an individual known under the name of Jim Smiley ; it was in the winter of '49, possibly well at the spring of '50, I no me recollect not exactly. This which me makes to believe that it was the one or the other, it is that I shall remember that the grand flume is not achieved when he arrives at the camp for the first time, but of all sides he was the man the most fond of to bet which one have seen, betting upon all that which is presented, when he could find an adversary ; and when he not of it could not, he passed to the side opposed[7].

Si l'on applique le même procédé à ces premières lignes de la rétro-traduction de Twain (ce qui revient évidemment à transposer du charabia en un autre charabia), l'on obtient quelque chose d'approchant :

La Grenouille sautant du comté de Calaveras

Cela là était un temps ici un individuel connu sous le nom de Jim Smiley ; cela était dans l'hiver de '49, possiblement bien au printemps de '50, je non me rappelle pas exactement. Ceci qui me fait à croire que cela était l'un ou l'autre, cela est que je vais remémorer que le grand bief est pas achevé quand il arrive au camp pour le premier temps, mais de tous côtés il était l'homme le plus chérissant d'à parier qu'on a vu, pariant sur tout ce qui est présenté, quand il pouvait trouver un adversaire ; et quand il pas de cela pouvait pas, il passait au côté opposé.

Cette blague de potache se moque du français, de la grammaire française, de l'enseignement scolaire du français, et ainsi de suite. Mais l'essentiel est qu'elle démontre la thèse d'Octavio Paz : la « traduction littérale » n'est pas impossible, mais elle n'est pas une traduction. Vous ne pouvez comprendre les textes résultants (à savoir la rétro-traduction anglaise de Twain, ou la représentation que nous en proposons en français) qu'à la condition d'opérer une substitution en sens inverse, mot à mot, de façon à déchiffrer tant bien que mal le français de Thérèse Bentzon à travers la « version anglaise » de Twain, ou le « français » tel que Twain le transpose en anglais sous le « français » par lequel nous retraduisons sa rétro-traduction. Autrement dit, pour comprendre quoi que ce soit à *La Grenouille sautant*, vous devez connaître le français – alors que le but d'une traduction, quel qu'en soit le type, est de rendre le texte source accessible aux lecteurs du texte cible qui ne connaissent pas la langue source. Une traduction qui n'a pas de sens à moins de recourir à l'original n'est pas une traduction. Soit dit en passant, cet axiome explique pourquoi le sens de « chérubin » (anglais *cherub*) restera à tout jamais objet de spéculation.

Le terme « littéral » recèle encore d'autres mystères. Il est employé non seulement pour décrire un style de traduction à peine attesté, mais aussi pour dire quelque chose sur la façon dont une expression revêt du sens.

La distinction entre sens littéral et sens figuré est au cœur de l'éducation occidentale depuis plus de deux millénaires. Le sens littéral d'une expression est censé être celui qu'elle a avant tout acte d'interprétation : son sens naturel, donné, standard, commun, neutre, tout simple.

D'un autre côté, quand nous disons « cette nuit, il a littéralement plu des hallebardes », nous employons l'adverbe « littéralement » en un sens figuré. Le dépouillement de vastes corpus de discours enregistrés a révélé qu'en anglais, la plupart des usages de *literal* (« littéral ») et *literally* (« littéralement ») sont figurés ; une enquête conduite sur des documents écrits dans l'ensemble des langues européennes donnerait sans doute des résultats analogues [8]. C'est là une ironie curieuse, car les expressions qui signifient une chose et son contraire constituaient précisément une épine dans le pied des penseurs grecs auxquels nous devons l'invention de la distinction entre « littéral » et « figuré ». Mais le langage est aussi plastique que de la glaise. L'emploi figuré de « littéral » n'est qu'un cas parmi des milliers d'expressions signifiant une chose et son opposé, en fonction des sens que vous leur attribuez à l'usage.

« Littéral » est un adjectif formé à partir du substantif *littera*, qui signifie « lettre » en latin. Une lettre, en ce sens, est un signe écrit appartenant à un ensemble de signes dont certains sous-ensembles peuvent être utilisés pour transmettre des significations. La parole transmet du sens, l'écriture transmet du sens – mais les lettres, prises en elles-mêmes, n'ont aucun sens. C'est cela qu'est une lettre – un signe dépourvu de sens sauf quand il est employé comme élément d'une séquence. L'expression « sens littéral », prise littéralement, est donc une contradiction dans les termes, un oxymore et un non-sens.

Ce que nous voulions dire, dans un passé lointain, quand nous affirmions d'une chose qu'elle était « littéralement vraie », pour souligner qu'elle était réellement vraie, vraie à un degré supérieur à celui de la simple vérité, était sans doute que cette chose comptait parmi ces rares matières dignes d'être notées « en toutes lettres », d'être mises par écrit. Tous les usages de « littéral » en matière de sens et de traduction accordent implicitement plus de valeur à la forme écrite qu'au discours oral. Ces usages sont aujourd'hui au nombre des reliques linguistiques témoignant des fantastiques changements que l'invention de l'écriture a entraînés dans les hiérarchies sociales et culturelles. Ils conservent la trace des premières étapes de la diffusion de l'écriture dans le bassin méditerranéen entre le IIIe et le Ier millénaire avant Jésus-Christ, une époque où les systèmes alphabétiques se développèrent en même temps que les textes qui, constamment traduits et retraduits, n'ont cessé depuis lors de former et de nourrir la civilisation occidentale. Ce qui explique sans doute pourquoi les mêmes mots et les mêmes termes perdurent jusqu'à aujourd'hui dans les débats sur la meilleure façon de traduire.

Pourtant, même à l'époque contemporaine, nous ne savons pas toujours tout à fait ce que nous voulons dire quand nous affirmons que quelque chose est littéralement vrai, et moins encore quand nous disons d'une traduction qu'elle est littérale.

Dans les dernières années du XIXe siècle, un charlatan franco-égyptien doté d'un diplôme de médecine ainsi que d'un certain talent pour l'ascension sociale et le maniement du français littéraire publia une version nouvelle des *Mille et Une Nuits*. Ce fut un succès commercial et culturel qui suscita dans les élites une vague d'intérêt pour l'Orient sensuel et fit impression sur de nombreux auteurs de l'époque, dont Marcel Proust. Le traducteur, Joseph-Charles Mardrus, qui connaissait l'arabe, employa certains textes dans cette langue comme base de sa réécriture de la vénérable collection de contes orientaux à laquelle il donna un titre marqué d'un audacieux arabisme, *Les Mille Nuits et Une Nuit*, ainsi qu'un sous-titre on ne peut plus clair : *Traduction littérale et complète du texte arabe*[9].

Ce sous-titre est moins une description que la proclamation d'un statut. Qualifier l'œuvre de « complète » vise évidemment à lui donner une valeur supérieure à celle de versions antérieures. Mais pourquoi Mardrus a-t-il estimé que présenter sa traduction comme « littérale » serait une manière efficace d'exalter son statut ?

Mardrus savait ce qu'il faisait. Sa préface commente et souligne le sens de son sous-titre. « Une méthode seule existe, honnête et logique, de traduction : la littéralité, impersonnelle, à peine atténuée. [...] Elle est le plus sûr garant de vérité. [...] Le lecteur y trouvera [dans la présente traduction] le mot à mot pur, inflexible. Le texte arabe a simplement changé de caractères : ici il est en caractères français, voilà tout [10]. »

Mardrus n'était pas un théoricien de la traduction conventionnel, et les spécialistes des langues du Moyen-Orient affirmèrent qu'il n'était pas un traducteur non plus. Un professeur d'arabe à la Sorbonne démontra qu'il n'existait pas de sources textuelles pour de nombreux passages, voire pour des contes entiers, figurant dans la distrayante et agréable compilation de Mardrus. Mais Mardrus était un personnage de la scène culturelle parisienne et ne voulut pas souffrir ce genre de piques sans rendre coup pour coup. Ses amis vinrent à la rescousse : André Gide soutint qu'en dépit des démonstrations du professeur Gaudefroy-Demombynes, l'œuvre de Mardrus était « plus authentique que l'original [11] ». Dans sa propre riposte, le traducteur s'appuie sur l'extraordinaire proposition de Gide, mais pour la dépasser : les critiques académiques avaient appris l'arabe dans la salle de classe, et non au Moyen-Orient.

> Pour exécuter parfaitement une traduction de ce genre, pour refléter d'une façon définitive l'esprit et le génie arabes, [...] il est nécessaire d'être né et d'avoir vécu dans le monde arabe ; [...] pour rendre convenablement l'esprit et la lettre de telles histoires, il faut les avoir entendu dire avec l'accent du terroir, les gestes de la race, les inflexions de circonstance, par des conteurs pénétrés de leur sujet [12].

Sa traduction était donc la version « littérale » d'une source essentiellement orale. Le mot écrit du texte français de Mardrus tient lieu du mot parlé de la culture arabe. Si les critiques académiques tiennent absolument à disposer d'une source textuelle pour *Les Mille Nuits et Une Nuit* authentiques qu'il a composées, eh bien, pas de problème : « Je veux quelque jour, pour faire plaisir à M. Demombynes, fixer définitivement le texte arabe des *Nuits* en traduisant en arabe ma traduction française, M. Demombynes aura de la sorte le texte scientifique qu'il rêve. »

Il ressort de cette querelle littéraire que l'idée de ce qu'on entend par traduction littérale est conditionnée culturellement à un très haut degré. Mardrus tenait à affirmer l'authenticité de son œuvre, censée faire entendre la véritable voix d'une culture arabe dont il prétendait, à tort ou à raison, détenir par droit de naissance le privilège exclusif. Sa solution du problème – fabriquer une source afin de fournir aux érudits le texte qu'ils réclamaient – peut sembler plutôt délirante, mais de son propre point de vue, elle est loin d'être illogique.

D'un autre côté, tous les autres commentateurs occidentaux entendent par « traduction littérale » quelque chose qui n'a aucun lien avec l'authenticité, la véracité ou la simplicité de l'expression. Une telle traduction, selon eux, ne renvoie qu'à la forme écrite des mots, et plus particulièrement à la représentation des mots dans une écriture alphabétique. À une époque où ce mode technologique de conservation de la pensée était encore relativement nouveau, et pendant les nombreux siècles où l'écriture n'était pas largement diffusée, mais employée pour une gamme restreinte de besoins et d'objectifs (tels que le droit, la religion, la philosophie, les mathématiques, l'astronomie, et parfois la distraction des élites), il paraissait raisonnable d'accorder un grand prestige au caractère écrit des textes.

Cela étant, depuis deux ou trois générations, dans un monde où l'alphabétisation a fait tant de progrès et où l'écriture est employée dans des tâches tout à fait ordinaires (sur les emballages alimentaires, dans les publicités pour sous-vêtements, dans l'écriture de blogs, de bandes dessinées *gore* et de littérature de gare), le fait que quelque chose soit digne d'être noté en toutes lettres ne lui confère absolument plus la moindre valeur ajoutée. Aucune « illusion nominale » ne nimbe plus le terme de « littéral », lequel n'est plus en vérité qu'un mot fossile. Ce sont les termes mêmes du débat sur la traduction et sur le sens qui doivent être remis au goût du jour : le débat deux fois millénaire entre traduction « littérale » et traduction « libre » devrait enfin être déclaré clos.

Cependant, il existe un domaine important où la transposition des sens au niveau des mots pris un par un constitue un outil irremplaçable : le domaine scolaire, et plus particulièrement, l'enseignement des langues étrangères.

Il y a bien des façons différentes d'enseigner les langues. Les Ottomans sélectionnaient des jeunes esclaves dans les territoires qu'ils avaient conquis et leur faisaient donner une formation de *dil oğlan* (« garçon à langue » ou « truchement ») à Istanbul. Les méthodes directes modernes sont moins brutales mais reposent sur la même expérience des conditions optimales d'acquisition des langues – à savoir l'immersion totale dans un « bain linguistique », une sorte de baptême du cerveau.

Pendant tout le temps que dura le règne du latin comme langue de culture en Europe occidentale, l'immersion ne constitua pas une option. Il n'existait aucun environnement où tous les locuteurs auraient pratiqué le latin comme langue maternelle ; par conséquent, la langue devait être enseignée par des professeurs, dans des salles de classe, et l'instruction était à base textuelle. Dans la tradition européenne en matière d'apprentissage linguistique, nourrie des méthodes romaines d'acquisition du grec, le recours à la traduction ne pouvait que jouer un rôle de premier plan, à la fois comme moyen de transmettre des capacités de rédaction dans la langue étrangère et comme outil d'évaluation des progrès des étudiants dans cette voie. Il fallut attendre la fin du XIXe siècle pour voir l'enseignement des langues modernes européennes prendre son essor dans les écoles et les universités ; les méthodes employées s'inspirèrent des traditions « traductionnelles » appliquées dans les classes de latin et de grec. Et de l'aveu général, ce fut un désastre. Cela dit, si l'on apprend le latin, le français ou l'allemand parce que l'on souhaite pouvoir lire couramment dans la langue étudiée, voire composer des textes, et correspondre avec d'autres usagers du latin, du français, ou de l'allemand (dont les premières langues peuvent être très diverses), alors la traduction et les compétences rédactionnelles constituent des objectifs éducatifs tout à fait appropriés.

La formation linguistique fondée sur la pratique de la traduction n'est plus guère à la mode, mais son spectre anime encore un certain nombre de malentendus ou de préjugés sur ce qu'est ou doit être la traduction.

Faute d'un environnement linguistique effectif, et en l'absence des technologies permettant la simulation d'un tel environnement (télévision, radio, film, enregistrement audio, internet), il fallait bien que l'enseignement d'une langue étrangère s'appuie sur l'écriture – sur des ardoises ou des tableaux noirs, dans des recueils d'exercices ou du matériel imprimé. Avec ces seuls instruments à disposition, ce n'est pas une tâche facile que de trouver comment expliquer que l'expression У меня большой дом doit être comprise comme signifiant « J'ai une grande maison », à moins d'expliquer également que cette expression peut être décomposée comme ceci : « À-moi-grande-maison » puis d'employer cette représentation (élément par élément) de l'idiome étranger sous un déguisement français afin d'introduire à certains traits grammaticaux de base – par exemple, l'absence en russe d'un verbe « être » attributif ainsi que d'un article défini ou indéfini, l'accord de l'adjectif en genre, nombre et cas avec le nom qu'il qualifie, ou enfin l'expression de la possession par une préposition suivie de pronom personnel (lequel pronom doit évidemment se mettre au cas voulu). De fait, ces quelques mots d'explication grammaticale sont presque dépourvus de sens si vous ne les voyez pas activement appliqués à une expression écrite, et si l'on ne vous dit pas à quoi chacun des éléments écrits peut correspondre.

Certaines personnes appellent ce processus une « traduction littérale », mais il serait préférable d'adopter un terme distinct pour l'explication parallèle, terme à terme, d'une expression en langue étrangère, destinée à faire comprendre le fonctionnement de cette langue. Le mot à mot est un outil essentiel, et à mon avis, même la plus directe des « méthodes directes » finit nécessairement par y recourir. D'ailleurs, les étudiants en langues formés selon d'autres méthodes ne manquent jamais de réinventer le mot à mot chaque fois qu'ils sont aux prises avec une phrase dont le niveau de difficulté échappe tout juste à leur niveau de compétence actuel.

Le mot à mot vous fournit une première approche de la forme et de l'organisation de la langue que vous êtes en train d'apprendre. Il aide moins à traduire qu'à produire des expressions acceptables dans la langue étrangère. Pour traduire dans cette langue, vous apprenez avant tout à habiller la source d'un costume étranger. Vous apprenez que « Mon père a une grosse voiture » doit d'abord être traduit par « À père grande voiture » avant même de pouvoir commencer à insérer dans la structure les expressions russes dont la somme produira la phrase de sens requis.

Le mot à mot n'est ni une langue ni une traduction. Il n'est qu'une étape intermédiaire, une aide incomparable à l'apprentissage de la lecture et de l'écriture dans une langue étrangère. La traduction scolaire vers L2 fournit également à l'instructeur un moyen de vérifier si les étudiants ont saisi et mémorisé la forme et l'organisation de la langue. Il ne sert pas à tester abstraitement un point de grammaire, mais à travailler la grammaire dans un contexte d'usage. C'est comme cela que j'ai appris les langues à l'école. Avec des bons professeurs et des étudiants motivés, ça marche.

Mais souvent, ça ne marche pas. Pire encore, les ex-élèves qui ont échoué à ces tests-là en conservent une sainte horreur de la pratique de la traduction, et une rancune tenace à l'égard de ceux qui en font.

Depuis l'essor de l'éducation au XIXe siècle, et jusqu'à nos jours, les traductions de textes classiques avec version originale en regard ont aidé des foules d'étudiants à parfaire leur maîtrise de la grammaire et du vocabulaire tout en leur permettant de lire plus rapidement des œuvres étrangères, et donc d'en approfondir leur compréhension. Certaines collections bilingues recourent à des techniques proches du mot à mot – c'est notamment le cas en latin ou en grec, où leurs amateurs les ont affectueusement surnommées les « juxtas ». D'autres ouvrages proposent un texte cible plus fluide et naturel, mais la nécessité de respecter une correspondance paragraphe à paragraphe (sinon ligne à ligne) limite la réorganisation du matériau et la reformulation telles qu'on s'attend à les trouver dans une traduction littéraire. Les « Penguin Parallel Texts » (et leurs équivalents français publiés par Folio, GF, Presses Pocket, le Seuil...) sont un précieux recours pour tous les étrangers qui se mettent à l'italien, à l'espagnol, au russe (etc.), ainsi qu'à tous ceux qui, comme moi, ont appris une langue il y a longtemps et apprécient un petit coup de main quand vient l'heure de revisiter les textes-clefs de leur jeunesse.

La traduction de type « juxta » et la traduction en regard (qui fait presque toujours se correspondre la longueur des phrases) ne sont pas de « mauvaises » façons de traduire. Ce sont des opérations linguistiques qui servent des buts particuliers ; les fonctions communicatives et éducatives qu'elles remplissent leur appartiennent en propre. Traduire n'est pas une activité simple. La meilleure façon de faire une traduction dépend de vos objectifs quand vous la faites.

Mais quand les gens qualifient une traduction de littérale, ce n'est pas au mot à mot qu'ils songent. La prétendue traduction littérale de У меня большой дом n'est pas « à moi grande maison », mais « j'ai une grande maison ». En d'autres termes, par « traduction littérale », on n'entend en fait pas autre chose qu'une version qui préserve le sens dans des formes grammaticales appropriées à la langue cible. Octavio Paz avait raison de dire qu'il n'existe pas de traduction littérale ! Ce n'est qu'une traduction – rien qu'une traduction toute simple, ordinaire, effective de la source. En fait, dans la longue et frustrante partie de squash que disputent la traduction « littérale » et la traduction « libre », la joueuse de gauche n'existe pas. Elle n'est que l'ombre d'un autre monde, plus ancien. Mais les ombres peuvent impressionner, même quand on sait qu'elles n'existent pas.

11

De la méfiance
L'héritage de l'oralité

Jadis, on ne manquait pas de raisons pour se méfier des traducteurs. La guerre, la diplomatie, le commerce, l'exploration, autant d'activités où la confiance est aussi essentielle que difficile à accorder – et qui sont aussi les domaines cruciaux où les traducteurs interviennent. Si vous ne parlez pas la langue de votre ennemi ou de votre partenaire, vous dépendez entièrement des gens qui la parlent. Et rien de tel que la dépendance pour nourrir le ressentiment et la crainte.

La défiance de l'usager pose un problème important dans toutes sortes de traductions, mais intervient sans doute de façon quelque peu différente dans les deux branches principales que sont la traduction orale et la traduction de textes écrits. La médiation orale – la traduction d'un discours vivant, sur le champ et *in situ* – a précédé l'écriture de très loin. Cette capacité linguistique est vraisemblablement aussi ancienne que l'émergence du langage lui-même, il y a quelques dizaines, sinon quelques centaines de milliers d'années. Pendant les neuf dixièmes de son histoire, la traduction, comme le langage, a été une affaire exclusivement orale. L'héritage de cette oralité influence jusqu'à nos jours notre façon de concevoir la traduction.

L'écriture a transformé et multiplié les usages du langage, ce qui a naturellement affecté les façons dont il est possible d'y penser et d'en parler. Nous sommes à présent si profondément habitués à l'existence et aux emplois de l'écriture qu'il nous est difficile de nous représenter ce que peut être la vie d'une personne ne sachant ni lire ni écrire. Il l'est plus encore d'imaginer ce que seraient l'existence et la parole dans une société où personne ne se douterait que quelque chose comme l'écriture puisse exister. Or, telles sont les circonstances dans lesquelles la traduction fit son apparition, puis fut pratiquée pendant des centaines de siècles. Les données archéologiques dont nous disposons sur l'origine de l'écriture suggèrent même que le système alphabétique a émergé au sein de villes multilingues dans des empires moyen-orientaux où la traduction jouait déjà un rôle de premier plan [1].

La différence fondamentale entre les cultures orales et celles qui possèdent l'écriture est que seules ces dernières peuvent donner une seconde vie à un énoncé. Dans l'« oralité primaire », le langage n'est que parole : celle-ci disparaît sans laisser de trace une fois prononcée [2], et il en va de même pour sa traduction. Or vous ne pouvez vérifier une traduction, l'évaluer, la mettre à l'épreuve ou lui faire confiance que si vous disposez d'un moyen d'y revenir par la suite.

Ces remarques ne présenteraient qu'un intérêt purement historique si l'invention de l'écriture avait tout transformé du jour au lendemain. Tel ne fut pas le cas, bien entendu. La transformation mentale qu'a déclenchée l'écriture ne s'est pas accomplie d'un coup ; à certains égards, son influence sur la grande masse de l'humanité date de quelques générations à peine [3]. Certaines survivances du vieux règne de l'oralité se sont maintenues pendant des millénaires, voire jusqu'à notre temps. Vis-à-vis de la traduction, elles affectent nos sentiments et nos craintes de façon tout à fait directe.

Un indice de la présence persistante de l'oralité dans notre monde désormais typographique de part en part nous est fourni par notre façon d'utiliser, aujourd'hui encore, des mots ou des paroles comme « parole » ou « mot » (*word* en anglais). Ces deux termes ne renvoient pas toujours à la sorte d'éléments flous et problématiques que les dictionnaires impriment en lettres grasses. À y regarder de plus près, « mot » et « parole » prennent un tout autre sens dans de nombreux emplois de notre vie quotidienne.

Si je vous « donne ma parole » que je ferai la vaisselle ce soir (et que vous me « preniez au mot »), je ne vous donne pas une « parole » (et vous ne prenez pas un « mot ») au sens où l'entend le dictionnaire. Je fais une promesse, et je fonde votre confiance en ma promesse sur le fait que la personne qui formule cette promesse n'est autre que moi-même.

« Ma parole » est tout simplement le fait que je l'énonce. Dans un tel emploi, « parole » n'est pas une unité de discours, mais l'acte de parole lui-même. De façon analogue, quand je dis d'un ami qu'il est un « homme de parole », je ne parle évidemment pas de son goût de l'expression orale : je veux dire que tout ce que mon ami entreprend d'accomplir par un acte de parole doit être pris au sérieux, du seul fait que c'est lui qui l'a dit.

L'anglais *word* confond sous un vocable unique l'élément de parole comme unité et l'élément de parole comme acte ; le français permet de mieux appréhender cette nuance en distinguant entre « parole » et « mot ». L'allemand marque également, au moins en partie, cette opposition fondamentale : le mot *Wort* possède en effet deux pluriels, *Worte* pour les actes de parole, *Wörter* pour les éléments lexicaux recueillis dans un *Wörterbuch* (« livre à mots », autrement dit, « dictionnaire »). Mais si l'anglais *word* peut pointer ainsi dans deux directions divergentes, c'est parce qu'il existe un certain lien entre elles. L'une et l'autre désignent la plus petite unité effective de discours. Il se trouve simplement que depuis l'invention de l'écriture alphabétique, nous nous sommes habitués à nous figurer (et cette conception est devenue une seconde nature) que la véritable forme de notre discours est l'aspect qu'il prend une fois noté par écrit. Ce « scriptisme » – c'est ainsi que Roy Harris a baptisé l'idée illusoire qu'une langue consisterait en éléments appelés « mots » – nous a rendu service pendant quelques milliers d'années, mais il a aussi ses inconvénients. Il rend plus difficile la compréhension de ce qu'est l'acte de traduction.

À l'instar de l'anglais, de nombreuses langues occidentales possèdent des mots signifiant « mot/ parole » qui permettent de renvoyer à des actes de langage et sont autant de traces persistantes de l'oralité première. Le statut d'un énoncé dans un univers mental sans écriture repose avant tout sur l'identité de celui qui l'énonce, bien plus que sur les « sens » des « mots » qu'il emploie. Il est d'ailleurs probable que sans écriture, ces concepts entre guillemets ne soient pas même pensables. Le caractère indéterminé du flux discursif, le degré de dépendance du sens vis-à-vis du contexte humain dans une culture orale sont parfaitement saisis par Tolstoï, avec autant d'affection que de pénétration, dans son portrait de Platon Karataïev, le paysan philosophe illettré de *La Guerre et la Paix* :

> Quand Pierre, parfois stupéfait du sens profond de ses propos, lui demandait de les répéter, Platon ne pouvait se rappeler ce qu'il venait

> de dire, de même qu'il ne pouvait répéter à Pierre [Bézoukhov] les paroles de sa chanson préférée. [...] Il ne comprenait pas et ne pouvait comprendre le sens d'un mot pris isolément. Chacune de ses paroles et chacun de ses gestes étaient la manifestation d'une activité dont il ne se doutait pas et qui était sa vie. [...] Ses paroles et ses actes émanaient de lui aussi régulièrement, nécessairement et spontanément que d'une fleur son parfum. Il ne pouvait comprendre ni la valeur ni la signification d'un acte ou d'une parole pris à part [4].

Dans ce genre de circonstances culturelles, la « traduction » réclame un type de confiance tout à fait spécial. Si la valeur d'un énoncé est intimement liée à l'identité du locuteur, alors un autre locuteur ne saurait la transmettre. Or cette règle de base doit être suspendue s'il faut que la traduction orale soit possible, puisque celle-ci exige de l'auditeur qu'il envisage les mots du traducteur comme s'ils avaient été formulés par le locuteur en langue étrangère. La traduction orale dans un monde sans écriture crée une fiction dont elle dépend, et qui est peut-être la plus ancienne invention fictionnelle de toutes. Le premier grand bond en avant dans l'histoire de la traduction doit dater du jour où deux communautés ont trouvé un moyen de s'accorder mutuellement sur ce point : les paroles du Traducteur doivent être considérées comme ayant la même valeur que les paroles immédiatement antérieures du Locuteur principal.

Il n'est pas difficile d'expliquer la présence de locuteurs bilingues dans les premières sociétés : l'échange d'épouses entre communautés, la réduction en esclavage d'ennemis vaincus sont deux pratiques immémoriales également susceptibles de rendre compte de l'existence de tels individus capables de comprendre deux langues. Mais entre le bilinguisme et la traduction, il y a un monde. Pour que cette dernière soit possible, il faut surmonter d'énormes obstacles intellectuels et émotionnels, qui empêchent de prendre la parole d'un autre comme équivalente à la parole de la source. De tels obstacles ne peuvent être surmontés que par une volonté partagée d'entrer dans un domaine où le sens ne peut être complètement garanti. Cette sorte de confiance est peut-être à la racine de toute culture.

Mais une confiance de cet ordre n'est jamais accordée sans réserve. Pour conduire une négociation ou un échange entre deux communautés parlant des langues mutuellement incompréhensibles, le locuteur principal dépend de son traducteur et est en son pouvoir, tout comme le traducteur ne sert qu'un seul maître, et est entièrement en son pouvoir. Une telle situation est inévitablement source d'angoisse, de suspicion et de défiance.

La crainte qu'un interprète délivre oralement un message imparfait ou trompeur affecte aujourd'hui encore les protocoles de traduction réglant les rencontres privées entre grands de ce monde. Chaque partie se présente avec son propre interprète. Quand le Premier ministre britannique s'entretient en tête à tête avec le président français, la personne au service du gouvernement de Sa Majesté parle en français au nom du Premier ministre, tandis que l'interprète du côté français restitue en langue anglaise les paroles du président de la République. Ce type de traduction à deux voix et à sens unique, de la langue maternelle vers la langue étrangère, n'est jamais observé en public [5]. Une telle organisation découle directement du problème de la confiance que pose toute traduction orale. Si les traducteurs ne sont plus des esclaves, les États disposent néanmoins, aujourd'hui encore, de plus de voies de recours contre des fonctionnaires tenus au devoir de réserve que contre un traducteur employé par l'autre camp.

Cette double dose d'interprétation orale est aussi rare que chère, mais son coût n'explique pas à lui seul sa rareté. Mis à part les sommets confidentiels entre chefs d'État, presque tous les discours que prononcent les personnels politiques, les diplomates ou les figures publiques partent de l'écrit et y aboutissent. Par exemple, les délégués à l'assemblée générale des Nations unies et au Conseil de sécurité lisent des discours tout préparés, et bien souvent, les interprètes qui en assurent la traduction simultanée en l'une des langues officielles (anglais, français, espagnol, russe, chinois ou arabe) ont sous les yeux un exemplaire du texte original. Les six versions sont toutes enregistrées, et ce sont ces enregistrements qu'emploie la division de la documentation de l'ONU pour rédiger le « Verbatim », c'est-à-dire la version écrite officielle de ce qui fut dit. Cette procédure permet d'isoler et d'aménager les erreurs de traduction. Surtout, elle permet aux délégués de revoir les propos effectivement tenus. Le « Verbatim », archive finale et officielle des actes des Nations unies, n'est en fait pas du tout une reproduction « mot à mot » des paroles prononcées – il est une version récrite d'un texte écrit, lequel est passé entretemps par une phase orale dont on se méfie. Dans de vastes secteurs des affaires nationales et internationales, la parole est désormais devenue un médium secondaire, un sous-produit de l'écrit. Mais il s'agit là d'une situation très récente. Nos pensées et nos sentiments sur la langue et la traduction datent de bien plus loin, ainsi que bien des choses que nous en disons.

Entre le XVe et le début du XXe siècle, l'Empire ottoman a gouverné d'une main plus ou moins ferme des populations majoritairement illettrées parlant un grand nombre de langues différentes. Tout au long de ces cinq siècles, cet État aussi vaste que complexe conduisit son administration en turc ottoman – un hybride en partie artificiel des lexiques turc, perse et arabe, maintenus ensemble par la grammaire turque (avec un soupçon de syntaxe perse), le tout rédigé dans un alphabet arabe retouché qui ne lui convenait pas particulièrement. Le turc ottoman était la langue officielle de la cour à Istanbul, mais en dehors du cercle des courtisans et des fonctionnaires impériaux, il avait peu de locuteurs. Sa forme écrite était bien entendu employée pour les labyrinthiques archives d'État – selon certaines sources, les autorités allaient parfois jusqu'à garder trace des rêves de leurs administrés [6]. Cependant, entre autres traits caractéristiques, la société ottomane était hantée par une crainte soupçonneuse et paranoïaque des faussaires, ce qui explique que l'État ait parfois évité de recourir à l'écriture. La gestion des affaires publiques resta donc fortement imprégnée d'oralité : dans certaines circonstances, le discours personnel se voyait accorder plus de crédit que cette technologie impersonnelle qu'est l'écriture, et tel était notamment le cas en matière de traduction.

Le pouvoir ottoman, comme les sociétés grecque et romaine, réduisait en esclavage une forte proportion de ses sujets. Il recrutait ses traducteurs parmi les jeunes gens envoyés en tribut par les provinces à Istanbul en échange de la protection assurée par l'Empire. La plupart de ces bilingues par contrainte servaient aux besoins internes de l'État, car ils parlaient l'une de ses langues régionales et recevaient une éducation en turc ottoman. Quant à ses besoins externes (pour le commerce, la guerre, la diplomatie), ils étaient satisfaits par d'autres voies.

Les Ottomans étaient des musulmans. Pour communiquer avec la plupart des peuples des frontières sud et est de l'Empire, ils pouvaient donc recourir à l'arabe, langue native ou véhiculaire sur un vaste territoire. Mais il n'était pas aussi simple d'entrer en contact avec l'Europe occidentale. Les langues qu'on y parlait ne s'enseignaient nulle part à l'intérieur de l'Empire. C'est pourquoi, dans un premier temps, la formation des cadres qui seraient à même de gérer les relations avec l'Occident fut déléguée à la République de Venise, qui entretenait depuis longtemps des liens avec de nombreuses régions du bassin méditerranéen soumises au pouvoir ottoman.

Dans les dernières années du XVe siècle, Venise envoya à Istanbul, pour des périodes de deux ans, des plénipotentiaires chargés d'administrer le *bailo*, quelque chose comme une école de traduction. Le *bailo* recrutait à travers tous les territoires vénitiens ou ottomans des adolescents qu'on appelait les « jeunes de la langue » – *giovanni di lingua*, une traduction du turc *dil oğlan* – pour en faire de loyaux sujets de la Sérénissime, capables de parler italien et de s'entretenir avec les Turcs. Un grand nombre de ces recrues provenait de la communauté hellénophone de confession catholique romaine qui habitait Péra (Phanari en grec), un quartier d'Istanbul, et les Phanariotes finirent par devenir une « caste de traducteurs » héréditaire au sein du monde stratifié de la société ottomane. Dès le début du XVIIe siècle, la traduction au plus haut niveau de l'État ottoman était l'apanage exclusif d'un petit nombre de familles phanariotes étroitement liées entre elles, qui devaient en partie la sécurité de leur statut au fait qu'elles détenaient aussi pour la plupart la citoyenneté vénitienne par droit de naissance. Mais leurs traductions ne s'opéraient guère du grec ou vers le grec : les Phanariotes étaient formés à traduire le turc ottoman en italien, parfois aussi en arabe. Ces talents leur valurent la fortune et la noblesse. Établis à Istanbul, ces interprètes envoyaient leurs fils dans les universités italiennes puis les ramenaient au pays pour leur transmettre la charge familiale [7].

Diplomatie, espionnage, manœuvres administratives : les traducteurs ottomans avaient bien des cordes à leur arc. Leur nom turc, *tercüman*, a donné en anglais *dragoman*, et en français (par l'intermédiaire soit de l'arabe, soit du grec byzantin *dragoumanos*) « drogman », d'où « truchement » ; le même terme, sous forme à peine altérée, se retrouve chez des douzaines d'autres peuples qui furent en contact avec les Turcs : azerbaïdjanais *tərcüməçi*, amharique *astärgʷami*, dari *tarjomân*, perse *motarjem*, ouzbek *tarjimon* (таржимон), arabe *mutarjim*, arabe marocain *tẹrzman* et hébreu *metargem* (מתרגם) – autant de transpositions phonétiques de *tercüman*. Mais qu'on l'écrive *dragoman* ou *tercüman*, le mot ottoman pour « traducteur » n'est pas un mot turc du tout. Il est attesté pour la première fois dans une langue parlée en Mésopotamie pendant le IIIe millénaire avant Jésus-Christ, où il sert de traduction à un mot plus ancien encore, le sumérien *eme-bal*. L'akkadien *targumannu*, *via* le turc *tercüman*, a ainsi survécu jusqu'à nos jours, en anglais comme en français : *dragoman*, « drogman » ou « truchement » sont peut-être des termes obsolètes, mais ils figurent toujours dans les dictionnaires et fournissent sans doute le seul exemple de terme attesté sous forme écrite dont le sens soit resté stable et dont nous pouvons suivre l'histoire tout au long de cinq mille ans [8]. Déjà présent dans le berceau de l'écriture, au cœur de l'ancienne Mésopotamie, l'un des mots racines les plus largement employés pour signifier « traducteur » s'est diffusé et transmis jusqu'à nous : quelle meilleure preuve que la pratique même de la traduction remonte à une Antiquité bien plus vénérable encore ?

Les meilleurs drogmans ottomans avaient rang d'ambassadeur. Le premier à se voir accorder le titre de « Grand Drogman » par le Sultan fut nommé en 1661 sous le règne de Küprölü Ahmed Pacha – alias Quprili, le célèbre Grand Vizir albanais dont les nombreuses aventures sont devenues fiction dans les romans d'Ismail Kadaré [9]. L'un de ses successeurs, le Grand Drogman Alexandre Mavrokordato, fonda une dynastie qui s'éleva jusqu'à un statut princier. Ses descendants directs montèrent sur le trône de Roumanie.

Comme ils étaient des diplomates et des négociateurs habitués à traiter les questions les plus délicates oralement, sans user de l'écriture, les drogmans, lorsqu'ils devaient recourir à l'écrit, appliquaient des principes plutôt caractéristiques de la traduction orale. Ils altéraient les expressions du pacha pour les restituer de façon à accomplir au mieux l'acte visé par leur maître. S'ils procédaient ainsi, c'était pour rester fidèles au *padischah* – la déloyauté était punie de mort, ou de pire encore. Loin d'être « libre », leur reformulation des paroles de la source exprimait leur soumission à l'intention de celle-ci. Malgré les apparences (notamment leur recours massif à la contraction, à l'expansion et à la paraphrase), les drogmans s'en tenaient rigoureusement à leur mission : ne pas traduire les mots du Sultan, mais sa parole.

Par exemple, lorsque le sultan Mourad II accorda aux marchands anglais l'autorisation de commercer en territoire ottoman, sa missive originale en langue turque soulignait que la reine Elizabeth avait « manifesté sa subordination ainsi que sa dévotion, et proclamé sa soumission ainsi que son attachement » au Sultan. Avant d'être transmise à la cour anglaise, la missive fut traduite par le Grand Drogman en italien, qui était encore à l'époque la langue internationale de l'Empire ottoman [10]. Mais dans sa version italienne, la missive est loin d'en dire autant : la formule turque, si élaborée, est laconiquement réduite à *sincera amicizia* [11].

Une telle traduction est-elle « libre » ou « infidèle » ? À mon avis, aucun des deux termes n'est approprié. Si le drogman passe sous silence les termes de « subordination » et de « soumission », ce n'est pas là une manifestation de son libre arbitre, mais un effet des contraintes politiques et administratives de sa position. Il sait que son propre maître ne considérera jamais la reine d'Angleterre comme un monarque de rang égal au sien ; d'un autre côté, il a assez d'expérience diplomatique pour savoir aussi qu'Elizabeth Ire ne saurait tolérer l'expression de sa « soumission » à l'égard du sultan, fût-ce dans une hyperbole conventionnelle.

Les ambassades occidentales à Istanbul ne recouraient pas aux services des interprètes officiels de la Sublime Porte, qui étaient tenus d'être loyaux envers leur souverain. Elles employaient des personnels bilingues de rang moins éminent (le plus souvent, des non-musulmans résidant à Istanbul). Au fil des siècles que dura la domination ottomane, les diplomates européens perdirent peu à peu le sens de ce qu'est une culture orale ; du coup, leurs intermédiaires levantins leur parurent toujours moins sûrs et moins dignes de confiance. Premier reproche : une bonne moitié au moins de ce que ces derniers écrivaient et présentaient comme une traduction « de l'anglais » ou « du français » était pure invention. En voici un échantillon :

> Ayant incliné ma tête en signe de soumission, ayant frotté en signe de supplication mon front servile avec la plus absolue humilité et la complète abjection dans la bienfaisante poussière qu'ont foulée les pieds de mon bienfaiteur empli de puissance, de grâce, de condescendance, de compassion, de pitié, mon maître très généreux et libéral, je prie le Tout-puissant, l'inégalable pourvoyeur de tous remèdes de bénir votre très haute personne, et le sommet de toute bienfaisance de garder mon bienfaiteur à l'abri des vicissitudes et des afflictions du temps, de prolonger les jours de sa vie, sa puissance et sa splendeur…

Deuxième reproche : le moindre fragment d'information que ces traducteurs pouvaient glaner en travaillant pour une ambassade était aussitôt mis aux enchères. Pour reprendre les termes d'un diplomate anglais, comme ces drogmans « ont de vastes familles, un maigre salaire et l'habitude du luxe oriental, ils ne résistent qu'à grand-peine à la tentation pécuniaire à laquelle d'autres partis les exposent [12] ».

On voit bien pourquoi de tels drogmans ne pouvaient qu'adapter leur travail à leur auditoire : en tant que sujets ottomans, ils risquaient bien plus gros à heurter les autorités qu'à travestir les propos de leurs employeurs étrangers.

> La peur leur liait la langue : ils préféraient évidemment encourir le déplaisir de leur employeur plutôt que la brutale fureur d'un pacha irrité. […] En certaines occasions, il est apparu que des interprètes ingénieux […] ont improvisé des dialogues imaginaires – substituant des discours de leur propre cru à ceux qui furent réellement prononcés [13].

De toute façon, ils étaient suspects du seul fait de travailler pour une ambassade étrangère. Pourquoi aggraver leur cas en ne s'adressant pas aux potentats locaux dans le style fleuri et servile auquel ils étaient accoutumés ? Ajouter quelques paragraphes protestant d'une dévotion éternelle, ce n'était pas là une faute de traduction : c'était une assurance vie. « Tout bien pesé, ce qu'il y a d'étonnant, ce n'est pas tant que les drogmans se soient acquittés de leur tâche périlleuse de façon inadéquate, mais bien plutôt qu'ils aient osé l'entreprendre [14]. »

La fidélité était évidemment une affaire de première importance pour les interprètes ottomans, mais elle ne signifiait pas ce que les théoriciens occidentaux de la traduction semblent entendre par « fidélité à la source ». Les drogmans avaient à prouver qu'ils étaient fidèles au padischah ou au noble ottoman auquel ils s'adressaient.

Il revint au plus vénérable des drogmans phanariotes de payer le prix le plus élevé pour la déloyauté dont on le suspectait. En 1821, les provinces grecques de l'Empire ottoman se révoltèrent. Les Phanariotes d'Istanbul, qui étaient des Grecs catholiques, furent aussitôt frappés de suspicion. Leur chef, le Grand Drogman Stavraki Aristarchi, fut pendu pour trahison. Pourquoi ? En vertu d'un proverbe qui avait cours depuis belle lurette dans la langue diplomatique de la Sublime Porte : *traduttore, traditore !* Un traducteur ne peut être qu'un traître !

Que ce soit en version italienne originale ou en traduction, cet adage exotique s'est diffusé dans toutes les langues occidentales, jusqu'à devenir, sur le sujet qui nous occupe, l'une des évidences le plus fréquemment invoquées par la sagesse des nations. Pourtant, réserve faite de certains cas tout à fait exceptionnels, cette maxime est fausse et l'a toujours été. La pratique des drogmans en matière de traduction était généralement, et à un degré éminent, au service de l'intention de leur source, ainsi qu'au service de leurs vrais maîtres. Ces maîtres craignaient sans doute d'être trahis, mais leurs interprètes n'en faisaient rien. Et même s'il est arrivé, à l'occasion, que les Phanariotes aient travesti les messages qu'ils avaient à transmettre pour leur bénéfice personnel, le lien entre « traduction » et « trahison » n'a rien de pertinent au sein de sociétés modernes, fondées sur le texte imprimé. Dans un monde où l'on peut comparer une traduction à l'original, même si ce dernier est de forme orale (grâce aux techniques d'enregistrement dont nous disposons depuis une centaine d'années), il n'y a plus lieu de redouter les intermédiaires linguistiques ou de s'en méfier, car les motifs de le faire découlent du fonctionnement des sociétés orales. Mais les gens continuent à répéter *traduttore, traditore* et s'imaginent avoir dit là quelque chose de profond sur la traduction. La société où nous vivons aujourd'hui est sans doute sophistiquée, riche, technologiquement avancée – mais quand on en vient à la traduction, certains de nos contemporains en sont apparemment restés aux temps de la clepsydre.

Dans le courant du XIXe siècle, lorsque les voyages au Moyen-Orient devinrent praticables et prestigieux, les visiteurs occidentaux dans la région ne pouvaient qu'être contaminés par la défiance traditionnelle à l'égard des interprètes oraux. Il fallait bien que les touristes s'appuient sur des intermédiaires locaux pour leurs contacts avec les autorités, et les dynasties de drogmans leur fournirent des guides, des négociateurs, des entremetteurs en matière de logement, d'achats d'antiquités et d'autres plaisirs. Comme ils s'acquittaient de leurs tâches conformément à leurs propres traditions de traduction hautement adaptative, ils étaient méprisés et tournés en dérision. Cette crainte mêlée de haine à l'égard d'intermédiaires guettant la moindre inattention des Occidentaux pour les duper, et qu'on pourrait appeler la « drogmanie », a largement contribué au stéréotype de la « fourberie orientale » qui hante les récits de voyage de l'époque coloniale [15].

Ce n'est pas seulement à un passé ottoman aujourd'hui disparu que la réflexion sur la traduction doit ces tropes que sont la « fidélité » et la « trahison ». Dans la France du XVIIe siècle, plusieurs traducteurs des classiques grecs et latins estimèrent préférable d'amender les textes originaux de façon à mieux les conformer aux canons du bon goût qui régissait tant les mœurs que le style à la cour de Versailles. Les jurons et les références aux fonctions organiques étaient tout bonnement censurés, tout comme des passages entiers où il était question d'ivresse, d'homosexualité, ou de partage de partenaires. Convaincus de l'absolue prédominance des manières de cour françaises, ces traducteurs tentèrent de produire des traductions qui seraient mieux adaptées au public visé, tout en constituant aussi (à leur point de vue) des œuvres supérieures en valeur et en beauté. Ils aidaient les Grecs à triompher d'eux-mêmes en expurgeant toutes ces taches d'un âge encore grossier. Ces nombreuses traductions classiques au caractère adaptatif tout à fait intentionnel, récrites au goût des courtisans (ou des enfants), étaient surnommées « les belles infidèles ».

Si ces deux adjectifs juxtaposés impliquent un substantif sous-entendu, le mot manquant doit évidemment être « traductions ». « Les belles infidèles » ne désigneraient en somme rien d'autre que « les belles traductions libres ». Mais l'expression peut aussi se comprendre d'elle-même : « les belles infidèles » (où l'adjectif « belles » est substantivé) équivaut alors à « les belles femmes qui trompent ou manquent de parole ». Ainsi entendue, la formule a entraîné l'invention d'un autre adage qui n'a cessé depuis d'encombrer la réflexion sur la traduction. Selon cet adage, les traductions sont comme les femmes : « Si elles sont belles, elles sont infidèles, et si elles sont fidèles, elles ne sont pas belles. » – Ce qu'on pourrait paraphraser crûment en ces termes : « Si vous les trouvez mignonnes, ne comptez pas sur leur bonne foi, et si elles respectent la parole donnée, c'est que ce sont de vieilles carnes. » Cette paraphrase, pareille en cela à une traduction libre (selon les critères traditionnels), illustre exactement le sens de l'adage (dont l'autre versant se laisserait aussi bien rendre comme signifiant à peu près : « celles qui sont esthétiquement satisfaisantes sont adaptatives, et celles qui ne sont pas adaptatives sont plutôt fades »). L'écho de ce genre d'absurdités sexistes résonne jusqu'à nos jours, et jusqu'au seuil d'une maison d'édition dont une collection par ailleurs admirable de textes traduits s'intitule justement « Les belles infidèles ».

En France et dans le monde anglo-saxon, le langage sexiste a essuyé des attaques soutenues et le plus souvent couronnées de succès. Pourtant, on n'a que rarement fait observer que, sortie du contexte élégant qui était le sien au siècle de Louis XIV, l'expression « les belles infidèles », qu'elle soit citée sous sa forme brève ou dans la formule plus ample qu'elle a inspirée, est un outrage fait aux femmes. La plupart des gens n'insistent pas là-dessus, sous prétexte que cet énoncé-là ne parle que de traduction. Mais c'est faux. Il parle d'angoisse masculine – une angoisse qui peut aller jusqu'à la misogynie. Et s'il s'applique à la traduction, je soupçonne qu'il n'y a à cela qu'une raison et une seule : comme tant d'autres variations sur le thème de la trahison, il ne fait qu'exprimer les peurs que la traduction suscite.

Certains critiques ont soutenu qu'une bonne traduction est une traduction qui est fidèle à sa source. Cette thèse aurait pour corollaire qu'une mauvaise traduction n'est qu'une sorte de trahison, ce qui justifie donc dans une certaine mesure les clichés éculés et douteux que nous venons d'essayer de détruire. Un tel corollaire serait plausible si nous savions ce que nous voulons dire quand nous affirmons qu'une traduction fidèle est une traduction qui est bonne. Mais pourquoi donc ce terme de « fidèle » s'applique-t-il à la traduction ? Il est vrai qu'un bon conjoint est loyal, et qu'un espion qui se respecte n'est pas un agent double. Naguère, l'on attendait aussi des domestiques et des vieux serviteurs qu'ils soient fidèles à leurs maîtres. Mais les traductions ne sont pas mariées à leurs textes originaux, pas plus qu'elles ne travaillent pour la CIA. Cet appel répétitif, insistant, à la « fidélité » en tant que critère de qualité d'une traduction a certainement conduit beaucoup de traducteurs à se décrire eux-mêmes comme au service de l'original. Ce faisant, ils font retour à ce qui fut l'origine historique et préhistorique de leur profession : l'exercice de talents serviles.

L'esclavage a été aboli au Brésil en 1880. Il serait temps de tourner la page.

12

SUR MESURE
COMMENT AJUSTER LES FORMES

Les Chinois adorent faire circuler des *shunkouliu* de bouche à oreille. Il s'agit de petits récits rythmés à caractère satirique, souvent des quatrains d'heptasyllabes. Leur régularité formelle est aussi visible qu'audible, car chaque caractère chinois correspond à une syllabe. En voici un échantillon :

辛辛苦苦四十年

一朝回到解放前

既然回到解放前

当年革命又为谁

Compact, structuré, dense, allusif, amer et plein d'humour… Traduire un *shunkouliu* n'est pas une mince affaire. Alors pourquoi se donner la peine d'essayer ? Et pourtant, contre toute attente, cette strophe acérée sur la vieille garde de la Chine nouvelle peut être retaillée de façon à devenir aussi plaisante que lourde de sens dans une langue qui n'a aucun rapport avec le chinois. Étape par étape, voici comment s'y prendre.

1. Traduction caractère à caractère

Hard hard bitter bitter four ten years
One morning return to untie release before
Already thus return to untie release before
Just-at year change fate in-fact for whom ?

Dur dur amer amer quatre dix ans
Un matin revenir à dénouer délivrer avant
Déjà ainsi revenir à dénouer délivrer avant
Juste-à an changer destin en-fait pour qui ?

2. Traduction groupe à groupe

Strenuous, strenuous forty years
One morning return to before Liberation
Given that return to before Liberation
In those days revolution in fact for whom ?

Épuisants, épuisants quarante ans
Un matin revenir à avant Libération
Étant donné que retour à avant Libération
En ces jours-là révolution en fait pour qui ?

3. Explication, sens à sens

An extremely strenuous forty years
And one morning we [find ourselves having] returned to before Liberation
And given that we've returned to before Liberation
[We might ask] who, in fact, the revolution back in those days was for ?

Quarante années très éprouvantes
Et un matin nous [voilà] revenus avant la Libération
Et puisque nous voilà revenus avant la Libération
[On peut se demander] pour qui, en fait, la révolution se fit en ce temps-là ?

4. Traduction simple

An extremely strenuous forty years
And suddenly we're back to before Liberation
And given our return to before Liberation
Who, in fact, was the revolution for ?

Quarante années très éprouvantes
Et soudain nous voilà revenus avant la Libération
Et puisque nous voilà revenus avant la Libération
Au fait, pour qui la révolution a-t-elle eu lieu ?

5. Ajout d'un peu de rythme

An extremely strenuous forty years
And suddenly we're back to 'forty-nine,

And since we've gone back to 'forty-nine
Who, in fact, was it all for ?

Après quarante années pénibles
On revient en quarante-neuf…
Si revoilà quarante-neuf,
Pour qui a-t-on pris tant de peine ?

6. Correspondance : un mot pour chaque syllabe chinoise

For forty long years ever more perspiration
And we just circle back to before Liberation
And speaking again of that big revolution
Who, after all, was it for ?

Quatre fois dix ans de pure transpiration
Pour finalement nous retrouver avant la Libération
Et si nous revoilà avant la Libération
Pour qui aurons-nous fait la révolution ?

7. Introduction de rimes

Forty long years crack our spine
Back we go to forty-nine
Since we go to 'forty-nine
Back then who was it all for ?

Quarante ans qu'on se rompt l'échine
Au nom d'une nouvelle Chine
Quarante grands bonds en arrière
Chine es-tu vraiment populaire ?

8. Petit coup de lime

Forty years we bend our spine
And just go back to forty-nine
And having gone to forty-nine
Whom back then was this for ?

Quarante ans pauvre peuple à trimer comme un bœuf
Et c'est reparti comme en l'an quarante-neuf
Et si c'est reparti comme en quarante-neuf
Pour qui aurons-nous fait du vieux avec du neuf ?

9. Adaptation, avec double rime

Blood sweat and tears
For forty long years

Now we're back to before
Who the hell was it for ?

Quatre fois dix ans du sang et des larmes
Et nous voilà Gros-Jean comme devant
Puisqu'on se retrouve au commencement
Dites-moi pour qui on a pris les armes.

10. Rectangle de mots (6 x 4 ou 5 x 4)

We had sweat toil and tears
For more than forty bloody years
Now we're back to square one
For whom was it all done ?

Quarante années à se crever
Pour finir en case départ
Je nous plains pauvres salopards
Pour qui s'était-on soulevés ?

11. Vers isogrammatiques (21 x 4 ou 20 x 4)

Blood sweat and tears
Over forty long years
Now it's utterly over
Who stole the clover ?

40 ans, vie de chien
Pour parvenir à rien
Zéro plus rien, zéro
À quoi bon les héros ?

12. Reproduction des sons chinois

Xin xin ku ku si shi nian
yi zhao hui dao jie fang qian
ji ran hui dao jie fang qian
dang nian ge ming you wei shui.

Les dernières versions de cette traduction ont visé à exploiter les ressources de l'anglais ou du français pour simuler artificiellement l'effet produit par la structure visuelle d'une écriture dont l'aspect reproduit naturellement une certaine structure sonore. Compter des caractères et des blancs le long d'une ligne n'est pas généralement considéré comme relevant de la tâche du traducteur, mais il ne s'agit là que d'une variante parmi d'autres du besoin de faire coïncider les mots avec certaines formes.

Les bandes dessinées ne sont pas redessinées lorsqu'elles sont traduites ; des quatre planches couleur, seule celle qui comprend le lettrage, en noir et blanc, est refaite pour le marché international. Un traducteur de BD doit faire physiquement tenir sa version dans l'espace des bulles ménagé par les trois autres planches. Dans certaines limites, il peut jouer de la taille des lettres, qui sont tracées à la main – mais comme il faut rester lisible, ces limites sont en fait très étroites. En outre, le traducteur de BD n'a guère la ressource de modifier la répartition des sens d'une case à l'autre, puisque les répliques doivent correspondre à l'image, et jusqu'aux moindres gestes des bras ou des mains que font les personnages représentés. Si vous pensiez que traduire Proust peut poser des problèmes, essayez donc *Astérix*. Comment traduire la case suivante, extraite d'*Astérix chez les Bretons* ?

Voici la version inventée par Anthea Bell :

Le cousin « breton » du héros gaulois parle un français parodiant un anglais de vieux manuel scolaire, où pullulent des équivalences mot à mot d'expressions comme *I say* (« je dis » = « ma foi, ma parole, ça alors »), *a bit of luck* (« un morceau de chance » = « un coup de chance » ou *shake hands* (« secouer <les> mains » = « se serrer la main »). Quant à son nom, s'il est clair que le jeu de mots sur « joli thorax » est incompréhensible en anglais, il est déjà moins évident qu'une traduction trop servile (*Prettythorax*) ne conserve rien de la drôlerie du français. Anthea Bell rétablit adroitement le ton caricatural de la représentation de l'anglais en langue française en introduisant *Oh* et *old boy*, et rebaptise le personnage du doux nom d'Anticlimax (que je préfère pour ma part au « Jolitorax » original). Mener de front toutes ces opérations dans un espace exigu limitant sévèrement le nombre de lettres fait de cette traduction un tour de force, une victoire sur le langage même. Et tous les jours, des exploits à peine moins admirables sont accomplis par des amateurs et des professionnels du monde entier, occupés à traduire, entre autres, des mangas japonais en anglais ou des récits illustrés belges en portugais. La traduction de BD représente un bien plus gros chiffre d'affaires que celle de la fiction littéraire, et concurrence probablement la traduction de livres de cuisine en volume et en nombre de titres par mois. L'étude de la façon dont les textes de phylactères sont ainsi transposés est une excellente introduction à la flexibilité des langues et des esprits humains. Rien n'est jamais simple, mais au bout du compte, on parvient à faire passer une quantité réellement surprenante de forme et de contenu tout en satisfaisant les contraintes externes de type non linguistique (taille de la bulle) et paralinguistique (gestes et attitudes).

Le sous-titrage est une moindre affaire, mais réclame des qualités du même ordre. On admet généralement que le spectateur de cinéma moyen ne peut lire plus d'une quinzaine de caractères par seconde, et que pour rester lisible sur un écran de la taille d'une télévision, une ligne de sous-titre ne doit pas contenir plus de trente-deux caractères alphabétiques. En outre, si l'on affiche plus de deux lignes à la fois, on couvre une trop forte proportion de l'image. En conséquence, le sous-titreur dispose d'environ soixante-quatre signes, espaces compris, lesquels ne pourront rester à l'écran que quatre à cinq secondes au plus, pour exprimer les sens principaux d'un plan ou d'une séquence où les personnages se montrent peut-être beaucoup plus bavards. Les limites sont ici fixées par la physiologie humaine, la vitesse moyenne de lecture, et la forme physique de l'écran de cinéma. Il est vraiment stupéfiant qu'on y arrive quand même.

Autre contrainte imposée au sous-titrage : la convention qu'un sous-titre ne doit pas déborder au-delà d'une coupe. Si par exemple un personnage parle à son voisin au cours d'un voyage en avion et que le plan suivant montre l'avion en train d'atterrir, le sous-titre doit disparaître juste avant le changement de plan (ou à l'instant même). Et le sous-titre suivant ne pourra être projeté avant le début de la séquence audio suivante. Un film doit donc être décomposé en « zones » où le sous-titrage peut être projeté. Le découpage en « zones » est un travail délicat (grandement facilité quand le distributeur fournit une transcription des voix). Il n'est pas nécessairement assuré par le traducteur chargé de la rédaction des sous-titres. En règle générale, deux personnes au moins se partagent la tâche. Il découle presque automatiquement de toutes ces remarques que les sous-titres ne proposent pas une traduction de toutes les paroles effectivement prononcées ; dans les films où les échanges sont particulièrement vifs, ils ne peuvent en proposer qu'une compression ou un résumé.

La sévérité des contraintes formelles imposées à la traduction filmique semble avoir eu une importante influence rétroactive sur l'écriture originale des scénarios. Les cinéastes dépendant de marchés étrangers savent très bien quelle faible proportion des échanges verbaux peut être effectivement transmise sous forme écrite à l'écran. Parfois, ils choisissent donc de refréner eux-mêmes la volubilité de leurs personnages, de façon à faciliter la transposition sous-titrée de l'intégralité des dialogues dans les versions destinées à l'exportation. Ingmar Bergman a réalisé deux sortes de films très différents : d'un côté, de joyeuses comédies débordant de verve pour ses spectateurs suédois, de l'autre, pour le reste du monde, des drames d'une gravité laconique. Notre vision courante des Suédois – un peuple de dépressifs à deux doigts du mutisme – n'est dans une certaine mesure qu'un cliché dû au succès avec lequel Bergman a intégré les contraintes du sous-titrage dans le style même de ses œuvres les plus ambitieuses, destinées à un public international. Ce même caractère (qu'on appelle l'« effet Bergman ») peut également être observé dans les premiers longs-métrages d'István Szabó ou de Roman Polanski.

L'effet Bergman, qui concerne le cinéma, n'est peut-être d'ailleurs qu'un symptôme particulièrement net d'une tendance contemporaine de proportions bien plus vastes. C'est ainsi que Steven Owen a pu soutenir que certains poètes contemporains chinois écrivent d'une manière qui présuppose la traduction de leurs œuvres en anglais – et que toutes les œuvres en langues étrangères qui aspirent actuellement à accéder au statut de « littérature mondiale » sont fondées sur l'intériorisation effective des contraintes de traduction par les auteurs eux-mêmes [1].

En langue anglaise, le sous-titrage ne représente qu'une fraction minime de l'univers de la traduction, car très peu de films étrangers sont projetés aux États-Unis. À l'heure actuelle, il n'existe que deux sociétés américaines qui proposent des services de sous-titrage (ni l'une ni l'autre n'est spécialisée dans ce domaine). Elles font appel à un réseau informel de traducteurs pour qui le sous-titrage n'est qu'une activité annexe à leur emploi principal ; leur rémunération, à la pièce, est dérisoire. La minuscule tribu des sous-titreurs anglophones compte dans ses rangs certains des athlètes linguistiques les moins appréciés et les plus incompris du monde médiatique contemporain.

Dans beaucoup de pays, on préfère la postsonorisation au sous-titrage. Dans le monde anglophone, elle est peu courante aujourd'hui, car le public américain tient à ce que le doublage soit assez impeccable pour effacer toute trace de l'origine étrangère des films tournés dans d'autres langues. La mise au point d'une traduction telle qu'elle coïncide, une fois énoncée, avec les mouvements des lèvres du locuteur original (mouvements dont la durée se mesure en dixièmes, voire en centièmes de seconde), est loin d'être une tâche facile. Et ce n'est pas seulement une question de microsecondes. Le dialogue traduit doit également tenir compte des expressions faciales, des mouvements corporels, y compris lorsqu'ils ne constituent pas le contrepoint gestuel ordinaire des mots prononcés dans la langue cible. Les auteurs de dialogues de doublage ne sont pas seulement des athlètes du verbe, ce sont des gymnastes de classe mondiale – mais dans les pays anglophones, leurs exploits ne sont quasiment jamais portés à leur crédit.

La popularité mondiale des films de langue anglaise a pour conséquence que la plupart des films américains ou anglais sont doublés pour l'exportation en autant de langues qu'il y a de marchés. Le doublage est donc bien plus fréquent – et les qualités requises bien mieux appréciées – en allemand, italien, français ou espagnol, entre autres, qu'en anglais. Cette asymétrie a une conséquence tout à fait perceptible à l'écran : les publics non anglophones ne ressentent pas toujours une parfaite synchronisation du doublage comme indispensable. Les séries et les feuilletons américains ou brésiliens diffusés sur la télévision russe ont fréquemment des dialogues qui bavent ou qui « saignent » (autrement dit, qui débordent au-delà du point où les lèvres du personnage ont cessé de remuer). Par ailleurs, et de façon tout à fait typique, les voix d'acteurs célèbres sont dans la langue cible celles de « stars du doublage » connues comme telles. Tout le monde en Allemagne connaît par exemple « la voix de Robert de Niro » et sait aussi de qui elle est effectivement la voix : celle de Christian Brückner, une vedette distinguée par de nombreux prix, très apprécié également par les amateurs de livres audio, et surnommé *The Voice* dans la presse spécialisée allemande. La voix allemande de Meryl Streep est celle de Dagmar Dempe, pour tous ses films ; Gabriel Byrne est doublé par Klaus-Dieter Klebsch depuis ses débuts au cinéma en 1981. Les cinéphiles allemands seraient désorientés si Russell Crowe, dans son prochain blockbuster, n'avait plus la voix qui est réellement la sienne – celle de Thomas Fritsch [2]. Les voix françaises de Homer et Marge Simpson, Philippe Peythieux et Véronique Augerau, ont leur photo dans le journal[3]. À cet égard, et à bien d'autres, les anglophones sont profondément dépaysés devant la culture linguistique de presque tout le reste du monde.

En Palestine, l'hébreu biblique cessa d'être une langue parlée parmi les Juifs longtemps avant l'occupation romaine. À une date aussi ancienne que le Ve siècle avant Jésus-Christ, une traduction légèrement anticipée, voire simultanée des paroles liturgiques était fournie à voix basse par des interprètes araméens, tandis que le rabbin prononçait ou chantait les paroles du vénérable idiome original. Finalement, les mots araméens de cette traduction en voix détimbrée (ce que les interprètes internationaux appellent de nos jours un « chuchotage ») furent mis par écrit, fragment par fragment, et ces *targoumim* sont aujourd'hui une mine d'indices linguistiques et historiques pour les spécialistes du judaïsme. À l'époque contemporaine, les rediffusions de séries ou de comédies anglaises et américaines sur les chaînes d'Europe orientale et centrale ont donné lieu à une réinvention du vieux procédé du *targoum*. Ce « chuchotage » moderne, souvent appelé *lectoring* en anglais (et qu'on pourrait nommer, en français, « lectorage »), laisse souvent pantois les visiteurs anglophones de passage en Pologne ou en Hongrie. Il ne cherche pas même à donner l'illusion d'un vague réalisme auditif : une seule voix chuchote sous les paroles de tous les personnages des deux sexes, et la bande-son anglophone originale demeure clairement perceptible.

Le lectorage, qui ne réclame qu'une équipe restreinte de traducteurs et d'interprètes, est évidemment beaucoup moins cher et plus rapide à réaliser que le doublage. Vu les masses considérables d'émissions anglophones importées dans ces pays européens de taille relativement modeste, il serait difficile de recruter tous les virtuoses linguistiques qui seraient nécessaires pour doubler l'ensemble des dialogues en mode synchrone, le tout pendant que les séries sont encore d'actualité. Le lectorage est donc une solution rationnelle. Mais la justification qui le motive n'est pas du tout d'ordre économique.

Comme dans les synagogues de Palestine et de Syrie il y a des siècles, le lectorage répond aux attentes d'un public aux yeux duquel la langue originale est dotée de prestige. L'anglais est aujourd'hui perçu comme un avantage culturel et un objet de désir. Le lectorage permet aux auditeurs apprenant l'anglais de vérifier qu'ils ont bien compris, et d'améliorer leur niveau tout en appréciant le film. Le fan hongrois de *The Colbert Report* veut goûter la saveur authentique de la comédie américaine, et le lectorage – pareil au « chuchotage » qui sous-tend une rencontre au sommet entre chefs d'État – lui sert avant tout de confirmation qu'il a bien saisi toute la substance de la chose. Peu importe ici quelle proportion de la satire politique qu'offre Colbert peut être effectivement comprise par le spectateur hongrois d'une diffusion « lectorée » : l'essentiel est qu'il lui en parvient quelque chose. Comme l'original n'a pas été effacé par la traduction, ce quelque chose est toujours mieux que rien.

Le lectorage n'essaie même pas d'ajuster sa forme à la forme originale. Mais la simple intention de travailler en ce sens, dans un domaine culturel autrement plus distingué que la télévision ou le cinéma, a été tournée en dérision, condamnée comme futile et vaine. Vladimir Nabokov doit sa célébrité parmi les étudiants en traduction à son attaque fulminante contre la folie de vouloir traduire en vers rimés. Ses célèbres commentaires accompagnent sa propre traduction annotée d'*Eugène Onéguine*, le roman en vers de Pouchkine. Selon Nabokov, toute tentative de reproduire l'humour léger, l'esprit caustique et l'élégance rythmique de la forme particulière de sonnet inventée par Pouchkine est vouée à donner une image fausse de la pensée véritable du poète, et à ce titre, elle est abominable. Les vues de Nabokov sur la traduction de la poésie ont inspiré un ton d'une remarquable âpreté à de nombreuses discussions sur la traduction. Ses affirmations doivent être comprises dans leur contexte. Il est regrettable que Nabokov ait formulé ses opinions si tranchées en termes assez radicaux et absolus pour faire perdre de vue les problèmes essentiels.

> Les tentatives de rendre un poème dans une autre langue se rangent dans trois catégories. (1) La paraphrastique : elle offre une version libre de l'original, avec des omissions et des additions suscitées par les exigences de la forme, les conventions attribuées au consommateur, et l'ignorance du traducteur. (2) La lexicale (ou constructionnelle) : elle rend le sens de base des mots (et leur ordre). Une machine peut s'en acquitter, sous la direction d'un individu bilingue intelligent. (3) La littérale : elle restitue, d'aussi près que le permettent les capacités associatives et syntaxiques d'une autre langue, le sens contextuel exact de l'original. Seule cette dernière est une traduction véritable. [...] Un poème rimé tel qu'*Eugène Onéguine* peut-il vraiment être traduit de

façon à conserver ses rimes ? La réponse est, bien entendu, non. Reproduire les rimes et néanmoins traduire littéralement l'intégralité du poème est mathématiquement impossible [4].

Cette thèse (qui reproduit tout en l'inversant la distinction bien plus ancienne de John Dryden entre « imitation », « paraphrase » et « métaphrase ») sert d'introduction à la traduction que Nabokov a faite du roman de Pouchkine, elle-même doublée d'un commentaire aussi vaste qu'érudit où Nabokov détaille les sens de chaque vers. Le corps du travail n'est pas du tout la traduction, mais la façon dont le traducteur s'approprie le texte par le biais de son péritexte hypertrophié. Nabokov, styliste hors pair dans les deux langues et virtuose incomparablement habile du jeu de mots translinguistique, a choisi de déposer sa pourpre sur l'autel de Pouchkine, en adoptant ce qu'il a nommé « la voie servile [5] ». En l'occurrence, sa modestie (assez peu typique, pour être franc) s'explique par une raison profonde. Qui peut rivaliser avec Pouchkine ? Aucun Russe ne l'oserait, même en rêve – et pourtant chaque écrivain russe rêve de le chasser de son trône. Pour l'écrivain russe qu'était encore Nabokov vingt ans après avoir adopté l'anglais comme langue littéraire, une tâche telle que la traduction de Pouchkine ne pouvait aller sans arrière-pensées.

Songeons à l'enjeu qu'aurait représenté pour Nabokov (et pour nul autre) la refonte de Pouchkine en vers anglais. On peut raisonnablement supposer que Nabokov y serait parvenu mieux que personne s'il s'y était risqué. Il se serait posé en rival de Pouchkine. Davantage : il aurait écrit *Eugène Onéguine* lui-même.

À peu près à l'époque où Nabokov entreprenait sa version en prose de Pouchkine, Georges Perec lisait *Bartleby*, la nouvelle de Melville qui raconte la vie et la mort d'un clerc new-yorkais. Elle lui parut quasiment parfaite – il aurait voulu l'écrire lui-même. « Mais comme il est impossible d'écrire un texte qui existe déjà, j'avais envie de le réécrire, pas de le pasticher, mais de faire un autre, enfin le même *Bartleby*, mais un peu plus… comme si c'était moi qui l'avais fait [6]… » C'est ce même sentiment d'avoir été anticipé – dépouillé d'avance d'une gloire qui aurait pu lui revenir – qui gît à la racine de l'étrange opération qu'effectue Nabokov sur le vers sublime de Pouchkine.

En fait, Nabokov avait déjà transposé quelques stances d'*Onéguine* en vers anglais dans les années 1950 – avant de se détourner, effrayé. Il avait pu voir qu'il n'était pas Pouchkine. C'est pour contribuer à dissimuler ce fait embarrassant qu'il adopta par la suite sa « voie servile » d'une traduction pseudo-littérale, et non parce qu'elle aurait été conforme aux critères théoriques ou pratiques de la traduction littéraire.

La thèse nabokovienne sur la traduction poétique citée plus haut est aussi faible que trompeuse. Il y a bien plus de trois façons de traduire une forme fixe. Une « paraphrase » n'est pas la seule alternative à une traduction « lexicale », laquelle ne peut en aucune façon, même de nos jours, être effectuée directement par une machine. Le style « littéral » que Nabokov préconise et prétend illustrer équivaut tout bonnement à ce qu'une personne non prévenue appellerait simplement de la prose. L'introduction de Nabokov à son exploration exhaustive de l'ensemble des allusions et des sens référentiels des mots du roman de Pouchkine nous apprend beaucoup de choses intéressantes (sur Nabokov, sur la Russie, sur la langue et sur le style), mais rien sur l'art de traduire une forme.

Onéguine a tenté plus d'un traducteur de talent. Il en existe aujourd'hui plusieurs versions qui donnent de bonnes approximations du vers de Pouchkine. Vers 1982, un exemplaire d'occasion de l'une d'entre elles, due à Charles Johnson et publiée cinq ans plus tôt, tomba entre les mains d'un Indien polyglotte poursuivant ses études postdoctorales à Stanford. Séduit et charmé par l'idée d'un roman entier composé en stances de quatorze vers avec recours fréquent à l'enjambement et rimes disposées selon un schéma invariable (aBaBccDDeFFeGG, où les minuscules désignent des rimes féminines), Vikram Seth résolut de s'approprier cette forme et coula dans son moule l'histoire de sa propre vie. *The Golden Gate* (récemment traduit en français sous le titre de *Golden Gate* par Christophe Claro) fut salué par Gore Vidal comme « Le Grand Roman californien » et marqua le début de sa gloire littéraire. Quinze ans plus tard, *The Golden Gate* tomba entre les mains d'une universitaire israélienne, Maya Arad : éblouie à son tour par la « stance Onéguine » transmise à Seth par Charles Johnson, elle lut ensuite le texte original de Pouchkine puis s'en appropria la forme pour son roman en vers, *Another Place, A Foreign City*, publiée en hébreu et acclamée par la critique en 2003. Voici l'une des 355 stances d'Arad, dans la traduction anglaise due à Adriana X. Jacobs. Les rimes ont disparu, mais la vivacité festive du vieil *Onéguine* pétersbourgeois résonne encore, intacte, dans la Tel-Aviv du XXIe siècle :

Faster ! Faster ! No dawdling ! Eat up !
Where will we go this time ?
Who knows ! The opera ? The cinema ?
The theater ? Or a restaurant ?
The city's riches seem endless
Until it loses consciousness.
Faster – draining every minute –
Until the hour hand strikes midnight.
Sleep ? Too bad ! We're still running
On full and the night is still young.
Let's go party ! Let's find a club !
The night is tender and inviting.
December's here, can you believe ?
It feels like spring in Tel Aviv !

Vite ! Presto ! Tu dors ! Dévore !
Où irons-nous cette fois-ci ?
Qui sait ! Opéra ? Cinéma ?
Théâtre ou restaurant, peut-être ?
La ville semble inépuisable
Avant de perdre connaissance.
Plus vite – épuisant chaque instant –
Jusqu'aux douze coups de minuit !
Dormir ? Dommage ! On est à fond
Et notre nuit commence à peine.
Vive la fête ! Allons en boîte !
La nuit est tendre et enjôleuse.
Décembre ? Qui m'aime me suive !
C'est le printemps à Tel-Aviv !

Si les contraintes formelles d'*Eugène Onéguine* peuvent être remployées au service d'histoires venues d'Amérique ou d'Israël, pourquoi ne pourraient-elles pas, avec autant de vertu poétique, rehausser le récit de l'intrigue élaborée par Pouchkine lui-même ? Nabokov prétend que cela est « mathématiquement impossible ». Les mathématiques n'ont rien à voir là-dedans. Il voulait simplement dire que lui, en tout cas, n'allait pas s'y frotter.

Gilbert Adair était confronté à un défi tout aussi « mathématiquement impossible » quand il entreprit de traduire *La Disparition* de Georges Perec, un roman entièrement composé de termes français ne contenant pas la lettre *e*. S'il est si difficile d'écrire en se privant de la lettre *e* au-delà d'un court paragraphe, c'est tout simplement parce que nous ne sommes pas habitués à conceptualiser les mots en fonction des lettres au moyen desquelles nous les couchons par écrit. C'est comme un tour de main qu'il s'agit d'attraper.

Cela réclame du temps et quelques efforts – mais une fois que le traducteur s'y est exercé, il peut exprimer en anglais autant de choses que Perec s'était appris à en dire dans sa propre langue. Voire plus ! Adair a orné sa version, intitulée *A Void* (qu'on pourrait rendre à son tour par *Un blanc*), de quantité de traits d'esprit et d'interpolations de son cru, remplaçant dans le texte de Perec les parodies lipogrammatiques de célèbres poèmes français par ses propres versions sans *e* de textes non moins fameux dans sa propre langue. Voici un échantillon de sa réécriture du *Corbeau*, d'Edgar Allan Poe :

« Sybil, said I, thing of loathing – Sybil, fury in bird's clothing !
By God's radiant kingdom soothing all man's purgatorial pain,
Inform this soul laid low with sorrow if upon a distant morrow
It shall find that symbol for – oh for its too long unjoin'd chain –
Find that pictographic symbol, missing from its unjoin'd chain… »
Quoth that Black Bird, « Not Again. »

And my Black Bird, still not quitting, still is sitting, still is sitting
On that pallid bust – still flitting through my dolorous domain ;
But it cannot stop from gazing, for it truly finds amazing
That, by artful paraphrasing, I such rhyming can sustain –
Notwithstanding my lost symbol I such rhyming still sustain –
Though I shan't try it again !

« Oison fatal, toi qu'Apollon noircit à l'instar du charbon,
Au nom du plus obscur rayon dont Il aura garni ton jais,
Dis-moi, m'arrachant au chagrin, si lors d'un trop distant matin,
L'on lira sur mur ou satin un signal vocal, oui, un trait
Pictographiant, symbolisant un cri humain qu'on prononçait… »
Mais lui, croassant : « Non, jamais ! »

Noir miroir d'abomination, toujours assis dans mon salon,
Sur ma Pallas, choucas sans nom, voilà soudain qu'il s'agitait –
Mais s'avouait vaincu pourtant, soit jalousant soit admirant
Mon si grand art : paraphrasant mon long discours, j'articulais
Sans l'appui d'un son trop manquant – toujours, toujours ma voix rimait,
Qui dit aujourd'hui : Plus jamais !

Dans toutes sortes de langues et dans des champs culturels très distants les uns des autres (mangas, sous-titres, slogans politiques, fiction expérimentale, poésie, genres populaires), des traducteurs affrontent et surmontent des contraintes formelles très rigoureuses. Qui plus est, ces formes mêmes sont fréquemment convoyées à travers un vaste espace linguistique, culturel, historique. Autant de faits qui incitent à y réfléchir à deux fois avant d'affirmer l'impossibilité de quoi que ce soit. La seule chose impossible, en matière de traduction, c'est celle qui n'a pas encore été faite.

Pour porter sur le travail des traducteurs un regard moins chargé de préjugés, il suffit de considérer de plus près les effets produits par les transpositions formelles, lorsque celles-ci sont couronnées de succès. Gilbert Adair a-t-il amélioré Poe ? Comment se fait-il que la version très diluée de la « stance Onéguine » dans la traduction par Adriana X. Jacobs de l'imitation par Maya Arad de l'imitation par Vikram Seth de la traduction en vers de Charles Johnson ressuscite quelque chose de la légèreté joyeuse de la jeunesse d'Onéguine ? Comment Anthea Bell est-elle parvenue à rendre *Astérix* encore plus drôle en anglais que dans l'original ? Et comment a-t-on pu jamais croire que la traduction versifiée de textes en vers n'était qu'une impasse ? C'est tout bonnement le contraire qui est vrai. Quand il vous faut prendre garde à plus d'une dimension d'un énoncé – quand votre esprit se met à rechercher des correspondances structurelles à plusieurs niveaux – vous découvrez dans votre langue des ressources insoupçonnées jusque-là.

Naturellement, la correspondance n'est jamais à 100 % : un tel résultat n'est pas de ce monde. Mais de même qu'il serait absurde de prétendre que la haute couture est « mathématiquement impossible » sous prétexte que nous n'avons jamais porté de vêtement qui nous aille à la perfection, il serait présomptueux de nier toute possibilité de traduction de la forme au seul motif que nous n'en avons pas encore effectué une qui soit impeccable à tous égards.

13

Intraduisible n'est pas français

Quand le girotapis s'arrête et que sa valise n'est toujours pas là, le voyageur traîne sa lassitude jusqu'au guichet compétent de la compagnie aérienne pour en signaler la perte. L'agent lui demande alors, ce qui est tout à fait raisonnable, un élément de preuve (un reçu, par exemple) ainsi qu'une description détaillée du bagage égaré, afin d'en faciliter la localisation.

Quiconque prétend que la poésie est ce qui se perd à la traduction devrait se voir adresser ce genre de demande. Certes, on ne fait pas enregistrer ses effets poétiques avant le vol – inutile donc de réclamer un reçu. Mais il n'est pas déraisonnable de solliciter une description des objets perdus. Faute d'en fournir une, prétendre qu'une chose dénommée « poésie » a été égarée revient à déclarer à une compagnie aérienne qu'elle a perdu une chose dépourvue de toute caractéristique identifiable. Cela ne mène pas loin.

Les lecteurs qui soutiennent que la poésie est ce qui s'est perdu à la traduction affirment en outre qu'ils maîtrisent simultanément l'original (qui est une poésie) et sa traduction (qui ne l'est pas). Sans quoi il n'y aurait pas moyen de savoir que quelque chose s'est perdu – et à plus forte raison, que ce « quelque chose » n'est autre que la poésie.

Une bonne connaissance des deux langues en jeu ne suffit pas à justifier l'affirmation que la poésie est ce qui s'est perdu à la traduction. Pour plaider de façon convaincante, il faudrait aussi disposer d'une connaissance des traditions poétiques de ces deux langues, assez approfondie pour être à même de mesurer pleinement les effets poétiques dans l'une et dans l'autre. Peu de lecteurs ont le niveau requis, mais il n'y a en principe rien d'excessif à réclamer ce genre de test.

Telle est donc la condition que vous devriez satisfaire avant de déclarer une perte de poésie dans un sens ou dans l'autre – soit dans une traduction depuis une langue étrangère (l'Homère de Leconte de Lisle, par exemple, si vous êtes francophone, ou les *Illuminations* de Rimbaud traduites par John Ashbery, si vous êtes de langue maternelle anglaise), soit dans le passage de votre langue à une autre (les anglophones se plaindront alors de la version française d'*Autoportrait dans un miroir convexe*, de John Ashbery, et les francophones, de la version anglaise de *Kub Or*, de Pierre Alferi). C'est à la seule condition d'avoir ces compétences linguistiques et poétiques que vous pourriez dénoncer de façon crédible la perte de quelque chose. Et même si vous les avez, vous aurez du mal à décrire à l'agent de quoi il s'agit exactement.

Inutile en tout cas d'indiquer dans votre plainte que la relation entre son et sens n'est pas la même dans l'original et dans la traduction : cela ne fait rien à l'affaire. Comme la sonorité se trouve changée du fait de la différence des langues tandis que le sens est à peu près conservé, il est inévitable que la relation entre l'un et l'autre (une relation dont tous les linguistes depuis Saussure soulignent le caractère arbitraire) en soit affectée.

La croyance que la poéticité de la poésie consiste précisément en cette relation entre son et sens est très répandue dans l'enseignement des lettres modernes. Mais même si l'on accordait cette thèse, il ne s'ensuit pas qu'un poème, une fois traduit, perd du même coup sa poéticité. Le nouveau poème dans la nouvelle langue, qui représente et recrée l'original dans un autre idiome, instaure lui aussi une certaine relation entre son et sens. Cette relation n'est pas celle de l'original, mais cela n'est pas – vraiment pas ! – une raison pour prétendre que la poésie en est absente. Naturellement, le nouveau poème peut être atroce alors que l'original était sublime. Rares sont les poètes qui n'écrivent que des vers sublimes. Mais il est clair que la qualité d'un poème en traduction n'est pas liée au fait qu'il a été traduit. Elle ne dépend que du talent du poète en tant que poète – qu'il écrive également en tant que traducteur ne joue ici aucun rôle.

Peut-être n'aimez-vous pas le poème de Douglas Hofstadter cité dans les premières pages du présent ouvrage. Peut-être préférez-vous de loin celui de Clément Marot. Mais la seule conclusion raisonnable que vous pourriez en tirer, c'est que Hofstadter est en l'occurrence un poète moins charmant que Marot. Si vous ignoriez que les vers trisyllabiques de l'un transposent des sentiments qui furent d'abord exprimés par l'autre sous une forme qui est strictement liée à celle du premier poème, il se pourrait que vous n'aimiez toujours pas celui-ci – mais vous ne songeriez pas à justifier votre déception en affirmant que la poésie est ce qui s'est perdu à la traduction. Et puisque tel est bien le cas – comme c'est également le cas de nombreux autres vers français que vous connaissez sans savoir qu'ils correspondent sémantiquement et formellement à d'autres vers ou à des strophes composés dans une autre langue à une date antérieure – vous ne pouvez justifier votre peu de goût pour la version de Hofstadter en prétendant que sa relative imperfection serait liée à une perte en teneur poétique du fait de la traduction. Le même argument s'applique exactement si vous préférez de loin le poème de Hofstadter à celui de Marot. Ou si vous vous étiez imaginé que la version de Marot, loin d'avoir précédé l'autre de quelques siècles, avait au contraire été inspirée par « *Gentle gem…* ». En fait, pour la grande majorité des poèmes, le lecteur ordinaire ne dispose guère de moyens sûrs de déterminer si tel ou tel d'entre eux doit ou non être compté comme une traduction (et si oui, à quel degré). Les poètes ont pratiqué l'imitation, le plagiat, l'importation en contrebande… et la traduction depuis la nuit des temps.

Dante, Du Bellay, Alexander Pope, Ludwig Tieck, August Wilhelm von Schlegel, Boris Pasternak, Rainer Maria Rilke, Ezra Pound, Jacques Roubaud, Robert Lowell, C. K. Williams – pensez à un grand poète, et il y a de fortes chances que vous ayez pensé à un traducteur. Dans la tradition occidentale, il n'y a pas de séparation tranchée entre l'écriture de poèmes, l'écriture de traductions, et l'écriture de poèmes en traduction. Les formes poétiques – sonnet, ballade, rondeau, pantoum, renga – ont migré d'une langue à l'autre – français, italien, russe, farsi, anglais, japonais – tout au long des huit derniers siècles. Les styles poétiques – romantique, symboliste, futuriste, acméiste, surréaliste – sont des biens communs de toute l'Europe, aussi typiques de la poésie allemande que de la poésie polonaise. Contre la douteuse maxime selon laquelle la poésie est ce qui se perd à la traduction, nous sommes en droit d'invoquer le fait (d'ailleurs bien plus facile à démontrer) qu'à beaucoup d'égards, l'histoire de la poésie occidentale est l'histoire de la poésie en traduction.

Malgré tout, fin 2007, il y avait sur Internet 666 pages de langue anglaise où figuraient les mots « *poetry is what is lost in translation* » (« la poésie est ce qui se perd à la traduction ») ; en avril 2010, lorsque j'effectuai à nouveau cette recherche, elles étaient 15 100, et plus de 20 000 fin mai 2011 (la variante « *poetry is what gets lost in translation* » ajoute encore plusieurs dizaines de milliers d'occurrences). Plus frappant encore : sauf sur une poignée de sites, la maxime en question était attribuée au poète américain Robert Frost. Or, si le poète s'est aventuré sur ce terrain, ce n'était pas pour s'expliquer sur la poésie ou sur la traduction, mais sur la nature du *vers libre* : « *Free verse is anywhere you want to be between these two things, prose and verse. I like to say, guardedly, that I could define poetry this way : it is that which is lost out of both prose and verse in translation* [1]. » Comme tant d'autres idées reçues sur la traduction, la formule « la poésie est ce qui se perd à la traduction » est tout au plus une approximation grossière.

Cela étant, il est vrai que la poésie propose aux traducteurs une tâche qui n'est pas seulement difficile, mais qui à certains points de vue dépasse la traduction. Comme tant de gens, je suis spécialement attaché aux poèmes que j'ai appris dans ma jeunesse. Ils me sont particulièrement précieux et je chéris leurs sonorités non moins que leur sens. Du temps de mes études, je lisais de la poésie en version originale – avant tout pour apprendre la langue en laquelle ils étaient écrits. Je m'efforçais de les comprendre, ce qui explique sans doute pourquoi ils me sont restés en mémoire depuis lors.

Wer, wenn ich schriee, hörte mich denn
aus der Engel Ordnungen ?
und gesetzt selbst, es nähme
einer mich plötzlich ans Herz :
ich verginge von seinem
stärkeren Dasein.

Pour moi, aucune traduction anglaise ne peut avoir le même poids, ne peut susciter la même impression de familiarité, de perfection, de mystère ; aucune paraphrase en allemand non plus. Je chéris ces sons, ces mots d'une langue que je voulais dominer et que j'ai en partie apprise à force de débrouiller et de mémoriser l'écheveau de ces vers-là. L'émotion qu'enveloppe pour moi et pour moi seul l'ouverture des *Élégies de Duino* de Rilke dérive de mon passé, et même si je peux vous en parler par ce détour, vous ne pouvez la partager directement avec moi. Il paraît assez clair qu'on ne saurait traduire ce qu'on ne peut partager. Mais cela ne rend pas le poème intraduisible pour un autre que moi.

Who, if I cried, would hear me among the angels' hierarchies ?
And even if one would take me suddenly to his heart
I would die of his stronger existence.

Qui donc, si je criais, m'entendrait parmi les hiérarchies des anges ?
Et même en admettant que l'un me prenne soudain contre son cœur,
Je périrais de son existence plus forte.

J'aurais pu traduire ainsi ces vers quand j'apprenais l'allemand en apprenant Rilke. L'anglais dit à peu près ce que dit l'allemand. Est-ce de la poésie ? Sur ce point, chacun se forme une opinion en toute indépendance, en s'appuyant sur des critères qui n'ont absolument rien à voir avec la qualité de la traduction. Celle-ci, à vrai dire, n'est pas l'œuvre d'un poète ou d'un traducteur. Elle a été effectuée – non sans un petit coup de pouce d'un ami – par un logiciel disponible gratuitement sur Internet. Mais celle-ci est due à un traducteur de chair et de sang :

Qui, si je criais, m'entendrait donc, d'entre
les ordres des anges ? et supposé même que l'un d'eux
me prît soudain contre son cœur, je périrais
de son trop de présence [2].

Il est sans doute banal que l'on apprécie des poèmes pour des raisons personnelles, quasiment biographiques. Même si nous confions volontiers que nous aimons un vers, une rime, les paroles d'une chanson « en soi et pour soi », il n'est pas difficile de montrer que les poèmes se lient à nous, ou que nous nous lions aux poèmes, dans des contextes qui nimbent ce lien d'un halo émotionnel intime. Peu importe si le noyau d'un tel investissement affectif et d'une telle appréciation esthétique a d'abord été écrit dans une autre langue et ensuite traduit, ou s'il a d'emblée été écrit dans la langue dans laquelle il est lu. De toute façon, comment pourrait-on le savoir ? Un lecteur russe peut être conscient du fait que le vers de Pasternak быть или не быть – вот вопрос est une traduction, mais s'il n'en a pas été informé, il n'a aucun moyen de déterminer (et aucune raison de demander !) si ces mots sont plus ou moins poétiques que leur modèle shakespearien, à savoir *To be or not to be, that is the question*.

Nous accordons volontiers que les relations émotionnelles aux choses (et parmi elles, aux poèmes et aux formes langagières) peuvent être en dernière analyse incommunicables. Mais les convictions relatives au caractère unique et ineffable des attachements émotionnels ne concernent en rien le point de savoir si la poésie est traduisible ou non. C'est là une question beaucoup moins abstruse.

Certains doutent qu'il existe des affects ou des expériences ne pouvant être exprimés. Ils s'appuient sur l'observation de bon sens que nous ne pourrions rien dire à leur sujet, et n'aurions par conséquent aucun moyen de savoir s'ils existent pour d'autres. Le philosophe Ludwig Wittgenstein semble avoir voulu adopter une position agnostique sur cette question lorsqu'il conclut son *Tractatus* sur cette formule devenue célèbre : « Sur ce dont on ne peut parler, là-dessus il faut garder le silence [3]. » L'infinie flexibilité de la langue, notre expérience de l'émotion commune – que ce soit dans la lecture de romans et de poèmes ou au cinéma – doivent également nous faire douter qu'il puisse exister des expériences humaines qui soient par principe impossibles à partager. Mais ce nœud est aussi embrouillé qu'épineux : d'un autre côté, nous avons aussi le sentiment intuitif que notre vécu nous appartient de façon absolument singulière et ne peut jamais être tout à fait identifié avec ce que peut ressentir autrui. Ce résidu inexprimable de l'individu est indicible – et l'indicible est précisément ce qui ne peut être traduit.

Les études traductologiques devraient-elles prêter la moindre attention à l'inexprimable, à des notions, des intuitions, des sensations, des relations que l'on tient pour indicibles ? Curieusement, le problème des essences ineffables n'a guère tourmenté les traducteurs de textes sacrés, alors qu'on se serait attendu à les voir prendre très au sérieux ce genre de questions mystiques ou religieuses. En revanche, tout au long du XXe siècle, il a préoccupé des penseurs laïcs tels que Walter Benjamin, George Steiner ou Antoine Berman. Pour ma part, je voudrais approcher cette limite de la traduction depuis le côté opposé, car il me semble plus important de comprendre, non pas que l'ineffable pose un problème à la traduction, mais que la traduction pose un sacré problème à l'ineffable.

Imaginons, dans un avenir quelconque, des astronautes revenant d'un vol spatial. Leur vaisseau a visité une lointaine planète analogue à la nôtre, et l'équipage tient une conférence de presse au siège de la NASA. Ils ont une déclaration spectaculaire à faire. Oui, KRX29[1] est habitée, annoncent-ils, et qui plus est, les petits hommes verts qui la peuplent sont doués de langage.

« Comment le savez-vous ? demande un journaliste.

— Eh bien, dit le capitaine, nous avons appris à communiquer avec eux.

— Et qu'est-ce qu'ils vous ont déclaré ?

— On ne peut pas vous le dire, répond tranquillement le capitaine. Leur langue est absolument intraduisible. »

On voit d'ici quel traitement nos descendants réserveront au capitaine et à son équipage. Ils feront soigner les astronautes pour délire cosmique, et si ce diagnostic se révélait infondé, ils les prendront pour des menteurs, ou pour des clowns. Pourquoi ? Parce que si les habitants de cette lointaine planète ont une langue, et si l'équipage l'a apprise, il s'ensuit qu'il doit pouvoir transmettre ce qu'ont dit les extraterrestres. Et il le doit nécessairement. Des sons radicalement intraduisibles ne constituent pas une langue, car nous ne pourrions pas même savoir qu'il s'agit là d'une langue à moins de pouvoir la traduire, si approximativement que ce soit.

Évidemment, il existe des positions intermédiaires et problématiques. Tout énoncé n'est pas traduisible, même quand nous sommes certains de son appartenance à une langue. Les hiéroglyphes égyptiens étaient indéchiffrables jusqu'à ce que deux brillants linguistes, Thomas Young et Jean-François Champollion, eurent dégagé les règles de ce système d'écriture à l'aide de la pierre de Rosette. Plus généralement, nous ne pouvons traduire des langues que nous ne connaissons pas. Mais affirmer qu'un énoncé est inclus dans une langue revient à poser qu'il peut être traduit si l'on dispose des connaissances appropriées[4].

La traduction présuppose non pas la perte de l'indicible au cours d'un acte donné de médiation interlinguistique (tel que la traduction d'un poème), mais le caractère non pertinent de l'indicible en matière d'actes de communication. Toute pensée qu'une personne peut concevoir, a soutenu le philosophe Jerrold J. Katz, peut être exprimée au moyen d'une phrase quelconque dans une langue naturelle quelle qu'elle soit ; et tout ce qui peut être exprimé dans une langue peut également l'être dans une autre. Qu'on souscrive ou non à l'existence de choses indicibles, ce qui ne peux être exprimé dans aucune langue humaine sort du domaine de la traduction et, selon Katz, du champ du langage et donc de la linguistique. Tel est son axiome de dicibilité. L'une des vérités de la traduction – l'une des vérités que la traduction enseigne – est que tout est dicible.

Surtout la poésie. Les revues de poésie pullulent aux États-Unis et en Grande-Bretagne comme en France ; chaque année, de petits éditeurs publient par centaines des plaquettes et des recueils de poèmes traduits par toute une armée d'amateurs. C'est à eux que la poésie doit d'être en vie. La poésie n'est pas ce qui se perd dans leur travail, elle est ce qui s'y gagne.

S'il est vrai qu'un poème singulier peut avoir une qualité si personnelle et unique aux yeux d'un lecteur quelconque qu'il en devient quasiment ineffable, il y a cependant un autre domaine où la question de l'indicible surgit de façon bien plus manifeste : je veux parler de nos interactions, non pas avec une œuvre de génie, mais avec des êtres vivants d'autres espèces. Si l'ineffable se dresse quelque part devant nous comme un mur de briques, c'est bien là.

Au cours d'un rapide voyage en Amérique du Sud, Romain Gary recueillit un jour un python de plus de sept mètres, qu'il baptisa Pete l'Étrangleur avant d'en faire don à un zoo privé en Californie. Du temps où il était consul général à Los Angeles, Gary allait régulièrement voir Pete dans sa cage :

> Nous nous regardions longuement avec un étonnement, une stupéfaction sans bornes, incapables chacun de donner la moindre explication sur ce qui nous arrivait et de faire bénéficier l'autre de quelque éclair de compréhension tiré de nos expériences respectives. Se trouver dans la peau d'un python ou dans celle d'un homme était un avatar tellement ahurissant que cet effarement partagé devenait une véritable fraternité [5].

Peut-être Romain Gary avait-il raison de penser qu'un python ne peut pas plus imaginer ce que c'est que d'être l'un d'entre nous que nous ne pouvons nous représenter à quoi ressemble l'univers mental d'un reptile – et il est caractéristique de sa générosité qu'il accorde à un monstre aussi effrayant que Pete l'Étrangleur, doté d'un cerveau pas plus gros qu'un petit pois, une intuition de l'ineffabilité de notre existence qui réponde à notre intuition de la sienne. D'un autre côté, beaucoup d'espèces non humaines – toutes les créatures vivantes, peut-être – communiquent bel et bien entre elles, et quelques-unes communiquent incontestablement avec nous. Les propriétaires de chiens, pour prendre l'exemple le plus évident, distinguent sans mal ce que différentes sortes d'aboiement veulent dire. Mais la langue canine à laquelle nous avons accès est assez limitée. Elle ne consiste qu'en un ensemble réduit de signaux individuels. Ces signaux sont généralement traités comme autant de véhicules isolés d'éléments spécifiques d'information – « Il y a un intrus dans la maison », « Bonjour et bienvenue », ou « Emmène-moi faire un tour. » Ils ne peuvent être combinés entre eux pour produire des sens plus complexes – autant que nous sachions, la langue canine n'a pas de grammaire. En outre, la collection de signaux dont disposent les chiens domestiques – pareille en cela à celle où puisent les primates ou les abeilles – est héritée et fixée une fois pour toutes. On n'observe aucune formation de néologismes en langue canine, tout comme le système des feux de circulation est hors d'état de produire autre chose que « Ralentir », « Stop », « Tenez-vous prêts », et « Allez-y » (la combinaison rouge + orange qui signifie « Tenez-vous prêts » n'est employée qu'en Grande-Bretagne, par courtoisie envers les conducteurs de vieilles voitures de sport à double débrayage). Or ce sont là, aux yeux de la plupart des spécialistes contemporains, les principaux critères qui distinguent le langage humain de tous les autres types de communication. Les singes ne peuvent dire que ce qu'ils ont à dire, et rien d'autre ; au contraire, les systèmes humains de signes ne cessent de changer, sont toujours capables de s'adapter à de nouvelles circonstances et à de nouveaux besoins. Nous avons donc des raisons persuasives de maintenir le langage animal hors du champ du « langage proprement dit », et par conséquent, à bonne distance des questions de traduction. Cela dit, nous pourrions essayer de nous montrer aussi généreux et imaginatifs que Romain Gary. Depuis une telle perspective, le langage humain pourrait bien sembler, aux yeux d'un chien, n'être qu'un système de signaux, tout aussi limité et rigide que l'est la langue canine aux yeux de nos linguistes.

Dans toutes les cultures, entre leurs premières années et les débuts de la puberté, les enfants du monde ont toujours su que les animaux ont quelque chose à leur dire. Tous les folklores sans exception brisent la barrière qui est censée se dresser entre les êtres humains et les autres [6]. Mais dans nos cultures occidentales, fondées sur l'écriture, l'accession à l'âge adulte (une accession qui est à ce point liée à l'éducation qu'on pourrait considérer l'une comme l'envers de l'autre) implique de désapprendre la supposition, faite d'instinct par tous les enfants, que les espèces non humaines sont capables de communiquer. Rien d'étonnant à ce que nos philosophes et nos prêtres aient si longtemps, et avec tant d'insistance, proclamé que le langage est le propre de l'homme et son privilège. En vertu du même axiome (qui se confirme lui-même), les enfants ne sont pas encore pleinement humains, d'où leur besoin criant de l'éducation qu'on leur dispense.

Et pourtant, les motifs traditionnels de marquer une séparation tranchée entre « signal » (inarticulé) et « parole » (articulée) ne sont pas aussi contraignants qu'on l'affirme souvent. Certains systèmes de signaux animaux qui ont été étudiés (notamment chez les fourmis et les abeilles, où les canaux de transmission ne sont pas sonores mais physico-chimiques) communiquent ce qui constituerait pour nous des informations géographiques et sociales extrêmement élaborées. Les baleines émettent de longues et fascinantes mélopées quand elles se regroupent au large des côtes du Canada. Les structures tonales et rythmiques du chant des baleines sont trop complexes pour qu'on puisse croire que ce que nous entendons là (et que nous captons parfois à l'aide d'instruments plus sensibles que l'oreille humaine) n'est qu'un amas de bruits produits au hasard. Plus frappant encore est le récent comportement d'une bande de singes dans un zoo de Colchester. Ils ont ajouté deux nouveaux signaux corporels à leur répertoire antérieur de communication par gestes. Même si le « sens simiesque » de ces signes n'est pas absolument établi, il s'agit clairement de signes dotés de sens pour la communauté, ainsi que d'incontestables inventions des singes eux-mêmes [7].

Mais ce qui rend le comportement communicatif des fourmis, des abeilles, des baleines, des singes, des chiens, des perroquets si mystérieux à nos yeux, ce par quoi la communication par-dessus la barrière des espèces est ancrée dans le royaume de l'ineffable, c'est le fait que mis à part un registre très limité de cris caractéristiques d'un très petit nombre d'espèces animales depuis longtemps domestiquées, personne ne sait comment traduire des « signaux animaux » en une de nos langues, ou *vice versa*. Le jour où nous serons capables de traduire – à supposer que nous le puissions jamais – des sons non humains en parole humaine, tout l'ineffable qui pèse sur la barrière entre espèces se dissipera comme une brume matinale.

La traduction est l'ennemie de l'ineffable. Elle le renvoie à son néant.

14

Combien de mots pour dire « café » ?

Le nombre de Parisiens sachant dire « bonjour » dans l'une des langues parlées par les peuples inuits de l'Arctique se laisse probablement compter sur les doigts d'une ou deux mains. Mais dans le moindre attroupement de la capitale, vous tomberez sans aucun doute sur un badaud qui vous apprendra que « les Esquimaux ont une centaine de mots pour dire "neige" ». La Grande Escroquerie du Lexique Étendu Esquimau (G.E.L.É.E.) a beau être réfutée depuis déjà bien des années par les travaux de Laura Martin et Geoffrey Pullum [1], elle continue à trôner en bonne place dans la sagesse populaire au chapitre « langage et traduction ». Et le plus intéressant, en matière traductologique, ce n'est pas tant la démonstration de la fausseté de cette rumeur que la raison pour laquelle on s'obstine à la colporter [2].

Les gens qui invoquent ce prétendu fait semblent y voir l'illustration d'une loi selon laquelle les ressources lexicales d'une langue reflètent l'environnement dans lequel vivent ses locuteurs. En tant qu'observation sur le langage en général, c'est là un point qui peut être accordé : les langues tendent à posséder les mots dont leurs usagers ont besoin, et à ne pas disposer de termes pour ce qui n'est jamais employé ni rencontré. Mais notre fable esquimaude ne s'en tient pas là. Elle affirme qu'une langue et une culture sont si intimement liées qu'elles ne sont qu'une seule et même chose. « La langue esquimaude » et « le monde (neigeux) des Esquimaux » sont des entités interdépendantes. Cette proposition-là diffère profondément de la première. Elle gît au cœur de nombreuses discussions sur le caractère traduisible ou non de différentes langues.

C'est une curieuse histoire, plutôt récente, que la découverte et la compréhension de ce qui rend compte à la fois de la différence et de l'identité de différentes langues. Dans une conférence sur la culture des Hindous prononcée à Londres devant la Société asiatique en 1786, un juge anglais en poste au Bengale avança une thèse qui devait renverser de vénérables croyances en la supériorité des langues de l'Occident « civilisé » sur les jargons de moindre rang parlés dans le reste du monde :

> La langue sanscrite, quoi qu'il en soit de son antiquité, présente une structure admirable ; plus parfaite que la grecque, plus riche que la latine, et d'un raffinement plus exquis que l'une et l'autre, tout en présentant avec chacune, tant dans les racines verbales que dans les formes grammaticales, des affinités trop étroites pour n'être expliquées que par le seul hasard ; si étroites, pour tout dire, que nul philologue ne pourrait les examiner toutes trois sans se convaincre qu'elles doivent dériver d'une source commune, laquelle n'existe peut-être plus ; des raisons analogues, quoique moins manifestes, conduisent à supposer que le gotique et le celtique, tout en s'étant mêlés à une langue très différente, remontent à une même origine que le sanscrit ; et le vieux perse peut être ajouté à cette même famille [3].

Ce paragraphe est généralement considéré comme le coup d'envoi d'une course fascinante, et qui se prolongea sur une bonne partie du XIXe siècle, à l'identification de toutes les langues du monde et à la détermination de leurs relations mutuelles au sein « d'arbres généalogiques » dont la souche représentait leur ancêtre commun. Mais même sur le Vieux Continent, certaines langues – l'albanais, par exemple – ne semblaient pas avoir de proches parents, et l'une d'entre elles faisait franchement bande à part. Le basque, parlé dans plusieurs zones du Nord de l'Espagne et du Sud-Ouest de la France, était d'une singularité qui résistait à toute tentative de l'intégrer dans une « famille ». Wilhelm von Humboldt, le frère aîné du grand explorateur Alexander, apprit cette langue étrange et en composa une grammaire [4] ; ce faisant, il mit au point les outils intellectuels qui devaient, sous forme dégradée, finalement conduire à la Grande Escroquerie du Lexique Étendu Esquimau.

Humboldt fut moins frappé par la liste des mots dont dispose le basque pour désigner différentes choses que par la différence radicale de structure de cette langue. Il lui sembla que la grammaire du basque était à la fois le noyau et le miroir de la culture basque.

Cette observation, dûment généralisée, donna lieu à une théorie : dans la mesure où les propriétés formelles de différentes langues diffèrent entre elles, chacune des langues du monde ouvre sur un univers mental différent [5]. Le basque ne se laisse pas « réduire » au français, à l'allemand, ni à quelque autre langue que ce soit. Il n'est que lui-même – l'incarnation et la cause originelle de la « basquité ». À chaque langue correspondait un monde propre ; telle était l'intuition de Humboldt, et la grande diversité des langues naturelles sur notre planète devrait être vue comme une riche réserve de ressources donnant accès à d'autres modes de pensée.

On n'avait certainement pas attendu la publication des essais de Humboldt pour remarquer que « les autres peuples ne pensent pas comme nous ». Pour la plus grande partie de l'histoire humaine, cette observation n'avait guère posé de problèmes. Aux yeux des Grecs, les « barbares » qui ne pouvaient parler grec étaient manifestement incapables de dire quoi que ce soit d'intéressant. De façon analogue, selon les grammairiens français du XVIIe siècle, les locuteurs de langues étrangères ne pouvaient guère espérer formuler que des images confuses d'une pensée digne de ce nom, laquelle n'était vraiment concevable qu'en latin et en français. Il a certainement fallu beaucoup de courage à Humboldt pour exprimer son intuition en pleine ère coloniale, en un temps où l'altérité des langues étrangères était généralement tenue pour une confirmation de l'infériorité intellectuelle de populations moins chanceuses que le peuple français (ou grec, ou romain, etc.). Tout comme William Jones, l'homme de loi revenu du Bengale, Humboldt eut l'audace d'affirmer que des langues autres offraient aux locuteurs du dialecte « européen occidental » un extraordinaire trésor mental.

L'expansion coloniale et la conquête amenèrent les Européens à entrer en contact avec des langues plus différentes encore que le basque. De fait, certaines d'entre elles, disséminées ici et là à travers le monde de façon aléatoire, sont vraiment *très* « différentes ». Imaginez une langue où il n'existe pas de terme pour « gauche » et « droite », et où la latéralité ne s'exprime qu'en termes de points cardinaux. « Il y a une mouche sur ta jambe sud-ouest » pourrait désigner le membre gauche ou droit, selon l'orientation des interlocuteurs. Ce qui est moins étrange qu'il n'y paraît au premier abord : en manhattanais contemporain, nous recourons de même à l'orientation cardinale quand nous invitons un touriste à se diriger *uptown* – c'est-à-dire vers le secteur nord de Manhattan, au-dessus de la

59e Rue. Pour la plus grande confusion du malheureux visiteur égaré, cet *uptown* ne peut être traduit par « Tournez à gauche (ou à droite) », sauf s'il dispose d'une boussole. C'est ainsi que, quand les locuteurs de Kuuk Thaayorre (Cape York, Australie) sont appelés à disposer des ensembles ordonnés (tels que les nombres de 1 à 10, ou des photos d'une gamme de visages allant de la petite enfance à la vieillesse), ils ne le font pas de « gauche » à « droite », ni en sens inverse, mais commencent par l'est – quelle que soit sa position par rapport à la table où est assis l'anthropologue linguiste qui les interroge [6].

Les langues peuvent être plus bizarres encore. En nootka, une langue parlée sur la côte Pacifique du Canada, les locuteurs marquent fréquemment un trait physique de la personne à laquelle ils s'adressent ou dont ils parlent soit en recourant à des suffixes, soit en insérant dans le corps d'un mot des consonnes dépourvues de sens. On peut donner une très vague idée du fonctionnement de ce mécanisme en le rapprochant de l'emploi de certains infixes vulgaires en anglais (*fan-bloody-tastic*, quelque chose comme « fan-putain-de-tastique »), ou de certains procédés d'argot (par exemple, l'infixation en javanais : « dévéliviranvant », etc.). Mais en nootka, les classes physiques indexées par ces méthodes regroupent les enfants, les personnes d'une grosseur ou d'un poids hors du commun, les adultes de très petite taille, les individus souffrant d'un problème oculaire, les bossus, les boiteux, les gauchers et les mâles circoncis [7].

À propos de différences radicales entre idiomes, un exemple a été rendu célèbre par le linguiste américain Benjamin Lee Whorf, qui avait appris et étudié de nombreuses langues amérindiennes. Il existe en hopi (mais aussi dans quelques autres langues, dont le bulgare) une certaine catégorie grammaticale regroupant ce qu'on appelle les marqueurs évidentiels. Dans chaque nom-phrase, la grammaire du hopi marque moins les catégories du défini ou de l'indéfini (« *un* fermier », « *le* fermier ») qu'il n'indique si la chose à laquelle se réfère le locuteur est ou non dans son champ de vision. « Le fermier que je peux voir » est une forme qui se distingue de « le fermier que j'ai vu hier », qui à son tour diffère d'une forme comme « le fermier dont vous m'avez parlé ». Conséquence : la phrase française « Le fermier a tué le canard » est tout à fait intraduisible en hopi sans une multitude d'informations que la phrase française ne fournit pas – et en particulier, faute de savoir si le fermier en question est en présence du locuteur tandis qu'il parle et si le canard est encore ou non dans les parages. Évidemment, si vous parlez hopi et si vous êtes en grande conversation avec d'autres locuteurs hopis dans un environnement où le canard et le fermier, ou bien sont avec vous, ou bien ne le sont pas, comme vous connaissez les réponses à ces questions, vous êtes en mesure d'exprimer votre intention grammaticalement. Ce que vous ne pouvez pas traduire sous une forme qui ait un sens est la phrase « le fermier a tué le canard » hors contexte. Mais comme nous l'avons vu dans des chapitres antérieurs, ce genre d'intraduisibilité vaut aussi bien pour toute phrase décontextualisée, quelle que soit la langue considérée. Invoquer l'exemple de grammaires comme celle du hopi pour démontrer l'intraduisibilité des langues ne sert au fond qu'à brouiller les pistes. Lorsqu'il s'agit de réfléchir sur la traduction, le recours à des phrases types écrites, isolées, non situées, constitue souvent une gêne bien plus qu'un appui.

Cela étant, l'exploration rapide de la diversité des langues humaines au cours du XIXe siècle suscita également des interrogations sur la nature exacte des différences entre celles que parlent des peuples moins développés et celles des peuples « civilisés ». Le grec avait « produit » un Platon ; le hopi, non. Était-ce parce que les langues dites primitives n'étaient pas faites pour l'expression des sphères supérieures de la pensée ? Ou était-ce le faible niveau de civilisation qui avait maintenu les langues primitives dans leur étrangeté irrationnelle ? L'hypothèse avancée par Humboldt d'un lien indissoluble entre langue et mentalité permettait de plaider en faveur de l'une ou l'autre position. Existait-il des traits généraux propres aux langues « indigènes » qui les distinguaient en tant que telles du petit nombre de langues parlées par les nations civilisées du monde ? Et si oui, lesquels ?

Les explorateurs linguistes remarquèrent, non sans raison, que les langues des peuples vivant dans des habitats qui de leur point de vue d'observateurs étaient exotiques avaient un riche vocabulaire pour désigner des choses également exotiques, et exprimaient des distinctions subtiles entre beaucoup de différentes sortes d'animaux, de plantes, d'outils et d'objets rituels. Si les données s'accumulaient à un rythme disproportionné, cela tenait simplement à ce que les explorateurs voulaient avant tout savoir quels étaient les noms de tous ces étranges objets, si nouveaux pour eux, qui les environnaient. Les comptes rendus de langues dites primitives consistaient généralement en listes de mots établies en interrogeant les interprètes, ou en montrant des objets du doigt et en demandant leurs noms [8]. Or les langues de ces cultures si distantes des nôtres semblaient pauvres en mots équivalant à « temps », « passé », « futur », « langue », « loi », « État », « gouvernement », « marine » ou « Dieu ». C'est ainsi, par exemple, que le trique, une langue du Mexique, ne dispose pas d'un mot pour « miracle », mais seulement de termes spécifiques pour « guérir un malade », « séparer les flots », etc. [9]. En conséquence, il était difficile de traduire en de telles langues la plupart des choses que les administrateurs coloniaux et les missionnaires avaient besoin de dire. Comment apporter à ces étranges peuplades les bienfaits de la civilisation si leurs idiomes n'étaient pas en mesure d'exprimer des contenus civilisés ? Plus précisément, les problèmes posés par l'expression de la « pensée abstraite » de type occidental dans de nombreuses langues américaines ou africaines suggéraient que la capacité d'abstraction était la clef des progrès de l'esprit humain.

> C'est ainsi que les sauvages auront vingt mots de familles différentes dont chacun exprime le fait de couper telle ou telle chose particulière, sans disposer d'un mot désignant l'acte de couper en général ; ils en posséderont autant pour décrire des oiseaux, des poissons et des arbres de différentes sortes, mais sans termes généraux équivalant à « oiseau », « poisson » ou « arbre » [10].

Les « langues concrètes » du monde non occidental n'étaient pas simplement le reflet du degré inférieur de civilisation des peuples qui les parlaient, mais la cause première de leur retard. Vers le début du XXe siècle, l'« excès de noms concrets » et le « manque d'abstractions » étaient devenus les caractères conventionnels des langues « primitives ».

C'est à cela que l'on songe, en fait, quand on colporte cette vieille histoire de la centaine de nuances de la neige en esquimau. La multiplicité des termes concrets « en esquimau » révèle chez ses locuteurs l'absence d'un trait crucial de l'esprit civilisé – la capacité à saisir les choses non pas comme autant d'entités singulières, mais en tant qu'exemplaires d'une classe plus générale. Nous autres, nous sommes capables de voir que tous les types de neige – neige grasse, mouillée, cartonneuse, poudreuse, fondante, fondue ; gadoue, « papette » (helvétisme) ; sale et grise, brune et boueuse ; en congères amassées par le vent, en tas accumulés de main d'homme ;

en avalanche ou sur les pistes, pour n'en citer que quatorze aspects – sont des instances d'un seul et même phénomène, que nous appelons « neige » ; les « Esquimaux », eux, voient la variété et non l'ensemble (ce qui n'est évidemment pas vrai des Inuits réels, mais seulement des Esquimaux dont il est question dans la G.E.L.É.E.).

Une fois les langues « civilisées » et les langues « primitives » distinguées de la sorte, toute traduction des unes aux autres devenait clairement impossible. La solution adoptée consista à enseigner aux sujets coloniaux une forme de langue qui leur permettrait de se civiliser – et pour mener à bien cette mission civilisatrice, quel meilleur instrument que la langue des administrateurs de l'Empire ? Dans certains cas, comme la conquête espagnole des Amériques, les maigres ressources des langues natives furent considérées comme une telle menace à la diffusion de la civilisation que l'éradication de ces langues et de leurs archives écrites devint un but en soi. Mais la destruction des codex maya ne fut pas seulement une expression brute de pouvoir, de fanatisme religieux et de racisme [11]. La politique de suppression des langues « inférieures » ne fut pas l'apanage des Espagnols dans leur relation aux autres continents : elle constituait déjà la norme européenne. La France avait déjà commencé sa longue campagne de répression de tout idiome non français au sein de ses frontières. Il s'en fallut de peu que le breton, le basque, le provençal, l'alsacien, le picard, le gascon et bien d'autres « patois » ruraux (c'est ainsi qu'on les appelait, péjorativement) ne disparaissent à la suite d'une politique séculaire de normalisation linguistique. Dans toute l'Europe, la vieille tendance à favoriser des « langues de référence » ne fut pas seulement encouragée par la volonté politique, l'intégration économique, l'urbanisation et d'autres forces en jeu dans le monde réel. Elle exprimait également la conviction profonde que seules certaines langues avaient vocation à exprimer une pensée civilisée.

Mais alors, que peut signifier « penser en hopi » ? Si tant est que cela ait un sens, peut-on appeler cela de la « pensée » ? Le linguiste Edward Sapir, dans le premier quart du XXe siècle, donna à cette question une réponse révolutionnaire. Rompant avec une routine et des préjugés millénaires, il proclama quc toutes les langues se valaient. Il n'y a pas de hiérarchie des langues. Chaque variété de langue humaine constitue un système complet, intégral, parfaitement adapté à l'accomplissement de toutes les tâches que ses locuteurs peuvent vouloir lui assigner.

Sapir n'a pas plaidé une telle cause par souci d'être politiquement correct. Il ne soutint sa thèse qu'après de longues années d'études de nombreuses langues de types différents. La documentation qu'il avait rassemblée l'amena à constater que toute tentative de faire correspondre la grammaire d'une langue avec la culture de ses locuteurs ou leurs origines ethniques était vouée à l'échec. « Langue », « culture » et « race » étaient décidément des variables indépendantes. Au cœur de l'héritage de Humboldt, le nationalisme linguistique européen se voyait renversé.

Sapir montra qu'il n'y a rien de « simple » dans les langues de sociétés « simples » – et rien de spécialement « complexe » dans les langues de sociétés économiquement avancées. Dans ses écrits sur le langage, il fit voir comme personne avant lui quelle est l'extraordinaire variété des formes de langue, et à quel point leur distribution parmi des sociétés de types très différents ne répond à aucune logique d'ensemble. Mais il ne rejeta pas pour autant toutes les conclusions auxquelles l'étude du basque avait conduit Humboldt. Parce que des langues différentes sont structurées de façon différente, elles amènent leurs locuteurs à prêter attention à différents aspects du monde. L'obligation d'encoder la présence ou l'absence dans des langues qui sont dotées de marqueurs évidentiels (voir ci-dessus, p. 174), ou celle d'opérer des distinctions temporelles dans des langues de type européen occidental, gravent ce que Sapir appelait des « sillons » – sinon des ornières – « de pensée » (*thought-grooves*) – c'est-à-dire un mode habituel de conception des choses. D'où la question qui se pose aux traducteurs (et aux anthropologues) : peut-on s'extraire de tels sillons et circuler plus ou moins efficacement d'un « mode habituel » à un autre ?

La thèse selon laquelle une telle liberté de mouvement reste en fait hors de portée est aujourd'hui connue sous le nom d'« hypothèse Sapir-Whorf », bien qu'Edward Sapir n'y ait jamais souscrit. Sous sa forme la plus simple, ce préjugé si mal nommé affirme que la traduction entre deux langues quelconques est impossible parce que chacune d'entre elles construit un univers mental radicalement différent – ce qui pose un petit problème : si ce préjugé était vrai, vous n'auriez aucun moyen de le savoir. Rappelez-vous la parabole de la conférence de presse à la NASA où le chef de mission révèle la découverte d'une langue extraterrestre (voir ci-dessus, p. 164-165) : elle montre suffisamment en quoi l'« hypothèse Sapir-Whorf » est sans fondement. Et sous une forme plus raffinée, elle se heurte à des obstacles non moins redoutables. Supposons que différentes langues fournissent à la pensée différentes sortes d'instruments tout en admettant qu'il existe entre elles de larges domaines où elles se recouvrent – car faute de telles intersections, la traduction serait impossible : cela revient à dire qu'il existe certaines choses en anglais, par exemple, qui ne se laisseront jamais exprimer en français, et *vice versa*. Il y aurait donc une zone de « pensée en anglais » qui serait « ineffable » en toute autre langue. Or ceci contredit l'axiome de dicibilité, dont nous avons soutenu (voir ci-dessus, p. 165-166) qu'il constitue pour la traduction une condition de possibilité *sine qua non*. Il importe peu à la discussion critique que l'« ineffable » soit conçu plutôt comme un attribut de Dieu ou de la poésie, ou plutôt comme une propriété de l'anglais.

Sapir avait en fait des choses beaucoup plus intéressantes à nous dire sur les langues et leurs relations avec la vie sociale ou intellectuelle. Le grec et le latin ont tous deux servi de véhicule à un type de pensée très sophistiqué, marqué par l'abondance d'entités abstraites. L'une et l'autre de ces langues ont une structure grammaticale qui permet de forger sans peine des noms abstraits à partir de verbes, d'adjectifs ou d'autres noms. Cette aisance à créer un lexique de l'abstraction a laissé des traces visibles dans le vocabulaire du français, qui a largement puisé dans le trésor des langues classiques : « humain ⇒ humanité, juste ⇒ justice, civil ⇒ civilité, traduire ⇒ traduction, etc. Selon Sapir, au lieu de prétendre que le latin et le grec sont bien adaptés à la pensée abstraite, nous devrions plutôt dire que la pensée abstraite est bien adaptée au grec et au latin, et considérer les types particuliers de discours philosophiques développés par leurs locuteurs comme une conséquence de la grammaire dont ils se servaient. Les « sillons de pensée » tracés par les formes d'une langue ne sont pas des murs de prison, mais les collines et les vallées d'un paysage mental où certains chemins sont plus faciles à suivre que d'autres. Si Platon avait pensé en hopi, il n'aurait certainement pas élaboré la philosophie platonicienne – et cela n'est sans doute pas une simple illusion rétrospective fondée sur la constatation qu'il n'existe pas de locuteur hopi qui se prenne pour Platon. Les penseurs hopis pensent autre chose. Ce qui ne fait pas du hopi une langue primitive, incapable de vraie pensée. Cela veut dire que les locuteurs de ce que Sapir appelait « l'européen occidental standard » sont pauvrement équipés dès qu'ils sont confrontés à la pensée hopi. Pour ouvrir notre esprit et devenir des membres plus civilisés de l'espèce humaine, nous devrions apprendre le plus grand nombre de langues différentes possible. La diversité des langues est un trésor et une ressource pour qui veut penser des pensées nouvelles.

Si vous entrez dans un Starbuck's et que vous demandez un « café », il y a de fortes chances que le barista vous fixe d'un œil vide. Pour lui, ce mot-là est dépourvu de sens. Dans ma variété dialectale de *Coffeeshop Talk* (ce que j'appellerais mon « tok kofi » si j'habitais en Papouasie-Nouvelle-Guinée), il existe au moins trente-sept termes correspondant à autant de nuances de « café ». Si vous n'employez pas un de ces termes, votre énoncé paraîtra énigmatique, ou produira un résultat indésirable. Citez donc cet exemple la prochaine fois qu'on vous raconte que les Esquimaux ont cent mots différents pour désigner la neige. Si un explorateur martien devait visiter votre bar et déduire du jargon local que les Européens occidentaux moyens ne possèdent pas de terme unique pour nommer le type de boisson englobant toutes les sous-espèces de liquide noir ou brun, chaud ou froid, servi en petites doses dans des gobelets en polystyrène expansé, et si cet extraterrestre voulait en tirer argument pour humilier votre langue sous prétexte qu'elle serait hors d'état de formuler les concepts les plus évolués de la pensée interplanétaire – désormais, vous pourrez l'envoyer promener.

15

LES BANANES DE SAINT MATTHIEU
TRADUCTION *AMONT* ET TRADUCTION *AVAL*

D'abord un peu de maths. Pour trois langues données, il y a 3 × 2 = 6 relations de traduction distinctes (vérifiez : français ⇒ russe, russe ⇒ français ; français ⇒ allemand, allemand ⇒ français ; russe ⇒ allemand, allemand ⇒ russe) ; entre quatre langues, il y en a 4 × 3 = 12 ; entre *n* langues, il y a *n* x (n-1) sens de traduction possibles. Et donc, comme il y a environ 7 000 langues connues dans le monde, il y a 24 496 500 paires de langues pour lesquelles la traduction pourrait en principe avoir lieu dans un sens ou dans l'autre, produisant près de 49 millions de pratiques de traduction potentiellement distinctes, chacune avec ses instruments et ses conventions propres. La traduction est une capacité universelle des sociétés humaines, et un terrain de jeu d'une telle taille ne saurait être exclu sur des bases purement théoriques. En réalité, cependant, le nombre de paires de langues correspondant à des pratiques de traduction établies est infinitésimal en comparaison de toutes celles qui pourraient exister.

Aujourd'hui comme autrefois, la traduction ne se pratique pas tous azimuts. Dans quels sens se pratique-t-elle donc ? La réponse fondamentale, quoique un peu large, est la suivante : la traduction se fait soit en sens *ascendant* (vers l'*amont*), soit en sens *descendant* (vers l'*aval*). Comme je donne à ces termes un sens technique, je les introduis ici en italique.

Toute langue humaine sert de moyen de communication complet pour une communauté donnée ; à cet égard, il n'y a pas de hiérarchie entre langues. Mais le plus souvent, les actes de traduction, qui sont rarement des événements isolés, exploitent et entretiennent une relation asymétrique entre langue cible et langue source.

La traduction *amont* fait passer à une langue de plus grand prestige que la langue source. Ce prestige peut remonter à une antique tradition – ainsi quand l'akkadien fut traduit en sumérien du temps des Assyriens, ou quand la traduction en latin fut utilisée pour diffuser le plus loin et le plus largement possible les aventures de Marco Polo (voir ci-dessous, p. 215). À d'autres époques, cette traduction peut travailler vers une langue offrant un lectorat plus nombreux – c'est typiquement le cas lorsque la langue cible est employée, tel le français en Russie au XIXe siècle, comme véhicule de communication interculturelle. Il peut aussi simplement s'agir de la langue des vainqueurs, ou d'un peuple économiquement plus puissant, comme le russe dans les pays d'Asie centrale du temps de l'URSS. Le prestige d'une langue peut également être dû à son statut de véhicule privilégié de certaines vérités religieuses. L'arabe, le latin, le sanscrit (entre autres) ont joué un tel rôle à différentes périodes.

La traduction *aval* s'effectue vers une langue vernaculaire dont l'audience est plus limitée que celle de la source, ou qui jouit d'un moindre prestige culturel, économique ou religieux, ou enfin qui n'est pas employée comme langue véhiculaire. C'est ainsi que du temps de l'Empire austro-hongrois, la traduction de l'allemand en hongrois était une traduction *aval*, comme l'est aujourd'hui la traduction de l'anglais vers n'importe quelle autre langue.

Le rang qu'occupe chaque langue dans cet ensemble de paires ne se modifie guère sous l'effet de tel ou tel acte de traduction isolé, mais il n'est pas non plus stable à long terme. Le sumérien, le grec, le syriaque, le latin, l'anglais, le français, pour prendre des exemples évidents, ont vu leur cote varier de façon saisissante à travers les siècles. En outre, il arrive souvent qu'une langue n'occupe pas un seul et même rang dans tous les domaines. Sur certains terrains, la relation peut être inversée ou nettement modifiée. La haute position de l'allemand comme langue d'une tradition philosophique prestigieuse signifie que les versions françaises (ou anglaises) de Kant, Hegel ou Heidegger sont habituellement établies par leurs traducteurs comme s'ils traduisaient vers l'*aval* ; au XIXe siècle, les traductions de romans français en anglais présentaient les signes les plus évidents d'une orientation analogue.

Qu'est-ce donc qui distingue les traductions *amont* des traductions *aval* ? Le plus souvent, les premières, qui s'effectuent vers la langue la plus générale et la plus prestigieuse, sont hautement adaptatives, effaçant la plupart des traces de l'origine étrangère de la source. Les secondes tendent au contraire à conserver des résidus visibles de la source, parce que dans ce cas de figure, le caractère non natif est lui-même une marque de prestige. Ainsi, quand Marcel Duhamel lança à Paris, juste après la Seconde Guerre mondiale, sa fameuse Série Noire, il veilla à ce que les traductions des romans américains qu'il visait à rendre populaires en France contiennent beaucoup d'américanismes. Il alla même plus loin, exigeant des auteurs de langue française qu'il publiait, et qui produisirent plus de la moitié des volumes de sa collection, qu'ils adoptent des pseudonymes à consonance américaine pour amener leurs lecteurs à croire qu'ils lisaient de vrais polars d'outre-Atlantique.

Mais la complexité et les contradictions des hiérarchies entre langues trouvent leur plus riche illustration dans l'histoire de la traduction biblique – d'abord en Occident, puis dans le monde entier.

La traduction de la Bible ne démarra que lentement. La première version non hébraïque de la Torah juive fut la Septante, écrite en grec de la *koinè* vers 240 avant Jésus-Christ (voir ci-dessus, p. 116). D'autres traductions grecques suivirent, mais il fallut attendre jusqu'aux premières années de l'ère chrétienne pour qu'une version latine voie le jour, à peu près à l'époque où les Juifs eux-mêmes entreprirent de mettre par écrit les traductions orales qu'ils récitaient en araméen depuis des générations pour rendre leurs textes sacrés accessibles. Cinq siècles plus tard, seules 11 langues possédaient des versions de l'Ancien et du Nouveau Testament : le grec, le latin, l'araméen, le syriaque, le copte, l'arménien, le géorgien, le gotique, le guèze et le persan. Il fallut cinq siècles de plus pour porter ce chiffre à 19, vers la fin du Ier millénaire. Les « langues bibliques » étaient une cinquantaine au temps de l'invention de l'imprimerie, dans le dernier tiers du XVe siècle ; elles étaient 61 en 1600, 74 en 1700, 81 en 1800. Un nombre remarquable, sans aucun doute, mais un taux de croissance encore modeste comparé à la suite. Au cours du XIXe siècle, plus de cinq nouvelles langues vinrent s'ajouter au groupe *chaque année*, portant le total à 620 au tournant du XXe siècle. Et c'est alors que les choses s'accélérèrent vraiment. En moyenne, entre 1900 et 1999, il s'est fait une nouvelle traduction biblique *par mois*, si bien qu'en l'an 2000, les langues possédant tout ou partie des Testaments étaient au nombre de 2 403 [1].

Malgré ses racines antiques et médiévales, la traduction biblique est donc en termes quantitatifs une activité relevant essentiellement du XXe siècle. Et pendant plusieurs décennies, elle a été pour une bonne part supervisée par un seul homme, Eugene Nida, qui fut jusqu'à sa mort en août 2011 l'autorité la plus respectée dans le monde entier en matière de traduction biblique.

Nida n'a jamais traduit la Bible lui-même. Il travaillait comme conseiller linguistique pour les United Bible Societies, afin de les aider à veiller sur la qualité d'un grand nombre de projets de traductions bibliques qui surgirent après la Seconde Guerre mondiale. C'est à ce titre qu'il donna ses conférences dans de nombreux pays, cherchant à expliquer en termes compréhensibles pour le non-spécialiste quelques-uns des épineux problèmes linguistiques et culturels que certains chapitres du présent ouvrage traitent depuis un autre point de vue.

Nida a posé une distinction entre deux sortes d'équivalence en traduction : l'équivalence formelle, où l'ordre des mots et leurs sens courants ou communs correspondent étroitement à la syntaxe et au vocabulaire de la source ; et l'équivalence dynamique (rebaptisée par la suite « équivalence fonctionnelle »), où le traducteur remplace les expressions de sa source par d'autres tournures ayant à peu près la même valeur dans la culture de la société à laquelle la traduction est destinée. Nida a défendu sans réserve la position selon laquelle, dans le cas de la Bible, seule pouvait convenir l'équivalence dynamique. À cet égard, il ne faisait que reprendre à son compte la plaidoirie classique en faveur de la liberté du traducteur et de son droit à ne pas être « littéral ».

Le souci majeur de Nida, qui est aussi celui des United Bible Societies, était de rendre l'Écriture sainte accessible à tous les peuples – et de veiller à ce que ce soit bien l'Écriture qui leur soit ainsi rendue accessible, d'aussi près que cela peut se faire. Une Bible ne présentant aucun sens immédiat dans la langue cible, ou ne pouvant être comprise que par des théologiens ou des prêtres chevronnés, n'est pas un instrument adapté à l'œuvre missionnaire. La préférence de Nida pour l'équivalence dynamique a d'abord été un encouragement à consentir dans le travail de traduction aux sacrifices nécessaires pour « faire passer le message ». Pour citer le titre d'un des chapitres du manuel qu'il a cosigné avec Jan de Waard : « Traduire veut dire traduire ce que ça veut dire », « *Translating Means Translating Meaning*[2] ».

Nous avons vu plus haut (p. 182) qu'une telle approche est caractéristique de la traduction *amont*. Et pourtant, les langues sources des Écritures – l'hébreu, le grec et le latin – restent encore, cela ne fait aucun doute, et tout particulièrement pour les croyants, bien plus proches du sens religieux des textes que quelque traduction vernaculaire que ce soit. Dans cette perspective, la traduction biblique du XXe siècle devrait constituer la plus vaste illustration de traduction *aval* dont nous disposons – car celle-ci traduit d'une langue prestigieuse vers un dialecte local, d'un « langage général de la vérité » vers un idiome vernaculaire spécifique. Cela dit, la majorité des traductions bibliques supervisées par Nida n'ont pas été effectuées d'après le grec ou le latin (et moins encore d'après l'hébreu), mais sur les versions américaines de la Bible en anglais ainsi que sur deux versions espagnoles influentes : la *Reina-Valera* de 1909 et un texte simplifié intitulé *Dios Habla Hoy* (*Dieu parle aujourd'hui*) [3]. Bien entendu, il s'agit dans ces deux derniers cas de « langages généraux » ou d'idiomes actuellement « dominants » dans de nombreux pays du monde.

La retraduction secondaire (à partir d'un texte qui est lui-même une traduction) n'est pas une innovation moderne en matière biblique. Seuls les *targoumim* araméens et la Septante grecque furent traduits directement à partir de l'hébreu biblique. Les versions arménienne, copte, latine (non pas celle de Jérôme, mais la *Vetus Latina* qui la précéda), syriaque, guèze, persane et arabe de l'Ancien Testament ont été faites sur le grec ; la géorgienne paraît avoir d'abord été traduite de l'arménien (mais les textes syriaque et grec semblent avoir été consultés) ; même chose pour la version gotique (qui s'appuya probablement aussi sur des traductions latines). Jérôme recourut à des textes hébreux et araméens pour compléter la Septante lorsqu'il établit sa version latine, influente entre toutes, de l'Ancien Testament, et partit de l'original grec pour sa traduction du Nouveau Testament. Au XVe siècle, les premières traductions allemandes de la Bible furent effectuées d'après le latin de Jérôme, tout comme les premières Bibles suédoises. Martin Luther fut le premier traducteur européen à user des textes grecs et hébreux comme sources ; ses formulations allemandes furent cependant copiées par de nombreux traducteurs en d'autres langues européennes, pour qui le texte luthérien constitua parfois la source unique (tel est le cas de la Bible islandaise). En français, la première traduction remonte au XVIe siècle – d'après le latin et l'italien, non d'après le grec ou l'hébreu. La première Bible anglaise complète, par Miles Coverdale, n'est pas davantage en contact avec les langues originales : elle se fonde sur la Vulgate de Jérôme, une autre traduction latine due à Érasme, et l'allemande de Luther. Le recours à des versions européennes modernes pour retraduire secondairement les Écritures en près de deux mille langues en grande majorité non européennes au cours des cent dernières années n'est donc pas une innovation dans la longue histoire de ces textes. Mais il soulève des questions de grande importance. Il confirme et alimente le sentiment que l'anglais ou l'espagnol (et non l'hébreu ou le grec) sont des « langages de vérité » ; leur statut comme source pour la traduction biblique se laisse difficilement séparer du statut politique, économique, culturel des locuteurs de ces deux langues véhiculaires.

La traduction *aval* d'une langue dominante vers un idiome vernaculaire s'accompagne fréquemment de larges emprunts lexicaux et syntaxiques. C'est par un tel processus que le syriaque s'enrichit et se développa lorsqu'il servit de véhicule pour la préservation de la médecine et de l'astronomie grecques. C'est encore par cette voie que le français se transforma et s'épura, lorsqu'il devint au XVIe siècle la cible de traductions massives de l'italien. C'est toujours ainsi, au début du XIXe siècle, que Schleiermacher recommanda énergiquement de procéder pour que l'allemand devienne légataire des trésors de la philosophie grecque. Et tel fut également, pour tout dire, le sort que subit l'anglais entre les mains du comité de traducteurs réuni par le roi Jacques Ier : là encore, la langue cible fut affectée. « *The Lord our God* » (« Le Seigneur notre Dieu ») par exemple, est moins une tournure jacobéenne pour l'expression de la possession à la première personne du pluriel qu'un calque de la syntaxe hébraïque : l'expression correspondante dans la Torah, ה' אלהינו *adonai elohenu*, peut être rendue mot à mot par « *God the Lord-Our* » (« Dieu le Seigneur-Nôtre »).

En matière de communication électronique, la diffusion de termes anglais dans pratiquement toutes les langues véhiculaires du monde (« PC, Internet, surfer, USB, chatter, tweet », etc.) illustre de nos jours ce qu'est une hiérarchie linguistique. Les Français s'en passeraient volontiers, et en 1996, le gouvernement a mis en place une commission générale de terminologie et de néologie pour endiguer le flot montant des anglicismes et autres emprunts. Aura-t-elle plus de succès que le vieux roi Knut, qui avait ordonné à la marée de cesser de monter ? J'en doute, mais qui vivra verra.

Il peut arriver que la modification de la langue cible sous l'influence de traductions d'œuvres prestigieuses rédigées dans une langue de statut plus élevé soit imposée aux cultures qui les accueillent, mais le plus souvent ce n'est pas le cas. Il est plus fréquent qu'une telle modification réponde aux vœux et aux besoins de la communauté traductrice elle-même. Inutile de souligner qu'il n'y avait pas d'« Hébreux » dans les environs pour pousser les traducteurs de Jacques Ier à plier leur langue anglaise à des formes plutôt typiques de la grammaire hébraïque... Mais la traduction biblique au XXe siècle est une autre paire de manches. Les agents modernes de la transposition de la Bible dans des langues indigènes ne sont pas des traducteurs neutres, mais des parties prenantes du projet missionnaire. Qui plus est, la plupart de ces linguistes missionnaires sont des Américains.

Ce sont des gens qui travaillent vers des langues qu'ils ont apprises bien après l'âge critique de l'acquisition du langage – ce sont donc ce que nous avons appelé des traducteurs L2 dans nos chapitres antérieurs. Du coup, ils courent le même genre de risque de produire involontairement des effets comiques ou injurieux que les auteurs de notices internationales dans les hôtels des stations balnéaires croates. Le principal souci d'Eugene Nida était de leur éviter de tels faux pas.

La traduction de la Bible dans des langues non européennes (dont les débuts, dès le XVIIe siècle, accompagnent l'expansion coloniale de l'Europe) fut d'emblée très inventive. Albert Cornelius Ruyl, un jeune négociant de la Compagnie hollandaise des Indes orientales aux dons linguistiques exceptionnels, apprit d'abord le malais – une langue de contact régionale – quand il entra en fonction à Sumatra. Il en composa une grammaire, puis traduisit l'Évangile selon Matthieu à partir du hollandais. Chemin faisant, Ruyl altéra et adapta le malais, empruntant des mots à l'arabe, au portugais et au sanscrit quand le mot correspondant en malais venait à lui faire défaut. Et il ne s'arrêta pas en si bon chemin.

Là où la version hollandaise de Matthieu mentionne un figuier, la version de Ruyl parle d'un *pisang* – ce qui signifie « bananier » en malais. Une substitution que justifiait l'absence de figuier à Sumatra. Mais ce que cette solution signale, c'est que cette vénérable activité qu'est la traduction *aval* est entrée dans une nouvelle époque conceptuelle. Ruyl est l'initiateur du principe de substitution culturelle que Nida devait théoriser et promouvoir trois siècles plus tard.

De l'hébreu au grec, du grec au latin, du syriaque à l'arabe et ainsi de suite, quand la langue réceptrice ne disposait pas d'un nom pour telle ou telle chose, elle s'en trouvait un – en l'empruntant à la langue source et en l'acclimatant à sa nouvelle demeure linguistique. Ce n'est pas là ce qui se produisit dans le passage du hollandais au malais. La langue réceptrice n'hérita pas d'un mot nouveau pour une nouvelle chose. Elle eut droit à une chose de substitution, nommée par un terme existant déjà.

Douglas Hofstadter a demandé un jour : comment dit-on *jazzercise* en araméen ? En posant une telle question, il entendait évidemment effectuer une expérience de pensée, et non pas obtenir des informations sur ce que dirait le petit groupe de locuteurs araméens dans la Jérusalem contemporaine s'ils s'inscrivaient à un club de gym et se retrouvaient à faire de l'aérobic au son d'un disque de Dave Brubeck. Il n'y a aucune raison pour que les locuteurs de l'Antiquité aient dû disposer d'un mot nommant une chose qu'ils ne connaissaient pas, mais aujourd'hui, les locuteurs de l'araméen ou de toute autre langue devraient choisir entre trois façons de forger un terme correspondant à *jazzercise*. Ils pourraient importer ce terme tel quel, en lui apportant les ajustements indispensables à son bon fonctionnement dans une phrase (ce qui en français pourrait donner « se jazzercer, faire des jazzercices ou du jazzing »). Ou encore, prendre deux mots araméens ayant des sens analogues à « musique syncopée » et à « exercice », puis les associer de façon à produire un nouveau composé s'inspirant du modèle anglais (en français, on pourrait inventer quelque chose comme « faire de la rythmastique, du saxercice ou du coltraning »). Ou enfin, prendre un mot araméen existant et en élargir le sens jusqu'à inclure la gymnastique musicale et rythmique. Tels sont les trois moyens de représenter des choses nouvelles dans une langue réceptrice : l'emprunt (xénisme ou pérégrinisme – première option), le calque (deuxième option) ou l'expansion sémantique. Chacune des trois solutions modifie la langue cible sur un point, sans préjuger des éventuelles répercussions à plus long terme sur l'emploi et la forme d'autres mots. Par contraste, la substitution culturelle consisterait tout bonnement à choisir une autre activité plus ou moins analogue et courante dans l'univers des locuteurs araméens, et à la mettre à la place de ce que les Américains appellent *jazzercising*.

C'est ce que Ruyl a fait au malais. Au lieu d'inventer un mot nouveau pour une chose nouvelle (« figuier »), il a employé un mot existant (« bananier ») pour signifier autre chose. Ce qui ne pouvait marcher que parce qu'il n'y a pas de figuiers à Sumatra. Quand le référent d'un terme est disponible (exemple : une salle de gymnastique musicale dans un quartier araméen de Tel-Aviv), la substitution culturelle ne peut pas tenir lieu de traduction d'un terme exotique.

Imaginez la scène : Antoine Augustin Parmentier, ayant obtenu une audience de Louis XVI, lui tend quelques fleurs d'un sensationnel tubercule comestible importé du Nouveau Monde et supplie Sa Majesté de bien vouloir décorer sa boutonnière d'un bouquet de… « navets ». Cela n'aurait pas pu marcher, puisqu'il ne s'agissait pas de navets. Quand vous avez des pommes de terre dans une main, impossible de leur donner le nom de quelque chose que vous pourriez tenir dans l'autre. Pour ce qui est de nommer ou de traduire, la « substitution culturelle » est un recours qui n'est applicable que dans le cas d'entités inexistantes dans le contexte culturel considéré. Vous ne pouvez pas simplement élargir le sens de « navet » ou de « pomme », sans autre forme de procès, en employant de tels mots pour nommer des choses qui ne sont pas des navets ou des pommes : il vous faudra préciser ou innover, et parler soit de pommes *de terre*, soit de *parmentières*. De façon analogue, quand Ruyl a écrit *pisang* pour « figuier », il n'a pas élargi le sens du mot malais. Aucune nouvelle classe végétale n'a surgi qui aurait inclus à la fois les bananiers et les figuiers. Ce genre de substitution culturelle revient en fait à dire : vous ne pouvez pas vraiment comprendre, et je ne vais même pas essayer d'expliquer. Laissez tomber. Tenez, je vous ai apporté des bananes.

Les substitutions reposant sur une analogie sont fréquentes dans les traductions non européennes de la Bible. « Blanc comme neige » dans le texte original peut être rendu par « blanc comme les plumes d'un cacatoès » dans des langues parlées dans des contrées où il n'a jamais neigé, ou par « blanc comme une balle de coton » dans certaines langues d'Amérique du Sud. En asmat, un idiome parlé dans une région marécageuse de la Papouasie indonésienne où les habitations sont toutes construites sur pilotis, la parabole du bâtisseur sage qui bâtit sur le roc et du bâtisseur insensé qui bâtit sur du sable devient l'histoire d'un bâtisseur sage « qui bâtit une maison sur des pilotis de bois-de-fer […] tandis que le bâtisseur insensé est celui qui bâtit une maison sur des pilotis faits de bois blanc » (car le bois blanc, qui pourrit très vite, n'est employé que pour des abris de chasse temporaires) [4].

Vers la même époque, une transposition du même genre fut tentée dans une langue parlée en Europe, mais n'appartenant pas à la famille indo-européenne. Le premier traducteur de la Bible en estonien devait inventer un moyen de désigner les vignes du Seigneur et les nombreux ceps ou vignobles figurant dans le décor méditerranéen des deux Testaments. Comme la vigne ne pousse pas aux alentours de la Baltique, dans la région où l'on parle estonien, cette plante était inconnue du public auquel la traduction était destinée (essentiellement des paysans pauvres : en Livonie et en Courlande, les classes sociales supérieures parlaient allemand ou suédois). Le traducteur était soucieux de faire bien comprendre à ses lecteurs que la vigne est un végétal dont le fruit permet la fabrication d'une boisson alcoolique. Or la seule boisson de ce genre, dans ce pays et à cette époque, était une sorte d'eau-de-vie appelée *viin* – l'équivalent approximatif du schnaps ou de la vodka d'aujourd'hui. Et donc, là où une Bible francophone parlerait d'un « cep avec trois sarments » (Genèse, XL, 10), sa version estonienne dit qu'il y avait « trois branches sur le *viinapuu* » – mot à mot, et compte tenu du fait que l'estonien pratique la composition nominale : « sur l'arbre à vodka ». Depuis, les termes à base *viin-* pour transposer « vignoble » ou « vigne », créés à l'origine par un traducteur biblique, sont devenus partie intégrante de la langue, bien qu'aujourd'hui, le vin dont on achète des bouteilles dans les magasins de Tallinn s'appelle *wein* – d'un terme emprunté à l'allemand à une date postérieure. Des amis dignes de foi m'ont assuré que malgré leur *viinapuu*, les Estoniens sobres ne croient plus que la vodka pousse sur les arbres.

Nida cite des exemples de transpositions culturelles encore plus massives, et qui ont obtenu son approbation. Selon lui, dans de nombreuses régions d'Afrique, le fait de joncher de branches le sol que foule un chef est une marque de mépris, alors que dans les Évangiles, ce geste donne au retour de Jésus à Jérusalem une valeur triomphale. De même, dans bien des pays, le jeûne n'est que difficilement interprété comme étant une forme de dévotion – il est au contraire assez souvent compris comme un outrage à la divinité [5]. Une version révisée du dimanche des Rameaux dans les Évangiles ainsi que des valeurs du jeûne dans l'Ancien Testament est absolument nécessaire, pour éviter que certains lecteurs africains se méprennent sur le message, et en même temps impossible sans une profonde altération de l'histoire racontée. La tâche de Nida a consisté à contribuer à la production de textes fonctionnellement équivalents à la Bible considérée non pas comme Écriture sainte, mais comme dépositaire d'une histoire sainte.

Nida a également encouragé le recours aux locuteurs indigènes en tant que collaborateurs à part entière et si possible initiateurs des projets de traduction biblique. La raison en est simple : les locuteurs L2 ne peuvent que difficilement porter des jugements fiables sur la validité de tel ou tel substitut culturel. Si l'objectif principal est d'en proposer des versions acceptables, alors les locuteurs L1 sont bien mieux placés pour inventer et adapter. Seules leurs intuitions sur ce qui est recevable ou non sont à prendre en compte.

L'engagement de Nida en faveur de la traduction adaptative peut être interprété de deux points de vue. Tout d'abord, il découle de sa foi chrétienne qu'une vérité religieuse doit être accessible à tout être humain, quelles que soient sa culture et sa langue. Mais d'un autre côté, et cela n'est pas moins important, Nida a également souhaité respecter les cultures que le travail des traducteurs bibliques affecte et altère inévitablement. La traduction adaptative offre une solution de compromis entre ces deux aspirations contradictoires. Elle aide la culture réceptrice à accepter et à intégrer une nouveauté absolue en s'appuyant sur des termes familiers.

La position de Nida n'est guère populaire auprès des spécialistes de traductologie, et tout particulièrement auprès de ceux qui s'intéressent à la traduction d'œuvres littéraires. Ils pourraient par exemple souligner, à supposer qu'il faille traduire en français une épopée orale d'une culture africaine, combien il serait absurde de remplacer « banyan » par « marronnier » sous prétexte que nul banyan n'a jamais été observé à l'état sauvage dans l'Hexagone. Mais une telle objection passe à côté de l'essentiel, à savoir qu'en règle générale, la traduction *amont* n'use pas des mêmes techniques que la traduction *aval*. Il n'y a aucune raison décisive de penser qu'un seul et unique ensemble indifférencié de pratiques ou de principes doive jamais dominer la totalité du domaine immense de la traduction. La relation hiérarchique entre source et cible n'est pas seule à déterminer les méthodes dont les traducteurs peuvent être amenés à user, mais elle affecte leur travail et leur manière de procéder de façon tout à fait fondamentale.

C'est ainsi que la substitution culturelle peut parfois être employée dans une traduction *amont*, mais dans un but distinct. Arthur Waley, dans ses versions si influentes de textes chinois et japonais en vers ou en prose, a choisi de rendre par « *Lords* » et « *Ladies* » certains rangs sociaux de nature différente caractérisant les sociétés anciennes de l'Extrême-Orient. Les motifs pour lesquels Waley opéra ces substitutions sont aussi complexes que les raisons qu'avait Nida d'approuver le remplacement de « neige » par « cacatoès ». D'un côté, « *Lords/ Ladies* » dispense les lecteurs anglophones d'avoir à maîtriser trop de données érudites à propos d'une culture sur laquelle ils ne souhaitent pas spécialement se documenter. D'un autre côté, l'emploi de termes anglais réservés à une élite réinvestit des signes reconnaissables de prestige dans la société étrangère représentée, qui devient du même coup digne qu'on se documente sur elle. Les décisions stratégiques des traducteurs sont toujours à double tranchant.

La technique qui paraît la plus distante de la substitution culturelle est l'altération intentionnelle de la langue cible. Une fois encore, c'est la traduction de la Bible qui nous fournit certains des exemples les plus extrêmes. Au cours du XXe siècle, plusieurs projets universitaires de retraduction biblique ont tenté de rétablir l'« étrangèreté » des Écritures pour des lecteurs déjà familiers de versions plus adaptatives. C'est ainsi que le groupe Context, de la Society of Biblical Literature, soutient que « la Bible n'est pas un livre occidental » et qu'elle n'a « pas été écrite pour nous [6] ». Les membres du groupe soulignent que comme une langue ne se laisse pas isoler du contexte social dont elle est imprégnée, et comme le Moyen-Orient ancien nous est tout à fait étranger, la Bible hébraïque ne peut être pleinement représentée dans une traduction qui fasse sens de façon simple aujourd'hui [7]. Leur programme de défamiliarisation des textes bibliques s'inscrit dans le droit fil des travaux de Martin Buber et de Franz Rosenzweig, deux théologiens juifs qui ont retraduit l'Ancien Testament en allemand dans les années 1920 de façon à rétablir ce qu'ils considéraient comme les traits poétiques, religieux et communautaires caractéristiques de leur foi telle qu'elle se présentait à l'aube de son histoire [8]. Pour y parvenir, ils reproduisent les répétitions de mots et les figures sonores de l'hébreu, aux dépens d'une lisibilité facile. Par exemple, là où Exode, III, 14-15 est plutôt accessible dans une version à peine modernisée de la version « King James » (1611) :

And God said unto Moses, I AM THAT I AM *; and he said, Thus shalt thou say unto the children of Israel,* I AM *hath sent me unto you. And God said moreover unto Moses, Thus shalt thou say unto the children of Israel. The Lord God of your fathers, the God of Abraham, the God of Isaac, and the God of Jacob, hath sent me unto you : this is my name for ever, and this is my memorial unto all generations,*

ce qui, dans la « Bible en français courant » de la Société biblique française (1997), donne ceci :

Dieu déclara à Moïse : « JE SUIS QUI JE SUIS. Voici donc ce que tu diras aux Israélites : "JE SUIS m'a envoyé vers vous." Puis tu ajouteras : "C'est LE SEIGNEUR qui m'a envoyé vers vous, le Dieu de vos ancêtres, le Dieu d'Abraham, d'Isaac et de Jacob." Tel est mon nom pour toujours, le nom par lequel les hommes de tous les temps pourront m'invoquer »,

la traduction Buber-Rosenzweig, qui se conforme aux versets de l'hébreu ainsi qu'à de nombreux autres traits de l'original, donnerait à peu près ceci en français :

Dieu dit à Moshe :
Je serai-là de quelque façon que je serai-là.
Et il dit :
Ainsi tu diras aux Fils d'Israël :
JE SUIS LÀ m'envoie à vous.
Et Dieu dit davantage à Moshe :
Ceci tu diras aux Fils d'Israël :
lui,
Le Dieu de vos pères,
Le Dieu d'Avraham, le Dieu
de Yitzhak, et le Dieu de Yaakov,
m'envoie à vous.
Cela est mon nom pour les âges,
Cela est mon titre
Génération après génération [9].

Nida et Buber étaient tous deux désireux de traduire à partir d'un « langage de vérité » vers une langue vernaculaire – tous deux opéraient en mode *aval*, comme Luther, Ruyl et les traducteurs de la « King James » avant eux. L'une des grandes différences entre eux ne tient pas au sens du voyage mais à la plus grande dispersion de leurs paires de langues respectives au sein de la hiérarchie mondiale des langues : l'hébreu, l'allemand, le hollandais et le malais occupent des places qui ne sont pas interchangeables. Mais ce qui différenciait ces traducteurs avant tout, c'est la conception que chacun se faisait des besoins et des désirs de son public. Pour Ruyl, au XVIIe siècle, les natifs de Sumatra avaient à connaître l'histoire et son sens général ; aux yeux de Buber, en revanche, les Juifs allemands de la république de Weimar devaient apprendre ce qu'avaient été les croyances de la communauté juive authentique, originale. Ces différences produisent des boucles et des renversements curieux dans le cours de l'histoire de la traduction, un cours bien trop sinueux pour qu'une théorie simple puisse en épouser tous les méandres.

L'approche de Buber, attentive à l'« étrangèreté », est caractéristique des ambitieux programmes de traduction *aval* – du grec au syriaque, de l'italien au français, du latin dans la plupart des langues occidentales – qui ont durablement marqué de leur empreinte la langue réceptrice. D'un autre côté, il est évident que l'approche fortement adaptative de Ruyl ou de Nida est plus fréquemment adoptée dans des traductions *amont* – d'une langue vernaculaire (qu'elle soit régionale ou exotique) vers une langue centrale qui ne se soucie guère des nuances de la source. La traduction biblique moderne a ainsi conduit à une inversion de tendances séculaires.

En prônant le plus grand respect possible pour la culture cible (étrangère), Nida a préconisé un style *aval* de traduction des Écritures qui use de procédures plus typiques des traductions *amont* ; d'un autre côté, le style « exoticisant » de Buber (ou d'Henri Meschonnic après lui), qui a été plus couramment appliqué aux traductions *aval* au cours du dernier millénaire, est motivé par un respect scrupuleux envers la différence radicale d'une culture et d'une forme linguistique aujourd'hui presque inaccessibles.

L'une et l'autre méthodologie visent à respecter ce qui doit l'être : la motivation générale ne suscite ici aucun conflit. Mais tandis que Buber n'a que peu de respect pour les normes linguistiques de l'allemand contemporain, Nida ne pensait pas que les qualités spécifiques de la neige aient tant d'importance quand on les compare à l'objectif qui doit l'emporter sur toute autre considération : la nécessité de faire passer le message.

À quel degré ces deux conceptions de la traduction peuvent-elles affecter la langue et la culture réceptrices ? Cela ne dépend pas vraiment de leurs mérites méthodologiques intrinsèques, ni du talent des partisans de l'une ou l'autre école. Ce n'est qu'une question de volume. Si nous laissons de côté les caractères spécifiques de la traduction biblique, nous pouvons affirmer que les flux réciproques de traduction entre deux langues données ne sont jamais égaux, et sont le plus souvent extrêmement déséquilibrés. La direction du flux est la clef qui nous permet de comprendre où se trouve l'amont, et ce qui se passe en aval.

16

Impacts de traduction

Certaines traductions de la Bible ont eu un impact profond et durable sur la langue réceptrice. La Bible de Luther est considérée comme le premier monument de l'allemand moderne ; la « King James » reste un point de référence incontournable dans l'histoire de la langue anglaise. De telles influences ne sont pas typiques de la traduction en général : il est rare qu'un traducteur individuel soulève la moindre ridule à la surface de la culture cible. Cela dit, des vagues continues d'œuvres traduites dans certains domaines particuliers finissent toujours par imprimer à la langue réceptrice des modifications significatives.

Friedrich Schleiermacher en avait clairement conscience quand il entreprit d'expliquer comment il convenait de traduire les classiques grecs en langue allemande. Un seul livre ne ferait pas la différence, affirma-t-il avec insistance : il faut absolument « une action en grand, la transplantation de littératures entières dans une langue », et celle-ci « n'a de sens et de valeur que pour un peuple qui se sent résolument incliné à s'approprier l'étranger ». Tel est le peuple allemand : « De la même manière, peut-être, qu'il a fallu apporter et cultiver ici de nombreuses plantes étrangères pour que notre sol devienne plus riche et plus fécond, et notre climat plus doux et plus agréable, nous sentons aussi que notre langue [...] ne peut s'épanouir et développer pleinement sa propre force qu'à travers les contacts les plus variés avec l'étranger [1]. » Mais en fonction des relations qu'entretiennent la société réceptrice et la société originale où elle puise, la cible peut être atteinte de façon radicalement différente.

Par exemple, les traductions en anglais des grands textes des sciences humaines françaises des années 1960 à 1990 (rebaptisées *French theory* outre-Atlantique) ont conféré au discours anglophone de théorie littéraire une tonalité beaucoup plus française que par le passé. Et en sens inverse, le langage de la presse à sensation française a été profondément transformé par l'importation massive d'éléments stylistiques anglo-saxons : la presse *people* (ou « pipole », comme on l'écrit parfois) présente des signes non équivoques de ce qu'on dénonce actuellement comme une homogénéisation des cultures.

Ce n'est pas qu'une question de vocabulaire. C'est ainsi qu'un léger mais profond changement dans la façon dont les dialogues sont introduits dans la fiction suédoise peut être imputé aux traductions de romans anglophones [2]. Les constructions du type ci-dessous se ramassent à la pelle dans la fiction anglophone contemporaine, tous genres confondus :

1. *« Don't try », she said with disdain.* (« N'essaie pas », dit-elle avec dédain.)
2. *« It doesn't matter », he said calmly.* (« Ça ne fait rien », dit-il calmement.)
3. *« And now you must go to sleep », he said in a tone that was friendly but authoritative.* (« Et maintenant il faut que tu ailles dormir », dit-il sur un ton amical mais ferme.)
4. *« Get out », said Frank abruptly.* (« Sors d'ici », dit Frank abruptement.)

La grammaire suédoise n'interdit pas ce type de construction. Cependant, faire suivre une citation au style direct d'un verbe déclaratif accompagné d'un complément de manière (« avec dédain », « calmement », « abruptement ») est une tournure assez peu attestée dans le style romanesque suédois. Dans un corpus représentatif de 30 romans écrits en langue suédoise, elle n'apparaît que 64 fois, contre 484 fois dans un corpus parallèle de taille comparable composé de romans traduits de l'anglais en suédois. Cette « empreinte digitale » de l'anglais – l'une des chevilles de dialogue les plus courantes du roman anglophone – a désormais été intégrée aux moyens stylistiques de l'écriture originale en langue suédoise, où elle est caractéristique, non pas de la fiction littéraire en général, mais du roman policier en particulier. Voilà un bon exemple, minuscule mais significatif, de ces mélanges de langue et de style que l'on dénonce souvent comme des conséquences involontaires de la mondialisation. Depuis, le roman policier suédois a pris une belle revanche. Sa langue a peut-être été infiltrée par un anglicisme rythmant la rédaction des dialogues, mais la série noire à la suédoise, avec des auteurs tels que Henning Mankell ou Stieg Larsson, a conquis les premières places des listes des meilleures ventes dans le monde entier.

C'est un autre type de fusion qu'a vigoureusement défendu le juriste américain Preston Torbert. Au cours de ses missions pour le compte d'entreprises américaines engagées sur le marché chinois, il a été amené à travailler sur des centaines de contrats à rédiger en deux versions, américaine et chinoise, et destinés à être également valides dans les deux juridictions. Ce qui est loin d'être une mince affaire : les traditions juridiques des deux pays se sont développées à l'écart l'une de l'autre pendant des siècles et ne disposent que de très peu de termes équivalents [3].

Soit par exemple la difficulté qui naît d'une interprétation légale typiquement américaine : la *class presumption* (« présomption de classe »). Supposons qu'un contrat stipule que l'une de ses clauses s'applique à « toute maison, appartement, villa ou autre bâtiment » (« *any house, flat, cottage or other building* ») sur une certaine parcelle de terrain. Alors, en vertu de la « présomption de classe », les mots « autre bâtiment » sont interprétés comme signifiant exclusivement un « autre bâtiment » appartenant à la classe constituée par « maison, appartement, villa » – autrement dit, un bâtiment à usage d'habitation. Une telle formulation de phrase est contraire à l'usage habituel anglais ou français dans un contexte non légal, où les mots « autre bâtiment » pourraient de façon plausible faire référence à une usine, une base spatiale ou une folie.

Il n'existe pas en chinois d'expression équivalente à « *class presumption* », et la culture juridique chinoise n'en possède pas le concept. Si la restriction impliquée en anglais est traduite sans précision additionnelle, les caractères chinois correspondant à « autre bâtiment » peuvent tout aussi bien décrire un atelier ou une manufacture qu'un immeuble résidentiel ; or une telle interprétation est spécifiquement exclue par la formulation légale anglaise, du fait de la « présomption de classe ». On pourrait évidemment insérer quelques caractères chinois, de façon à obtenir des expressions telles que « ou autre bâtiment similaire », « ou autre bâtiment de la même classe », etc. Mais s'il survient un litige et qu'il soit porté devant les tribunaux, un juriste subtil pourra alors soutenir que les deux versions du contrat ne sont pas exactement équivalentes, puisque l'anglais ne contient pas de termes correspondant aux caractères additionnels.

La solution préconisée par Preston M. Torbert consiste à rédiger la version anglaise de façon à ce que sa traduction chinoise ne pose pas de problème, en écrivant en l'occurrence « *house, flat, cottage, or similar building* » (« toute maison, appartement, villa, ou bâtiment similaire »). Autrement dit, de modifier le texte en langue source pour qu'il soit mieux adapté à sa traduction en langue cible. Qui plus est, un tel changement rendrait le jargon juridique américain moins abscons, et tout le monde y gagnerait. La solution est d'une telle simplicité qu'on ne peut s'empêcher de se demander pourquoi les contrats américains n'ont pas toujours été rédigés ainsi. Réponse de Torbert : parce que leurs rédacteurs, jusqu'ici, ne pouvaient compter sur la collaboration de la langue chinoise. Le chinois peut aider les juristes anglophones à formuler ce qu'ils veulent dire.

De tels impacts de traduction sont minuscules, évidemment. Le français, l'anglais, le suédois ou le chinois n'ont pas été altérés de leur fait, à peine légèrement chatouillés sur les bords – jusqu'ici, du moins. Mais la traduction des Évangiles en bosavi (une langue parlée par de petites communautés d'habitants de la forêt tropicale du grand plateau de Papouasie-Nouvelle-Guinée) a produit des effets de bien plus grande portée [4].

Avant la conversion des Bosavis au christianisme dans les années 1970, leur culture (analogue en cela à celle de la Rome antique) ne possédait pas de concept explicite de la sincérité. Seules importaient les paroles énoncées en public ; les pensées intimes et la conformité du comportement observable avec le for intérieur n'entraient pas en ligne de compte. Or la sincérité – la correspondance entre une expression et une intention – est essentielle au message qu'apportaient les missionnaires chrétiens. La Mission chrétienne pour l'Asie Pacifique, selon laquelle les langues vernaculaires sont comme « le temple de l'âme d'un peuple », tenait à enseigner les Évangiles en bosavi. Mais aucun des missionnaires n'était un linguiste de terrain, et aucun ne put apprendre assez de bosavi pour le parler. En outre, les Bosavis, en règle générale, ne parlaient pas d'autre langue : pour les contacts commerciaux, ils s'étaient toujours appuyés sur des locuteurs des villages voisins pouvant faire office d'interprètes *via* une langue apparentée, ou plus récemment *via* le tok pisin (ou néo-mélanésien, qui est la langue régionale de contact).

Les missionnaires se servirent du *Nupela Testamen*, le Nouveau Testament traduit en tok pisin – non à partir du latin ou du grec, mais d'après le texte anglais simplifié connu sous le nom d'*American Good News Bible*, dont la première édition remonte à 1966, et qui est destiné à un public d'enfants et d'adultes illettrés. Le recours à la langue de contact restreignit les contacts initiaux de la mission à un petit groupe de jeunes gens bosavis qui avaient travaillé hors de leur domaine et acquis quelques rudiments de tok pisin. Les missionnaires leur enseignèrent les bases de lecture et d'écriture indispensables, puis les envoyèrent eux-mêmes faire œuvre de mission à travers le pays. Ces nouveaux convertis organisèrent dans les villages des cérémonies rudimentaires au cours desquelles ils lisaient à haute voix des extraits du *Nupela Testamen*, puis improvisaient une traduction orale en bosavi, soit par groupes de mots, soit après lecture de tout un passage. Vu leur méthode de traduction, il n'est pas étonnant qu'ils aient introduit en bosavi, chemin faisant, de nombreux termes ou tournures tok pisin. Mais le véritable impact de ces « tourneurs de langue » a opéré à un niveau autrement plus profond.

Le bosavi compte parmi les nombreuses langues qui possèdent des évidentiels, ces formes grammaticales qui indiquent comment quelque chose est connu – de vue, par ouï-dire, ou par déduction (voir ci-dessus, p. 174). Le tok pisin, en revanche, n'en possède pas. En conséquence, quand ils en vinrent à devoir improviser une version bosavi de la version tok pisin de la version *Good News* d'une anecdote biblique portant sur la différence entre ce que les gens pensaient et ce qu'ils dirent, les missionnaires papous, tout frais sortis de l'école, se heurtèrent à un énorme problème, comme le montrent les expressions en italique ci-dessous :

> Jésus dit au paralytique : « Mon fils, tes péchés sont pardonnés. » Quelques maîtres qui enseignaient la loi *se dirent en eux-mêmes* : « Comment ose-t-il parler ainsi ? Il blasphème ! Dieu seul peut pardonner les péchés. » Aussitôt Jésus *sut ce qu'ils pensaient*, aussi leur dit-il : « *Pourquoi pensez-vous* des choses pareilles ? Est-il plus facile de dire à un paralytique : "Tes péchés sont pardonnés", ou de dire : "Lève-toi, ramasse ta natte, et marche" ? Je vais donc vous prouver que le Fils de l'Homme a assez d'autorité ici-bas pour pardonner les péchés. » Alors il dit au paralytique : « Je te le dis, lève-toi, ramasse ta natte, et rentre chez toi [5] ! »

En tok pisin, les mots *na long bel belong*, littéralement « dans leur ventre d'eux », servent à rendre « dans leur cœur » ou « dans leur esprit », et dans le *Nupela Testamen*, cette formule est associée à *tingting*, « penser », pour exprimer le fait que les docteurs de la loi « pensaient » quelque chose sans le dire. Les traducteurs oraux bosavis ne pouvaient énoncer une telle situation sans la moindre indication évidentielle : il leur fallait préciser par quelle voie elle avait pu être connue. Selon l'une des versions recueillies, Jésus sait ce que pensent les docteurs en se fondant sur des indices visuels directs – le suffixe évidentiel *-lo : b* s'ajoute au verbe « penser ». Cette version conclut en outre l'ensemble de la phrase par un démarcatif, *a : la : sa : lab*, qui signifie à peu près « cela dit », ou qui du moins rapporte la source du savoir non pas au locuteur actuel mais à une autorité extérieure. Cela étant, les versions ont varié assez considérablement d'un prêcheur et d'une cérémonie à l'autre, jusqu'à ce qu'un emprunt formel au tok pisin (un calque syntaxique) finisse par être admis comme moyen inédit de référer à la « pensée intime », non manifestée par des paroles prononcées à haute voix : ce calque consiste à employer *kufa*, littéralement « de ventre », comme préfixe devant le verbe signifiant « penser ». Le labeur de la traduction a altéré la langue des Bosavis, et avec elle, tout un univers mental. En bosavi, les « pensées intimes » sont désormais des « pensées de ventre » – ou, pour le dire en sens inverse, grâce au travail improvisé d'interprètes en zone frontière, ce qu'un locuteur bosavi peut aujourd'hui faire de son ventre est profondément transformé.

Les changements introduits par l'activité missionnaire dans la vie des Bosavis affectent évidemment bien d'autres aspects que la grammaire et le vocabulaire de leur langue. Cependant, la nouvelle manière qu'ont les locuteurs bosavis de conceptualiser et de formuler la « vie intérieure » n'est pas simplement due à leur conversion au christianisme : elle est un effet direct de la traduction – en l'occurrence, celle des Évangiles du tok pisin en langue bosavi.

La plupart des études concernant l'influence des traductions sur les cultures réceptrices de l'histoire ancienne ou récente décrivent l'effet sur la cible en termes d'« enrichissement », d'« extension » et d'« amélioration ». Mais quand nous pouvons constater par nous-mêmes le phénomène à notre propre époque, ce sont d'autres métaphores qui viennent à l'esprit : « distorsion », « mutilation », « homogénéisation ». Le rôle des évidentiels dans la grammaire bosavi a été irréparablement diminué par les calques improvisés sur le modèle du tok pisin. Ces calques permettent de parler de choses dépourvues de tout statut évidentiel, mais à un certain point de vue, ils ont altéré un univers mental unique et irremplaçable. De façon similaire, nous pourrions dire que l'importation massive de verbiage *people* à l'anglaise dans les médias français a produit une monstruosité stylistique qui dégrade la langue elle-même. En d'autres temps et d'autres lieux, cependant, des bouleversements lexicaux et stylistiques beaucoup plus importants ont suscité des sentiments inverses. Par exemple, les traducteurs japonais ont emprunté de nombreux termes scientifiques aux langues européennes vers la fin du XIXe siècle, et la plupart des utilisateurs de ces nouveaux termes ont considéré que leur langue s'en trouvait enrichie. De même, le syriaque (une langue sémitique étroitement apparentée à l'araméen) a connu entre les IVe et VIIIe siècles après Jésus-Christ une extraordinaire floraison qu'il devrait en partie, dit-on, à Sévère Sebôkht, évêque et traducteur érudit qui importa des quantités de mots et d'expressions helléniques ainsi que le savoir mathématique, médical et astronomique des anciens Grecs que l'Occident latin avait négligé (et ne devait pas redécouvrir avant des siècles, jusqu'à ce que des traductions arabes de ces traductions syriaques de la science grecque soient à leur tour retraduites en latin vers le milieu du XIIe siècle à Tolède par Gérard de Crémone, avant d'être diffusées à travers toute l'Europe) [6].

Les fondamentalistes chrétiens qui ont converti le peuple bosavi sont certainement convaincus qu'ils ont enrichi la langue des âmes qu'ils ont sauvées ; et je suppose que la Syrie n'a pas dû manquer, il y a quelques siècles, de pessimistes pour dénigrer l'importation massive de termes grecs qui ne pouvait que ravager leur propre langue. Mais le fait est que les attitudes envers le changement linguistique induit ou accéléré par la traduction ne sont pas motivées exclusivement par des sentiments à l'égard de la langue ou de la traduction. Elles dérivent aussi d'idées profondément enracinées, difficiles à remettre en cause.

La première concerne le rang que votre langue, selon vous, devrait occuper dans la hiérarchie des langues de traduction. C'est là un sujet sensible pour beaucoup de gens, et spécialement pour les locuteurs qui sont toujours limités par l'horizon mental de l'État-nation européen unilingue : comme le rang imaginaire d'une langue ne coïncide guère avec son rang réel, ce conflit peut provoquer une certaine hypocrisie collective teintée de ressentiment. Telle est la douloureuse situation de ces Français qui font mine de mépriser le recours aux termes anglais tout en les important par wagons entiers. Ils ne sont pas les seuls.

Second constituant majeur des attitudes envers le changement linguistique stimulé par les traductions : à quel prix estimez-vous les apports du nouveau vocabulaire ? L'impact de la traduction en général sur une langue réceptrice ne se laisse pas réellement séparer de l'impact du matériau traduit. À différentes époques, les traductions peuvent inonder les cultures réceptrices de glamour hollywoodien, de techniques de construction navale, de doctrines du salut, d'histoires salaces sur Marie-Antoinette – de tout ce qu'on a pu considérer comme méritant d'être mis par écrit. La valeur que vous attribuez aux alluvions linguistiques déposées par de telles inondations est subordonnée à votre besoin ou à votre désir du matériau que les traductions en question rendent disponibles pour la première fois.

Les dommages causés à d'autres cultures par des flux de traduction déséquilibrés ne se distinguent pas des bienfaits qu'apportent aux langues réceptrices des flux de traduction déséquilibrés. Matériellement, ils sont une seule et même chose. Les dommages et les bienfaits réels ne tiennent pas à la traduction en soi ou à son impact sur les langues réceptrices, mais à la nature des œuvres que la traduction propage.

17

Le troisième code
La traduction comme dialecte

Quelle langue parlez-vous ? Voilà qui ressemble à une question purement factuelle, appelant une réponse sans complications, quelle qu'elle soit. Mais en lisant un journal américain pendant la crise financière de 2008, j'ai appris que le secrétaire au Trésor était sur le point de dévoiler le grand *megillah* pour mettre un terme au *tsunami* qui frappait Wall Street en ce temps-là. Quelle langue était-ce là ? De l'anglais, ma foi – enfin, une sorte d'anglais. Et puis aussi, marginalement, de l'hébreu (*via* le yiddish) ainsi que du japonais. Si j'avais à traduire la phrase originale en français, cela donnerait : « M. Paulson s'apprête à dévoiler la bonne méthode pour calmer la tourmente des marchés » – mais cela ne prouverait pas que mon texte de départ était en anglais, seulement que j'ai pu le comprendre. Puis je pourrais rétro-traduire ma version française en anglais sous différentes formes – mais cela servirait seulement à montrer que « l'anglais » est une entité linguistique aux frontières plutôt floues.

Page après page, les traducteurs travaillant vers l'anglais sont confrontés à des décisions sur la nature, la portée, l'identité et le public de la langue qu'ils écrivent. J'écris dans un idiome personnel qui conserve des traces de mon éducation en Angleterre, de mon long séjour en Écosse et de mon existence actuelle sur la côte est des États-Unis. Cela étant, quand j'écris une traduction, je dois faire des choix à chaque paragraphe sur la variété d'anglais écrit qu'il me faut employer. Comme on sait, l'orthographe, le système de numération, les formules de salutation ou les jurons, pour ne rien dire de plusieurs centaines d'éléments lexicaux fréquents, se présentent sous des formes différentes dans différentes parties du monde anglophone. Ce qui a le don de me rendre fou : comment savoir ce qui est « anglais » et ce qui est autre chose ?

Ma solution pratique est la suivante. J'écris selon mon bon plaisir, puis un éditeur applique ses talents à ma prose pour la rendre conforme à un style qui soit approprié aux publications de telle ou telle maison et adapté au public qu'elle vise. Mais ce n'est là que l'enveloppe extérieure de la solution. Le lectorat cible de la plupart des éditeurs anglophones, pour la majorité des ouvrages qu'ils publient, est d'une taille indéterminée, incluant des lecteurs américains, indiens, canadiens et de l'Afrique du Sud – autant de groupes qui se sentent plus à leur aise dans des variétés significativement différentes entre elles de la langue écrite et parlée. Ce que les éditeurs font donc disparaître de mes traductions – et dans toute œuvre traduite, littéraire ou de non-fiction, pour peu qu'elle présente un intérêt qui ne soit pas seulement local –, ce sont ces caprices langagiers qui trahissent une appartenance à quelque variété géographique que ce soit de la langue anglaise. En d'autres termes, je suis « débritannisé » quand on me prépare à être publié aux USA, et « désamériqué » (une tâche moins délicate, vu le faible nombre de mes américanismes) quand un éditeur de Londres reprend le flambeau. En fin de processus, vous obtenez un « anglais-moins » – idéalement, une sorte de zone centrale commune de la langue anglaise, dépouillée du vocabulaire et des tournures qui ne sont pas compris ou le sont de façons différentes dans un recoin quelconque de ce capharnaüm linguistique qu'on appelle encore, faute d'un meilleur terme, la langue anglaise.

Le livre que vous lisez ici en français est une illustration à rebours du dédale dialectal dans lequel les traducteurs anglophones doivent s'orienter. Car il n'est pas traduit « de l'anglais (Angleterre) » ni « de l'anglais (États-Unis) », comme on le signale d'habitude dans les traductions publiées à Paris. Ce livre existe en anglais en deux versions distinctes – l'une, destinée au Royaume-Uni et en vente également au Canada, en Australie et en Inde ; l'autre, conçue pour les lecteurs des États-Unis. Il n'y a pas un seul paragraphe de l'une qui soit identique en tous points au paragraphe correspondant de l'autre. Les différences vont bien au-delà de l'orthographe et des normes typographiques : idiomes, tournures, allusions et références culturelles ont été ajustés *dans les deux sens* à partir de mon manuscrit, écrit, comme c'est presque toujours le cas pour un écrivain de langue anglaise, dans un dialecte personnel plus ou moins hybride, comportant des traces plus ou moins fortes des différents ports d'attache qui m'ont hébergé au cours de ma vie. C'est pourquoi la version française que voici – malgré les coupes et les ajouts, les aménagements et les substitutions que le traducteur a introduites ou que l'auteur a inventées – est tout aussi authentique (et peut-être même davantage) que son « original » décidément hypothétique.

Le dialecte des « traductions-en-anglais » n'est donc pas la manifestation d'une langue qui soit effectivement parlée ou écrite où que ce soit dans le monde. Étant donné que sa principale caractéristique est de ne pas être doté de particularités régionales, il est presque invisible – ce qui est précisément le but visé par ce subtil tour de passe-passe stylistique. Ce « tranglais » (*tranglish*), comme on le nomme, se distingue nettement de l'anglais international, si maladroit, dont usent les sciences humaines et le journalisme mondial. Comme des chirurgiens esthético-linguistiques hautement qualifiés l'ont débarrassé du moindre soupçon de variante locale, il est beaucoup plus facile à traduire qu'un texte effectivement écrit en « anglais » par un romancier de l'Afrique du Sud, de Singapour, de l'Oregon ou des îles Sorlingues. Mais dans la mesure où il est déjà traduit (du français, dans mon cas, mais cela resterait tout aussi vrai si je traduisais à partir du russe ou de l'hindi), tout reste d'étrangeté dans la prose qui heurterait les oreilles d'un locuteur de l'une des myriades de variétés d'anglais parlées de par le monde est automatiquement interprété comme une trace de la langue étrangère, et non comme la marque personnelle du traducteur.

Depuis la célèbre diatribe de Lawrence Venuti contre « l'invisibilité du traducteur [1] », nombreux sont les traductologues qui ont interprété la préférence marquée des lecteurs anglophones pour une langue fluide, non régionale et « domestiquée » comme étant le masque trompeur d'un ignoble préjugé anti-étrangers dans la culture britannique et américaine. Pourtant, étant donné l'immensité du domaine anglais (sans parler de ses frontières floues), on voit mal par quel autre biais traduire des œuvres qui, pour survivre, doivent pouvoir compter sur un public qui ne soit pas seulement régional. L'invisibilité du « tranglais » est inséparable de la dimension mondiale de la langue anglaise.

L'anglais n'est d'ailleurs pas la seule langue à être doublée de son « tranglais ». Il existe apparemment dans toutes les langues une certaine différence entre l'idiome des œuvres en traduction et le style couramment employé pour d'autres usages. Des analyses informatiques de vastes corpus de textes traduits permettent de mieux cerner ce que l'on appelle aujourd'hui « le troisième code » – la langue des traductions considérée comme dialecte à part entière [2]. L'une de ces recherches a révélé que les romans anglais en traduction française possèdent au moins un trait linguistique qui semble les distinguer clairement des romans dont le français est la langue originale.

En français, quand on veut mettre en valeur un élément d'un énoncé, au lieu de mettre cet élément à sa place grammaticale attendue, on le met en tête de phrase, tandis qu'un pronom ou un adverbe pronominal occupe la place qu'il a laissée vacante. Exemple : si vous vous disputez avec vos enfants sur le choix des sucreries à la foire, vous pouvez dire – en anglais – « *But* I *want ice cream* », en plaçant l'accent sur le pronom pour marquer que vous, vous voulez une glace, alors qu'eux réclament de la barbe à papa. En français, la façon la plus courante d'exprimer la même nuance consiste à dire : « Mais moi, je veux une glace » (en tête de phrase, le pronom prend la forme tonique, et le pronom atone reste à la place prescrite pour le sujet de la proposition). La dislocation à gauche (telle est l'appellation la plus courante de ce phénomène) est assez fréquente à l'écrit comme à l'oral dans toutes sortes de circonstances, et pas seulement dans les chamailleries familiales. Dans un corpus d'extraits de romans français récents distingués par des prix littéraires, elle a été relevée 130 fois sur un échantillon d'environ 45 000 mots. Mais dans un corpus parallèle tiré de romans d'une notoriété comparable traduits en français vers la même époque, elle n'a été observée que 58 fois. La différence est considérable et ne peut être imputée au style de tel ou tel traducteur particulier. Il semble bien qu'il existe un « troisième code [3] ».

Plus remarquable encore, et particulièrement important pour qui s'intéresse à la traduction : l'emploi de la dislocation à gauche dans le corpus des traductions en français est fortement concentré dans un certain type de contexte – à savoir dans les dialogues. En revanche, dans le corpus des textes français originaux, plus de la moitié des occurrences figure dans un contexte de récit à la troisième personne. Aucune des occurrences de dislocation à gauche dans l'ensemble des deux corpus n'est grammaticalement incorrecte ou stylistiquement inappropriée. Il paraît donc clair que la norme langagière à laquelle les traducteurs de romans anglais se conforment (consciemment ou non) n'est pas identique à l'usage linguistique des romanciers francophones.

En l'espèce, il n'est pas difficile d'expliquer ce caractère particulier du « troisième code » en français. Les grammaires françaises et la tradition scolaire décrivent la dislocation à gauche comme un trait typique du discours oral. Les traducteurs semblent avoir intériorisé ce verdict, même s'il entre en conflit avec la pratique observable des auteurs francophones natifs. Les traducteurs ont donc tendance à écrire dans une langue normalisée et se montrent plus attentifs aux formes que l'on considère généralement comme correctes ou régulières. De fait, c'est là une vérité que toute personne ayant une expérience personnelle du travail de traduction connaît déjà. La traduction tend vers le centre – vers les normes linguistiques qui sont comprises comme relevant de la langue standard, quelle que soit par ailleurs la façon dont les locuteurs natifs s'expriment effectivement. Les tribulations du traducteur anglais retranscrit en « anglais-moins » n'ont donc rien d'exceptionnel dans le monde de la traduction. Il semble bien que les traducteurs français se retranscrivent tout seuls en « troisième code » sans attendre que leurs éditeurs repassent sur leurs brisées.

La dérive de la traduction vers la forme standard de la langue réceptrice peut être illustrée par le traitement réservé aux parlers régionaux ou aux dialectes sociaux. Bournisien, l'un des personnages secondaires de *Madame Bovary*, emploie comiquement des termes et des tournures typiques de la région où Flaubert a situé son roman : la Normandie rurale des années 1830. Évidemment, l'anglais ne dispose pas d'une manière fixée pour représenter conventionnellement le parler des paysans normands au XIXe siècle. En principe, un traducteur anglais pourrait prêter à Bournisien la voix d'un fermier du Wessex vu par Thomas Hardy ou d'un prêtre écossais à la Walter Scott. Mais il est rare, dans le monde de la traduction, que l'on tente de rendre un dialecte régional de la source par un dialecte régional de la cible [4]. De nos jours, la plupart des gens trouvent tout simplement stupide d'infliger à un producteur de lait bavarois une transfusion d'argot de cow-boy texan – ou de saupoudrer d'inflexions typiques de Manchester les bavardages de la passagère d'un tram pétersbourgeois, en vue de suggérer la distance tant géographique que linguistique qui la sépare à la fois de la capitale et de sa norme parlée. En anglais, en français et en beaucoup d'autres langues, la culture de la traduction sous sa forme actuelle éradique toute variation régionale présente dans la source. La traduction déplace vers le centre les représentations écrites du discours dialectal.

Comme exemple évident de ce mouvement centripète, prenons la traduction par Charles Baudelaire du *Scarabée d'or*, d'Edgar Allan Poe. Jupiter, un esclave afro-américain, s'y exprime comme suit :

> *Dar ! dat's it ! – him never plain of notin – but him berry sick for all dat.*

Ce qui, en anglais standard, donnerait à peu près : « *There ! that's it ! – he never complains of anything – but he's very sick for all that.* » Les écarts sont flagrants, et tiennent tant à la phonétique (« d » au lieu de « th », etc.) qu'à la syntaxe (« *him* » au lieu de « *he* », etc.). Cependant, Baudelaire n'essaie pas de trouver un dialecte français qui pourrait correspondre, et se contente d'exprimer en français standard le message que Jupiter veut faire passer (à quelques nuances près) :

> Ah ! Voilà la question ! – il ne se plaint jamais de rien, mais il est tout de même malade.

Que pouvait-il faire d'autre ? La langue française du XIXe siècle ne disposait d'aucune convention linguistique qui pût correspondre à la représentation en anglais du parler afro-américain vernaculaire [5].

Curieusement, un tout autre traitement est généralement réservé aux variations formelles et stylistiques marquant, non la région, mais la classe sociale. Le grand style, le ton pompeux, l'élégance ou la noblesse verbales dans la source sont le plus souvent rendus par des formes de niveau social équivalent dans la cible. Les difficultés réelles ne surgissent que lorsque le registre est bas, et spécialement lorsque la langue de la source représente les manières de s'exprimer de personnes sans éducation ou illettrées. Ce genre de problème ne se pose pas seulement dans la traduction de la prose littéraire, mais dans toutes sortes de circonstances. Aucun interprète, par exemple, ne songerait à restituer en style populaire ou relâché les propos adressés par un manœuvre d'usine ou un ouvrier de coopérative agricole à un dignitaire étranger en visite officielle : cela serait perçu comme un manque de respect et provoquerait un beau scandale. De même, en prose écrite, les traducteurs répugnent à traduire la grossièreté sous forme vraiment grossière dans la langue cible. La raison en est évidente : cuirs, fautes, lapsus et autres attentats à la norme linguistique ne doivent pas sembler être imputables au traducteur. Il est de fait moins difficile de traduire les délires d'un malade en cellule capitonnée que la langue intentionnellement brutale et vulgaire de bien des romans modernes. La franche épuration des classiques un peu trop libres telle qu'elle fut pratiquée dans la France du XVIIe siècle (voir ci-dessus, p. 139-140) n'est plus du tout à l'ordre du jour, mais il reste qu'une tentation analogue se laisse deviner dans la plupart des travaux de traduction.

Les effets du « troisième code » tels qu'ils se manifestent dans des traductions (en français, mais aussi en norvégien, en suédois, en anglais), ainsi que le puissant préjugé dont sont victimes les variétés linguistiques régionales, ne sont encore que des symptômes secondaires d'un phénomène moins facile à cerner, mais de portée bien plus générale : toutes les traductions ont tendance à se conformer bien plus fortement qu'un texte original à une conception normalisée de ce que devrait être la langue cible. Pour le dire autrement, la traduction relève toujours d'un ou deux crans le registre et le niveau d'une prose écrite naturellement. Un certain degré de surenchère a toujours été caractéristique des textes traduits – tout simplement parce que les traducteurs répugnent d'instinct à ne pas voir pleinement reconnue leur maîtrise de l'expression écrite dans la langue cible. Les traducteurs jouent un rôle qui n'est pas négligeable en tant que gardiens des normes de leur langue ; à un point surprenant, ils en sont même les créateurs.

18

NULLE LANGUE N'EST UNE ÎLE
LE DÉLICAT PROBLÈME DE L3

L'invention de l'imprimerie, la diffusion des dictionnaires, l'élévation du niveau général d'éducation et l'avènement des États-nations : tels sont probablement les principaux faits historiques qui nous ont conduits à admettre sans autre forme de procès qu'une langue se distingue d'une autre et que les frontières entre, par exemple, l'anglais et le yiddish, le français et l'italien sont réelles, insurmontables et solidement établies. L'idée qu'une traduction s'effectue toujours entre une L1 et une L2, entre une « source » et une « cible », n'est qu'un effet parmi d'autres de cette conception spécifique et culturelle de ce qu'est la langue – une conception selon laquelle différentes façons de parler sont comprises comme autant d'entités distinctes et séparées les unes des autres par des lignes de démarcation nettes. Mais il n'en a pas toujours été ainsi.

À son retour à Gênes en 1298 après Jésus-Christ, Marco Polo a été jeté en prison. Mais il ne fut pas mis à l'isolement, et qui plus est, une fois à l'intérieur, il eut la chance de retrouver un vieil ami. Marco Polo fit le récit de ses grandes aventures le long de l'antique route de la soie à son camarade de cellule, Rustichello de Pise, qui consigna tout par écrit. Marco s'exprimait en ce que nous appellerions de l'italien, et Rustichello écrivit ce qu'il lui disait en français. Le texte « original » du *Divisament du monde* (connu depuis sous différents titres : *Le Devisement ou Description du monde*, *Le Livre des merveilles*, *Le Livre de Marco Polo*) fut très probablement une traduction improvisée, et recèle un indice non équivoque de la façon dont il fut composé : le pronom « nous » y désigne tantôt Marco et Rustichello, tantôt Rustichello et ses lecteurs, tantôt

Marco et ses compagnons [1]. Ce genre de glissement d'une personne à l'autre est typique de la traduction orale et constitue quasiment une preuve du fait que Marco racontait son histoire dans un dialecte tandis que Rustichello l'écrivait dans un autre. Ce même phénomène d'« ancrage détraqué » se laisse observer dans le film *Shoah*, de Claude Lanzmann, qui traite des traces présentes de l'extermination des Juifs d'Europe entre 1941 et 1944. Entre autres caractères exceptionnels, *Shoah* se distingue de la plupart des films en ce qu'il conserve dans le montage final les nombreux allers-retours de traduction entre le français de l'enquêteur et les différentes langues (polonais, yiddish, hébreu, tchèque, allemand) parlées par les survivants et les informateurs. (Ce qui explique en partie pourquoi le film dure neuf heures.) Dans plusieurs séquences, telle traductrice oscille entre deux modes d'adresse, tantôt répercutant les mots de la source sans toucher aux positions d'énonciation (par exemple : « Je voyais les trains être aiguillés… »), tantôt transmettant l'information au style indirect (par exemple : « Il a dit qu'il voyait les trains être aiguillés… »). À un moment, Lanzmann veut s'attarder sur une réponse inconsciemment révélatrice et amener le témoin à en dire plus. Il lui arrive alors de succomber à la même confusion énonciative et de demander non au témoin, Czesław Borowi, mais à l'interprète : « Qu'est-ce qu'il a voulu dire ? Qu'est-ce qu'il a voulu imiter ? » Au lieu de reformuler cette relance en polonais et de l'adresser à Borowi (« Quelle langue avez-vous voulu imiter en disant *ra-ra-ra-ra* ? »), l'interprète répond directement à Lanzmann en français, en son nom propre : « Leur langue. » [2]. De telles fluctuations viennent naturellement, presque inévitablement suspendre la norme artificielle de l'interprétariat, qui elle-même l'emporte sur l'équation fondamentale entre locuteur et voix. Dans une interaction aller-retour entre deux locuteurs qui s'opère par le truchement d'un intermédiaire physiquement présent, il est extraordinairement difficile de maintenir la fiction de l'inexistence du traducteur. Même à l'ONU (où les professionnels respectent des règles strictes de non-interférence et travaillent, par précaution, dans des cabines de verre isolées acoustiquement), il arrive encore aux interprètes de quitter le système pronominal et temporel original de l'orateur pour passer à un compte rendu à la troisième personne lorsque survient un incident sortant du cours ordinaire de la parole diplomatique. Nikita Khrouchtchev (qui fut premier secrétaire du Parti communiste soviétique de 1953 à 1964) aimait à citer à l'improviste des proverbes et des jeux de mots russes impénétrables, et ses interprètes n'avaient souvent pas d'autre recours que de dire – à la troisième personne : « Le premier secrétaire du PCUS vient de faire une blague. »

Marco et son traducteur scribe employaient deux langues différentes mais apparentées pour parler au monde de la fantastique diversité des sociétés humaines. Ils vivaient dans un chaos de dialectes en partie intercompréhensibles issus d'une même langue mère, mais seul l'un d'entre eux était apte à informer l'Occident sur Kubilaï Khan : le français. Dans les contrées méditerranéennes du Moyen Âge finissant, le français jouait un rôle comparable à celui de l'anglais aujourd'hui [3] ; les caractères hybrides du premier manuscrit des *Voyages* font irrésistiblement songer au « *globish* » tel que l'écrivent actuellement tant de locuteurs non natifs à travers le monde.

Mais à peine le manuscrit des *Voyages* fut-il mis en circulation que d'autres scribes firent ce que n'importe quel éditeur moderne aurait fait à leur place – ils le passèrent au net (effectuant, comme on dit en français, « la toilette du manuscrit ») et le transposèrent en ce que l'on considérait respectivement comme du « bon français », du « bon toscan », sans oublier le « bon latin », afin d'en faciliter la distribution et la retraduction. Avant la fin du XIVe siècle, des versions tchèque, gaélique, allemande, vénitienne s'étaient ajoutées à la toscane et à la française, toutes refaites sur une édition latine elle-même établie d'après une rédaction ancienne en dialecte italien de Venise, fondée sur une source qui, soit reproduisait le texte du plus ancien manuscrit connu, soit lui ressemblait de très près [4]. Les retouches successives apportées au récit de Marco Polo consistèrent essentiellement à supprimer les modulations de personnes de la traduction originale de façon à construire une narration plus stable du point de vue énonciatif. Ce qui s'explique par le fait que les scribes postérieurs ne traduisaient plus les paroles du voyageur, mais une histoire qui était déjà un texte écrit. Peut-être estimez-vous que quelque chose de très important s'est ainsi perdu en route ; peut-être aussi pourriez-vous dire que si les *Voyages* sont devenus un classique de la littérature d'exploration, c'est précisément parce que, comme tant de romans modernes, ils ont été réécrits par des professionnels. Autrefois comme aujourd'hui, la frontière entre traduction et amélioration d'un texte – entre « aide au lecteur » et « saccage de la source » – est loin d'être nette.

En fait, la limite entre traduction et réécriture n'est pas plus mouvante que celle qui sépare langue source et langue cible dans le cas de bien des textes d'une certaine étendue. *Guerre et Paix*, de Tolstoï, est un exemple souvent cité à cet égard. Dans l'original russe, plusieurs parties du roman sont en français. Cette situation reflète la pratique linguistique des personnages – c'est en français que les aristocrates russes du début du XIXe siècle vivaient une bonne part de leur existence sociale et intellectuelle. À tel point que le jour où Pierre Bézoukhov, au cours d'un rite d'initiation maçonnique, se voit mis en demeure d'exprimer ses espoirs et ses désirs, il ne peut répondre que « d'une voix tremblante et cherchant ses mots [...] parce qu'il n'avait pas l'habitude d'exprimer en russe des idées abstraites [5] ».

Traduire *Guerre et Paix* en français est donc à la fois impossible et facile. Reproduit tel quel en version française, le français des aristocrates russes n'est plus reconnaissable comme marqueur de classe, et il n'existe aucun moyen de signaler par des voies purement linguistiques qu'une phrase prononcée en français se distingue d'autres phrases désormais tout aussi françaises du fait de la traduction. La page de titre d'une traduction française aura beau indiquer « traduit du russe », ce ne sera que partiellement vrai : *Guerre et Paix* est « traduit » du français aussi bien.

Des problèmes de traduction du même ordre se posent un peu partout dans la fiction européenne. La première page du *Père Goriot*, de Balzac, contient une phrase en anglais (« *All is true !* ») qui se retrouve dans un tout autre contexte et ne produit plus du tout le même effet quand elle est reproduite telle quelle dans une traduction anglaise. Mais qu'y faire ? Retraduire « *All is true !* » par « Tout est vrai ! » et intégrer le résultat au texte destiné aux anglophones ? Modifier l'orthographe, et faire imprimer quelque chose comme « *Oll eez troo !* » pour laisser entendre que la phrase a été pensée par un Français affligé d'un épouvantable accent ? Balzac ne se gênait pas, lui, pour altérer l'orthographe française de façon à figurer l'accent régional de Nucingen (un banquier juif d'origine alsacienne qui apparaît lui aussi dans *Le Père Goriot*). Les conventions actuelles ne permettent pas aux traducteurs d'appliquer de tels traitements à la diction d'un narrateur – mais il n'y a au fond aucune raison strictement logique de refuser un accent atroce au narrateur balzacien quand il s'exprime, *via* une traduction, dans une autre langue que la sienne.

En fait, plus on lit dans une langue donnée, plus il est difficile d'y trouver un texte de quelque longueur qui ne soit rédigé que dans cette langue. J'ai lu l'an passé avec grand plaisir deux romans qui illustrent ce point. *The Yiddish Policeman's Union*, de Michael Chabon, est la divertissante chronique d'une colonie fictive de locuteurs yiddish, établie de nos jours en Alaska. Les conversations des personnages, en anglais, sont censées être traduites du yiddish – ou pour mieux dire d'un état imaginaire du yiddish, enrichi par un supplément d'un demi-siècle de vie et de croissance linguistique sur le sol américain. Le texte de Chabon est un superbe hybride de langues réelles et rêvées jouant entre elles – et la version d'un roman pareil dans une autre langue ne pourrait guère être considérée comme traduite « de l'anglais » seulement. De même, *English, August*, d'Upamanyu Chatterjee, mêle le hindi et le bengali avec l'anglais littéraire standard de façon à créer un portrait linguistique de son protagoniste, Agastya, surnommé August dans son pensionnat anglophone. Un lecteur attentif ne parlant qu'anglais pourrait s'appuyer sur un tel texte pour s'initier au vocabulaire bengali et hindi, tout comme un lecteur des nouvelles de Junot Díaz peut extraire une forte proportion d'espagnol de ses textes hybrides en *spanglish*. Mais Tolstoï, Balzac, Chabon, Chatterjee ou Díaz ne passent pas d'un idiome à l'autre pour nous donner des leçons de langue étrangère. S'ils le font, c'est parce que de tels passages (que certaines études ont baptisés « *code switching* », « commutation de code » ou « alternance codique ») sont présents à l'état endémique dans tous les types d'usage linguistique.

J'ai eu un ami qui dirigeait une succursale bancaire dans une commune rurale du Sud-Ouest de la France. Nous nous adressions toujours l'un à l'autre en français, mais chaque fois qu'il me croisait en ville ou à la campagne, il ne manquait jamais de me lancer « *Peace and love !* » (qu'il prononçait « pisse-eunn-lœuve »). J'ai connu vers la même époque un médecin écossais qui disait à ses enfants, quand il voulait qu'ils se dépêchent : « *The tooter the sweeter* », doux mélange de « tout de suite » avec quelque chose comme « *The sooner the better* » (« le plus tôt sera le mieux »). Ces deux connaissances s'exprimaient dans une certaine langue (le français et l'anglais, respectivement), mais en parlaient une autre dans le même temps (respectivement, l'anglais et le français).

La traduction est d'ordinaire conçue comme un processus n'impliquant que deux langues : L1 et L2, source et cible. Mais comme nous l'avons vu, les sources incluent presque toujours des proportions plus ou moins importantes de L3, une langue qui ne se confond avec aucun des traditionnels jumeaux de la traduction. Quand L3 = L2 (cas de *Guerre et Paix* traduit en français), L3 est inévitablement « écrasé » ; dans le cas contraire (cas d'une traduction suédoise du roman de Michael Chabon), la voie à suivre est loin d'être évidente. Ces problèmes peuvent donner le vertige, mais n'ont rien de marginal : ils touchent aux usages les plus communs du langage, et du même coup, concernent la traduction de près. Nous avons beau être persuadés que les langues se distinguent les unes des autres et ne doivent pas être confondues, nous ne cessons dans la pratique de brouiller leurs cartes. La frontière entre l'anglais et le français, pour ne prendre que cet exemple, est plus accidentée et brumeuse que les grammaires et les dictionnaires voudraient nous le faire croire. « *Sayonara, amigo !* » n'est peut-être pas une façon officielle de dire au revoir en anglais, mais la plupart des anglophones n'auront pas plus de peine à la comprendre que des francophones à qui l'on dirait « Ciao, darling ! ».

Décrire la traduction comme un processus assurant le voyage d'une certaine chose homogène d'un point A vers un point B – voilà un aller simple qui est trop simple, et de moitié.

19

Flux globaux
Centre et périphérie dans la traduction d'ouvrages

The Harvill Press a été fondée en 1948 pour publier des œuvres littéraires de haute qualité traduites d'autres langues, notamment d'Europe de l'Est. Cinquante ans plus tard, la maison déclarait fièrement avoir publié des versions anglaises d'œuvres écrites à l'origine en 43 langues différentes. À Paris, l'éditeur français d'Ismail Kadaré annonce régulièrement en quatrième de couverture que les œuvres du romancier albanais ont été traduites en « plus de quarante langues ». S'agirait-il des mêmes ? À quelques exceptions près, la réponse est oui. De nos jours, l'import-export régulier d'ouvrages traduits ne concerne qu'une cinquantaine de langues [1]. Elles ne représentent qu'un fragment minuscule de la diversité linguistique mondiale, mais couvrent une large proportion de la population de la planète. Cela est dû au fait que les langues de traduction sont nécessairement des langues véhiculaires, qui sont lues (sinon parlées) par un public bien plus large que leurs locuteurs natifs.

Et les autres, alors ? Les textes sacrés hébraïques et chrétiens sont traduits, en totalité ou en partie, en près de 2 500 langues. Certaines d'entre elles disposent également de traductions de textes juridiques et administratifs ; quelques-unes possèdent des magazines d'information, une presse à scandale, une poignée de titres de fiction populaire. Il ressort clairement de ces chiffres que plus de la moitié des langues du monde n'accueille probablement pas la moindre traduction, et qu'à l'exception d'une cinquantaine d'entre elles, aucune n'exporte rien non plus, ou presque rien. La traduction d'imprimés ne se produit qu'en certains lieux particuliers. Cela dit non pas pour minimiser son importance, mais pour souligner le caractère nettement asymétrique des relations que les différentes formes d'expression ont toujours entretenues dans notre monde.

L'Unesco, la branche culturelle des Nations unies, a travaillé depuis sa fondation à évaluer le flux global de traductions à travers l'*Index Translationum*, aujourd'hui disponible sous forme de base de données accessible sur Internet. L'*Index* peut servir à mesurer, en gros, l'énormité des déséquilibres traductionnels dans le monde contemporain.

Le chinois est parlé par un quart environ de la population de la planète. Dans une société mondiale dont les échanges seraient équilibrés et symétriques, on s'attendrait donc à ce que le chinois accueille également un quart des traductions effectuées dans le monde. La vérité est tout autre.

Si l'on prend sept langues mondiales de différents types au cours de la décennie 2000-2009, le chinois est la langue réceptrice de 5 % à peine de l'ensemble des traductions effectuées entre ces langues, toutes directions confondues – à peu près la même proportion que le suédois, dont les locuteurs représentent 1 % des locuteurs chinois. Et en sens inverse, le tableau est encore plus effarant. Seuls 863 livres ont été traduits du chinois dans l'ensemble des six autres langues (hindi, arabe, anglais, français, allemand et suédois) ; cela représente moins de la moitié du nombre d'œuvres suédoises traduites dans les six autres langues (chinois, arabe, hindi, anglais, français et allemand).

Près de 80 % de l'ensemble des traductions, toutes directions confondues, entre ces sept langues sur une décennie – 103 000 sur 132 000 – sont effectués à partir de l'anglais. Réciproquement, à peine plus de 8 % des traductions réalisées dans le même groupe le sont vers l'anglais – alors que le français et l'allemand reçoivent à eux deux 78 % de l'ensemble des traductions.

L'asymétrie est frappante, et à certains égards franchement inquiétante. Admettons que les ouvrages publiés ne constituent pas le seul canal de communication interculturelle ; en outre, les données collectées par l'Unesco ne sont peut-être pas exhaustives, et son moteur de recherche n'est peut-être pas irréprochable. Mais le tableau d'ensemble – d'ailleurs confirmé par l'offre que les librairies d'aéroport proposent aux voyageurs du monde entier – doit être à peu près ressemblant. Les traductions de l'anglais sont quasiment

Ouvrages traduits entre sept langues
décennie 2000-2009 (inclus)

Langue source	cible : suédois	cible : chinois	cible : hindi	cible : arabe	cible : français	cible : allemand	cible : anglais	Totaux (source)
suédois	—	18	0	12	297	1 116	359	1 802
chinois	22	—	1	14	492	200	134	863
hindi	0	1	—	1	38	18	67	125
arabe	20	18	4	—	712	232	127	1 113
français	330	554	11	556	—	5 945	5 463	12 884
allemand	330	477	11	153	5 890	—	5 238	12 069
anglais	6 092	5 974	181	2 130	47 512	42 231	—	104 120
Totaux (cible)	6 794	7 012	208	2 866	54 941	49 742	11 388	**132 951**

inévitables ; les traductions vers l'anglais sont à peu près introuvables.

Il n'est ni exact ni même intéressant de faire porter au seul dieu Dollar la responsabilité de tels déséquilibres en matière de traduction [2]. Évalués selon la méthode que nous venons d'appliquer, les flux traductionnels ne permettent pas davantage de dresser une carte un tant soit peu convaincante du pouvoir militaire, ni au cours des derniers siècles ni dans le nôtre. La première vague de diffusion de l'anglais britannique a sans aucun doute été le fruit de l'expansion coloniale – mais l'énorme étendue et l'extension accélérée de sa domination ont suivi le démantèlement de l'Empire, qui commence en 1947. L'hypothèse impériale ne permet pas non plus d'expliquer pourquoi le français, l'espagnol, le portugais et le hollandais, qui furent également les langues de domaines aussi vastes que densément peuplés entre le XVIe et le XXe siècle, sont si loin d'approcher aujourd'hui la cime de l'arbre traductionnel. Pour chaque ouvrage de langue espagnole traduit en anglais au cours des dix premières années du XXIe siècle, quinze l'ont été de l'anglais en espagnol. Et cela, alors qu'il y a à peu près autant d'hispanophones natifs (350 millions environ) que d'anglophones natifs (400 millions) aujourd'hui dans le monde.

La traduction *aval* se produit souvent, pour des raisons essentiellement pratiques, de la langue du pouvoir dominant vers les langues que parlent les peuples vivant dans sa sphère d'influence. Dans l'Empire des Habsbourg, par exemple, les lois, les décrets, les déclarations officielles et les nouvelles du jour étaient traduites de l'allemand, langue de la cour et de l'administration impériale, dans les 17 langues officielles de cet État assez peu centralisé. Mais les livres n'ont jamais suivi le mouvement. Aucune culture de traduction littéraire ne s'est constituée durablement en slovène, ni en slovaque, ni en serbo-croate, ni en ruthène, ni en tchèque, etc. C'est qu'il y avait un moyen beaucoup plus direct de devenir un citoyen cultivé de l'Empire austro-hongrois : apprendre l'allemand. De façon analogue, bon nombre d'ouvrages de référence en matière historique, scientifique, littéraire ou artistique ne sont pas traduits de l'anglais en suédois, danois, norvégien ou hollandais dans un but commercial : dans toutes ces communautés linguistiques, les lecteurs intéressés les lisent déjà dans l'original. La domination économique, militaire ou culturelle affecte évidemment les flux de traduction, mais elle le fait le plus souvent par des voies indirectes ou détournées. Une langue vraiment dominante, appuyée sur une armée puissante et de bonnes réserves de trésorerie – le latin, par exemple, au temps où Rome dominait l'Europe et le bassin méditerranéen – est justement la seule langue que vous n'ayez jamais besoin de traduire. Les gens l'apprennent, et voilà tout ; faute de le faire, ils sont condamnés à végéter. L'anglais, lui, ne domine pas le monde à la façon du latin, car il est massivement traduit vers les idiomes vernaculaires. « Traduction » et « empire » sont des termes fondamentalement contradictoires.

Quand le Nouveau Monde a commencé à être peuplé par des locuteurs hispanophones, lusophones et anglophones entre le XVe et le XVIIIe siècle, les nouveaux venus n'ont lancé aucun programme de traduction en langues natives au bénéfice des populations aborigènes du continent. Ils ont créé des empires. Mais quand la Russie soviétique a consolidé sa mainmise sur les nombreux peuples de Sibérie, du Caucase et de l'Asie centrale au cours des années 1920, elle l'a fait en vertu d'un credo politique affirmé qui se voulait explicitement anti-impérialiste. Pour prouver et illustrer les principes qu'elle s'était dictés, l'Union soviétique lança un vaste programme de traduction de et vers les langues indigènes de ce qu'on appelait alors « les nationalités » : kazakh, turkmène, géorgien, azéri, etc. La position soviétique n'était pas dénuée d'hypocrisie, mais ce qu'il nous importe ici de souligner, c'est que seule la traduction pouvait fournir un alibi officiel à ce qui n'était par ailleurs qu'un cas classique d'expansion impériale. Les classiques littéraires russes furent donc mis à la disposition des lecteurs kazakhs, ingouches, daghestanais, et ainsi de suite. Dès lors, la traduction *amont* devenait un complément nécessaire : il fallait une telle symétrie des échanges pour démontrer la nature authentiquement anti-impériale de l'Union.

Cependant, les planificateurs linguistiques soviétiques se virent confrontés au problème suivant : il faut beaucoup de temps pour nouer des relations de traduction stables entre deux langues. Il faut ouvrir les écoles qui éduqueront une génération de locuteurs bilingues, lesquels devront ensuite développer leurs propres instruments de travail et leurs propres conventions. Quelle que soit l'urgence des besoins, cela ne peut se faire en un jour. Or la Russie soviétique, en tant qu'entreprise révolutionnaire, avait hâte de voir advenir un monde nouveau. Elle recourut donc à la tricherie. Il était difficile de trouver des poètes locuteurs natifs des principales langues non russes, et plus difficile encore de trouver des poètes russes capables de les traduire : la solution soviétique consista à les inventer. Djamboul Djabaev est le plus fameux exemple de pseudo-traduction soviétique, en partie parce que l'imposture fut de si longue durée. Djabaev, célèbre chanteur populaire au temps de la Révolution, se vit contraint de prêter son nom aux poèmes patriotiques que tout un atelier de plumitifs fabriquait en russe puis faisait passer pour des traductions du kazakh. Djabaev fut ensuite traduit en beaucoup d'autres langues – toujours, officiellement, à partir du kazakh, mais en fait à partir du russe. Comme le « poète national du Kazakhstan » vécut jusqu'à l'âge de quatre-vingt-dix-neuf ans, cette petite entreprise moscovite put continuer sa production et entretenir l'illusion pendant plusieurs décennies [3].

Cela dit, tous les empires ne font pas de la langue des conquérants la langue conquérante. Les cas attestés ne manquent pas où la formation d'une culture de traduction assura le prestige et l'autorité de la langue d'un peuple soumis. Quand les Akkadiens envahirent Sumer vers 2250 avant Jésus-Christ, loin de balayer la culture et la langue très anciennes de leurs nouveaux sujets, non seulement ils adoptèrent l'écriture sumérienne (à base de signes cunéiformes imprimés dans l'argile humide avec la pointe d'une baguette de roseau), mais ils traitèrent le sumérien (sans aucune parenté avec leur propre langue) comme un atout culturel. Les lois et les légendes, les règles et les chroniques furent traduites du sumérien en akkadien, et la connaissance du sumérien devint la marque d'un homme distingué tout au long des nombreux siècles que dura la civilisation akkadienne et assyrienne. Alors qu'elle n'était plus associée à aucun pouvoir politique, économique ou militaire, et qu'elle avait progressivement perdu tout lien avec une base ethnique identifiable, la langue sumérienne continua à être employée en Mésopotamie comme idiome sacré, cérémoniel, littéraire et scientifique jusqu'au Ier siècle après Jésus-Christ – ce qui lui confère, en tant que source de traductions *aval*, une longévité d'environ trois mille ans. L'anglais a encore un long chemin à faire !

Entre les Ve et IIIe siècles avant Jésus-Christ, les marins grecs disséminèrent leur langue de Marseille jusqu'à Odessa, sur de petits territoires dispersés le long des côtes ; Alexandre le Grand en repoussa les frontières jusqu'en Égypte et en Afghanistan. Mais le rôle du grec comme langue source pour la traduction n'a rien à voir avec la puissance militaire macédonienne. Avant même de conquérir et d'occuper la péninsule grecque, dans le premier tiers du IIe siècle avant Jésus-Christ, Rome aspirait à s'approprier la culture et la pensée helléniques. Après sa victoire, elle conserva à la langue des vaincus son statut de véhicule et réceptacle du prestige intellectuel. Dans une éducation digne de ce nom, l'apprentissage du grec devint le principal objet d'étude, et la traduction en latin, le premier des talents associé à une haute position sociale.

Les histoires du sumérien et du grec nous contraignent à nous montrer plus que sceptiques devant les explications économiques, militaires et politiques de la carte du monde des traductions telle qu'elle se présente aujourd'hui. En un sens, bien sûr, ces vénérables exemples de langues d'un peuple sujet qui se voient investies de prestige culturel *via* la traduction sont exceptionnels, car ils ne semblent pas avoir de véritables équivalents à l'époque médiévale ou moderne. Quand les Normands eurent conquis l'Angleterre, ils n'adoptèrent pas l'anglo-saxon comme langue de culture – ils continuèrent à recourir au français, et laissèrent les gens du commun parler un méli-mélo franco-saxon qui finit par devenir l'anglais. Quand les Français, pendant les guerres napoléoniennes, s'emparèrent du trône de Suède, ils ne se mirent pas à traduire du suédois. En fait, la nouvelle famille royale suédoise conserva, tout comme sa cour, l'usage du français pendant plus d'un siècle – et ses descendants possèdent toujours un palais à Nice.

Mais nous pourrions tout aussi bien adopter le point de vue opposé. L'histoire générale de la traduction dans le domaine européen au cours des derniers siècles n'est peut-être elle-même que l'exception à la règle qui prévaut à plus long terme. Et même dans ce domaine, il existe des exemples de langues de culture et de traduction préservées contre toute logique d'ordre politique ou militaire. Le latin est resté dominant pendant plus de mille ans après la chute de Rome, tant comme langue source de traductions *aval* que comme langue cible de beaucoup de textes en vernaculaire, avant tout en vue de les retraduire vers d'autres idiomes vernaculaires sans lien direct de traduction avec les premiers. Les Juifs ont persisté à employer l'hébreu pendant plus de trente siècles en dépit des mille et un motifs très raisonnables de le balancer par-dessus bord.

Ce qui rend une langue culturellement dominante, aujourd'hui comme autrefois, n'est pas lié au nombre de centurions, de tanks ou de missiles dont elle dispose pour appuyer ses prétentions, ni aux réserves d'or dans ses coffres. Une langue culturellement dominante est une langue qui maintient un niveau élevé d'activité traductionnelle entre elle-même et un grand nombre de langues ayant noué des liens bilatéraux de traduction moins étroits entre elles. Pour prendre un exemple, le caractère dominant du latin dans l'Europe du XIVe siècle n'est pas simplement illustré par la façon dont les *Voyages* de Marco Polo furent diffusés : c'est précisément ce type d'usage qui a créé et entretenu une telle domination – à savoir celle d'une langue intermédiaire grâce à laquelle ce texte (ou d'autres semblables) pouvait être publié dans des langues telles que le tchèque ou le gaélique, entre lesquelles les ressources de traduction bilatérales étaient quasiment nulles. La puissance du latin n'avait en l'occurrence rien à voir avec le pouvoir économique ou militaire de « locuteurs latins natifs » – qui justement n'existaient pas.

La position de l'anglais comme source et cible pour la plupart du travail traductionnel effectué actuellement dans le monde ressort nettement du classement des langues sources le plus souvent choisies en vue de traductions vers une sélection d'autres langues, quelle que soit cette sélection. Le tableau ci-dessous indique quelles sont, depuis que l'Unesco collecte des données, les langues sources principales pour des traductions d'ouvrages en treize langues de grande diffusion :

Classement des quatre principales langues sources pour une langue cible donnée

Langues sources les plus populaires pour les traductions...	1er rang	2e rang	3e rang	4e rang
... en arabe	anglais	français	russe	allemand
... en chinois	anglais	japonais	français	allemand
... en néerlandais	anglais	allemand	français	italien
... en anglais	allemand	français	russe	espagnol
... en français	anglais	allemand	italien	espagnol
... en allemand	anglais	français	russe	italien
... en hindi	anglais	russe	sanscrit	bengali
... en italien	anglais	français	allemand	espagnol
... en japonais	anglais	français	allemand	russe
... en espagnol	anglais	français	allemand	italien
... en swahili	russe	anglais	allemand	arabe
... en suédois	anglais	finnois	allemand	français
... en tamoul	anglais	russe	sanscrit	malayâlam

Il apparaît clairement que l'anglais, le français et l'allemand dominent le monde de la traduction. Le russe occupe une quatrième place qui paraîtra peut-être surprenante. Quant aux huit autres langues qui figurent dans ce classement – l'espagnol et l'italien trois fois chacun, le sanscrit deux fois, le japonais, le bengali, le malayâlam et l'arabe une seule fois (et le chinois, lui, pas du tout) –, elles se tiennent déjà à la périphérie du marché global de la traduction d'ouvrages.

Le nombre brut de livres traduits sur lequel repose ce classement donne une image plus saisissante encore de la structure pyramidale de l'activité traductionnelle aujourd'hui. Près d'un million de traductions ont été prises en compte pour établir le tableau ci-dessus, dont plus de 650 000 sont des traductions de l'anglais et environ 100 000 des traductions vers l'anglais. L'anglais, qu'il soit source ou cible, regroupe 75,12 % de l'ensemble des actes de traduction.

Les chiffres montrent également que de toutes les traductions recensées dans la base de données de l'Unesco, et qui ont été effectuées entre les treize langues citées, environ 42 % concernent en fait un circuit fermé entre trois d'entre elles seulement : l'anglais, l'allemand et le français. Cela n'est pas une conséquence inéluctable du fait que plus de 47 % du million de livres dont il est ici question ont également été publiés dans l'une de ces trois langues. La culture n'est pas l'apanage d'une zone ou d'une partie du monde, mais la culture du livre – et incluse en elle, la culture de la traduction – se trouve fortement concentrée en France, en Allemagne, en Grande-Bretagne et aux USA.

Conséquence : toute assemblée vraiment représentative de traducteurs venus du monde entier doit comprendre entre 70 % et 90 % de délégués qui sont des locuteurs L1 d'une langue autre que l'anglais. Pour le dire autrement, si vous tenez absolument à ce que vos enfants gagnent leur vie comme traducteurs, vous accroîtrez nettement leurs chances si vous ne les élevez pas en Grande-Bretagne ou aux États-Unis. Ce qui explique également pourquoi la traduction est bien moins facile à percevoir et à comprendre quand vous êtes basé dans le monde anglophone. Dans la vie quotidienne, vous ne croisez pas beaucoup de traducteurs à Londres, Sydney ou Cork – en revanche, à Genève ou à Berlin, ils pullulent.

Le flux traductionnel a toujours eu une structure hiérarchique : la situation actuelle reproduit un schéma attesté à de nombreuses reprises au cours de l'histoire. En règle générale, la traduction s'effectue non pas entre des langues que leurs locuteurs ressentent comme égales, mais entre celles qui, d'un certain point de vue, entretiennent l'une avec l'autre une relation verticale. Lois, commandements, instructions, traités – autant de textes qui font l'objet d'une traduction *aval* (du sumérien, du grec ou du latin dans l'Antiquité, de l'allemand dans l'Empire des Habsbourg, du turc ottoman aussi longtemps que la Sublime Porte domina le bassin méditerranéen) vers des idiomes vernaculaires parlés par des peuples qui avaient besoin de saisir ce qu'étaient ces règles et ces accords qui affectaient leur existence. Ces textes-là peuvent être escortés d'œuvres romanesques, théâtrales, philosophiques, mathématiques ou religieuses, mais pas nécessairement. Ce genre de situation, qui s'est reproduit partout dans le monde, a encouragé les locuteurs de langues culturellement dominantes à se figurer que leur propre idiome était intrinsèquement supérieur, qu'il était le seul véhicule authentique de la pensée. Dans le monde musulman, par exemple, la question de savoir à quelle langue revenait la palme n'a guère fait de doute au cours des derniers siècles :

> La langue parfaite est la langue des Arabes et l'éloquence dans sa perfection est la parole des Arabes, toute autre étant déficiente. La

> langue arabe parmi les langues est pareille à la forme humaine parmi les bêtes. De même que l'humanité s'est imposée comme forme finale parmi les animaux, de même la langue arabe est la perfection finale du langage humain et de l'art d'écrire, perfection au-delà de laquelle il n'y a plus rien [4].

Les grammairiens français du XVIIe siècle en ont dit à peu près autant du français, et l'on trouverait à citer sans aucun mal des professions de foi tout aussi catégoriques quant à la supériorité du grec, du persan, du latin, du chinois et de qui sait combien d'autres langues encore parmi celles qui dominèrent quelque temps le monde.

Ce genre de népotisme linguistique n'a évidemment aucun fondement rationnel : toutes les langues se prêtent à remplir toutes les tâches que leurs locuteurs pourraient vouloir leur assigner. Mais on a beau faire preuve de bon sens, on a vite fait de succomber au sentiment qu'un texte difficile en langue étrangère ne commence réellement à faire sens qu'une fois transposé dans l'idiome où nous-mêmes formulons de préférence les pensées les plus difficiles. J'étais assis, il y a quelques années, dans une bibliothèque à Constance, et je m'escrimais, crayon en main, avec un volume de Hegel que je tentais de comprendre en le lisant très lentement dans l'original. J'avais beaucoup de mal, et je n'y suis jamais tout à fait parvenu. J'ai jeté un coup d'œil discret sur ce que lisait l'étudiant allemand assis dans la stalle voisine. Lui aussi travaillait Hegel – mais dans la traduction anglaise ! Ma foi, me suis-je dit avec soulagement, si même les locuteurs natifs recourent à la traduction anglaise pour pénétrer la pensée de Hegel… De telles expériences risquent de vous amener rapidement à la conviction à peine consciente, consolatrice, que votre langue est la seule qui permette de formuler tout à fait du sens. Mais même si une traduction explicative et éclairante d'un texte étranger peut rendre de grands services, nous devrions toujours résister à la tentation d'en conclure faussement que la langue cible – quelle qu'elle soit – est « meilleure » pour exprimer telle ou telle sorte de pensée.

Malgré leur nombre insignifiant, les traducteurs vers l'anglais jouent un rôle important dans le marché international de l'édition. L'anglais étant la langue la plus traduite au monde, si un ouvrage existe déjà en version anglaise, il est ensuite beaucoup plus facile de le faire éditer en n'importe quelle autre langue (quelle que soit sa langue d'origine). Mais l'anglais n'est pas pour autant la seule « langue pivot » dont nous disposions.

Le français occupe encore un rang significatif en tant que plate-forme de traduction globale à partir de langues moins connues. Cela est dû en partie à la noble tradition française d'ouverture aux cultures du monde. Au cours du XXe siècle, plusieurs de ses plus grands écrivains – Romain Gary, Samuel Beckett, Eugène Ionesco, Andreï Makine et Jorge Semprun, par exemple – ont été des immigrants qui firent le choix d'écrire en français. Il y a cependant une raison plus importante qui explique que la France ait conservé un tel rôle dans la circulation des biens culturels, mais cette raison n'est pas de celles que les défenseurs de la culture française apprécient tellement. Le français est depuis longtemps la langue étrangère la plus enseignée dans le domaine anglophone, ce qui en fait la principale langue de contact pour les éditeurs ou les agents littéraires anglo-saxons.

L'allemand demeure également un carrefour de littératures pour certaines langues peu étudiées. Jaan Kross, l'auteur estonien de *Le Fou du tsar*, *Le Départ du professeur Martens*, et de bien d'autres superbes romans, fut d'abord traduit en allemand, ce qui le fit remarquer des agents littéraires internationaux. Le choix de l'allemand comme moyen d'expression par des auteurs qui n'en sont pas des locuteurs natifs est devenu toujours plus fréquent au cours des dernières années. Plusieurs auteurs japonais, bulgares et turcs ont pris la décision d'écrire en allemand, tout comme Galsan Tschinag, un chaman de Mongolie, dont les œuvres ont ensuite été traduites en de nombreuses autres langues européennes [5].

Au Moyen Âge, l'arabe fut la langue pivot grâce à laquelle la philosophie grecque put être traduite dans les langues d'Europe (parfois notées dans l'alphabet hébreu). Entre 1880 et 1930, le japonais servit de langue relais pour la traduction de la littérature russe en chinois [6]. Au cours des cinquante dernières années, seule une poignée d'auteurs doivent leur carrière littéraire internationale à la traduction en des langues autres que le trio de tête. Parmi eux, Bernardo Atxaga, dont l'œuvre (d'abord écrite en basque) a touché un plus large public tout d'abord *via* sa traduction en espagnol, puis de l'espagnol en français ; ou encore les poésies tchouvaches d'Aïgui, retraduites indépendamment en anglais et en français à partir de leurs versions russes. Mais le recours aux langues pivots peut présenter quelques risques. Le romancier biélorusse Vasil

Bykaŭ, par exemple, a été traduit en russe, d'où il fit sa première entrée dans le concert éditorial mondial. Or les traducteurs russes n'avaient pas osé restituer certains propos à la lettre. Dans *Alpiiskaya Balada* (*Ballade alpine* [1963]), le héros, qui tente d'expliquer la situation de son pays à un étranger naïf, déclare : « Ça ira mieux un jour. Ça ne peut pas aller aussi mal éternellement. » Ce qui devient, dans la version russe : « La coopérative agricole marche bien. » À la suite de pareilles distorsions, Bykaŭ se mit à traduire lui-même ses œuvres peu après leur parution, et à signer ces traductions de la forme russe de son nom, « Vassili Bykov ». Du coup, les autorités soviétiques purent le faire passer pour un romancier russe, sans révéler le fait que ses œuvres avaient d'abord été écrites dans une autre langue (apparentée au russe). Dans le cas de Bykov, la traduction *amont* eut pour effet l'absorption pure et simple d'une œuvre en langue « mineure » par la langue localement dominante [7].

Cela étant, même dans des pays où ce genre d'appropriation politique n'a pas cours, la tendance à délaisser les idiomes minoritaires au profit d'une langue dominante ne cesse de se manifester. Vers la fin du XIXe siècle, un éditorialiste du quotidien japonais *Yomiuri Shimbun* fit remarquer que son pays avait bien plus à offrir au monde que le mont Fuji et le lac Biwa : il disposait aussi de trésors littéraires tels que le *Genji Monogatari* (*Le Dit du Genji*) ou le *Hakkenden* de Takizawa Bakin. Mais le gouffre séparant le japonais des langues européennes rendait à ses yeux toute traduction impossible :

> Si grande que soit la gloire de nos futurs écrivains, jamais elle ne pourra franchir nos frontières [...]. Je voudrais faire une suggestion aux hommes qui ont le sens de l'action publique : qu'ils choisissent résolument d'écrire en anglais [...]. De nos jours, il va sans dire qu'un homme ayant de hautes ambitions devrait s'appliquer à écrire en anglais. S'y appliquer, et s'efforcer, en usant de cette langue, à faire rayonner sa gloire à l'étranger. Quelle grandeur trouverait-on à une réputation strictement confinée dans cet archipel pathétique [8] ?

Ce genre de propos est typique d'une culture qui se sent à la périphérie du grand concert des nations, et de fait, le journaliste japonais ne faisait qu'anticiper là une conclusion que beaucoup d'écrivains ont tirée au cours du dernier siècle. Maryse Condé, excellent écrivain français d'origine guadeloupéenne, a pu déclarer que si elle avait cinquante ans de moins, elle choisirait probablement d'écrire en anglais plutôt qu'en français – et tel est précisément le choix qu'a fait

Edwidge Danticat, écrivain francophone d'origine haïtienne (qui a cinquante ans de moins).

Si vous écrivez dans une langue mineure (et de nos jours, toutes le sont, même le français), votre plus haute ambition est d'être traduit en anglais. Si vous écrivez en italien, il y a de bonnes chances que vos textes soient traduits en espagnol, et si vous écrivez en finnois, il est presque certain qu'ils le seront en suédois, à l'usage de l'importante minorité de citoyens finlandais pour qui le suédois est L1. Mais une traduction en espagnol ou en suédois ne fera guère connaître votre œuvre dans le reste du monde. Quelle que soit votre langue de départ, c'est la traduction vers l'anglais qui importe.

Les anglophones n'ont évidemment aucune responsabilité directe dans l'usage de l'anglais comme langue pivot, car les seuls locuteurs pour qui l'anglais n'est jamais une langue pivot sont précisément les anglophones. Comme toutes les langues de contact que le monde a connues, l'anglais est élevé au rang de pivot par des locuteurs d'autres idiomes. Exemple : en Chine, l'Institut Confucius a chargé une équipe universitaire internationale de rendre les trésors philosophiques et littéraires du chinois classique accessibles au reste de la planète. Le projet Wu Jing vise à traduire les Cinq Classiques (désignation conventionnelle d'un grand nombre de textes distincts totalisant environ 2 500 pages) dans « les principales langues du monde ». Cela étant, ces ouvrages difficiles ne seront pas traduits en français, allemand, espagnol, russe, arabe, hébreu, hindi et malais à partir de l'original chinois. La dissémination des Cinq Classiques dans les huit autres langues retenues se fera « sur la base de la traduction anglaise », qui sera traitée, une fois achevée, comme texte de référence [9].

La position des traducteurs anglophones de textes littéraires écrits dans des langues relativement peu enseignées est par conséquent unique. Ce n'est pas seulement l'accès de leur texte source à leur public cible qui dépend de leur travail : à travers le marché international du livre, et parfois, tout aussi bien, par le relais de la retraduction, il ne tient qu'à eux d'ouvrir ou de fermer la porte qui donne sur le reste du monde.

Cette structure héliocentrique de l'univers global du livre n'est pas le fruit d'un plan préconçu. Avec son soleil anglais tout-puissant, ses planètes principales que sont le français et l'allemand, ses orbites elliptiques extérieures où le russe croise de temps à autre la trajectoire de l'espagnol et de l'italien, sa myriade de satellites lointains aussi légère qu'une poussière d'étoiles, ce système est d'autant plus remarquable qu'il est en contradiction flagrante avec le modèle en réseau de relations culturelles croisées et réciproques que la plupart des gens appellent de leurs vœux. Cela dit, cette image astronomique des flux traductionnels n'est qu'une métaphore. La structure du marché global de la traduction n'est pas un phénomène naturel, mais culturel. Si un assez grand nombre de personnes veulent qu'il change, il changera.

20

Homme pour homme
Comment parler des droits fondamentaux

Telle qu'elle est pratiquée dans le cadre universitaire, l'étude de la traduction se concentre massivement sur la circulation des livres, et particulièrement sur ceux d'entre eux qui présentent un intérêt littéraire. Mais en dépit des chiffres mirobolants que nous avons pu citer au cours de notre enquête sur la traduction de livres à l'échelle de la planète, la transmission d'ouvrages littéraires ne constitue qu'un faible pourcentage de toutes les traductions qui se font aujourd'hui dans le monde.

Les textes juridiques sont traduits en bien plus grande quantité que les livres, et dans des directions plus variées. Même si elle semble n'être qu'un sinistre pensum (sauf pour les rares mortels qui ont la bosse juridique), la traduction des lois est une condition *sine qua non* pour la construction et le maintien d'une société internationale. Sans elle, les échanges commerciaux et diplomatiques s'arrêteraient tout net. Toutefois, il y a une très importante leçon à en tirer. La loi est le type même du texte intraduisible, car le langage de la loi est refermé sur lui-même et ne renvoie à rien qui lui soit extérieur. Et pourtant, en pratique, les lois sont effectivement traduites – parce qu'il le faut bien.

Tout le monde connaît la maxime « impossible n'est pas français ». Elle s'applique tout autant dans n'importe quelle autre langue lorsqu'il s'agit de traduction. Quand il faut traduire, on traduit. La traduction est toujours un acte de la volonté humaine.

Partout dans le monde, les simples particuliers savent bien pourquoi la loi est « intraduisible ». Elle est rédigée dans une langue qui n'appartient qu'à elle, quasiment inintelligible – et comment traduire ce qui est inintelligible ? Nous payons grassement nos hommes de loi simplement pour nous rassurer : du moment qu'ils comprennent, eux, les clauses en petits caractères au bas du contrat que nous venons de signer sans le lire jusqu'au bout...

Les mots de la loi ont souvent l'air de mots du langage ordinaire, mais dès lors que ces derniers sont employés comme termes juridiques, tout bascule : ils n'ont plus de référent extérieur à l'institution sociale et intellectuelle que la loi construit. Si vous faites la java vers deux heures du matin dans une rue du XVIe arrondissement en rythmant vos chansons sur le couvercle d'une poubelle, vous serez sans doute sanctionné pour *tapage nocturne* ; mais si vous vous comportez de façon identique dans un quartier non moins calme de Londres, un magistrat vous jugera le lendemain matin pour *breach of the peace*. Or le premier délit ne peut être commis qu'après le coucher du soleil, alors que le second peut être constaté à n'importe quelle heure ; le premier ne consiste par définition qu'en un comportement bruyant, alors que le second peut en principe s'accomplir dans un silence total. Pourtant, c'est exactement le même inconvénient que vous infligez aux riverains dans leur sommeil. Aux yeux de la loi, en revanche, ce que vous avez fait est déterminé exclusivement par le régime juridique en vigueur dans le lieu et dans le temps où vous le faites, et, plus spécifiquement de notre point de vue, par les définitions écrites des termes qui ont cours dans le régime en question – c'est-à-dire, par les *mots* de la loi tels qu'ils sont couchés dans un code ou un système écrit.

À l'orée du XXe siècle, un professeur de linguistique prononça à l'université de Genève une série de leçons sur la nature du langage humain. Ferdinand de Saussure ne donna pas son cours à partir d'un texte rédigé, mais après sa mort prématurée en 1913, ses étudiants réunirent leurs notes et en tirèrent un *Cours de linguistique générale* qui devait profondément influencer toute la réflexion ultérieure sur le langage et la parole. Peu importe ici de savoir si l'enseignement de Saussure doit être ou non considéré comme le dernier mot sur l'essence du langage en général : il constitue en tout cas un excellent instrument pour saisir les raisons qui font du langage juridique une entité aussi délicate à traduire [1].

Saussure était déjà un spécialiste reconnu en linguistique historique. L'objectif qu'il s'était fixé en enseignant la linguistique générale était d'expliquer ce qu'est une langue en tant que totalité systématique à tel moment donné de son développement. Il formula ses réponses en se fondant sur une définition nouvelle, et révolutionnaire pour l'époque, du signe linguistique. Un signe est doté d'une existence matérielle, en tant que suite de sons ou de marques écrites ; d'un autre côté, il possède nécessairement un sens. Ces deux faces du signe, Saussure les baptisa respectivement « signifiant » et « signifié ». Le signe n'est ni l'un ni l'autre, mais leur union ; le couple qu'ils forment est si étroitement lié qu'on ne peut pas plus les séparer que le recto et le verso d'une feuille de papier. Cela dit, contrairement au recto et au verso, les deux faces du signe sont liées entre elles sans raison – il se trouve qu'elles le sont, voilà tout. Selon Saussure, un signe présente cinq qualités particulières. Il doit être hérité, car les signes d'une langue ne peuvent jamais être inventés à l'instant même. Il doit être partagé, car les signes ont pour sens celui sur lequel nous nous accordons, non pas le sens que tel ou tel individu leur prête. Il doit être immuable, car nul ne peut décréter la transformation de « table » en « sable » simplement pour le plaisir et prétendre qu'il s'agit là du même signe. Il doit être combinable avec d'autres signes dans un acte de parole ou d'écriture. Enfin, la relation intime entre signifiant et signifié qui les lie inextricablement doit être arbitraire : on ne peut expliquer pourquoi les lettres T, A, B, L et E (en tant que distinctes de toutes les autres) peuvent servir à renvoyer à une « table », mais seulement dire qu'elles le font.

Qu'est-ce donc qui nous permet de savoir que ce signe-ci n'est pas celui-là ? que « table » et « sable » sont deux signes différents ? C'est qu'ils diffèrent par rapport à un élément appartenant à la structure, non pas du langage considéré abstraitement, mais d'une langue particulière – le français. Autrement dit, la différence entre les sons représentés par « t » et « s » est un élément de base de la structure de la langue française – et la structure tout entière en quoi consiste la langue française n'est faite que d'ensembles de différences ou d'oppositions de ce genre fondamental. Une langue n'est donc rien d'autre qu'un système de différences, parce qu'un signe, en quelque langue que ce soit, est défini exhaustivement par tout ce qu'il n'est pas. Ce qui fait du français autre chose que l'anglais ou le chinois, par exemple, n'est autre que l'ensemble des différences à partir desquelles il est constitué. C'est ainsi que les tons ascendants et descendants se produisent dans tout acte de parole, sans pour autant être des constituants du français ; en revanche, les tons ont bel et bien rang de constituants en chinois. De même, la différence entre les sons ordinairement notés par « l » et « r » fait partie intégrante du français ou de l'anglais, mais non du japonais. Dresser la carte des différences jouant un rôle effectif dans une langue revient à cartographier la structure de la langue elle-même.

L'approche saussurienne du langage fait de chaque langue concrète un objet *sui generis*, à nul autre pareil – un système possédant sa propre cohérence interne, et qui ne peut jamais être projeté sur un autre de façon tout à fait satisfaisante. Il s'ensuit automatiquement que nul signe d'une langue ne peut être pleinement identifié à un signe appartenant à un autre système, également unique, de signes. Tout au long du XXe siècle, la théorie saussurienne du signe a justifié le peu d'intérêt porté à la traduction et aux perspectives qu'elle offre pour comprendre l'usage effectif que l'on fait des langues.

Saussure ne songeait certainement pas aux systèmes juridiques en développant sa féconde doctrine du signe, mais elle n'en est pas moins applicable à leur cas. Un code légal constitue un usage systématique de la langue dont la cohérence se fonde sur les distinctions précises qu'il établit entre ses propres termes constitutifs. Dans un système juridique donné, un *breach of the peace* est ce que les lois et la jurisprudence définissent par cete expression – et non pas ce que les signes de *breach* (« une brèche ») ou *peace* (« la paix ») signifient dans la langue ordinaire des non-spécialistes. La loi est un système de signes.

Chaque système juridique a son histoire, ses normes, ses distinctions et ses procédures propres. Même quand les langues de différents systèmes paraissent identiques (tel est le cas des régimes anglais et écossais, par exemple), les termes qu'ils emploient ne sont pas interchangeables. Chaque système est réellement *sui generis*, constitué exclusivement par les distinctions particulières qu'il opère. En conséquence, il est impossible de traduire la langue juridique. Impossible – mais nécessaire.

Dans de nombreuses régions du monde, les accusés ont le droit de comprendre le procès qui leur est intenté. Les tribunaux sont donc tenus de faire appel à des traducteurs et des interprètes à même de garantir l'exercice de ce droit. Ce n'est pas une mince affaire.

Dans un cas fort célèbre du printemps 2011, le bureau du *district attorney* de Manhattan devait prendre en compte dans son enquête sur un viol présumé l'enregistrement d'une conversation téléphonique faite par la plaignante. Elle s'était servie de sa langue natale, qui n'était ni le français ni l'anglais, mais une autre. Laquelle ? Il va de soi que lorsqu'on ne connaît pas du tout la langue d'une conversation, on est bien en peine de déterminer de laquelle il s'agit. Pour le procureur Cyrus Vance, la première étape consista donc à prendre contact avec une agence spécialisée – un *Language Service Provider*, ou « fournisseur de services linguistiques » – disposant de collaborateurs capables de nommer la langue à décrypter. Mais le nom de la langue ne vous avance pas beaucoup lorsqu'il s'agit, comme ce fut le cas, d'un faisceau de parlers connus sous les noms de ful, fulbe, boulbe, pullo, gapelta, pelta hay, domona, pladina, palata, dzemay, zaakosa, pule, taareyo, sanyo, et biira par les divers groupes de ses locuteurs et des locuteurs de langues avoisinantes, et que l'on connaît en français sous le nom de peul. À New York, cependant, cette langue s'appelle fulani.

Supposons donc qu'après ce premier pas le bureau du *district attorney* se mette à la recherche d'un interprète professionnel du fulani vers l'anglais sachant transcrire la parole orale dans un cadre juridique (et c'est là une tâche bien plus spécialisée que la « simple » compréhension de l'original). Les tribunaux de New York bénéficient d'un service de traduction étendu et très bien administré qui satisfait aux besoins linguistiques des magistrats et des parties civiles, et qui organise en outre des épreuves écrites et orales permettant aux traducteurs de se qualifier pour ce genre de travail. Mais ce service a beau être un des plus étendus au monde, il ne peut couvrir qu'une petite fraction des 7 000 langues de la planète : comme bien d'autres langues parlées par l'une ou l'autre des innombrables communautés ethnolinguistiques de New York, le fulani ne fait pas partie des 140 langues pour lesquelles il existe des traducteurs accrédités auprès du service des tribunaux. Où donc trouver un interprète professionnel du fulani ? L'expression « interprète professionnel du fulani » est déjà un non-sens. Personne, à New York ou ailleurs dans le monde (sauf peut-être en Guinée), ne peut gagner sa vie en traduisant du fulani en anglais ! Pour cela, il manque d'une part la matière à traduire, que ce soit des romans ou des manuels d'entretien, et d'autre part la demande de traductions. Les seuls candidats possibles pour la tâche urgente consistant à traduire un élément de l'enquête sur les présumés méfaits de l'ancien directeur du FMI gagnaient nécessairement leur vie dans des travaux d'un tout autre type, et devaient rogner sur leur temps libre – ou leurs heures de sommeil – pour répondre à la demande du magistrat. Il n'y avait donc pas lieu de protester, comme l'ont fait certains journalistes français, contre le délai de six semaines, du 15 mai jusqu'au 29 juin, nécessaire au *district attorney* pour établir tant bien que mal le contenu et la teneur de cette fameuse conversation téléphonique. C'est plutôt un bel exemple d'une victoire de la traduction qu'on devrait saluer.

Mais comment savoir si la traduction fournie était adéquate ? Puisque le fulani n'est pas une langue accréditée par le service linguistique des tribunaux, il n'existe pas de professionnels ayant une expérience d'évaluation des traductions du fulani vers l'anglais. Le *district attorney* aurait donc eu de bonnes raisons de faire effectuer plusieurs traductions, pour les comparer entre elles. Mais comment les évaluer par rapport à l'original ? Voilà le hic. Si vous ne connaissez pas la langue source, l'évaluation de versions rivales est une partie de colin-maillard. Les droits linguistiques des minorités sont sans doute des conquêtes importantes, mais leur mise en œuvre laisse fréquemment à désirer [2].

L'interprétariat de ce genre, dans un contexte judiciaire, s'inscrit au sein d'un système juridique unique. Quand la langue minoritaire ne possède pas un terme strictement équivalent (rien dans le système anglais ne correspond au rôle du *прокуратор* en Russie, par exemple, tout comme le régime français n'a aucune fonction correspondant au *QC* des Anglais), c'est alors le terme de la langue source qui est employé, d'autant plus qu'il désigne proprement l'individu ou l'instance qui importe en l'occurrence. Mais il se peut que l'interprète ait aussi à ajouter des explications ou à reformuler en termes assez différents les propos qu'il doit transmettre, s'il veut être certain que ce ne sont pas seulement les mots qui sont compris, mais aussi leur teneur et leurs implications effectives dans le monde réel. C'est là une tâche extrêmement difficile, et une énorme responsabilité qui est rarement reconnue comme telle.

La traduction légale entre les différentes langues officielles des pays qui en possèdent plus d'une (tels le Canada, la Belgique ou la Finlande, entre autres) n'est pas exactement une tâche facile non plus, mais elle est en général mieux rémunérée et moins angoissante, en partie parce que les traducteurs concernés ont souvent bénéficié eux-mêmes d'une formation juridique. Le problème de l'incommensurabilité des systèmes juridiques n'affecte pas vraiment ce type de travail, puisque c'est un seul et même régime juridique qui est ici exprimé dans les deux langues. Il est néanmoins essentiel que les deux versions soient rédigées de façon à produire une interprétation identique. Ce qui, étant donné l'anisomorphisme naturel des langues, est souvent très difficile à réaliser. La traduction légale dans de telles circonstances tend à produire une homogénéisation des langues – en créant des équivalents formels d'aspect similaire dans les deux versions de la loi – de façon à éviter qu'un juriste malin n'exploite un désaccord verbal apparent entre les deux formulations du même texte.

La tendance à accentuer les ressemblances entre idiomes juridiques d'une langue à l'autre semble s'expliquer d'un côté par une conception plutôt naïve de la manière dont fonctionnent les langues, et d'un autre côté par le souci primordial de faire en sorte que les lois soient perçues comme identiques par tous ceux qui tombent sous leur juridiction. Un exemple capital de cette dérive apparemment inéluctable vers un jargon juridique homogène et transnational nous est fourni par l'histoire des termes qui expriment le principe juridique le plus large et le moins national de tous – la notion de droits fondamentaux de la personne humaine.

En 1789, le nouveau régime issu de la Révolution française fit publier sa fameuse « Déclaration des droits de l'homme et du citoyen ». L'objectif était de saper définitivement les fondations religieuses et féodales du système juridique hérité de la monarchie et d'établir, sous l'autorité d'un Être suprême (qu'on ne pouvait nommer « Dieu », pour ne pas avoir l'air de faire une concession à l'Église), les droits fondamentaux du citoyen dans ses relations avec le nouvel État français.

Ces droits étaient conçus pour être l'apanage de citoyens mâles et majeurs, et il n'était pas question de les accorder à d'autres. Personne n'avait encore songé à affranchir les femmes. (Il est vrai qu'en 1791 Olympe de Gouges rédigea une « Déclaration des droits de la femme et de la citoyenne », mais cette initiative n'eut pas de suite.) L'emploi d'un mot masculin, « homme », n'était donc pas seulement une facilité de langage : c'était tout bonnement ce que la Déclaration voulait dire. Elle établissait sous forme explicite les droits des citoyens mâles.

Contrairement au français ou à l'anglais, l'allemand possède un terme signifiant « être humain », sans distinction de genre : *ein Mensch* est simplement un membre de l'espèce humaine. L'autre mot traduit par « homme », *Mann*, ne réfère qu'à un individu de sexe masculin, et signifie également « époux » ou « homme marié » dans beaucoup de contextes. Un terme comme *Männerrechte* ne peut donc servir à traduire « Droits de l'homme » : il y aurait une trop forte probabilité qu'il soit compris comme couvrant la vie conjugale et domestique, ce qui n'est évidemment pas le cas de « Droits de l'homme ». Cette dernière expression fut donc tout naturellement rendue par *Menschenrechte* en allemand (de fait, il fallut traduire la Déclaration en allemand quelques années à peine après sa rédaction, une bonne partie de l'Allemagne actuelle ayant été conquise par la France, puis annexée à la République et ensuite à l'Empire jusqu'en 1814).

Comme *Mensch* ne peut être traduit directement en anglais sans en dire plus ou moins que l'original, on prit l'habitude de rendre *Menschenrechte* en anglais par *Human Rights*, bien que l'expression « *Rights of Man* » eût été rendue célèbre dès 1791 par le pamphlet de Thomas Paine. Cette formule anglaise – adjectif généralisant + nom au pluriel (*human* + *rights*) – est la troisième forme alternative d'un concept d'abord exprimé comme : nom au pluriel + complément de nom au singulier (« droits + de + l'homme »), puis comme composé nominal de deux noms, tous deux au pluriel (*Menschenrechte*). Ces changements dans la forme grammaticale devaient engendrer de subtiles nuances d'implication qui ne devinrent sensibles que plus tard. « *Human Rights* » visait à être une « traduction » de « Droits de l'homme et du citoyen », mais était quelque chose de plus – et de moins. L'expression se dota peu à peu d'une vie et d'un pouvoir qui lui étaient propres.

Dès la fondation de l'Organisation des Nations unies en 1945, Eleanor Roosevelt, la veuve du président des États-Unis, consacra toute son énergie à faire proclamer une *World Charter of Human Rights*, qui fut dûment adoptée en 1948. Sa version française officielle s'intitule « Déclaration universelle des droits de l'homme ». Mais un changement majeur était intervenu depuis qu'en 1789 l'expression « Droits de l'homme » avait acquis un statut aussi solennel : en 1946, les femmes françaises avaient acquis le droit de vote, devenant des citoyens au même titre (ou presque) que les hommes. L'emploi traditionnel du terme masculin « homme » au sens de *Mensch* commença à paraître discriminatoire. Dès les années 1970, certaines féministes françaises faisaient bruyamment campagne en faveur d'une déclaration des droits de la femme – alors même qu'une telle déclaration, si jamais elle avait été faite, aurait très probablement exclu de fait les femmes de la Déclaration universelle des droits (dite officiellement « de l'homme » en langue française). Un geste plutôt contre-productif – c'est le moins que l'on puisse dire.

L'allemand *Menschenrechte* aurait mis tout le monde d'accord, mais l'allemand n'est pas une langue officielle des Nations unies [3]. Ce fut donc la formulation adjectivale à l'anglo-saxonne qui fut réimportée dans quasiment toutes les autres langues européennes des familles germanique et romane : *Diritti Umani* (italien), *Derechos Humanos* (espagnol), *Mänskliga Rättigheter* (suédois), etc.

Seulement voilà – en français, « droits humains » pose un réel problème : « humain » peut signifier soit le contraire d'« animal » (anglais *human*), soit le contraire d'« inhumain » (anglais *humane*). Du fait de ce dernier sens, rebaptiser les droits de l'homme « droits humains » en français courant reviendrait à les colorer d'une nuance humanitaire, étrangère aux principaux objectifs juridiques des Droits de l'homme.

Ces zones d'ambiguïté ont conduit à l'évitement de l'expression « Droits de l'homme » dans de nombreux documents qui en traitent. Que ce soit dans le Pacte international relatif aux droits civils et politiques, adopté en 1966, le Pacte international relatif aux droits économiques, sociaux et culturels, également adopté en 1966, la Convention sur l'élimination de toutes les formes de discrimination à l'égard des femmes, adoptée en 1979 ou enfin dans la Convention contre la torture et autres peines ou traitements cruels, inhumains ou dégradants, adoptée en 1984, les mots « Droits de l'homme » ne sont pas employés. Même l'Europe, berceau de la formulation originelle, a ressenti le besoin de la préciser dans le titre de sa Convention de sauvegarde des Droits de l'homme et des libertés fondamentales, plus connue sous le nom de Convention européenne des Droits de l'homme (en anglais : *Convention of Human Rights and Fundamental Freedoms*, entrée en vigueur en 1953). Au fil du temps, et du fait même de la diffusion des idées qu'elle représentait, l'expression de « Droits de l'homme » cessa peu à peu d'être un terme de droit, et son adoption dans l'usage commun signa son expulsion hors du vocabulaire juridique – exactement ce que le caractère systématique de la langue du droit permettait de prévoir.

En conséquence, la langue française se retrouve en porte-à-faux. La priorité historique du décret révolutionnaire de 1789 explique que la République française soit peu disposée à renoncer à ce qu'elle considère toujours comme la formulation classique et transparente du concept. La solution adoptée a consisté à retoucher l'usage linguistique de façon à préserver l'emploi du vénérable syntagme. Le mot « Homme », avec majuscule, réfère désormais au genre humain, tous sexes confondus, et sert dans la langue écrite d'équivalent exact à l'allemand *Mensch* ; « homme », avec minuscule, ne renvoie plus qu'à l'individu de sexe masculin. Même si cette distinction a valeur légalement exécutoire, elle reste difficile à mémoriser pour la plupart des gens. Je ne compte plus les articles de presse où « homme » et « Homme » sont employés alternativement comme substituts l'un de l'autre.

Le russe, pour sa part, conserve jusque dans sa constitution actuelle une tournure directement calquée – non sans quelque raideur – sur le français du siècle des Lumières : права и свободы человека и гражданина, « les droits et libertés de l'homme et du citoyen », où le masculin sert à désigner le genre, et où le mot signifiant « être humain » est employé en lieu et place du terme plus plausible qu'aurait été человечество, « humanité ».

En dépit de la réponse française au problème que pose le statut d'une phrase née dans la langue de la République et revenant la hanter comme un spectre, la solution anglo-saxonne, avec adjectif + nom (de type *human rights*), a continué à se diffuser dans toutes les langues européennes – y compris l'allemand, qui n'en a guère besoin. En style journalistique comme dans la langue courante, l'expression de *menschliche Rechte*, calquée directement sur *Human Rights*, est désormais admise comme alternative à *Menschenrechte*, qui reste le terme propre. Qui plus est, en dépit des contraintes de la langue française, l'emploi de « droits humains » au sens de « Droits de l'Homme » devient de plus en plus fréquent : de Rama Yade, secrétaire d'État aux Droits de l'Homme de 2007 à 2009, il a souvent été dit (à commencer par elle-même) qu'elle était chargée des « droits humains ». Il n'y aurait rien d'invraisemblable à ce que cette spécialisation du sens de l'adjectif « humain » (= « relatif au genre humain ») se fasse au détriment de son autre signification d'origine (à savoir « opposé à l'inhumanité »), entraînant du même coup, par compensation, une montée en force des emplois d'« humanitaire » qui équivaudrait à une réorganisation mineure du paysage sémantico-lexical.

Avec l'aide de Saint-Marin, l'un des plus petits États membres des Nations unies avec l'archipel de Tuvalu, la Commission des

Droits de l'Homme soutient la traduction et la diffusion de la Déclaration universelle dans toutes les langues. La collection actuelle dépasse les trois cents versions, de l'abkhaze au zoulou – et d'après les efforts accomplis jusqu'ici, il apparaît clairement qu'à part quelques exceptions à ranger auprès du russe, ces traductions n'ont pas le français, mais l'anglais pour langue source.

Les conséquences intellectuelles, politiques et morales, entre autres, de l'homogénéisation des langues autour d'une structure unique dominant le champ sémantique de « l'humain » dépassent le cadre du présent ouvrage. Nous nous contenterons ici de souligner que l'histoire et l'état présent de la traduction de l'expression « Droits de l'homme » constituent un indice non équivoque de la façon dont le droit international tend à se forger un langage propre. Et en l'occurrence (le cas est sans aucun doute typique), ce langage – quelle que soit sa langue par ailleurs – est calibré toujours plus nettement sur des normes linguistiques anglo-saxonnes.

Juste retour des choses ? Après tout, l'Angleterre est restée pendant des siècles sous la coupe du *law French*, ce « français juridique » imposé par la conquête normande dès 1066, et qui n'était compris que par la classe dirigeante. Ce jargon technique resta en usage dans les tribunaux pendant plusieurs centaines d'années, en dépit ou plutôt à cause de l'incapacité de la majorité de la population à en comprendre un traître mot. Mais ce *law French* subit à son tour un lent processus de contamination : pendant six cents ans, l'idiome des classes populaires – c'est-à-dire l'anglais, tel qu'il se forma au cours de ces siècles – lui transmit des formules, des termes et surtout ses structures grammaticales. Au XVIIe siècle, la langue officielle de la justice anglaise était devenue tellement hybride et corrompue qu'elle avait tout l'air d'une blague de potache composée par Miles Kington, l'inoubliable auteur de *Let's Parler Franglais !* :

> *Richardson, ch. Just. de C. Banc al Assises at Salisbury in Summer 1631. fuit assault per prisoner la condemne pur felony que puis son condemnation ject un Brickbat a le dit Justice que narrowly mist, & pur ceo immediately fuit Indictment drawn per Noy envers le Prisoner, & son dexter manus ampute & fix al Gibbet sur que luy mesme immediatement hange in presence de Court*[4].

De tout autres problèmes surgissent lorsqu'une cour de justice a pour fonction non seulement de juger des accusés parlant une autre langue, mais de rendre des verdicts dans un cadre juridique supranational. Le concept même de droit international – l'idée qu'il existe des normes universelles du comportement légitime qui ne soient pas exclusivement déterminées par tel ou tel État souverain – est très récent. Ses premières formulations remontent à la guerre de Crimée (1857-1858). Les souffrances atroces des belligérants (dont Henry Dunant, le futur fondateur de la Croix-Rouge, donna des descriptions particulièrement saisissantes) suscitèrent des réactions horrifiées, qui finirent par déboucher sur les différentes conventions de Genève réglementant le droit de la guerre. La première institution majeure fondée sur l'idée d'un droit international fut la Société des Nations, qui fut une conséquence immédiate de la Première Guerre mondiale. Mais il fallut attendre la Seconde Guerre mondiale et la prise de conscience des persécutions abominables perpétrées par l'État nazi pour que certaines nations souveraines renoncent à une part de leurs prérogatives historiques et établissent une juridiction ayant autorité sur leur ensemble.

Les questions de traduction se sont révélées cruciales dans le fonctionnement du Tribunal militaire international qui commença à siéger dès novembre 1945 à Nuremberg, en Allemagne. Il fallut d'abord déterminer quelle serait la procédure d'ensemble, ce qui n'était pas une tâche facile. Deux des Alliés victorieux, les États-Unis et la Grande-Bretagne, avaient un système juridique du type dit *common law*, tandis que les deux autres, la France et l'URSS, ainsi que l'Allemagne vaincue, s'appuyaient sur des versions différentes mais apparentées de ce qu'on appelle le droit civil ou civiliste. Selon ce dernier système, les accusés font des déclarations préliminaires et conclusives, mais n'interviennent à aucune autre étape de leur propre procès. Ils restent assis dans le box des accusés (place qui n'existe pas dans les tribunaux anglais ou américains) et ne peuvent être soumis à des interrogatoires complémentaires, puisque ceux-ci sont censés avoir été menés exhaustivement par les juges d'instruction, qui communiquent les résultats de leur enquête aux parties. Dans la tradition du *common law*, en revanche, comme l'accusé est tenu pour innocent jusqu'à ce que la preuve de sa culpabilité soit établie, il est formellement traité comme un témoin parmi d'autres (d'où le fait que les scènes de tribunal dans les films anglo-saxons sont bien plus dramatiques que leurs contreparties françaises). Le tribunal de Nuremberg adopta une procédure mixte : le procès ne se déroula pas devant un jury (ce qui aurait dû être le cas s'il avait été entièrement conduit selon les systèmes anglais ou américain) mais devant un collège international de juges ; d'un autre côté, les accusés furent soumis à des contre-interrogatoires et appelés à la barre pour témoigner dans leur langue, à savoir l'allemand. Or « témoin », en allemand, se dit *Zeuge*, et un *Zeuge* ne peut témoigner à son propre procès. Les questions de procédure à Nuremberg ne portaient pas que sur la langue, mais sur les différences incommensurables entre langues, institutions, traditions propres à des idiomes juridiques distincts. La traduction légale sur le terrain international se heurte toujours à d'énormes obstacles de ce genre : les termes juridiques n'ont pas le même sens une fois traduits, puisque les institutions dans lesquelles ils s'inscrivent ne sont pas les mêmes.

Au cours des soixante dernières années, le champ d'application du droit international s'est élargi à une vitesse prodigieuse. L'effet souhaité (souhaité par la volonté politique, mais produit par les équipes de traduction légale) est d'harmoniser toujours plus étroitement les différents sens des mots appartenant à des systèmes légaux incomparables entre eux, ou encore, pour reprendre la description des critiques d'un tel processus, d'homogénéiser et de standardiser nos conceptions législatives. Selon Karen MacAuliffe, les juristes linguistes qui travaillent à la Cour européenne de justice sont tout à fait conscients que la législation de l'Union européenne constitue un système « bâti sur des approximations légales et linguistiques à partir de cultures légales différentes et de langages juridiques distincts, combinés de façon à produire un nouveau système légal supranational *doté d'un langage propre*[5]. »

Voilà exactement le genre de conséquence qu'entraînerait la théorie saussurienne du signe. Mais les linguistes universitaires tiennent trop rarement compte de ce fait : avec quelques efforts et un peu de bonne volonté politique, on peut créer de nouveaux systèmes.

21

« Ceci n'est pas une traduction »
La parité linguistique dans l'Union européenne

> Le présent traité, rédigé en un exemplaire unique, en langues allemande, anglaise, danoise, espagnole, estonienne, finnoise, française, grecque, hongroise, irlandaise, italienne, lettone, lituanienne, maltaise, néerlandaise, polonaise, portugaise, slovaque, slovène, suédoise et tchèque, les textes dans chacune de ces langues faisant également foi, est déposé dans les archives du gouvernement de la République italienne, qui remettra une copie certifiée conforme à chacun des gouvernements des autres États signataires.
>
> Article 3 du traité d'Athènes, 29 mars 2003.

Voilà la règle linguistique de base qui prévaut dans l'Union européenne. Sa première formulation remonte à l'article 248 du traité de Rome, dont la signature, le 25 mars 1957, marque la naissance de la Communauté économique européenne. Cette communauté (ainsi que toutes les institutions sous son autorité) s'engageait ainsi à communiquer avec les gouvernements de chacun des États membres dans la langue de l'État en question. Cela semble peu de chose ; en fait, ce fut une révolution. Contrairement à tous les empires, ligues, organismes et organisations internationales qui l'ont précédée, l'Union européenne n'use ni d'une langue unique ni même d'un ensemble fini de langues : elle s'exprime dans toutes les langues adaptées à ses besoins, quelles qu'elles soient. C'est à un acte de volonté politique que l'expression agrammaticale ci-dessus (« un exemplaire unique, en langues allemande, anglaise, danoise », etc.) doit d'être devenue une règle faisant autorité.

Tout a commencé avec six États (la Belgique, les Pays-Bas, le Luxembourg, l'Italie, l'Allemagne, la France) et quatre langues (le français, le néerlandais, l'allemand et l'italien). Depuis, l'Union n'a cessé de croître. Elle compte aujourd'hui 27 États membres et 24 langues différentes. Mais que ces langues soient au nombre de 4 ou de 24, cela ne change rien au sens révolutionnaire de la règle de base, qui fut mal compris lorsqu'elle fut adoptée et n'est toujours pas pleinement reconnu aujourd'hui : dans l'immense océan de paperasse produit par l'UE, il n'y a pas de traductions. Tout est d'emblée en version originale.

Chaque version linguistiquement distincte d'une loi, d'une régulation, d'une directive, d'une lettre émanant de la Commission ou de l'un de ses organes a autant de force, autant d'autorité, autant de validité que n'importe quelle autre. Rien n'est une traduction – sauf que tout est traduit. Telle est la règle langagière inouïe en vertu de laquelle un nombre croissant de personnes vivent et travaillent depuis plus de cinquante ans.

Peut-être croyez-vous qu'une telle situation a dû avoir des répercussions sur les théories de la traduction. En fait, non, ou alors à peine. Comme il est théoriquement impossible, dans le vénérable cadre traditionnel des études littéraires et de l'enseignement des langues, qu'un texte donné ait plus d'une version originale, la réalité linguistique de l'UE a souvent été ignorée ou dénigrée : elle ne serait qu'un colossal gaspillage de fonds, ou un risque dont les conséquences pourraient être graves. Cela étant, j'attends encore de rencontrer un traducteur qui aurait refusé un poste bien rémunéré à Bruxelles ou Strasbourg pour des raisons de théorie linguistique.

La règle langagière du traité de Rome n'a visiblement pas été conçue par des philosophes, des linguistes ou des traducteurs. Elle n'est pas l'œuvre de théoriciens. Elle a surgi du besoin de faire sentir à tous les membres de cette aventure audacieuse et sans exemple qu'ils étaient tous de même rang et égaux en droits. Il s'agissait d'abolir ce que j'ai appelé la traduction *amont* et *aval*. Cette règle a été inventée par des responsables politiques, pour des raisons éminemment politiques. Qui plus est, ces acteurs politiques et plusieurs générations de leurs successeurs ont prouvé leur volonté d'allouer des budgets conséquents au bon fonctionnement de la règle de parité linguistique.

La DG Traduction (la direction générale chargée de cette tâche au sein de la fonction publique européenne) emploie actuellement

1 750 linguistes et 600 secrétaires ou assistants ; elle consacre chaque année des sommes très importantes à la production de plusieurs millions de pages de prose juridique ou administrative – probablement plus qu'aucune collectivité n'a dû dépenser en frais de traduction dans toute l'histoire de l'humanité [1].

Depuis les années 1960, il est devenu de bon ton de soutenir (en se couvrant de l'autorité de Michel Foucault) que la langue est pouvoir et que tout pouvoir est langage. L'histoire langagière de l'UE, comme l'invention polémique de la « novlangue » par Orwell dans *1984*, n'invalide pas tout à fait cette thèse ; en revanche, elle contribue à démontrer qu'en dernière analyse, le pouvoir est pouvoir. La langue n'est pas moins un objet possible de la volonté politique que ne l'est n'importe quelle autre activité humaine.

La règle de parité linguistique a de nombreuses conséquences intéressantes. Elle implique que nul texte officiel de l'UE ne peut être critiqué, rejeté, voire simplement mis en cause sous prétexte qu'il constituerait une traduction incorrecte de l'original, puisque chaque version dans chaque langue *est* l'original. Et face à un tel original unique en 24 langues différentes, aucune des positions traditionnelles en matière de traduction ne mène très loin. Appelez cette situation une fiction politique, si vous y tenez. Mais cela n'a rien de théorique. Cela est.

Que des paires de textes rédigés en différentes langues aient autant de valeur l'un que l'autre, il n'y a là rien de bien nouveau. La pierre de Rosette nous a conservé un décret en jargon juridico-honorifique datant de 196 avant Jésus-Christ, relatif à une exemption de taxe accordée aux prêtres d'un certain temple égyptien. Le texte en fut gravé sur une plaque de basalte en grec de la *koinè* ainsi qu'en égyptien démotique et en hiéroglyphes. Il est clair que les trois rédactions de ce décret étaient censées avoir également force de loi aux yeux des trois différents groupes de lecteurs auxquels elles étaient destinées. La pierre de Rosette, traditionnellement révérée en tant que source des indices qui conduisirent au déchiffrement de l'écriture hiéroglyphique, devrait aussi être considérée comme une preuve que les fondateurs de l'UE ne tentaient pas l'impossible lorsqu'ils adoptèrent la règle de parité linguistique.

L'histoire écrite des deux principales langues de la Communauté européenne originelle s'ouvre également sur un édit bilingue. Les serments de Strasbourg furent prononcés en 842 après Jésus-Christ par deux petits-fils de Charlemagne ligués contre un cousin qu'ils soupçonnaient de vouloir les frustrer de leur héritage. Charles et Louis ne parlaient pas la même langue : pour l'un, il s'agissait d'un dialecte allemand archaïque, pour l'autre, un idiome destiné à devenir le français. Ils échangèrent des serments d'allégeance, chacun prononçant le sien dans la langue de l'autre. Ce n'était pas qu'une question de courtoisie féodale. Les Serments furent mis par écrit afin d'en faire circuler et lire des copies parmi les troupes de Charles et de Louis. Louis n'en avait pas besoin pour dire à ses gens de ne pas combattre Charles, ni Charles pour dire aux siens de ne pas combattre Louis. En revanche, chacun avait besoin d'assurer le camp d'en face qu'il n'était plus un ennemi, mais un allié dans la lutte commune contre le cousin Lothaire. C'est pourquoi ils élaborèrent un mémorandum franco-allemand, avec les deux textes disposés sur deux colonnes en vis-à-vis, non pas en vue de garantir une correspondance littérale, mais pour souligner que l'un et l'autre auraient même valeur lorsqu'ils seraient lus à des bandes de soldats illettrés. Les serments de Strasbourg, qui constituent le plus ancien monument écrit de ces deux langues tout en fixant les grandes lignes géographiques de l'Europe politique pour les siècles suivants, sont aussi le document fondateur de la norme linguistique européenne.

Mais l'histoire ne s'arrête pas là. Il est très peu probable que les signataires des Serments se soient effectivement parlé en l'une ou l'autre des langues de la version écrite. Les négociations en face à face des termes du traité furent vraisemblablement conduites en latin, puis les scribes furent chargés de rédiger l'accord, d'une façon ou d'une autre, dans les langues jusque-là purement orales de leurs armées respectives. Et donc, même s'il n'existe pas d'original explicite des serments de Strasbourg, il y a fort à parier qu'il y a eu un texte commun implicite : celui qu'ont dû produire les discussions en latin, et qui fut sans doute confié à des scribes ou à des esclaves instruits pour être traduit tantôt en ancien français, tantôt en vieux haut allemand.

Autre secret de Polichinelle : l'Union européenne possède également une langue de contact, employée pour la plupart des affaires courantes dans les couloirs du Berlaymont, dans ses cantines, dans ses salles de réunion privées – et cette langue est l'anglais. Mais cela ne signifie absolument pas que les textes de l'Union soient d'abord rédigés en anglais, puis traduits. Les choses se passent autrement, et de façon nettement plus intéressante. Un groupe ou une sous-commission rédige un brouillon du texte de telle ou telle régulation. Cette première rédaction est écrite dans l'une des quatre langues de travail officielles de l'UE : anglais, allemand, français, italien – mais toujours en présence de rédacteurs d'autres langues. La première mouture est passée au crible, non seulement pour son contenu, mais aussi en fonction de la forme qu'elle devrait prendre dans les autres langues de travail. Elle est ensuite traduite, puis le comité se réunit à nouveau avec les rédacteurs pour aplanir les difficultés ou dissiper les incohérences entre les différentes versions. Les rédacteurs sont à la fois des professionnels du langage et des fonctionnaires participant au développement de la substance textuelle des régulations européennes. Les allers et retours de la version de travail entre le comité et les départements de rédaction produisent en fin de compte un texte que tous considèrent comme également valide dans toutes ses versions ; à ce point de vue, la « fiction langagière » qu'est la règle de parité de l'UE n'a rien d'une fiction.

D'autres règles président au fonctionnement de la Cour de justice de l'Union européenne (CJUE), qui siège au Luxembourg et tranche les points de droit qui ne sont du ressort d'aucune des cours d'appel nationales des États de l'UE. La Cour n'use que d'une seule langue de travail, le français. Tous les documents qu'elle emploie, à tous les niveaux, sont soit écrits en français, soit traduits en cette langue par les membres de l'armée de traducteurs professionnels qui travaillent pour la Cour. Cependant, les plaignants (qui peuvent être des États membres ou des autorités relevant d'une juridiction nationale) sont habilités à introduire leur cause dans la langue de leur choix, qui est ordinairement celle de l'État en question. La langue de l'État devient alors « la langue du cas » et tous les documents dans le dossier, d'où qu'ils proviennent, doivent être traduits dans cette langue. Encore du travail de traduction, pour d'autres équipes juridico-linguistiques. Et ce n'est pas tout. Les arrêts de la Cour sont rendus à l'unanimité ou à la majorité par les 27 juges européens, nommés à raison d'un juge par État membre. L'autorité ultime réside en cet honorable collège parlant d'une seule voix tout en écrivant dans les 24 langues de l'Union. Les juges s'expriment en français pendant la pause déjeuner, dans leurs consultations informelles et leurs discussions en comité, mais prononcent dans leur langue nationale leurs importants attendus sur les cas qui leur sont soumis. Prenons un exemple : une plainte déposée par le gouvernement portugais contre un producteur de lait bavarois devant le juge nommé par l'Estonie implique des traductions dans cinq directions – POR ⇒ FR, FR ⇒ POR, FR ⇒ ALL, ALL ⇒ FR, et EST ⇒ FR, auxquelles il faut ajouter, *via* le français, les transmissions suivantes : POR ⇒ [FR] ⇒ ALL, ALL ⇒ [FR] ⇒ POR, EST ⇒ [FR] ⇒ POR, et EST ⇒ [FR] ⇒ ALL. Les trois directions restantes (voir p. 181 pour le calcul), du français, du portugais et de l'allemand vers l'estonien, ne sont pas nécessaires, puisque le juge, sauf lorsqu'il rend son arrêt, travaille dans la langue de la Cour, à savoir en français. Cependant, comme les décisions de la CJUE ont force de loi dans l'ensemble de l'Union, les arrêts ne sont pas publiés et n'entrent pas en vigueur avant d'avoir été traduits dans la totalité des 24 langues officielles de l'Union. Chaque section du corps juridico-linguistique de la Cour, fort de 750 membres, intervient donc à l'une ou l'autre étape de chaque décision prise.

Pour les eurosceptiques, cette luxueuse disposition réglant les traductions multidirectionnelles à la CJUE n'est qu'un scandaleux gaspillage – une simple machine à fabriquer des fonctionnaires. Il est vrai que les choses ne se passaient pas ainsi dans les cours d'appel d'autres États multilingues, comme l'Empire ottoman ou celui des Habsbourg ; il est vrai que la CJUE revient très cher. Et il est également vrai qu'en vertu de la loi des conséquences inattendues, l'égalité linguistique telle qu'elle s'exerce dans le palais d'acier et de verre qui domine le plateau du Kirchberg crée de très curieuses disparités. Si vous êtes juriste de profession, originaire de Malte, d'Estonie ou de Hongrie, avec un excellent niveau de français et de bonnes bases dans une autre langue européenne, les perspectives d'emploi au Luxembourg sont réellement très alléchantes. Du coup, les États maltais, estoniens et hongrois ont le plus grand mal à recruter à leur service des fonctionnaires présentant un tel profil, alors que leurs talents seraient de la plus grande utilité. En revanche, si vous êtes un juriste anglais parlant couramment le français et maîtrisant une autre langue européenne, des carrières bien plus lucratives vous attendent à Londres et à New York – et du coup, la CJUE souffre d'un déficit chronique de traducteurs précisément dans les langues dont elle a le plus souvent besoin.

Mais l'Union ne peut exister sans la CJUE. Si la CJUE devait abandonner sa propre version de la règle de parité linguistique, on voit mal comment la législation européenne pourrait s'appliquer dans les 27 États membres. Voilà pourquoi, au cours des cinquante dernières années, toutes les objections dites de bon sens ou d'ordre budgétaire qui ont pu être opposées à son régime de traduction ont été balayées. La volonté politique de bâtir l'Europe est trop forte, son ambition est trop noble pour laisser des questions de traduction lui barrer la route. L'Europe a bel et bien construit un type d'univers traductionnel d'une nouveauté radicale.

Cela dit, la CJUE a la remarquable particularité de ne pas employer des traducteurs comme tels. Les professionnels de la langue travaillant dans le complexe du Kirchberg sont aussi des juristes, impliqués dans les tâches de la Cour à bien d'autres niveaux que le strict transfert linguistique.

Les juristes linguistes ont accès à des documents et à des dossiers confidentiels en vertu des mêmes règles procédurales que les purs juristes ; ils jouent aussi un rôle de conseillers en matière rédactionnelle, examinant jusqu'aux menus détails susceptibles de provoquer des ambiguïtés une fois traduits dans d'autres langues. Le travail d'un juriste linguiste va bien au-delà de la traduction – il consiste à manipuler la loi comme langue et la langue comme loi [2].

De nombreux cas soumis à la CJUE sont causés par des conflits d'interprétation entre différents États membres portant sur des réglementations promulguées par les autorités européennes – concrètement, par l'affrontement de diverses interprétations de différentes versions linguistiques de ce que toutes les parties tiennent pour être le même texte. Étant donné que toutes les versions linguistiques ont force de loi, en vertu de quel jugement de Salomon la Cour peut-elle décréter que cette version-ci est préférable à celle-là ?

Les juges ne peuvent qualifier l'une des versions de « traduction », puisque toutes sont des originaux ; comme en outre la langue de travail de la Cour est le français, l'examen de chaque cas implique presque toujours non pas deux, mais trois textes ou formulations. En quelques rares occasions, l'expression taboue « erreur de traduction » a été employée – par exemple, dans une affaire où il s'avéra que la version allemande d'une directive sur l'importation de cerises aigres (ou griottes) parlait en fait de *Süßkirschen*, « cerises sucrées » (ou guignes) [3]. Mais un verdict aussi facile n'est pas du tout typique du travail de la Cour. Plus fréquemment, elle est appelée à déterminer quel est l'esprit de la loi, pardelà telle ou telle de ses manifestations linguistiques particulières.

Dans le cadre monolingue des cultures juridiques nationales, il n'y a pas de meilleur accès à l'intention du législateur que la lettre de la loi, et une bonne part des disputes juridiques traditionnelles tient au sens des mots employés. En droit européen, il vous faut faire un pas de plus. Toute question d'interprétation légale devant la Cour d'appel de l'UE est du même coup une question linguistique qui se pose sous 24 formes différentes.

Supposons que dans telle circonstance concrète non prévue par les rédacteurs d'une directive européenne, une différence importante soit constatée entre les sens de ses textes français et allemand, et que cette divergence ait provoqué le dépôt d'une plainte française contre l'Allemagne, accusée de ne pas appliquer correctement la législation européenne. La CJUE doit décider si la France a tort ou raison. Mais comme il n'y a pas de texte-étalon (en latin, par exemple) qui puisse servir de recours suprême ou fournir un critère de jugement, la Cour ne dispose fondamentalement que de deux moyens de parvenir à ses conclusions. Elle peut s'appuyer sur les talents de ses juristes linguistes afin de dresser d'une part la liste de toutes les versions dans les autres langues qui semblent étayer l'interprétation française, d'autre part celle des versions qui, dans le contexte du cas examiné, paraissent plutôt favoriser l'interprétation allemande – puis décerner la victoire au groupe le plus large, sans autre forme de procès. Mais la CJUE n'est pas tenue de rendre ses verdicts en vertu d'une simple règle de majorité. Elle peut aussi identifier une certaine version linguistique dont elle estime qu'elle exprime avec plus de clarté ou de précision que toutes les autres l'intention législative de la directive litigieuse.

L'une et l'autre de ces procédures sont les héritières des méthodes développées par les Pères de l'Église en vue de déterminer la « parole de Dieu » à partir de comparaisons de différentes traductions de la Bible (essentiellement la grecque et la latine). Ce que l'on a pu appeler l'« approche augustinienne » de l'interprétation de la loi européenne vise effectivement à établir un sens qui transcende chacune de ses versions particulières tout en les animant toutes. Elle se heurte à des problèmes assez évidents.

Dans le cas Peterson *vs* Weddel & Co, Ltd., la Cour avait à se prononcer sur une procédure conduite dans le Royaume-Uni pour violation d'une réglementation locale limitant les activités autorisées aux sociétés de transport. Il existe une clause de l'UE qui permet aux États membres de définir des exemptions de la règle générale, en matière de « transport de carcasses animales ou de déchets non destinés à la consommation humaine ». Or une société avait été condamnée au Royaume-Uni à payer une amende parce qu'elle livrait des carcasses animales *à des boucheries*, lesquelles les destinaient clairement « à la consommation humaine ». Cette société soutenait que la réglementation britannique n'était pas applicable à son cas en vertu de la clause européenne d'exemption ; elle fit donc appel de la décision du tribunal britannique qui avait rejeté ses arguments. Les avocats de la société avançaient que les déchets non destinés à la consommation humaine ainsi que les carcasses animales en général (qu'elles soient destinées ou non à la consommation humaine) bénéficiaient de l'exemption ; les tribunaux britanniques, en revanche, avaient considéré que celle-ci ne s'appliquait qu'aux déchets et aux carcasses animales NON destinés à la consommation humaine. La distinction peut sembler byzantine, mais la question posée était très claire : la société de transport respectait-elle les règles, oui ou non ?

Au cœur de l'affaire, un vieux problème qui se pose de façon récurrente dans la langue juridique et dans la langue en général : face à une série de noms suivie d'une expression qualificative ou restrictive, où placez-vous les parenthèses ? La restriction porte-t-elle sur chaque élément de la série, ou seulement sur le dernier ? Soit « les enfants et les femmes avec des bébés dans les bras » : l'ensemble que forment ces personnes comprend-il les enfants qui ne portent pas de bébés dans les bras, oui ou non ? Soit de même « les carcasses animales ou les déchets non destinés à la consommation humaine » : cet ensemble inclut-il les carcasses animales destinées à la consommation humaine ? Oui ou non ?

Dans la vie de tous les jours, nous comptons sur le contexte et le bon sens pour lever ce genre d'ambiguïté. En matière juridique, c'est la porte ouverte à la chicane. Quand l'affaire fut portée devant la Cour de justice de l'Union européenne, les juristes, les linguistes et tout spécialement les juristes linguistes passèrent tout d'abord en revue et comparèrent entre elles les 24 versions linguistiques différentes de la clause d'exemption. Et ils en trouvèrent une parmi elles – la néerlandaise – où la restriction aux matières « non destinées à la consommation humaine » précède à la fois « carcasses animales » et « déchets ». Elle est ainsi libellée pour des raisons strictement grammaticales. (Supposez qu'il ait été question, dans la version française, non pas de « transport de carcasses animales ou de déchets non destinés à la consommation humaine », mais de « transport de déchets ou de carcasses animales non destinés à la consommation humaine » : l'inversion entre « déchets » et « carcasses », et l'accord au masculin du participe « destinés », aurait de même permis de lever l'ambiguïté interprétative. Mais une telle solution n'était pas envisageable : une règle de travail stipule en effet que l'ordre des mots doit être impérativement conservé dans toutes les versions d'un texte donné). La Cour traita la version néerlandaise non pas comme une variante simplement grammaticale d'un texte ambigu, mais comme un véritable don du Ciel. Elle décida de considérer l'ordre des mots de cette version comme une expression du véritable esprit législatif plus claire et plus précise que toutes les autres – et rejeta en conséquence l'appel. La société de transport dut payer l'amende [4].

Sans doute l'instance européenne qui envisagea la première d'exempter un certain type de camions de certaines règles générales songeait-elle depuis le début à des véhicules chargés de viande malodorante et peut-être pourrie. Mais ce qui nous intéresse ici n'est pas tant le verdict final, avec lequel nous pouvons aisément tomber d'accord, que le raisonnement sur lequel la Cour l'a appuyé. Ce raisonnement, qui est d'ordre grammatical, est d'une grande simplicité : il affirme qu'une spécification précédant une série de noms s'applique à tous les noms de cette série. Ce principe sémantique ne s'applique sous forme visible que dans la version néerlandaise, mais toutes les autres, qui pour des raisons grammaticales ou stylistiques rejettent la spécification à la fin de la série, doivent être comprises comme exprimant la même pensée.

Un tel raisonnement n'a aucun sens dans la plupart des langues de l'UE, et en particulier dans la langue de travail de la Cour : le français, où toutes sortes de spécificatifs (y compris de simples adjectifs qualifiant des substantifs isolés) ne précèdent pas le groupe nominal mais le suivent. Sur quel modèle la CJUE a-t-elle donc fondé son intuition concernant la clarté de la version néerlandaise ? Réponse la plus probable : sur la grammaire de l'anglais. C'est l'anglais, et non pas le français, l'espagnol ou le hongrois, qui apporte une confirmation intuitive à l'opinion selon laquelle « *not-intended-for-human-consumption animal carcasses and waste* » (qu'on pourrait rendre mot à mot à peu près ainsi, de façon à éviter les accords de genre : « <les> à-ne-pas-destiner-à-la-consommation-humaine carcasses animales et déchets ») est une expression moins ambiguë que « *animal carcasses and waste not intended for human consumption* » (approximativement : « <les> carcasses animales et déchets à-ne-pas-destiner-à-la-consommation-humaine »). La CJUE, malgré les efforts considérables et conscients qu'elle ne cesse de faire pour travailler précisément dans la direction opposée, ne peut résister à la lente mais constante homogénéisation des langues dont elle se sert pour faire respecter la loi européenne.

Loin de moi l'intention de m'en prendre à ce verdict particulier, ou de contester l'importance du travail qu'accomplissent les contorsionnistes juridico-linguistiques du Luxembourg. Il n'en reste pas moins que quand on applique la méthode comparative en vue de déterminer l'intention ultime d'une loi (méthode que l'on peut rapprocher de l'exégèse biblique telle que la pratiquait saint Augustin), cette application doit elle-même s'effectuer dans une certaine langue. Toute hypothèse ou présupposition sur le sens des mots, des structures grammaticales et des figures rhétoriques s'enracine nécessairement *dans une langue donnée* – elle ne se balance pas au bout d'une corde suspendue à on ne sait quel ciel supra-linguistique. Mais c'est là une vérité que l'on a vite fait d'oublier dans le dédale polyglotte des cantines et des couloirs du Kirchberg, où l'on peut entamer une conversation en français avec un juge espagnol puis passer à l'allemand pour saluer un sympathique nouveau venu qui arrive de Prague. Un juriste employé par la CJUE m'a confié pendant ma visite qu'il ne se demande jamais laquelle de ses quatre langues il est en train de parler ou d'écrire à un moment donné – il bascule de l'une à l'autre sans effort conscient, aussi machinalement que s'il faisait passer le poids de son sac à bandoulière d'une épaule à l'autre. Toutes les déterminations linguistiques inconscientes qui sous-tendent ces tracasseries juridiques ont pour conséquence que la sémantique et la grammaire de 24 langues ont commencé à se fondre en une culture langagière typiquement « CJUE » (*sui generis*, aurait dit Saussure), produisant cet eurojargon communautaire que les Anglo-Saxons ont baptisé *Eurospeak*. Comme le dit, en termes concis, l'un des rares chercheurs à s'être penchés sur la jungle linguistique luxembourgeoise : « Les facteurs situationnels sans précédent dans la production d'une jurisprudence européenne ont conduit à une hybridation tant légale que linguistique. » Il me semble – mais je reconnais que je suis un amateur et un non-initié dans ce domaine – que la structure linguistique sous-jacente de ce nouvel hybride, même si son expression formelle a pour véhicule la langue française, est en fait d'inspiration anglo-saxonne.

Certains estiment, tant chez les europhiles que chez les eurosceptiques, qu'il vaudrait mieux, à tout prendre, que les institutions européennes adoptent l'anglais comme langue de travail. La raison en est que la règle de parité linguistique en vigueur dans l'UE est une source constante de retards, et qu'elle tend à rendre les décisions ou les déclarations officielles plus embrouillées et plus obscures qu'il n'est vraiment nécessaire. Comme nous l'avons rappelé plus haut, les arrêts de la CJUE n'entrent en vigueur qu'une fois publiés, simultanément, dans toutes les langues officielles de l'Union. Les juristes linguistes de la Cour, perpétuellement surmenés, exercent donc sur les juges une pression aussi constante que discrète pour que les décisions soient rendues sous forme concise. En conséquence, la jurisprudence européenne est typiquement lapidaire, et se dispense de fournir les nombreuses pages d'argumentation et de justification qui accompagnent d'ordinaire un verdict de la chambre des Lords ou de la Cour suprême des États-Unis. Tel est le résultat, indésirable mais peut-être inévitable, du louable souci politique de traiter toutes les langues d'Europe sur un pied d'égalité : les arrêts de la CJUE sont parfois si elliptiques qu'ils défient l'entendement dans quelque langue que ce soit.

22

Journalisme et traduction

En 1838, alors qu'il naviguait lentement vers Trieste, le poète Robert Browning imagina « comment », au temps jadis, « la bonne nouvelle fut apportée de Gand à Aix » (*How They Brought the Good News from Ghent to Aix*) :

I sprang to the stirrup, and Joris, and he ;
I gallop'd, Dirck gallop'd, we gallop'd all three…

En selle on a sauté, Joris et Dirck et moi ;
Je galope, il galope, on galope tous trois…

Browning ne précise pas comment les courriers à cheval firent passer leur message du flamand (parlé à Gand) à l'allemand (compris à Aix-la-Chapelle). Il est vrai que par le passé, toute nouvelle transmise au plus vite entre deux points quelconques de l'Europe aurait sans doute été envoyée et reçue en français. Mais il n'en va pas de même avec les informations internationales au XXIe siècle.

Nous nous sommes accoutumés à être informés par écrit, à la radio, à la télévision ou par Internet, dans notre langue maternelle avec un minimum de décalage entre l'événement et son compte rendu. Mais comment les bonnes et les mauvaises nouvelles passent-elles de Shenzhen à Chicago, de Marseille à Melbourne, de Rio à Riazan ? Les médias électroniques expliquent la vitesse, mais ne permettent pas de comprendre comment ces événements politiques et humains qu'on appelle des nouvelles, tout en se produisant en un idiome quelconque, nous atteignent presque instantanément dans une langue qui est bel et bien la nôtre.

Vu la quantité d'informations dont le flux circule autour du monde en un nombre incalculable de langues, on pourrait supposer que quelque part, dans une discrète fourmilière, une troupe très active d'insectes linguistiques se tient prête 24 heures sur 24 à convertir d'une langue du monde à toutes les autres l'ensemble des nouvelles, sur un simple claquement de doigts. Or cela est inconcevable, car il faudrait pour cela près de 49 millions d'équipes distinctes de petites fourmis linguistiques (voir p. 181) : s'il existait quelque part une fourmilière humaine de cette taille, cela se saurait. Et même si cet hypothétique quartier général de la traduction d'informations ne traitait que 80 langues véhiculaires, il faudrait tout de même prévoir 6 320 bureaux linguistiques distincts. Si donc chaque traducteur travaillait 35 heures par semaine (ou même 40), compte tenu des soudains pics de demande chaque fois qu'un événement important se produit à Paris ou à Peoria, même la tour Montparnasse ne suffirait pas à loger une telle entreprise. De fait, aucun gratte-ciel, que ce soit à New York, à Londres ou à Rio, n'abrite un tel centre de traduction des nouvelles mondiales. Plus surprenant encore : les agences d'information disséminées à travers le monde ne comptent que rarement des traducteurs parmi leurs employés. Tout comme les juristes linguistes de la Cour de justice de l'UE, les médiateurs linguistiques dans les entreprises informatives ont généralement plus d'une corde à leur arc.

La plupart des langues du monde sont parlées par des groupes assez restreints, et dans un grand nombre d'entre elles, les médias d'information n'existent pas. Néanmoins, des centaines de langues – plus d'un millier, peut-être – disposent d'un service moderne et plus ou moins modeste d'informations relayées par voie de presse ou radiodiffusion. Le latin, par exemple, a droit chaque jour à une demi-heure de nouvelles diffusées depuis Helsinki ; sept heures quotidiennes de programme, dont une partie est constituée d'informations, sont diffusées en gaélique sur BBC Alba TV. Mais la majorité des médias travaillant directement à destination des consommateurs ne fait guère parler de soi, sauf en de rares occasions. La plupart sont eux-mêmes des consommateurs des services fournis par des agences présentes partout dans le monde, qui rédigent et publient ce qu'on appelle des câbles ou des dépêches en une demi-douzaine de langues au plus. Les principales plaques tournantes sont Reuters (la première agence au monde, fondée en 1851), Associated Press (AP), l'Agence France-Presse (AFP), et Inter Press Service (IPS), auxquelles sont venus massivement s'adjoindre, ces dernières années, CNN, Al Jazeera, la BBC sur

Internet, ou Bloomberg (essentiellement pour les informations financières) [1].

Où que vous soyez, quand il se produit une inondation au Bangladesh, un coup d'État au Rwanda ou au Kirghizistan, la nouvelle ne vous arrive pas de Dakka, Kigali ou Bichkek. Elle parvient à votre source d'information locale *via* les grandes agences, en anglais, français, espagnol, allemand (toutes), portugais (Reuters, AFP), néerlandais (AP seulement) ou arabe (Reuters depuis 1954 et l'AFP depuis 1969). Elle est alors presque instantanément récrite par les journalistes travaillant pour votre quotidien ou votre radio locale, à partir de la version transmise par une ou plusieurs agences en l'une de ces langues. Les langues de transmission globales sont celles des empires coloniaux du XIXe siècle, plus l'arabe. Les autres – qu'il s'agisse du chinois, du japonais, du hindi, ou encore de l'indonésien – sont exclues de ce jeu-là.

Les journalistes qui signent les articles et les éditoriaux que vous lisez effectivement ont souvent des connaissances en langues étrangères, mais ne se considèrent pas eux-mêmes comme des traducteurs. Ils seraient offensés si vous les appeliez ainsi – même si certaines histoires que vous pouvez lire dans la presse parisienne, par exemple, sont vraiment très proches de ce que vous avez pu découvrir la veille dans le *Times*. Aux yeux des journalistes, leur travail consiste à transformer de l'information brute en une prose accrocheuse, distrayante, lisible, adaptée à la culture, aux intérêts et aux connaissances de leurs lecteurs – et c'est là, d'après la plupart des gens, bien plus que de la simple traduction. Cet ordre hiérarchique se reflète en termes de salaire et de conditions de travail dans le monde entier : où que vous soyez, « journaliste » est un titre plus prestigieux que « traducteur ».

Les opérations linguistiques accomplies au sein d'une agence de presse ont ceci de particulièrement intéressant qu'elles supposent non seulement l'invisibilité absolue de la traduction, mais aussi son anonymat et son impersonnalité. Une note dans la langue A, une fois transmise aux bureaux d'une agence, est transformée en une dépêche dans la langue B de façon à l'adapter à un nouvel usage dans la culture de cette langue sans tenir compte d'aucune des propriétés discursives, stylistiques ou culturelles de l'original. Le travail d'agence ne vise pas à respecter le texte ou son origine, mais seulement les faits qui sous-tendent le récit. La dépêche qui en résulte est une composition collective, une contraction ou une expansion aussi bien, qui n'est attribuable à aucun individu en particulier, mais seulement au fournisseur de service. Cette dépêche est à son tour reformulée dans les autres langues dans lesquelles opère l'agence en question, chaque version se voyant à nouveau resserrée ou développée en vue de garantir le maximum de clarté et d'utilité possible dans les langues C à X ; toutes ces versions sont diffusées dans le monde entier, et les faits qu'elles relatent seront rédigés une quatrième fois dans les langues pratiquées par les abonnés de l'agence. Dans cette quatrième mouture, l'histoire peut être complètement recontextualisée dans un article qui sera attribué à un journaliste local. Autrement dit, avant que vous lisiez en français, une heure environ après sa version originale, un discours d'abord prononcé à Téhéran en farsi, il peut avoir été reformulé en arabe par le correspondant d'Al Jazeera en Iran, puis récrit sous forme de dépêche en langue française par le bureau de l'AFP à Beyrouth avant d'être retravaillé par un journaliste à Paris ; de même, la nouvelle d'un séisme en Thaïlande peut d'abord avoir été signalée en français par le bureau de l'AFP à Bangkok puis diffusée depuis Paris par les services de l'AFP en langue anglaise avant d'être récrite en farsi pour la télévision iranienne quelques minutes plus tard. La structure même de ce réseau complexe d'experts produisant de l'information internationale garantit que les différentes versions linguistiques d'un même câble ne diront jamais tout à fait la même chose. Elles sont censées communiquer la même information, mais les façons de la communiquer sont réglées sur des suppositions (fondées) concernant les formes de sensibilité politique, sociale, religieuse, intellectuelle ou morale qui dominent dans la langue et la culture réceptrices.

Dans ces conditions, comment pouvez-vous savoir que les nouvelles sont vraies ? Eh bien, vous ne le pouvez pas. Vous leur faites confiance, ce qui veut dire que même si vous ne vous en rendez pas compte et prétendez souvent le contraire dans les dîners en ville, vous vous fiez aux journalistes traducteurs, sans réserve. Sinon, comment pourriez-vous croire que vous savez l'ombre du début de ce qui se passe dans le monde ?

Paradoxalement (mais ce paradoxe n'a rien d'absurde), l'information globale est un produit local. Cela n'est pas dû à des obstacles d'ordre linguistique qui entraveraient la circulation de l'information. Cela tient plutôt à ce que le travail, dans ce domaine, est subordonné aux contraintes réelles ou supposées qu'impose le récepteur. Pour transporter leur précieuse pépite d'information inédite de Gand à Aix, les courriers contemporains ajustent, adaptent, coupent ou ajoutent presque à leur guise, mais sans jamais toucher à la partie du référent qui est considérée comme constituant « l'information ». À partir d'une telle situation, il n'y aurait qu'un pas à faire, un petit saut rhétorique, pour affirmer une fois encore que tous les « faits » que l'on colporte sur (et à travers) le monde ne sont que des constructions linguistiques, et rien d'autre. Mais les agences de presse et leurs personnels ne s'intéressent guère à la déconstruction. Ils poursuivent leur tâche avec la certitude que l'information qu'ils diffusent dans toute une gamme de versions linguistiques et rhétoriques se situe au-delà du langage, qu'elle est ancrée dans le réel.

La manière dont la traduction est intégrée à d'autres types de tâches langagières au sein du réseau de distribution de l'information globale est loin d'être unique. En droit international (à la Cour de justice de l'UE, par exemple), dans le monde diplomatique, dans le fonctionnement de nombreuses organisations, on ne peut tracer de frontière nette entre la traduction d'une part, et de l'autre, les processus de rédaction, révision, correction, reformulation, adaptation d'un texte, qu'il soit écrit dans une même langue ou dans un autre idiome. Dans tous ces domaines essentiels, la traduction n'est qu'un des rouages contribuant à l'élaboration progressive des textes et à leur diffusion toujours plus large.

Le mode de transmission des nouvelles entre langues et communautés d'usagers différentes entraîne deux effets secondaires qui méritent d'être soulignés. Tout d'abord, il rend le caractère « traduit » de l'information tout à fait invisible. Cependant, même si un tel effacement de la traduction constitue bien l'intention avouée de la règle de parité linguistique de l'UE, elle n'est pas pour autant une fatalité dans la circulation de l'information : on pourrait aisément y remédier. Par exemple, un compte rendu du dernier discours du président iranien pourrait très bien être attribué nommément à l'adaptation par un certain journaliste d'une dépêche anglophone ayant pour source le bureau de Reuters au Koweït, elle-même fondée sur une information en arabe issue d'Al Jazeera, qui l'aurait retransmise sous cette forme après avoir capté une émission radio en farsi diffusée depuis Téhéran. Voilà à quoi pourrait ressembler la note en bas de page que les lecteurs du *Times* ou de *Libération* découvriraient à la fin de leur article. Un peu trop compliqué à leur goût, sans doute, mais ils n'en seraient que mieux informés.

Quant à la seconde conséquence de notre négligence collective vis-à-vis de ce qu'on pourrait appeler la traçabilité linguistique des contenus médiatiques, la voici : nous en venons à croire que la fourniture d'informations internationales est une chose qui va de soi, et qui ne dépend que des prouesses des liaisons téléphoniques satellitaires ou de la transmission de données. C'est faux. Il s'agit d'une tâche difficile et pénible, compliquée par des contraintes de temps rigoureuses, accomplie par de talentueux journalistes linguistes.

23

La traduction automatique

Les Européens n'ayant voulu ni conserver le latin ni adopter une autre langue de contact (l'espéranto, par exemple) pour la dissémination d'informations importantes, ils se retrouvent obligés d'accomplir, dans des délais inimaginables avant nos jours, des tâches de traduction aussi coûteuses que délicates. À l'heure où presque tous les autres aspects de la transmission médiatique sont assurés non plus par des courriers mais par des instruments électroniques, il paraît tout naturel de se demander pourquoi l'activité qui est au cœur de tout le processus ne peut être traitée de même, au moyen de machines de traduction automatique.

La traduction automatique n'en est encore qu'à ses premiers pas, mais ses aventures sont déjà riches et mouvementées. Elle a surgi tout d'abord dans des circonstances historiques dramatiques, et pour répondre à une urgence politique. Elle n'est pas née d'un acte explicite de volonté gouvernementale, contrairement aux règles langagières de l'UE : son berceau fut le climat de terreur qui régnait au début de la guerre froide. Les États-Unis avaient mis au point et utilisé la bombe atomique. Pour quelque temps encore, ils détenaient le monopole de cette arme redoutable. Combien de temps exactement ? Vers quelle date l'URSS aurait-elle comblé son retard ? L'une des manières de deviner la réponse consistait à passer au crible tous les articles de recherche publiés en Union soviétique, afin d'en extraire des indices permettant d'induire l'état des connaissances dans les disciplines concernées [1]. Ces publications étaient en russe. Tel était donc le choix auquel les Américains étaient confrontés : soit recruter une véritable armée de traducteurs scientifiques du russe vers l'anglais – soit inventer une machine qui ferait le travail à leur place.

La constitution d'un vaste groupe de traducteurs travaillant à partir d'une langue assez peu répandue réclame beaucoup de temps. Faute d'un vivier clairement identifié de traducteurs russes connaissant l'anglais et possédant les compétences scientifiques nécessaires, les autorités commencèrent dès 1945 à s'intéresser aux perspectives de l'automation. Il y avait quelques raisons de croire que des machines pourraient contribuer à diagnostiquer au plus vite les capacités des Soviétiques à concevoir une bombe atomique.

La Seconde Guerre mondiale avait entraîné de formidables progrès dans cet art d'élaborer et de déchiffrer des codes secrets qu'on appelle cryptographie. Des techniques statistiques avaient été mises au point qui permettaient même de décoder des messages sans même connaître leur langue de rédaction avant codage. Les succès retentissants des déchiffreurs du site de Bletchley Park, en Angleterre, amenèrent certains théoriciens à se demander si le langage lui-même ne pouvait être traité comme un code. Dans un célèbre mémorandum daté de juillet 1949, Warren Weaver, qui occupait alors un très haut rang à la Rockefeller Foundation, estimait « très tentant de soutenir qu'un ouvrage écrit en chinois n'est qu'un ouvrage en anglais qui se trouve avoir été encodé dans le "code chinois". Si nous disposons de méthodes utiles permettant de résoudre quasiment n'importe quel problème cryptographique, ne se pourrait-il pas qu'à bien interpréter les choses, nous disposions d'ores et déjà de méthodes utiles permettant de traduire [2] ? »

Weaver était au courant des recherches fondatrices que Claude Shannon et quelques autres menaient dans les disciplines naissantes de la théorie de l'information et de la cybernétique. Il voyait bien que si la langue pouvait être traitée comme un code, il y aurait à la clef de gros contrats de recherche et développement pour les mathématiciens, les logiciens et les ingénieurs collaborant à la mise au point des nouvelles et fabuleuses machines à jongler avec les grands nombres que l'on commençait à appeler des *computeurs*. Mais la tentation de considérer « le langage comme un code » s'alimente à des sources autrement plus profondes que la simple intuition qu'il y avait là d'intéressantes perspectives d'emploi pour des gens très intelligents.

Un code, ou chiffre, est une manière de représenter une certaine quantité d'information de telle sorte qu'elle reste incompréhensible pour qui ne dispose pas de la clef (secrète) de ce code. Si subtile que soit la clef, si complexe que puisse être l'algorithme convertissant la « source » en « code », il existe toujours une relation déterminable entre l'expression avant encodage et l'expression encodée. Si telle langue est elle-même un code d'un certain genre, qu'est-ce donc qu'elle encode ? Cette question n'a qu'une seule réponse possible dans la tradition séculaire de la théorie du langage inaugurée en Occident par les Grecs, et cette réponse est : le sens (parfois appelé « la pensée »). Devant une expression dans une langue A donnée, la première tâche que devrait effectuer une machine à traduire serait donc de retirer tout ce qui relève du « code A », de façon à dégager le contenu réel encodé par l'expression – à savoir, son sens effectif, irréductible, simple et fondamental. Autrement dit, la langue est le vêtement de la pensée : nous retombons là sur une vieille idée, elle-même rhabillée de neuf. Weaver, quant à lui, proposait l'analogie suivante :

> Imaginez des individus vivant dans un ensemble de hautes tours hermétiques, toutes bâties sur des fondations communes. Quand ils tentent de communiquer entre eux, ils échangent des cris, chacun depuis sa propre tour fermée. Les cris ne pénètrent que difficilement dans les tours, même les plus proches, et la communication laisse vraiment à désirer. Mais voilà qu'un individu descend au pied de sa tour et se retrouve dans un vaste sous-sol ouvert, commun à toutes les tours. En ce lieu, il établit une communication facile et fructueuse avec les personnes qui sont également descendues de leurs tours [3].

Ce rêve d'une « communication facile et fructueuse » avec tous nos congénères dans le « vaste sous-sol » constituant la base commune de l'existence humaine exprime une conception très ancienne, et fondamentalement religieuse, de la langue et du sens. Cette conception ne cesse de ressurgir, en dépit de son caractère manifestement hypothétique. Car enfin, dans quelle langue les humains communiqueraient-ils entre eux dans le « vaste sous-sol » ? Dans une langue qui serait sens pur. À un stade plus avancé de l'aventure de la traduction automatique et de la linguistique moderne, cette langue finit par être nommée l'« interlangue » ou le « noyau invariant » de sens et de pensée qu'un acte de communication encode en toute langue.

La tâche que s'assignaient les pionniers de la traduction automatique se révélait ainsi presque identique à la tâche du traducteur, telle que la caractérisent de nombreux théoriciens et philosophes modernes : découvrir et développer la langue purement hypothétique que tous parlent effectivement dans le vaste sous-sol de leur âme.

Comment concevoir des machines qui pourraient en faire autant ? Pour atteindre un tel objectif, nos quincailleries intellectuelles offraient déjà toutes sortes d'articles en magasin. Depuis les temps où les Romains entreprirent d'éduquer leur jeunesse dans l'art de lire et d'écrire le grec, les étudiants qui s'initient aux langues occidentales savent de reste que leurs efforts doivent porter sur deux points : l'acquisition du vocabulaire et l'apprentissage de la grammaire. C'est pourquoi nous disposons d'une part de dictionnaires bilingues, d'autre part d'ouvrages de grammaire, qui exposent l'ensemble des règles selon lesquelles les « mots » du lexique se laissent combiner en séquences acceptables. Voilà donc ce qu'est une langue, dans notre vénérable mais toujours jeune théologie linguistique : une sorte de jeu de construction, avec d'une part des écrous, des boulons, des poutrelles, des madriers, des roues dentées, des barres perforées (disons : des prépositions, des verbes, des noms, des adjectifs, des particules, des déterminants) et d'autre part, des règles pour les ajuster. Un écrou se visse sur un boulon, mais pas sur une roue dentée, exactement comme un verbe s'emboîte entre un sujet à sa gauche et un objet à sa droite…

Dès les débuts de la grande aventure de la traduction automatique, il était théoriquement possible de stocker dans un ordinateur un ensemble de mots (répartis selon les classes grammaticales distinguées par les théoriciens hellénistiques). Assez vite, cette possibilité devint réalisable. L'on apprit de même à stocker deux ensembles de mots, un russe et un anglais, puis à indiquer à l'ordinateur quel mot anglais correspondait à quel mot russe. Mais on eut beaucoup plus de mal avec un autre objectif qu'impliquait la fable de Weaver : il devait y avoir un moyen d'amener les gens à descendre de leurs diverses tours dans le sous-sol commun – en d'autres termes, d'indiquer à un ordinateur comment s'y prendre pour dégager le sens d'une phrase à partir de la forme de cette phrase même. Pour y parvenir, l'ordinateur devrait d'abord connaître la grammaire d'une langue dans son intégralité. Il faudrait donc lui donner les instructions correspondantes. Mais qui donc connaît dans son intégralité la grammaire d'une langue comme l'anglais ou le français ? Il suffit de se mettre à l'apprentissage d'une langue pour s'apercevoir que les régularités systématiques sont fréquemment perturbées par des exceptions plus ou moins arbitraires. Tout locuteur d'une langue naturelle sait qu'il peut violer les « règles » de sa grammaire, ce qu'il fait d'ailleurs souvent. Une description linguistique exhaustive d'une langue, quelle qu'elle soit, n'est à ce jour qu'une utopie qui reste à réaliser. Telle est l'une des deux raisons pour lesquelles la première grande phase de recherche en traduction automatique se retrouva dans une impasse. Et voici la seconde : même les êtres humains, dont on peut supposer ici qu'ils possèdent à fond la grammaire de leur propre langue, ont besoin d'une masse d'informations sur le monde pour pouvoir fixer le sens d'une expression donnée ; or personne n'a encore trouvé comment amener un ordinateur à savoir, devant telle ou telle phrase, de quoi elle parle. Comme exemple classique du genre de problème que les ordinateurs étaient hors d'état de résoudre, citons celui qui consiste à attribuer les sens corrects à chaque terme dans les deux phrases suivantes : « la pièce est dans le sac » et « le sac est dans la pièce ». Pour comprendre de telles phrases, il faut mobiliser des connaissances sur la taille relative des choses dans le monde réel : celle d'un sac pouvant contenir une pièce de monnaie, celle d'un sac par rapport à une pièce (ou chambre) pouvant le contenir. Les règles syntaxiques et les sens lexicaux relevés dans les dictionnaires ne sont d'aucun secours ici. En 1960, l'éminent logicien Yehoshua Bar-Hillel, qui avait été spécialement engagé par le MIT pour travailler sur une procédure de « traduction de haute qualité complètement automatisée » (en anglais : « *fully automated high-quality translation* », ou FAHQT), fit sonner la retraite, non sans quelque irritation :

> J'ai inlassablement tenté de souligner le caractère illusoire de l'idéal de FAHQT, même vis-à-vis de la détermination mécanique de la structure syntaxique d'une phrase donnée de la langue source [...]. Il existe des phrases extrêmement simples en anglais – et je suis sûr que la même remarque s'applique à n'importe quelle autre langue naturelle – qui, dans certains contextes linguistiques, seraient [...] traduites sans ambiguïté en n'importe quelle autre langue par toute personne ayant une connaissance suffisante des deux langues en question, alors que je ne connais pas de programme qui permettrait à une machine de produire cette traduction unique sauf à recourir à une procédure complètement *ad hoc* et arbitraire [4].

On comprend, devant ce genre de constat, que les fondations de soutien à la recherche aient cessé d'allouer des crédits à tout-va.

Mais la création de la Communauté économique européenne en 1957 imprima un nouvel élan politique – et fournit une nouvelle source de financement – à la mise au point d'instruments que Bar-Hillel pensait être hors de notre portée. Les ambitions furent revues à la baisse, et la FAHQT céda la place à des objectifs plus réalisables. À mesure que la puissance des ordinateurs s'accroissait et que diminuait leur taille, il devenait plus aisé de leur confier des tâches que les humains trouvaient accablantes : par exemple, vérifier qu'un terme donné a bien été traduit d'une seule et même façon tout au long d'un document de taille importante. Les ordinateurs pouvaient servir à compiler et garder en mémoire des dictionnaires non seulement de termes techniques, mais de formules et d'expressions entières. L'ère de la traduction non plus entièrement automatique, mais assistée par ordinateur, avait commencé. Certaines sociétés privées entreprirent de développer leurs propres systèmes exclusifs, car même si la plus grande part de la demande émanait d'entités transnationales comme l'UE, il existait néanmoins un vrai besoin pour ce genre d'outils au sein de grandes compagnies industrielles fabriquant des biens à destination du marché mondial dans des domaines comme l'aéronautique, l'automobile, etc.

En traduction assistée par ordinateur, ou TAO (en anglais : *computer-assisted translation*, ou CAT), il est plus facile d'obtenir de bons résultats quand les données fournies sont exprimées non dans une langue naturelle sous sa forme brute et vivante, mais dans un code restreint, un sous-groupe soigneusement délimité de cette langue. Le manuel d'entretien d'un avion ne contient qu'un sous-ensemble du registre complet d'expressions possibles en anglais. Pour produire à l'aide d'un instrument de traduction automatique les cent et quelques versions linguistiques nécessaires, nul besoin d'une machine capable de s'attaquer à des menus de restaurant, aux paroles d'une chanson ou aux ragots mondains – le jargon spécifique des avionneurs lui suffira. Une approche possible consiste alors à préparer les données à entrer dans l'ordinateur en les mettant sous une forme régularisée que le programme informatique peut traiter, puis à faire réviser le résultat à la sortie par des traducteurs exercés, pour être sûr que le texte ainsi obtenu ait un sens (et le bon !) dans la langue cible. Une autre façon de s'y prendre est envisageable : enseigner aux rédacteurs des manuels d'entretien un dialecte d'application restreinte – le *bœinglish* ou l'airbussien, pour ainsi dire –, spécialement conçu pour éliminer les ambiguïtés et les pièges en matière aéronautique. Ces solutions sont aujourd'hui adoptées dans le monde entier. La plupart des compagnies industrielles de taille mondiale ont désormais développé un style propre, destiné à faciliter la tâche aux programmes travaillant à traduire leurs documents. Après le temps des ordinateurs au service des traducteurs humains, voici le temps des humains assistant les ordinateurs. Ce n'est là, concernant la traduction, qu'un fait parmi tant d'autres qui démontrent combien une langue a peu de chose en commun avec un jeu de construction. Avec quelques efforts, on finit toujours par imprimer aux langues les formes qui s'ajustent à tel ou tel besoin humain, même si cela implique que ces formes soient informatiques.

La traduction humaine assistée par ordinateur et la traduction informatique avec assistance humaine sont toutes deux des accomplissements importants ; sans elles, les flux globaux d'échanges commerciaux ou médiatiques de ces dernières décennies n'auraient pu se développer aussi harmonieusement. Jusqu'à tout récemment, elles étaient la chasse gardée des professionnels du langage. Bien entendu, elles eurent aussi pour conséquence l'encodage informatique d'énormes quantités de matériaux traductionnels (de versions traduites couplées à leurs textes sources). L'invention d'Internet, puis sa croissance explosive depuis les années 1990 mirent ce corpus colossal à la disposition gratuite de toute personne disposant d'un terminal. Et c'est alors que Google entra en scène.

À l'aide de logiciels qui exploitent des principes mathématiques d'abord mis au point dans les années 1980 par des chercheurs d'IBM, Google a créé un outil de traduction automatique qui ne ressemble à aucun autre. Il ne repose pas sur les présuppositions de Warren Weaver ; il ne se soucie ni d'interlangue ni de noyaux invariants. En fait, il ne s'occupe pas du tout du sens. Au lieu de traiter une expression linguistique en objet à décoder, Google Translate (GT) la considère comme un texte qui a sans doute déjà dû être énoncé par le passé. Le logiciel mobilise une puissance de calcul phénoménale pour rechercher en un clin d'œil, sur l'ensemble de la Toile, cette même expression dans un texte déjà existant, et couplé à sa traduction. Le corpus ainsi exploré inclut tous les documents émis par l'UE depuis 1957 en deux douzaines de langues, tout ce que les Nations unies et ses institutions ont pu mettre par écrit en six langues officielles, et d'énormes masses d'autres matériaux, depuis les archives des tribunaux internationaux jusqu'aux rapports d'activité de grandes sociétés, sans compter tous les articles et les ouvrages bilingues qui ont été mis en ligne par des individus, des bibliothèques, des auteurs, des départements universitaires. Travaillant sur l'ensemble des correspondances déjà établies entre ces millions de paires de documents, Google Translate applique des méthodes statistiques pour sélectionner la version acceptable la plus probable de l'expression à traduire. Et cela marche assez souvent. C'est tout à fait saisissant. Ce qui explique, pour une bonne part, le retour en grâce de l'utopie fondatrice de Warren Weaver : la perspective de réaliser un jour la FAHQT, la « traduction de haute qualité complètement automatisée », est à nouveau envisagée avec optimisme.

GT ne pourrait fonctionner sans un très large corpus de traductions préexistantes. Il se nourrit des millions d'heures de travail que des traducteurs humains ont consacrées à produire les textes que GT ratisse. La vidéo promotionnelle de Google ne souffle mot de cet aspect des choses. À l'heure actuelle, GT offre des possibilités de traduction réversible entre 58 langues, soit 3 306 services de traduction distincts ; jamais dans son histoire l'humanité n'a disposé d'un choix aussi vaste. La plupart de ces relations traductionnelles – islandais ⇒ farsi, yiddish ⇒ vietnamien, entre tant d'autres – sont de purs rejetons de Google Translate : il n'existe entre les deux langues ainsi mises en rapport aucun lien historique de traduction, et par conséquent aucun couple de textes, ni sur la Toile ni ailleurs. Google souligne dans la présentation de son service qu'étant donné les fortes variations de taille des corpus linguistiques accessibles à l'exploration de GT, la qualité de la traduction varie en fonction du couple de langues choisi [5]. Mais Google n'insiste pas sur le fait que GT est tout aussi captif des flux traductionnels globaux que nous le sommes nous-mêmes. Car si son système de calcul probabiliste, d'une admirable ingéniosité, peut nous proposer 3 306 directions de traductions différentes, il ne parvient à ce chiffre qu'en recourant aux mêmes raccourcis qui ont depuis toujours rendu tant de services à la communication interculturelle : à savoir les pivots, ou langues intermédiaires. Ce n'est pas parce que Google a son siège en Californie que l'anglais sert de pivot principal : quand vous appliquez des méthodes statistiques pour déterminer quelle est la correspondance la plus probable entre deux langues qui jusqu'ici n'ont jamais été directement mises en rapport, vous êtes bien obligé de faire entrer en ligne de compte un pivot pouvant fournir des correspondances avec à la fois la cible et la source.

Le service qu'offre Google semble mettre à un même niveau et diversifier les relations entre langues au-delà des rêves les plus fous des partisans les plus enthousiastes de la règle européenne de parité linguistique. Mais GT n'y parvient qu'en exploitant, confirmant et renforçant le rôle central que joue, au sein de la banque mondiale de données textuelles en traduction, la langue la plus largement traduite – et si cette langue est la plus représentée sous forme électronique, c'est qu'elle l'est également dans tous les autres médias. Par exemple, bon nombre de romans policiers anglo-saxons doivent avoir été traduits à la fois en islandais et en farsi. Ils fournissent ainsi un ample matériau où rechercher des correspondances entre phrases de l'une et l'autre langue. En revanche, les classiques persans traduits en islandais sont sans doute beaucoup moins nombreux, même si l'on tient compte des œuvres qui auront fait le voyage *via* un pivot tel que le français ou l'allemand. Autrement dit : John Grisham contribue bien plus largement à la qualité de la traduction islandais-farsi selon GT que ne le feront jamais Rûmî ou Halldór Laxness. Et les véritables pouvoirs de Harry Potter tiennent peut-être à sa capacité cachée à alimenter la traduction hébreu-chinois.

Les traductions dues à GT passent à leur tour sur la Toile et s'intègrent au corpus exploré par GT : la boucle de rétroaction ainsi produite renforce la probabilité que les traductions originellement élaborées par GT étaient acceptables. D'un autre côté, GT tire aussi profit des capacités des traducteurs humains, car le logiciel ne manque jamais de demander à ses utilisateurs de suggérer une meilleure traduction que celle qu'il fournit – cette boucle-là tire dans la direction opposée, vers toujours plus de raffinement. C'est un outil extraordinairement bien conçu. J'y ai moi-même eu recours pour vérifier que j'avais à peu près compris une phrase suédoise, par exemple, et GT fonctionne automatiquement comme traducteur de pages sur Internet dès que l'on emploie un moteur de recherche. Bien entendu, il lui arrive de produire du charabia. Mais le type de charabia que produit une traduction automatique est généralement moins dangereux que les gaffes d'origine humaine. En principe, vous vous apercevez immédiatement que GT a déraillé, car le texte produit n'est qu'un non-sens, dont vous ne tenez alors aucun compte. (Voilà pourquoi vous ne devriez jamais utiliser GT pour traduire vers une langue que vous ne connaissez pas très bien. Ne l'employez que pour traduire vers une langue où vous êtes sûr d'être capable de repérer du non-sens.) Un traducteur humain, au contraire, produit d'ordinaire une version élégante et sensée ; vous ne pouvez donc pas dire si elle est fausse à moins de comprendre la source – mais dans ce cas, pourquoi auriez-vous besoin de la traduction ?

Si vous restez attaché à l'idée qu'une langue consiste vraiment en un ensemble de mots et de règles avec lesquels le sens entretient une relation calculable (un fantasme auquel beaucoup de philosophes adhèrent encore), alors GT n'est pas un outil de traduction. Ce n'est que de la poudre aux yeux soulevée par un bulldozer électronique qui carbure au labeur d'autrui. Mais si vous avez l'esprit plus ouvert, GT suggère tout autre chose.

Les interprètes de conférence sont souvent capables de deviner les prochaines paroles d'un orateur, car les participants à des réunions internationales emploient sans cesse les mêmes expressions formulaires. De même, un traducteur expérimenté travaillant dans un domaine qu'il connaît bien sait, sans avoir à y réfléchir, que certaines portions de texte ont des traductions reçues, prêtes à être insérées dans sa version. À un niveau encore plus fondamental, tout traducteur sait qu'il existe certaines transpositions régulières d'une langue à l'autre : par exemple, le pronom impersonnel français « on » entraînera presque toujours le choix d'une tournure passive en anglais ; les adjectifs placés en français après le substantif devront l'être avant le terme correspondant dans la version anglaise, et ainsi de suite. Ces automatismes sont le fruit de la pratique et de l'expérience. Les traducteurs ne réinventent pas l'eau chaude chaque jour, et ne recalculent pas la transformation « français *on* ⇒ voix passive en anglais » à chaque occurrence du pronom impersonnel. Ils se comportent bien plutôt comme GT : en un éclair, ils explorent leur propre mémoire pour en extraire la solution la plus probable au problème posé. Le mode opératoire de base de GT est bien plus proche de la traduction professionnelle que ne l'est la lente descente dans le « vaste sous-sol » du sens pur tel que se l'imaginaient les pionniers de la traduction automatique.

GT est aussi une réplique d'une splendide insolence à l'un des grands mythes des études linguistiques modernes. À en croire ce mythe, qui ne fut guère contesté pendant des décennies, la caractéristique la plus remarquable d'une langue naturelle serait sa capacité, en vertu de sa structure sous-jacente, à engendrer un nombre infini de phrases différentes à partir d'un ensemble fini de mots et de règles. Quelques bons esprits faisaient bien remarquer qu'à cet égard, une langue ne se distingue pas d'une usine automobile britannique, capable de produire un nombre infini de véhicules dont chacun a un vice de fabrication qui lui est propre – mais en dehors d'Oxford, cette objection n'eut pas beaucoup d'écho. L'approche traductionnelle de GT consiste à postuler, non pas que chaque phrase est différente, mais que toute expression soumise au logiciel a probablement déjà été formulée quelque part. Quoi qu'une langue puisse être en principe, en pratique, elle sert le plus souvent à dire et redire encore et encore les mêmes choses. Il y a à cela une bonne raison. Dans le « vaste sous-sol » qui est le fondement de toutes les activités humaines (comportement linguistique compris), nous ne trouvons rien d'aussi abstrait que le « sens pur », mais les besoins et les désirs communs de l'humanité. Toutes les langues sont au service de ces mêmes besoins, et elles les servent également bien. Si nous disons et redisons les mêmes choses, c'est parce que nous nous heurtons encore et encore aux mêmes besoins, éprouvons les mêmes peurs, les mêmes désirs, les mêmes sensations, jour après jour. Le savoir-faire du traducteur et le mode d'action fondamental de GT sont, chacun à sa façon, des reflets parallèles de notre humanité commune.

En septembre 2009, la nouvelle administration en place à la Maison-Blanche a publié un projet d'orientation et de soutien à la recherche intitulé « Stratégie pour l'innovation américaine » (*Strategy for American Innovation*). Dans sa dernière section, ce document invite à mobiliser les ressources scientifiques et technologiques autour de la résolution des « Grands Défis du XXIe siècle » et en énumère une demi-douzaine d'exemples, parmi lesquels les cellules photovoltaïques aussi bon marché que la peinture et les prothèses intelligentes. Le programme stratégique consacre ses dernières lignes à inclure parmi ces objectifs à long terme de la politique scientifique des États-Unis la mise au point de procédés de « traduction automatique de haute précision en temps réel entre les principales langues du monde – en vue de réduire significativement les obstacles au commerce et à la collaboration entre les nations [6] ». Tous les objectifs d'un projet public d'orientation scientifique ne sont pas nécessairement atteints, mais c'est la première fois depuis 1960 que l'administration américaine apporte un soutien sérieux à la recherche en traduction automatique. On peut donc s'attendre à ce que cette discipline progresse bien au-delà de ce que nous connaissons aujourd'hui.

24

Un Poisson Babel dans votre oreille
La brève histoire de l'interprétation simultanée

La parole étant vertigineusement antérieure à l'écriture, l'interprétariat oral est incomparablement plus ancien que la traduction écrite. Mais comme les paroles sont d'essence éphémère – elles s'envolent, comme on sait, pareilles au souffle qui les porte – nous ne pouvons rien savoir directement de la traduction orale, qui nous échappe pendant la quasi-totalité de son histoire. Deux choses ont entraîné un changement énorme au XXe siècle : l'invention du téléphone par Alexander Graham Bell en 1876, puis une nécessité politique d'une urgence extrême.

Le procès de Nuremberg, qui s'ouvrit en 1945 pour juger les criminels de guerre nazis, ne constitua pas seulement l'un des faits juridiques les plus marquants de l'histoire moderne : il fut également un événement sans précédent dans l'histoire de la traduction. Le collège de juges, les procureurs et leurs équipes venaient des quatre puissances alliées (les États-Unis, la Grande-Bretagne, la France, l'Union soviétique) et parlaient trois langues différentes ; les accusés en parlaient une quatrième, l'allemand. Rien de pareil ne s'était jamais produit. Devant les tribunaux siégeant dans un cadre national, les interprètes travaillent consécutivement : ils répètent dans la langue de la Cour ce que l'accusé vient de dire dans la sienne, puis répètent à l'accusé ce que dit la Cour (s'ils murmurent à l'oreille de l'accusé la teneur des échanges qui ne lui sont pas adressés, on parle alors de « chuchotage »). Effectuées dans les deux sens, les traductions de ce type courant ralentissent évidemment le cours d'un procès. Que dire alors de traductions en quatre sens ? Dans douze directions ? L'interprétariat consécutif aurait à ce point prolongé la procédure devant le Tribunal militaire international que tout le monde aurait risqué d'en perdre le fil. Pour Nuremberg, il fallait inventer autre chose.

Il existait déjà des procédés technologiques d'accélération des interactions multilingues. Le système de traduction simultanée Filene-Finlay avait été testé dans les années 1920 au siège de l'Organisation internationale du travail à Genève. Les usagers du système avaient devant eux un téléphone. Quand un délégué ne comprenait pas ce qui se disait, il décrochait le combiné et marquait un numéro qui lui donnait accès à une version du discours dans une autre langue (à l'époque, le choix était limité à l'anglais et au français). Les traducteurs restaient assis au fond de la salle, écoutant le discours et énonçant leur traduction dans une sorte d'abri insonorisé appelé un Hushaphone, et qui était directement branché sur le réseau téléphonique interne. Le même système fut également employé en 1934 pour retransmettre en direct à la radio française une allocution prononcée par Adolf Hitler à l'occasion d'un rassemblement du parti nazi à Nuremberg [1].

Le système Filene-Finlay était conçu et recommandé, non pour des situations d'interaction rapide dans les deux sens en plusieurs langues, mais pour des discours lus à haute voix à partir d'une version écrite – ce que les Allemands appellent de la *gesprochene Sprechsprache*, de la « langue de discours parlée », le pain quotidien des responsables politiques et des figures publiques dans le monde entier. IBM fit l'acquisition du procédé Filene-Finlay dans les années 1930, et ce fut cette compagnie qui fournit gracieusement au Tribunal militaire de Nuremberg un équipement complet, en partie de seconde main mais nettement amélioré et complété. Ce geste généreux devait faire date : il a transformé notre façon de concevoir la possibilité de la communication internationale.

Les participants au procès, y compris les accusés, furent équipés d'écouteurs et de microphones, d'où partaient des câbles qui traînaient sur le plancher du tribunal jusqu'au central. Du central, d'autres câbles couraient jusqu'aux compartiments séparés réservés aux quatre équipes distinctes de traduction. Le câblage devait être compliqué, mais c'est dans les cabines des traducteurs que les vrais prodiges eurent lieu.

Les parties prenantes devaient appuyer sur des boutons pour sélectionner le canal et la langue qu'elles souhaitaient entendre. Les traductions étaient produites par quatre équipes de trois interprètes chacune. L'équipe anglaise avait un interprète allemand, un interprète russe et un interprète français assis côte à côte, munis d'écouteurs et répétant en anglais ce qui se disait dans les autres langues ; les trois autres cabines étaient organisées de même. Ce furent au total 36 interprètes qui furent recrutés parmi les 300 professionnels en matière linguistique que la Cour, l'accusation et la défense avaient engagés, et qui furent chargés de cette tâche sans précédent, peut-être plus difficile qu'il n'y paraissait, qu'était la traduction orale instantanée. Les trois groupes de quatre équipes se relayaient toutes les 85 minutes, deux jours sur trois, et étaient censés se reposer dans les intervalles. Dès le début de cette nouvelle profession, l'interprétariat simultané fut reconnu comme étant l'une des tâches les plus épuisantes que l'on puisse exiger d'un cerveau humain.

Les problèmes ne tiennent pas seulement aux contraintes du transfert linguistique à haute vitesse. Le plus difficile, c'est que le son de votre propre voix réduit votre capacité à entendre ce que quelqu'un d'autre est en train de dire. Voilà pourquoi, dans une conversation, nous parlons chacun à son tour, et ne parlons en même temps qu'autrui que si nous ne voulons pas vraiment entendre ce qu'il dit. Un interprète simultané doit apprendre à inhiber la tendance naturelle à ne pas écouter pendant qu'il parle, et à ne pas parler pendant qu'il écoute. Si l'interprétariat simultané existe, c'est uniquement parce que certaines personnes particulièrement douées peuvent s'exercer à faire une chose aussi peu naturelle. Faites-en vous-même l'expérience : pendant une émission de télévision, répétez à voix haute, comme si vous parliez normalement, tout ce que dit le présentateur, au mot près. Si vous êtes capable de tenir bon sans laisser échapper la moindre phrase pendant au moins dix minutes, alors vous feriez peut-être un bon interprète simultané – à condition que vous connaissiez très bien deux autres langues. Des millions de gens connaissent trois langues assez bien pour être des interprètes, mais seule une faible proportion est douée de l'épuisante capacité à diviser son attention entre ce qu'on dit soi-même et ce qu'on entend – sans en perdre une miette.

L'opération la plus délicate, en matière de transfert linguistique à haute vitesse, tient à ce que les politiciens et les diplomates n'ont pas pour habitude de s'exprimer en phrases simples et courtes, sans propositions subordonnées, ni de ménager de longues pauses entre elles. Ils tendent plutôt à dérouler d'interminables chapelets de circonlocutions évasives : « Mon ambassadeur m'a chargé d'informer l'auguste assemblée ici présente que contrairement aux rumeurs rapportées dans l'un des organes de la presse capitaliste, aucun agent de l'État dûment accrédité n'a procédé en connaissance de cause à l'exportation vers quelque autre pays que ce soit de matériaux prévus par la convention internationale sur… » Il n'existe malheureusement aucune convention sur l'exportation du verbiage, ce qui oblige les interprètes à se lancer dans la reformulation de phrases de ce genre sans être certains de savoir où elles mènent, de quoi il est vraiment question, ou quelle modification de la structure du point de départ sera rétroactivée par le point final. Il faut des ressources mentales d'une extrême subtilité pour « tenir » un faisceau de traits sémantiques dans des formulations provisoires jusqu'à ce que le véritable thème de la phrase soit finalement sorti du chapeau. Un interprète contraint de reprendre et de corriger une phrase déjà entamée (comme nous le faisons tous dans la conversation courante) perd un temps précieux. La capacité à choisir les formules justes en une fraction de seconde et à laisser la phrase filer avec assez de souplesse pour être compatible avec ce qui surgira ensuite est un talent qui s'acquiert avec l'expérience et la pratique – mais s'appuie aussi sur un don hors du commun pour établir des correspondances instantanées entre des formes syntaxiques très éloignées les unes des autres d'un point de vue tant grammatical que stylistique.

La plupart des personnes qui travaillaient à préparer le procès de Nuremberg doutaient du bon fonctionnement de ce procédé dernier cri. Nous sommes moins redevables de l'interprétariat de conférence tel que nous le connaissons aujourd'hui aux avis motivés des procureurs, des juges et des professionnels du langage qu'à l'attitude volontariste de l'armée américaine victorieuse. Les sceptiques avaient à leur tête Richard Sonnenfeldt, qui dirigeait le service de traduction de l'équipe américaine chargée de l'accusation. Il travaillait à Salzbourg dans un atelier militaire de réparation de moteurs quand le général William Joseph (« Wild Bill ») Donovan le recruta comme traducteur et l'affecta aux longs interrogatoires des accusés qui précédèrent le procès. Après avoir interrogé les officiers nazis les plus haut gradés pour le compte de généraux à quatre étoiles, il se vit proposer de superviser l'équipe de traduction simultanée pendant le procès proprement dit. Sonnenfeldt déclina l'offre : la vitesse d'exécution requise l'intimidait, ainsi que son peu de familiarité avec la terminologie juridique. Mais s'il refusa de diriger le premier service d'interprétation simultanée au monde, ce fut avant tout parce que en tant que professionnel, il était convaincu qu'une défaillance était inévitable – soit humaine, soit mécanique, soit totale [2].

Pour ce qui est des problèmes, il avait raison. Les microphones et les écouteurs tombaient en panne ; les témoins et les hommes de loi (parmi lesquels Robert H. Jackson, qui conduisait l'accusation pour les États-Unis) avaient un débit trop rapide ; à plusieurs reprises, un interprète fondit en larmes au cours du témoignage de Rudolf Höss, le glacial commandant d'Auschwitz. Mais malgré tout, le système fonctionna. On raconte que Hermann Göring aurait confié à Stefan Hörn, l'un des traducteurs de la Cour : « Votre système est très efficace, mais il va aussi abréger mon existence [3] ! »

Le système d'interprétariat inauguré au procès de Nuremberg ouvrit une ère nouvelle de la communication internationale. Les performances des traducteurs débouchèrent sur la création d'un nouveau métier, fondé sur une compétence inconnue jusque-là ; elles eurent aussi une influence immédiate et de grande portée sur les affaires mondiales. D'abord, chaque organisme international, à peine fondé, réclama sur-le-champ son propre système d'interprétariat simultané, comme s'il s'agissait d'un produit en stock dans un magasin. En février 1946, alors que le système mis au point pour Nuremberg était encore en rodage, la première assemblée générale de la toute jeune ONU recommandait dès sa deuxième résolution (point *c*) « que le Secrétaire général procède à une étude approfondie de la question de l'installation d'un système téléphonique d'interprétation et, si possible, fasse installer ce système pour la deuxième partie de la première session », puis précisait en annexe (articles 1 et 2) que « les discours prononcés dans l'une des langues de travail [l'anglais et le français] sont interprétés dans l'autre » et que « les discours prononcés dans l'une des trois autres langues officielles [le chinois, le russe et l'espagnol] sont interprétés dans les deux langues de travail » (voir le Règlement concernant les langues adopté en 21e séance plénière, le 1er février 1946 [4]). Depuis lors, toutes les institutions dépendant de l'ONU – de l'OIT à la FAO, de l'Unesco à la Banque mondiale – ont acquis les équipements et recruté le personnel nécessaires pour créer l'illusion magique que tout délégué serait toujours en mesure de comprendre le discours de tout autre délégué à l'instant même où il le prononce.

Cette évolution conduisit les profanes à considérer comme un fait acquis que la diversité des langues n'était plus un obstacle à la coordination collective de l'action internationale et à la paix dans le monde. Mais les spécialistes – les diplomates et les négociateurs à pied d'œuvre dans les nouvelles instances fondées par l'ONU – ne partageaient pas une telle illusion. Comme le souligne un spécialiste de droit international, les textes et les discours produits à haute vitesse sous forme multilingue sont peut-être grammaticalement corrects, mais ne sont jamais tout à fait cohérents. Les petites variations qui surgissent, sur lesquelles les délégués peuvent discuter pendant des heures, « élèvent la conscience collective de l'importance de la traduction [5] ». Cela dit, les premières années de l'interprétariat simultané furent tout de même des années de grande espérance : un nouvel ordre mondial fondé sur le débat et la concertation semblait pouvoir naître des ruines de la guerre. On comprend dans ces circonstances que le grand public eut tôt fait d'oublier quel mystérieux et fragile exploit était accompli tout au fond de la salle de l'Assemblée par un très petit groupe de gymnastes linguistiques confinés dans leurs cabines de verre.

Il est à peine nécessaire d'expliquer pourquoi la simultanéité en matière de traduction n'est qu'une illusion. On ne peut rien traduire avant d'avoir entendu de quoi il s'agit : la traduction vient toujours après coup. L'impression de simultanéité est créée en puisant dans un impressionnant sac à malices linguistiques. D'abord, beaucoup de discours sont lus d'après un texte rédigé à l'avance. Les diplomates en fournissent parfois une copie aux équipes de traduction avant qu'il soit prononcé – il ne s'agit souvent que de quelques instants d'avance, mais même une ou deux minutes, en l'occurrence, font déjà considérablement baisser la tension. Ensuite, la plupart des discours qu'on entend aux rencontres internationales sont d'un type assez prévisible. Une fois acquise l'expérience du genre d'affaire en cours et de l'arsenal de formules convoqué pour cela, on peut anticiper sur les paroles effectivement prononcées, de façon à se ménager assez d'espace cérébral libre pour tendre l'oreille aux variations que l'orateur pourrait introduire, et qui sont l'essentiel. En cas de digression sortant des sentiers battus, on peut aussi résumer la teneur des propos ou changer de plan : « Le délégué soviétique vient de faire une blague » permet d'éviter de paraphraser une blague russe interminable. Mais même ainsi, l'art de l'interprète de conférence (appellation aujourd'hui préférée à « traducteur oral » ou à « traducteur simultané ») réclame un haut niveau de concentration et d'agilité mentale. Rares sont les gens qui en sont capables, et plus rares encore ceux qui veulent en faire leur profession.

Soixante ans après l'invention du métier, il est toujours aussi difficile de prédire si telle ou telle personne pourra ou non être efficacement formée à l'interprétariat de conférence. Aujourd'hui encore, la proportion d'étudiants admis aux cours qui n'entreront jamais dans la carrière varie entre un tiers et une moitié [6]. Aux temps héroïques, juste après la Seconde Guerre mondiale, la désastreuse histoire du XXe siècle avait produit des milliers d'individus doués de capacités linguistiques exceptionnelles dans plusieurs des six langues internationales (espagnol, anglais, français, russe, chinois et arabe) : enfants de réfugiés de la révolution russe éduqués à Shanghai et apprenant la langue anglaise au lycée français, jeunes exilés de la France occupée bloqués plusieurs mois, voire plusieurs années à Cuba ou à Mexico dans l'attente d'un visa américain avant de pouvoir poursuivre les études à New York, etc. La première génération de l'élite des métiers de la traduction était surtout composée de jeunes professionnels ayant vécu ce genre d'expériences, et qui restèrent en poste pendant trente ans ou plus. Ces pères fondateurs et mères fondatrices de la communauté de l'interprétariat de conférence ont pris leur retraite, et leur remplacement s'est révélé très délicat. Le manque de personnel est particulièrement criant pour les deux langues les plus souvent sollicitées au niveau diplomatique mondial : l'arabe et le chinois. Même les postes d'interprétariat du russe et du français vers l'anglais deviennent plus difficiles à pourvoir.

De nos jours, la structure de l'interprétariat de conférence aux Nations unies, dans ses institutions et dans la plupart des rencontres internationales qui peuvent s'offrir ce luxe, n'est plus ce qu'elle était aux procès de Nuremberg. Les règles inventées pour cette première expérience étaient simples : tous les interprètes devaient travailler uniquement vers leur langue « native » (qu'on appelle aujourd'hui leur langue A, « A » comme « active »), et tout acte d'interprétariat devait s'effectuer à partir de l'« original ». À l'heure qu'il est, rien que pour les 6 langues officielles à l'ONU, il faudrait donc 6 équipes de 5 traducteurs, soit 30 personnes en tout, pour satisfaire les besoins d'une seule réunion. On admet aujourd'hui que cette profession est aussi stressante que celle de contrôleur de trafic aérien : les relais de 85 minutes qui rythmaient l'activité des interprètes à Nuremberg ont cédé la place à des tours de 30 minutes en alternance (20 minutes dans les cabines chinoise et arabe), tout au long d'une journée de travail de 3 ou de 6 heures – avec la conséquence qu'il faudrait non pas 30, mais 60 personnes pour servir une rencontre internationale si les règles d'origine s'appliquaient encore. Soixante personnes ayant le niveau et la diversité de compétences requis, et susceptibles d'être rassemblées en un même lieu au même moment – cela n'existe tout simplement nulle part au monde, pas même à New York. Avec le schéma ci-dessous, on parvient à créer une illusion de transfert linguistique sans heurts avec une équipe réduite à quatorze membres :

Dans la cabine française : deux interprètes, l'un qui écoute en espagnol et en anglais, l'autre écoutant en russe et en anglais, tous deux interprétant vers le français.

Dans la cabine anglaise : deux interprètes, l'un écoutant en français et en russe, l'autre écoutant en espagnol et en français, tous deux interprétant vers l'anglais.

Dans la cabine espagnole : deux interprètes, écoutant tous deux en anglais et en français et interprétant vers l'espagnol.

Dans la cabine russe : deux interprètes, tous deux écoutant soit en espagnol soit en français ainsi qu'en anglais, et interprétant vers le russe.

Dans la cabine chinoise : trois interprètes qui se relaient, écoutant en anglais et en chinois tout en interprétant vers le chinois et l'anglais.

Dans la cabine arabe : trois interprètes qui se relaient, écoutant soit en français, soit en anglais et en arabe, et interprétant soit vers l'arabe et l'anglais, soit vers le français.

Autrement dit, le chinois passe à l'espagnol, au français et au russe *via* l'anglais, et l'arabe passe à l'espagnol et au russe *via*, soit l'anglais, soit, le plus souvent, le français ; l'espagnol et le russe passent au chinois *via* l'anglais, et à l'arabe *via* le français. Si l'interprète russe dans la cabine anglaise est allé aux toilettes, alors le canal russe passe à l'anglais *via* la cabine française ; de façon similaire, si l'interprète espagnol dans la cabine française saigne du nez, l'espagnol passe au français *via* l'anglais.

Le relais (ou double traduction) est en principe une mauvaise idée – le risque d'erreur est accru, ainsi que le décalage temporel entre le discours du délégué et la diffusion du texte correspondant dans les écouteurs de son auditoire. Autre mauvaise idée : que les interprètes chinois et arabes travaillent vers leur langue A mais aussi

Le réseau d'interprétariat aux Nations unies

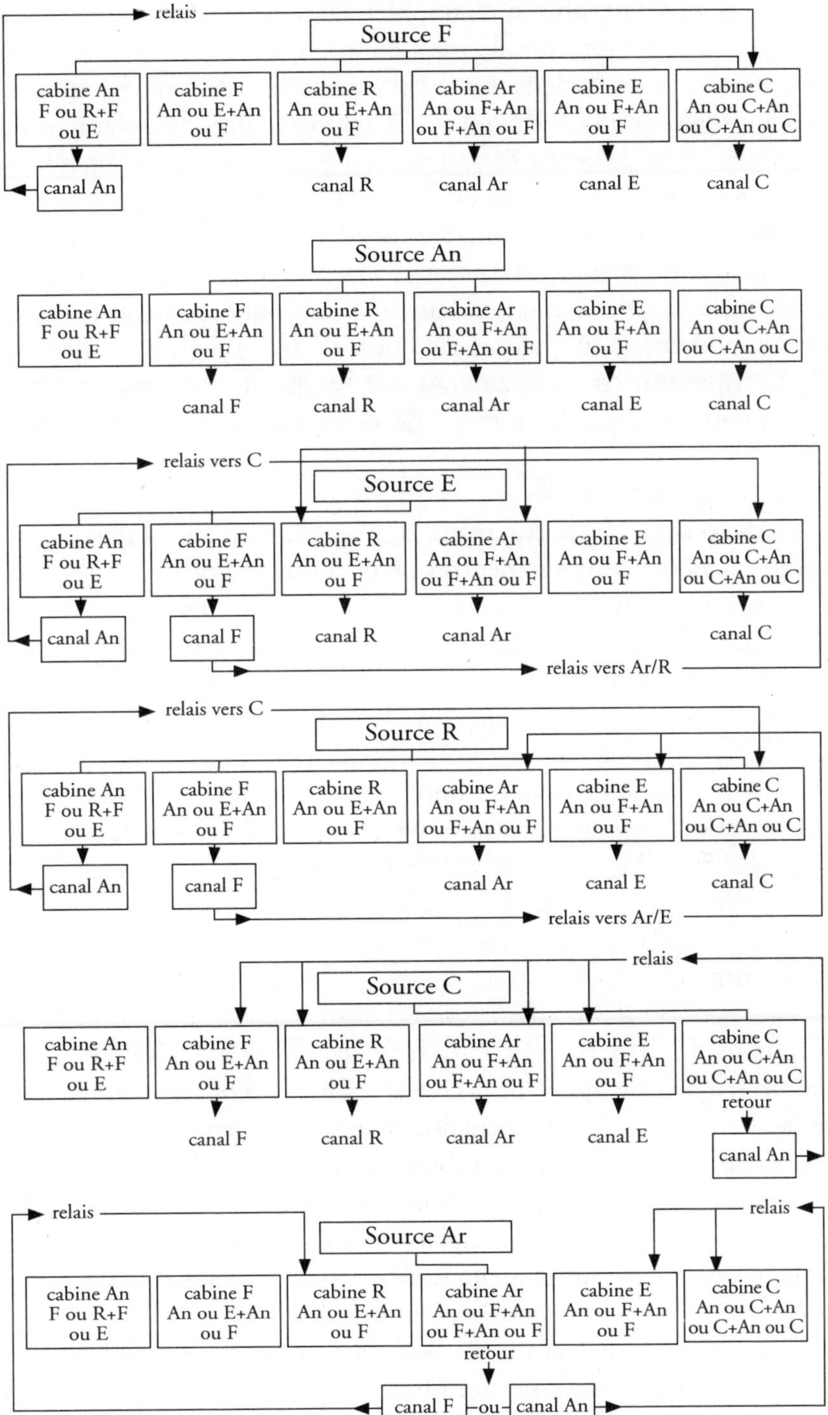

F = français • An = anglais • E = espagnol • R = russe • C = chinois • Ar = arabe

vers l'anglais depuis leur langue A ; travailler dans les deux sens en même temps fait plus que doubler la tension mentale. Mais le recours au relais (ou double traduction) et au retour (un interprète travaillant dans les deux sens) est une solution miracle pour les fonctionnaires de l'ONU qui ont à assurer le bon déroulement des réunions. Sans le relais et le retour, l'ensemble du système serait beaucoup plus coûteux – et en l'état actuel, ce n'est déjà pas donné.

Dans le cadre de l'Union européenne, le système a été perfectionné afin de permettre de traiter des réunions à 24 langues officielles. Un interprétariat totalement symétrique selon la méthode de Nuremberg – où chaque direction de traduction est du ressort d'un seul interprète – réclamerait une équipe de 552 personnes, très nettement plus que le nombre de délégués participant à quelque assemblée que ce soit. Une telle solution est évidemment exclue. Voici donc comment les choses se passent :

Quand tous les participants à une réunion comprennent au moins une des langues de travail de l'UE (l'anglais, le français, l'allemand ou l'italien) – ce qui est presque toujours le cas –, on applique un régime linguistique asymétrique. On entend par là que les participants peuvent s'exprimer dans n'importe laquelle des 24 langues officielles (pourvu qu'ils fassent part de leur choix au service d'interprétariat en temps voulu), mais qu'ils ne peuvent écouter que dans l'une des quatre langues de travail. Une telle réunion serait alors, dans le jargon consacré, conduite sous un régime linguistique « 24 : 4 ». Dans un tel cas, si chaque direction de traduction était confiée à un seul individu spécialisé, il faudrait recruter jusqu'à 80 interprètes par session, ce qui est encore beaucoup trop.

Pour réduire davantage ce nombre, on recourt à des interprètes disposant de deux langues A et capables de travailler vers l'une ou l'autre (ce qu'on appelle un « cheval » dans l'argot du métier), mais aussi, ce qui est plus important, à des interprètes qui travaillent également vers leur langue B. Et c'est bien entendu au relais que l'on doit l'économie la plus importante. Quand le délégué lituanien parle, un interprète de lituanien B fournit une traduction allemande simultanée sur laquelle les interprètes allemand-anglais, allemand-français et allemand-italien s'appuient pour leurs versions dans les langues de travail (et dans un régime 24 : 4, d'autres versions ne sont plus nécessaires). Dans notre exemple, la langue pivot est l'allemand ; pour d'autres langues employées au cours de la même réunion imaginaire, elle pourrait être l'anglais, le français ou l'italien, ce qui ramène le nombre total de personnes effectivement nécessaires pour une réunion « 24 : 4 » à un maximum de 28, voire nettement moins si (par exemple) l'interprète portugais-français s'occupe aussi de l'espagnol quand le français est la langue pivot ou si l'interprète suédois-allemand se charge également du danois quand l'allemand sert de pivot. Comme deux langues B sont requises de tout interprète travaillant pour l'UE, le recours aux régimes asymétriques (complétés par le « cheval », le retour et le relais) garantit un service d'interprétariat simultané à Bruxelles, Luxembourg et Strasbourg à un prix à peu près raisonnable[7].

Aux Nations unies, le système est souvent invisible pour ses usagers. Les interprètes sont placés au fond de la salle, ou sur les côtés, derrière des écrans de verre fumé et phoniquement isolants. Vous pourriez assister à une douzaine de réunions sans même vous rendre compte de la présence physique des interprètes – il paraît donc naturel que leur fonction semble aller de soi. Mais il y a plus insidieux encore que l'occultation de la magie interprétante : l'impression que tout ce que vous dites peut être entendu simultanément dans toutes les autres langues. L'interprétariat de conférence, si séduisant et prestigieux qu'il soit, balaie les difficultés réelles – et l'intérêt véritable – du transfert linguistique sous un chatoyant tapis de trucs de métier qui sont presque autant de tours de cirque. Du coup, le grand public s'imagine que nous disposerons bientôt d'une prothèse auditive infaillible qui nous permettra de dialoguer à volonté avec tous les peuples de la Terre – en attendant l'arrivée du Poisson Babel, inventé par l'humoriste britannique Douglas Adams dans son *Guide du voyageur galactique* pour se moquer de telles illusions, et qui nous mettra, lui, en communication instantanée avec toutes les créatures du cosmos...

Comme on peut le voir sur le schéma ci-dessous, le Poisson Babel convertit des ondes cérébrales puisées dans le milieu ambiant en d'autres ondes cérébrales qu'il injecte dans notre tissu nerveux. Les premières sont ses aliments, les secondes, ses déchets ; des unes aux autres, le contenu de sens est conservé, et entre les deux, cette brave bête prend son pourcentage, tandis que nos cerveaux, en somme, lui servent de dépotoir électrico-sémantique... Décidément, s'il existait, ce superbe prédateur nageant dans l'océan des langues serait bien, comme l'affirme son créateur, « l'être le plus bizarre de l'univers ».

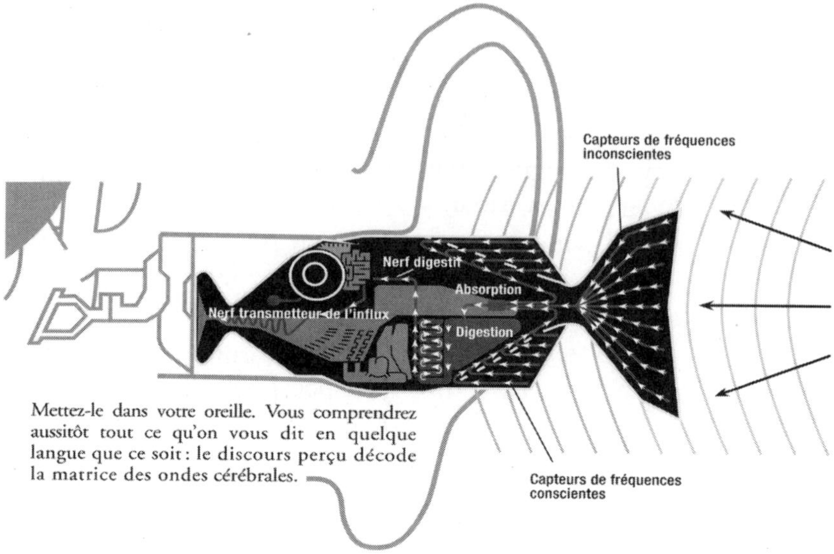

Mettez-le dans votre oreille. Vous comprendrez aussitôt tout ce qu'on vous dit en quelque langue que ce soit : le discours perçu décode la matrice des ondes cérébrales.

Contrairement à la plupart des traducteurs de textes écrits et à une forte proportion d'interprètes consécutifs, les interprètes de conférence ne sont que rarement des spécialistes d'une discipline donnée ; ils sont donc ce qui s'apparente le plus à de purs professionnels du langage. Peu d'institutions à mission spécifique sont assez importantes pour justifier l'embauche d'interprètes à plein-temps : il n'y a de par le monde que 67 organisations qui emploient des membres de l'AIIC (Association internationale des interprètes de conférence) dans leurs équipes permanentes, et seules 4 d'entre elles (les Nations unies à Genève et à New York, ainsi que deux des Tribunaux internationaux siégeant à La Haye) en comptent plus de 10. En conséquence, la plupart des 3 000 membres de l'AIIC (et un nombre à peu près équivalent d'interprètes non affiliés) travaillent au contrat, voyageant de conférence en conférence et d'un sujet à l'autre. Parlant vite mais écoutant bien, ils doivent être à la fois alertes et détendus, capables de supporter des harangues d'un effroyable ennui mais aussi de saisir au vol l'essentiel du propos dès qu'une nouveauté surgit. Les interprètes sont vraiment des gens à part.

Sont-ils une espèce en voie d'extinction ? Plusieurs menaces planent sur leur survie. D'abord, en ce qui concerne le monde anglophone, le déclin précipité de l'enseignement des langues étrangères au cours des cinquante dernières années signifie qu'il y a toujours moins de débutants « anglais A » dans la profession. Interdisez aux petits garçons de faire de la bicyclette, et dans une ou deux décennies, le Tour de France deviendra une grande épreuve gériatrique, puis disparaîtra. Renoncez à enseigner intensivement à des anglophones natifs, pendant qu'ils sont encore jeunes, deux langues choisies parmi l'espagnol, le russe, le chinois, l'arabe et le français, jusqu'à ce qu'ils atteignent un haut niveau, et vous manquerez de candidats aux formations à l'interprétariat d'ici dix à quinze ans. Bien sûr, il y a beaucoup de bilingues anglais-espagnol, mais très peu d'entre eux maîtrisent suffisamment une troisième langue de travail de l'ONU. Si les exigences étaient revues à la baisse, si l'on ne demandait plus deux, mais une seule langue étrangère avec « anglais A », le système pourrait sans doute fonctionner grâce au relais et au retour, et les problèmes de personnel seraient moins aigus. Mais comme dix candidatures à une école de traduction ne débouchent que sur cinq étudiants, et comme un tiers à peine de ceux qui obtiendront leur diplôme est considéré comme ayant les qualités requises pour pratiquer le métier, il devient urgent, d'un bout à l'autre du monde anglo-saxon, d'investir des sommes importantes dans l'enseignement des langues. Faute de quoi, notre prochaine génération de politiciens et de diplomates, d'hommes d'affaires et de consultants, de militants des Droits de l'Homme, de juristes internationaux et d'analystes ès affaires étrangères, en sera réduite à se raccrocher aux branches de l'arbre à vodka – tout en se fourrant des Poissons Babel dans les deux oreilles.

Un autre danger pèse sur la pratique linguistique actuelle des organisations internationales : certains États risquent de rechigner à financer l'interprétation simultanée vers des langues qui cessent d'être véhiculaires à un niveau international. Cela dit, le remplacement du russe (par exemple) pourrait s'avérer politiquement impossible pour de nombreuses décennies, et personne n'a une idée très claire de ce qui pourrait remplacer le français.

Mais la principale menace qui pointe à l'horizon est en train de mûrir en ce moment même dans des laboratoires de recherche du New Jersey et d'ailleurs. Grâce aux technologies de reconnaissance vocale qui permettent à un modèle courant d'ordinateur de produire du texte à partir d'un flux de paroles, grâce aussi aux systèmes de synthèse vocale qui équipent aujourd'hui les répondeurs automatiques de nouvelle génération, l'objectif de la FAHQT (ou « traduction de haute qualité complètement automatisée ») telle que l'encouragent les directives actuelles du gouvernement américain en matière de recherche scientifique pourrait bien se muer en FAHQST – ou « traduction *vocale* de haute qualité complètement automatisée » (*fully automated, high-quality* speech *translation*). Certains systèmes expérimentaux, mais tout près d'être commercialisés, produisent déjà couramment de l'anglais « parlé » à partir d'un discours espagnol. Je ne vivrai peut-être pas assez vieux pour le voir ou l'entendre, mais beaucoup d'entre vous, si, chers lecteurs et lectrices : l'interprétariat automatisé – tant pour la prose diplomatique internationale banale à partir de sa version orale secondaire à base textuelle que pour les renseignements touristiques à la réception des hôtels, sans compter bien d'autres applications.

Vous entrerez alors dans le monde de l'oralité tertiaire. Un autre monde.

25

ÉQUIVAILLE QUE VAILLE
TRADUIRE L'HUMOUR

Que fait la traduction ? Sans trop prêter à controverse, on pourrait dire qu'elle fournit à une certaine communauté l'équivalent acceptable d'un énoncé formulé dans une autre langue. Ce qui ne va pas très loin, mais comme cela s'applique aussi bien à l'interprétariat de conférence, à la bande dessinée, aux contrats ayant force légale, aux romans, cela constitue un point de départ assez raisonnable.

Partons-en donc, et voyons les trois énormes questions qu'il laisse ouvertes :

1. Qu'est-ce qui rend un équivalent acceptable ?
2. Parmi la liste infinie des qualités que présente un énoncé, quelles sont celles dont une traduction peut ou doit fournir un équivalent ?
3. Au fait, qu'entendons-nous par un « équivalent » ?

Telles sont les questions auxquelles la traductologie a toujours cherché à répondre, en s'armant parfois d'une lourde panoplie universitaire (on intitulera par exemple « Critères d'évaluation de la qualité d'une traduction » une discussion des réponses à la question 1). Mais de quelque façon que vous formuliez ces trois questions, les réponses ne sont pas faciles à trouver.

Toutes sortes de critères peuvent intervenir dans les jugements que portent différentes personnes à différents moments sur le caractère acceptable ou non d'une équivalence. Ces critères peuvent être théoriques, pratiques, sociaux, culturels et même, à l'occasion, purement arbitraires aussi (exemple : « ce traducteur a remporté un prix prestigieux et *doit* avoir raison »). Tenter de les hiérarchiser ou de les répartir selon les classes de situations où ils seraient applicables risque d'être nettement trop compliqué. Il semble plus fructueux de s'attaquer au problème en partant de l'extérieur, et d'examiner tout d'abord les domaines où les correspondances sont généralement tenues pour difficiles à trouver.

Un secteur que toutes les études de traductologie s'accordent à reconnaître comme pauvre en correspondances est celui des énoncés qui font rire ou sourire. Voici une vieille blague soviétique sur Staline :

> Staline et Roosevelt se disputent pour savoir qui a le garde du corps le plus loyal. Chacun ordonne au sien de sauter par la fenêtre du quinzième étage. Le garde du corps de Roosevelt refuse tout net en déclarant : « Je dois songer à l'avenir de ma famille ! » Le garde du corps de Staline, lui, saute par la fenêtre et s'écrase sur le trottoir. Roosevelt n'en revient pas.
>
> — Dis donc, pourquoi il a fait ça ? demande-t-il. Et Staline de répondre :
>
> — Lui aussi devait songer à l'avenir de sa famille [1].

Bien. Cette blague est ici traduite de l'anglais, lui-même traduit du russe – et même en russe il s'agit déjà d'une traduction, vu que la même histoire a été attribuée depuis des siècles à bien d'autres potentats brutaux, à commencer par Pierre le Grand. Nous pouvons supposer sans trop de risque que cette forme de blague peut être conservée, ainsi que son message, dans toute langue humaine, pourvu que soient remplies deux conditions qui ne sont linguistiques qu'à la marge : d'abord, la langue cible doit posséder une expression équivalant à « songer à l'avenir de la famille » qui puisse s'appliquer à deux projets légèrement distincts (subvenir aux besoins du conjoint et des enfants/ les mettre à l'abri des persécutions) ; ensuite, l'auditeur doit comprendre, ou pouvoir deviner, que quand un potentat pervers châtie ses subordonnés, la persécution s'étend jusqu'à leur famille. Ces deux conditions ne sont peut-être pas satisfaites dans toutes les cultures et toutes les langues du monde, mais elles doivent l'être assez fréquemment. La prétendue « intraduisibilité de l'humour » n'a pas résisté à notre premier assaut.

Du moment que les deux conditions générales ci-dessus peuvent être remplies, la petite histoire du « saut pour Staline » peut être retouchée pour s'adapter à une large palette de circonstances historiques ou géographiques dans la même langue ou dans une autre, tout en restant la même blague. Il existe dans le même genre une quantité de schémas humoristiques transportables, pouvant être récrits à volonté – y compris parmi les blagues politiquement incorrectes aux dépens d'un pays voisin, dont la structure se retrouve inchangée dans les histoires belges que racontent les Français, les finlandaises des Suédois, les irlandaises des Anglais, et ainsi de suite.

Pour ce genre de blagues voyageuses, une fois repérée l'interaction entre signification et présupposition qui constitue leur message, la traduction consiste à bâtir un schéma équivalent, puis à récrire tout le reste en conséquence. La capacité à reconnaître l'équivalence n'est pas rare ; elle est peut-être quasiment universelle. Mais peu de gens possèdent l'art de trouver un équivalent qui soit bon.

Cela posé, inutile d'aller bien loin pour trouver des usages humoristiques du langage dont le fonctionnement est légèrement différent.

A Brooklyn baker became deeply irritated by a little old lady who kept standing in line
Un poissonnier des Halles finit par ne plus supporter la vue d'une petite vieille qui

to ask for a dozen bagels on a Tuesday morning despite his having put a big sign
s'obstinait à faire la queue pour des encornets dès le matin malgré la grande pancarte

in his window to say that bagels were not available on Tuesday mornings.
dans sa vitrine indiquant : « pas d'encornets avant 15 heures ».

When she got to the head of the line for the fifth time in a row the baker decided
L'ayant vue ainsi faire la queue cinq fois de suite, le poissonnier exaspéré décida

not to shout and scream, but to get the message through this way instead.
de ne surtout pas crier, mais de lui faire saisir le message par une autre voie.

« Lady, tell me, do you know how to spell "cat" – as in "catechism" ?
« Ma petite dame, vous pourriez m'épeler "chat", comme dans "chatouille" ?

— *Sure I do. That's C-A-T.*
— Mais bien sûr. C-H-A-T.

— *Good, the baker replies. Now tell me, how do you spell "dog" – as in "dogmatic"?*
— Bien, dit le poissonnier. Et vous pourriez m'épeler "rat" – comme dans "ratatouille" ?

— *Why, that's D-O-G.*
— Mais oui : R-A-T.

— *Excellent! So how do you spell "fuck", as in "bagels"?*
— Bravo ! Et donc, vous pouvez m'épeler « putain », comme dans « cornet » ?

— *But there ain't no "fuck" in "bagels"! the little old lady exclaims.*
— Mais il n'y a pas de « putain » dans « cornet » ! s'exclame la petite vieille.

— *That's precisely what I've been trying to tell you all morning!* »
— Ça fait cinq fois que je vous le dis depuis ce matin ! »

Il y a différentes manières de formuler le principe d'une telle blague (on a vu plus drôle, mais peu importe ici). Il s'agit de faire dire à quelqu'un une vérité qu'il ou elle n'a pas pu assimiler. Il n'y a aucune raison de supposer que des équivalences ne puissent être trouvées, dans une langue donnée, pour tourner un personnage en ridicule selon la même formule. Quant au schéma d'ensemble, il repose sur une différence entre langage écrit et langage oral : des jeux de mots à structure similaire doivent pouvoir être repérés ou construits dans toute langue dotée d'un système d'écriture phonétique imparfait. Mais une fois dégagés ces deux traits, il s'agit de trouver une solution équivalente, ce qui est une tâche beaucoup plus délicate. Dans la version anglophone de la blague, l'assimilation du participe présent d'un gros mot (*fucking*) à la racine de ce même mot plus une préposition (*fuck* + *in*) n'est possible que parce qu'en anglais, la marque distinctive du participe (la consonne finale « g ») n'est généralement pas prononcée dans un registre linguistique relâché. Ce vulgarisme est typique d'une langue particulière, et joue du léger décalage entre ses formes orale et écrite. Un équivalent structurel dans une autre langue devra sans doute s'appuyer sur un autre trait grammatical et phonétique, lequel pourra illustrer ou non le même mécanisme humoristique : faire dire à quelqu'un de stupide ce qu'il ou elle se refuse à comprendre en lui tendant un piège à l'aide d'un petit jeu orthographique volontairement trompeur.

On s'accorde généralement à reconnaître que ce genre d'humour tire parti de la capacité de toute langue à renvoyer à elle-même, et donc à jouer avec les mots. Les expressions métalinguistiques – les phrases et les expressions qui font référence à l'un ou l'autre aspect de leur forme langagière – convoient des significations qui sont par définition inhérentes à la langue dans laquelle elles sont exprimées. Une phrase comme « Il n'y a pas de "putain" dans "cornet" » est peut-être bête et vulgaire, mais constitue un assez bon exemple d'expression métalinguistique. Elle ne parle ni de cornets ni d'encornets, mais seulement de l'orthographe et de la prononciation d'une certaine séquence phonique de la langue française, indépendamment de sa valeur de signe. Les « jeux sur le signifiant » sont traditionnellement considérés comme la zone d'ombre du langage, la limite entre chien et loup où la traduction devient un défi paradoxal.

Une telle position pourrait être défendue si le critère pour un équivalent acceptable dictait nécessairement que les signifiants eux-mêmes soient équivalents. Ce qui n'est certainement pas le cas. Les équivalences que pose une traduction ne comprennent jamais les signifiants eux-mêmes. Dans le cas contraire, elle ne compterait pas comme traduction.

De même que certaines blagues seulement exploitent la fonction métalinguistique, de même toutes les expressions autoréférentielles ne sont pas drôles – et surtout pas celles que les philosophes du langage prennent comme exemples, telles que :

1. *There are seven words in this sentence.*
1 *bis*. Il y a sept mots dans cette phrase [traduction « littérale » de 1].
1 *ter*. Ceci est une phrase de sept mots.

Il n'est pas difficile de trouver une phrase équivalente en allemand :

2. *Es gibt sieben Wőrter in diesem Satz.*

Mais une telle équivalence translinguistique est considérée comme un heureux hasard – une coïncidence arbitraire et irrationnelle, dans un cas particulier. Le caractère généralement tenu pour problématique de phrases du type de 1 tient à ce que rien ne garantit qu'elles puissent être traduites dans d'autres langues : elles semblent donc contredire l'axiome de dicibilité posant que pour toute pensée que peut avoir une personne, il doit exister dans toute langue naturelle une phrase équivalente qui l'exprime (et donc, que tout ce qui peut être exprimé dans une langue peut aussi l'être dans une autre : voir ci-dessus, p. 164-165).

Mais le vrai problème avec une phrase telle que 1, c'est qu'elle ne peut pas être traduite en anglais non plus. « *This sentence consists of seven words* » (littéralement : « Cette phrase consiste en sept mots ») reformule (« traduit ») 1, mais ce faisant, elle devient contrefactuelle, alors que 1 ne l'est pas. De même, sa reformulation en français produit une contre-vérité, du moins si vous croyez que la traduction consiste à donner à chaque terme signifiant, « littéralement » et l'un après l'autre, un équivalent proposé par un dictionnaire de poche : voyez ci-dessus la phrase 1 *bis*.

La principale cause des problèmes, ce sont les solutions, a déclaré un jour un bel esprit américain. Une maxime qu'illustrent bien les inextricables difficultés créées par la reformulation de phrases autoréférentielles considérées hors de tout contexte. Le fait est que 1 *bis* n'est pas la seule façon possible d'exprimer 1 en français. À vrai dire, c'est à peu près la dernière version qui vous viendrait à l'esprit. Un meilleur équivalent serait

3. Cette phrase est constituée de sept mots

Mais comme la philosophie est écrite par des philosophes et non par des traducteurs, le choc entre 1 et 1 *bis* est considéré comme une démonstration d'une vérité plus large, générale :

> La traduction d'une langue à l'autre ne peut pas conserver à la fois la référence (ce dont traite une phrase), l'autoréférence (ce qu'une phrase dit d'elle-même) et la valeur de vérité (le fait qu'une phrase soit vraie ou fausse) [2].

Ce qui expliquerait en deux mots l'intraduisibilité des jeux de langage, ainsi que de toutes les blagues tirant parti de traits propres à la langue où elles sont exprimées. Comme cette thèse est présentée comme ayant une validité générale, il suffit d'un seul contre-exemple persuasif pour la réfuter. Mais la raison de sa fausseté ne tient pas à quelque contre-exemple que ce soit : le vrai point faible de cet axiome, c'est qu'il ne dit pas ce qu'il entend par « traduction ». Et donc, en matière de traduction, voici à quoi devrait ressembler, selon moi, une meilleure approximation de la vérité :

> La conservation simultanée de la référence, de l'autoréférence et de la valeur de vérité d'un énoncé n'est pas hors de la portée d'artisans

langagiers aux méninges torturées et à l'intellect agile pour peu qu'une fortune propice leur accorde l'aubaine d'une équivalence multidimensionnelle dans leur propre langue.

Au chapitre LII de *La Vie mode d'emploi*, de Georges Perec, un jeune homme déprimé nommé Grégoire Simpson erre dans Paris et passe des heures à contempler les vitrines. Au hasard de ses promenades, il pénètre dans un passage couvert et tombe en arrêt devant un étalage où sont exposés les échantillons d'un imprimeur à la tâche : en-tête de correspondance factices, invitations de mariage, cartes de visite humoristiques. En voici une :

Adolf Hitler
Fourreur

« Fourreur » joue évidemment de la prononciation approximative de l'allemand « *Führer* » en français. La blague est métalinguistique et autoréférentielle, pourvu que vous sachiez (1) qui était Hitler et ce qu'il représente ; (2) qu'un fourreur et un dictateur sont deux choses distinctes ; (3) que le mot français constitue un à-peu-près phonétique du mot allemand, et *vice versa*. Pour traduire une telle blague, il ne s'agit pas de trouver un équivalent de tout ou partie des points (1) à (3), mais bien de la relation entre eux : une certaine structure de correspondance boiteuse entre les sons et les sens de deux langues, dont l'une doit être l'allemand.

Voici ce qui m'est venu :

Adolf Hitler
German Lieder

Il m'a fallu un certain temps, et un peu de chance. Ce n'est peut-être pas la seule ni la meilleure traduction possible de la carte de visite humoristique imaginée par Perec, mais cette équivalence paraît faire l'affaire quant aux dimensions qui importent ici. Elle joue de la quasi-homophonie entre l'allemand *Lieder* et l'anglais *leader* (point 3), tout en reposant sur les mêmes présupposés culturels généraux (points 1 et 2). Sans conserver toutes les dimensions de l'original (mais qu'est-ce donc qui le pourrait ?), elle équivaut suffisamment aux principales d'entre elles pour être considérée – telle est mon opinion, qui a le mérite de la franchise sinon de l'humilité – comme une version satisfaisante d'une plaisanterie métalinguistique et autoréférentielle entre deux langues.

Les traits d'esprit, les contes à dormir debout, les histoires drôles et les blagues débiles ne sont intraduisibles que si vous tenez absolument à comprendre la « traduction » comme une mise en équivalence, à un niveau élémentaire, « mot à mot », des termes signifiants eux-mêmes. Ce que la traduction n'est évidemment pas. L'équivalence qu'elle élabore porte sur les dimensions d'un énoncé qui, considérées dans leur ensemble, rendent compte de son effet principal dans le contexte d'énonciation original.

Tout ceci ne nous dit pas encore ce que nous entendons par « équivalence ». Mais nous nous rapprochons du but.

26

Style et traduction

Les traductions altèrent tout naturellement de nombreux traits de leur source en vue de produire des équivalents aux dimensions qui importent dans le contexte d'origine. Il existe cependant, parmi les caractères du langage écrit et oral auxquels nous sommes traditionnellement sensibles, une qualité qui ne se confond pas avec telle ou telle dimension particulière d'un énoncé, mais qui concerne plutôt la relation globale qu'ils entretiennent entre eux : le style.

Le style est plus que le genre. Les recettes de cuisine sont couramment traduites non pas en quelque chose d'aussi vague et indifférencié que « le français », mais en « recette-de-cuisinien », le dialecte générique constitué par les traits conventionnels que les recettes de cuisine possèdent dans notre langue.

De même, on ne traduit pas la poésie française en « anglais », mais en poésie, comme le rappelle le poète et traducteur américain Charles K. Williams. La poésie est un certain usage social et culturel du langage qui a ses caractères propres, et peut donc compter comme un genre au sens où nous l'entendons, mais elle se présente sous de nombreuses formes. Au-delà du genre, un traducteur de poésie doit choisir à quel style particulier il va recourir.

Il y a une vingtaine d'années, Eliot Weinberger et Octavio Paz ont publié un curieux essai intitulé *Nineteen Ways of Looking at Wang Wei*, accompagné d'une anthologie de dix-neuf différentes traductions anglaises du texte d'un poète chinois du VIIIe siècle après Jésus-Christ nommé 王維. Paz et Weinberger y discutent « dix-neuf voies vers Wang Wei » et se demandent laquelle est préférable – mais peu importe ici ce débat : il saute aux yeux que ces dix-neuf voies représentent autant de façons d'écrire la poésie en anglais, dix-neuf « styles » d'un type assez reconnaissable (à la Eliot, à la Ashbery, en vers libres, etc.). Dix ans plus tard, Hiroaki Sato a publié *One Hundred Frogs*, une compilation de cent (et quelques) versions anglaises d'un célèbre haïku de Matsuo Bashô [1] :

古池や
蛙飛こむ
水のおと

Furu ike ya
kawazu tobikomu
mizu no oto

I

The old pond
A frog jumped in,
Kerplunk !

La vieille mare
Une grenouille y a sauté,
Et plouf !

II

pond
  frog
    plop !

Mare
  grenouille
    plop !

III

A lonely pond in age-old stillness sleeps…
Apart, unstirred by sound or motion… till
Suddenly into it a lithe frog leaps.

Isolée, immobile, une mare dans l'ombre
Repose sans que rien la trouble – et tout à coup
Une souple grenouille a sauté dans l'eau sombre.

Si le « style » est le terme qui nomme les principaux moyens de distinguer les différences entre ces trois versions du haïku de Bashô, alors le « style » désigne quelque chose qui n'est pas un caractère individuel de la poésie d'Allen Ginsberg, John Masefield, ou Ogden

Nash, mais une propriété commune de toute poésie écrite à la manière de l'un ou de l'autre – en « ginsberguien », « masefieldien » ou « nashien », si l'on peut dire (de fait, l'un de ces haïkus est dû à Ginsberg). Entendu en ce sens, le style est éminemment imitable, et pas seulement dans un but comique. Les étudiants au conservatoire développent leurs talents en composant dans le style de Mozart ou de Bach, et les écrivains aussi s'exercent à écrire comme Flaubert[2], ou comme Proust[3]. Les morceaux ci-dessous ne sont *pas* signés William Wordsworth, T. S. Eliot ou J. D. Salinger – mais de vagues réminiscences scolaires suffisent à y repérer respectivement le dialecte « lake-poétique », l'« eliotien » et le « salingerien » :

There is a river clear and fair
'Tis neither broad nor narrow
It winds a little here and there –
It winds about like any hare ;
And then it holds as straight a course
As, on the turnpike road, a horse,
Or, through the air an arrow…

Il est un bel et clair torrent
Ni humble ni majestueux,
De-ci de-là vagabondant
Autant qu'un lièvre capricieux –
Puis filant tout droit vers l'aval
Aussi rapide qu'un cheval
Ou qu'une flèche aux cieux…

Sunday is the dullest day, treating
Laughter as a profane sound, mixing
Worship and despair, killing
New thought with dead forms.
Weekdays give us hope, tempering
Work with reviving play, promising
A future life within this one…

Dimanche est jour le plus terne, traitant
Le rire comme un son profane, mêlant
Rituel et désespérance, tuant
La pensée neuve à coups de formes mortes.
Les jours de semaine encouragent, dosant
Travail et jeux qui nous raniment, offrant
La vie future en notre vie présente…

Boy, when I saw old Eve I thought I was going to flip. I mean it isn't that Eve is good-looking or anything like that, it's just that she's different.

I don't know what the hell it is exactly – but you always know when she's around. All of I sudden I knew there was something wrong with old Eve the minute I saw her. She looked nervous as hell. I kinda felt sorry for her – even though she's got one of my goddam ribs, so I went over to talk to old Eve.

« You look very, very nice, Adam », she said to me in a funny way, like she was ashamed of something. « Why don't you join me in some apple ? »

Dis donc, quand j'ai vu cette bonne vieille Ève j'ai cru que je devenais fou. Enfin, ce n'est pas qu'Ève soit jolie ou tout ça, c'est juste qu'elle est différente. Je ne sais pas trop à quoi ça tient exactement – mais quand elle est par là, on le sait toujours. Tout à coup, là, j'ai su qu'il y avait quelque chose chez cette bonne vieille Ève qui ne tournait pas rond, à la seconde où je l'ai vue. Elle avait l'air diablement énervée. Putain, ça me faisait de la peine pour elle – même si elle m'a pris une de mes côtes, alors je suis allé lui parler, à cette bonne vieille Ève.

« T'es vraiment, vraiment trop mignon, Adam », qu'elle m'a dit d'un drôle d'air, comme si elle avait honte de quelque chose. « Ça te dirait, un petit bout de pomme avec moi ? »

Ces exemples pourraient nous amener à croire que la traduction d'un style n'est qu'une forme de pastiche, et que la tâche du traducteur consiste à choisir un style existant dans la culture cible qui puisse servir à peu près d'équivalent à l'« autre ». De nombreux traducteurs littéraires procèdent plus ou moins ainsi. De fait, quand je découvre une œuvre nouvelle en français, par exemple, je passe mentalement en revue les types de style anglais qui pourraient faire l'affaire, et quand j'entreprends un nouveau travail, je feuillette souvent les ouvrages dont je dispose sur mes rayons pour me remettre en tête les particularités de l'« équivalent stylistique » auquel je songe. Mais cette conception du style comme ensemble culturellement constitué de ressources linguistiques caractéristique d'un auteur, d'une période, d'un genre littéraire ou d'une école, entre en conflit avec une autre conception largement répandue de ce qu'est un « style », entendu comme ensemble des traits différentiels irréductibles de l'expression linguistique d'un individu. En un mot : si le style est « inimitable », comment se fait-il qu'il puisse être imité ?

La confuse querelle du style est née sous les lambris dorés de l'Académie française. En 1753, un homme de science fut invité à siéger parmi les Immortels : Georges-Louis de Buffon, éminent botaniste, mathématicien et naturaliste. À cette occasion, il prononça un extraordinaire discours de réception. Ce « Discours sur le style », resté fameux depuis, visait à rassurer l'auditoire de Buffon, c'est-à-dire les trente-neuf académiciens qui venaient de l'élire : non, la promotion d'un simple homme de science à une position aussi éminente ne saurait remettre en cause l'empire qu'exerçait à juste titre la rhétorique sur la culture française. Il se peut même que Buffon ait été sincère, mais je n'en mettrais pas ma main à couper. Dans sa conclusion, souvent citée et généralement mal comprise, il soulignait que les arts du langage étaient d'une importance primordiale. Les découvertes scientifiques, selon lui, étaient en fait assez faciles à faire, et vouées à une prompte disparition à moins d'être exposées avec grâce et élégance. Pourquoi ? Parce que les faits bruts, loin d'être des accomplissements humains, relèvent du monde naturel, et sont donc « hors de l'homme ». L'éloquence, au contraire, est la marque la plus haute de l'intervention et du génie proprement humains : « Le style est l'homme même. »

Cette acception du mot « style », entendu comme synonyme d'« élégance » et de « distinction », sous-tend aujourd'hui encore la plupart des emplois du terme ou de ses dérivés. Des vêtements stylés sont ceux qu'un certain groupe de gens juge élégants ; skier, danser ou servir des sandwiches au concombre avec style consiste de même à faire tout cela avec une élégance de bon ton. Le style de Buffon est une valeur sociale. Personne n'est libre de former à sa guise sa propre idée de ce qui a du style, à moins de persuader d'autres gens d'être du même avis. De façon analogue, une langue qui a du style correspond à certains critères, si vagues soient-ils, de ce qui est de bon goût, approprié, socialement distingué, etc., que ce soit sous forme écrite ou orale.

Quand on traduit entre deux langues dont les cultures ont des structures hiérarchiques analogues, exprimées par des formes linguistiques comparables, rien de plus simple que de rendre élégance pour élégance. Quand les structures sociales de la culture source sont plus complexes que celles de la culture cible, certaines nuances sont écrasées : par exemple, les implications sociales différentes d'*Estimado señor* et d'*Apreciado señor* au début d'une lettre officielle en espagnol ne peuvent pas être rendues en anglais, qui ne dispose que de *Dear Sir.* En guise de compensation, il peut arriver que le traducteur forge dans la langue cible des équivalences approximatives des distinctions propres au code social de l'original, ce qui lui vaudra d'être taxé de bizarrerie, de condescendance, voire de fidélité servile envers la source. Mais le risque inverse est plus répandu.

Comme nous l'avons vu dans un autre contexte (p. 210-211), la traduction tend intrinsèquement à remonter d'un ou deux degrés dans le texte cible le registre social de la version originale. Il est toujours difficile de déterminer, au sein de la langue d'accueil, quel est le juste niveau hiérarchique, mais les traducteurs ne sont que rarement enclins à l'abaisser, de crainte que leur propre statut ne soit entraîné dans la chute.

Selon le romancier Adam Thirlwell [4], le sens du mot « style » a changé en 1857. Dans la version très convaincante qu'il donne des événements, le « style » a basculé, quasiment d'un seul coup, cessant de s'appliquer à la description d'une élégance expressive globale pour se concentrer sur un seul sous-élément de la composition en prose – la phrase. Les coupables de cette réduction radicale du style : Gustave Flaubert, son roman *Madame Bovary*, et les nombreux commentaires sur la composition de la phrase dont Flaubert a parsemé ses lettres mi-sérieuses mi-plaisantes à son amie Louise Colet. Depuis 1857 ou à peu près, soutient Thirlwell, les critiques et les lecteurs ont restreint, sans nécessité aucune, leur idée de ce qu'est le style d'un écrivain aux quelques caractères grammaticaux et prosodiques élémentaires que l'on peut relever exhaustivement entre une majuscule et un point final [5]. Henri Godin, qui écrivit sur « les ressources stylistiques du français » juste après la Seconde Guerre mondiale, était quasiment certain que style et syntaxe ne font qu'un et ont atteint leur point de parfaite harmonie dans les textes de… Flaubert.

Étant donné que les formes grammaticales, les sons dont se composent les mots pris isolément, les rythmes vocaux caractéristiques de deux langues ne sauraient correspondre (dans le cas contraire, ces deux langues n'en feraient qu'une), le « tournant flaubertien » a aussitôt fait du style quelque chose d'intraduisible. L'objectif principal de Thirlwell est de montrer que cela est absurde – et que le roman est une forme d'art réellement internationale et translinguistique [6].

À un moment donné, au cours du XIXe siècle, l'idée du style comme « esthétique de la phrase » s'est inextricablement confondue avec une tradition complètement différente, née dans les universités allemandes avant de gagner la France et la Grande-Bretagne. Les enseignants en poste dans les départements de philologie romane avaient tendance à justifier l'attention qu'ils portaient à certains auteurs canoniques par le fait que leurs œuvres représentaient des usages spéciaux, innovants de la langue, distincts des normes de la communauté linguistique, et qu'à ce titre, ils constituaient des facteurs importants dans les processus d'évolution de la langue. Les poètes, à les en croire, n'étaient pas simplement des usagers de la langue, ils en étaient les créateurs ; loin de former un tout lisse et régulier comme une sphère, une langue ressemblait à une vieille patate tavelée et bossue, portant à même sa peau marquée les stigmates de son histoire. La stylistique (*Stylistik*), ardemment cultivée pendant un siècle, et qui connut avec Leo Spitzer (1887-1960) sa plus brillante floraison, fut sans doute une entreprise exaltante, mais elle tournait dans un cercle vicieux : la langue d'une « grande œuvre » devient la carte détaillée de l'individualité ineffable de l'être intime d'un grand écrivain – Racine, par exemple –, mais cet être intime ou cette essence de Racine consiste entièrement en ce que sa langue permet de cartographier, pour peu qu'elle soit soumise à un certain type d'analyse de son style. Le style, en ce sens, est inimitable par définition (étayer cette affirmation est le but de toute la manœuvre). Et s'il ne peut être imité dans la même langue, ce n'est même pas la peine de tenter de le traduire.

Or cela est faux. La plupart des traits de langue que Spitzer a identifiés comme significatifs de l'être propre de Racine, par exemple, peuvent également être relevés dans les textes des contemporains de Racine qui pratiquaient les mêmes genres littéraires. Et pourtant, la remarquable ténacité avec laquelle les philologues ont soutenu par principe que tout grand écrivain a une manière unique et inimitable a conduit à une réinvention de l'histoire même de l'idée de « style ». On est remonté au fameux « Discours » de Buffon, on en a extrait sa maxime (« Le style est l'homme même »), et on en a coupé le dernier mot avant de recycler le reste de façon à obtenir l'énoncé recherché : « Le style, c'est l'homme » – C.Q.F.D. Comme l'a noté le fameux Richard A. Sayce, qui enseigna à Oxford, « les détails du style [...] révèlent les intentions et caractéristiques profondes d'un écrivain, et doivent être dictés par une certaine nécessité interne [7]. »

Le « style », comme on voit, a une très curieuse histoire. Une phrase prononcée en 1753 pour défendre l'éloquence littéraire a fini par être présentée comme l'expression ramassée de l'idée que deux individus ne parlent ni n'écrivent jamais tout à fait de la même façon, parce que deux locuteurs ne sont jamais la même personne.

Incontestablement, tout usager d'une langue donnée possède un idiolecte, un ensemble caractéristique de traits (ir)réguliers qui se distingue des habitudes linguistiques de tous les autres locuteurs. Les raisons de ce fait sont discutées dans le dernier chapitre du présent livre, mais il devrait être évident qu'il n'existe aucun obstacle intellectuel, psychologique ou pratique interdisant que l'on puisse s'exprimer à la manière d'une autre personne (les imitateurs et les pasticheurs le font tout le temps). Cela étant, le fait que constitue la variation linguistique au niveau individuel ouvre la voie à quelques applications tout à fait concrètes – notamment l'identification des faussaires. L'une des premières contributions de l'informatique dans le champ des sciences humaines a consisté en programmes statistiques visant à identifier les auteurs de documents suspects. Les programmes eux-mêmes étaient dérivés de théories rivales sur la nature du « style », tantôt isolant des schémas typiques dans l'emploi individuel des verbes, le lexique ou d'autres éléments textuels, censément infalsifiables par qui que ce soit, tantôt repérant des « couples rares » (des paires de mots attestés ensemble de façon caractéristique) permettant en principe d'identifier et de distinguer différents écrivains, tantôt traitant la position de certains mots courants dans la phrase comme marque distinctive de l'auteur. Cette dernière approche, la stylométrie positionnelle, a été développée dans les années 1970 par Andrew Q. Morton et Sidney Michaelson à l'université d'Édimbourg. Leur programme informatique a fourni des résultats qui ont été plus d'une fois admis comme pièces à conviction devant les tribunaux ; il a été également appliqué par des chercheurs à la vérification d'hypothèses sur la provenance de différentes sections de la Bible hébraïque [8].

Si c'est là ce que l'on entend par style individuel, il ne peut certainement pas être l'objet d'une traduction. Pour prendre un exemple, il n'y aurait aucun sens à tenter de simuler en français la distribution statistiquement irrégulière du verbe auxiliaire *do* dans un texte anglais donné.

Il s'ensuit deux conséquences intéressantes. Si le « style » est une empreinte à ce point individuelle que l'écrivain lui-même est sans influence sur elle (ce qui permet aux détectives textuels de démasquer les faussaires), alors chaque traducteur possède un « style » de ce genre dans sa langue cible – et donc, le style de toutes ses traductions doit nécessairement être plus semblable à soi-même qu'au style des auteurs qu'il traduit. Le fait est que je me demande souvent si mes versions anglaises de Perec, Kadaré, Fred Vargas, Romain Gary et Hélène Berr – qui tous manient le français de façon caractéristique et visiblement très différente – ne seraient pas, stylistiquement parlant, autant d'échantillons de Bellos. À certains égards, il faut bien qu'elles le soient : là-dessus, la stylistique informatique est impitoyable. Mais s'il faut tout dire, je suis secrètement très heureux qu'il en soit ainsi. Après tout, ces traductions sont mon œuvre. Et le seul être qui en sera jamais tout à fait sûr est un énorme logiciel.

Cela dit, le style ne se laisse pas éliminer comme ça, d'un simple claquement de doigts. Certes, nous n'usons plus de ce terme comme synonyme d'« élégance » (comme le faisait Buffon) dans nos discussions sur la littérature et la traduction, même si nous le faisons toujours quand nous parlons de vêtements ou de canapés. Et il est vrai que par « style », nous n'entendons pas non plus des régularités statistiques concernant la distribution de l'article indéfini, même si nous le faisons quand nous accueillons avec gratitude un verdict établissant que le style du testament attribué à notre oncle est incompatible avec celui de son prétendu rédacteur.

Mais par « style », nous voulons encore dire autre chose, qui n'est pas si difficile à exprimer : le style est ce qui fait qu'un roman de Dickens est du Dickens, ce qui fait qu'un livre de Pelham G. Wodehouse – quand bien même il serait écrit par quelqu'un d'autre – est encore, essentiellement, un livre de Wodehouse. À défaut d'être l'homme, le style, c'est la chose ! C'est ce qui fait d'une œuvre singulière ce qu'elle est, à nulle autre pareille.

Bien, sûr, je reconnais aussi « un Dickens » quand j'en vois un. Mais cela est trivial. La question est : à quel niveau se situe la « dickensité » d'un texte de Dickens ? Au niveau des mots ? des phrases ? des paragraphes ? des digressions ? des anecdotes ? de la construction du personnage ? de l'intrigue ? C'est que moi, traducteur, je peux vous livrer l'intrigue, les personnages, les anecdotes, les digressions ; je peux même vous livrer les paragraphes, et le plus souvent, je peux également vous livrer une bonne approximation des phrases. Mais les mots, ça non – je ne sais pas faire. Pour cela, il vous faudra apprendre l'anglais.

Selon Adam Thirlwell, le « style » romanesque est le nom d'une entité holistique qui se situe quelque part entre « le point de vue spécial d'un écrivain sur le monde » et « la manière d'écrire des romans propre à un certain écrivain ». Le recours caractéristique à certaines structures syntaxiques et à certains motifs sonores fait certainement partie de ce dernier aspect, et peut-être aussi du premier – mais une partie seulement. Le style au sens de Thirlwell – le sens le plus utile et le plus significatif – est quelque chose de beaucoup plus vaste. Sinon, il ne résisterait pas à la traduction. La circulation des romans entre toutes les langues véhiculaires du monde, les conversations qu'ils entretiennent incontestablement les uns avec les autres, démontrent sans l'ombre d'un doute que le style survit bel et bien à la traduction. Et les moyens qu'emploient les traducteurs pour obtenir un tel résultat sont tout simplement les techniques ordinaires utilisées dans toutes les tâches de traduction.

En somme, l'idée si répandue que le style est intraduisible n'est jamais qu'une variante de la bonne vieille thèse de la sagesse des nations affirmant qu'une traduction ne saurait tenir lieu de l'original. Elle n'est pas plus vraie que l'opinion selon laquelle l'humour ne peut être conservé par une paraphrase, ni dans la même langue ni dans une autre.

Il y a cependant une différence entre la traduction d'une blague et celle d'un style. La première exige le plus souvent un effort concerté et conscient ; la seconde réclame plutôt que l'on se tienne légèrement à distance du texte et qu'on laisse ses motifs et ses structures sous-jacents émerger d'eux-mêmes au cours de la réécriture dans une autre langue. Quant à leur point commun, le voici : trouver l'équivalent d'une blague et celui d'un style sont deux manifestations particulières d'un don plus général que l'on peut désigner en anglais par le terme de PMS – le *pattern-matching skill.*

Un *skill* n'est pas simplement une capacité abstraite ou générale, mais, un peu comme la « main » du menuisier ou « l'œil » du peintre, une capacité qui a été formée, mise en pratique et appliquée. Dans certains contextes, on parlerait de « métier » ; dans d'autres, on contournera la difficulté en disant que tel professionnel « s'y connaît ». Le *skill* n'est pas le savoir qu'on essaie d'inculquer aux enfants, mais leur capacité (effective ou encore à venir) à s'en servir dans des situations concrètes.

Le *pattern* est quelque chose de plus abstrait. C'est le motif d'un papier peint s'il se répète – et le fait même de sa répétition, car une figure isolée ne fait pas un *pattern.* C'est le dessin que forme une série de choses disparates si elles sont perçues en vertu des rapports que l'on entrevoit entre elles. C'est encore la figure que l'on voit se former entre différentes séries de chiffres – ce qu'il y a de commun, par exemple, entre 2 4 6 8 et 1 3 5 7. C'est aussi, accessoirement, le modèle d'une robe – le « patron » en papier de soie utilisé par une couturière. À cette dernière exception près, le *pattern* ne peut jamais être vu en tant que tel, mais seulement dans le rapport de correspondance ou de conversation qu'ont différentes choses entre elles.

En anglais, un *match* ne désigne pas seulement, comme en français, une partie de football ou de tennis. Lorsque deux couleurs se correspondent (qu'elles soient identiques ou simplement bien assorties), un anglophone dira qu'il y a *match*. Lorsque vous faites une réussite, vous espérez que la prochaine carte que vous tirerez produira un *match*. Lorsqu'un portrait correspond bien à l'image que vous avez aussi de son modèle, il y a *match*. Lorsque vous circulez dans une soirée mondaine en adoptant le rôle de marieur, vous cherchez des jeunes gens qui ne se connaissent pas encore mais qui feront un couple bien assorti ; si vous y arrivez, vous devenez un *matchmaker*, un faiseur ou faiseuse de *match*. Lorsque tel *pattern* est bien assorti avec tel autre – que ce soit dans le domaine des papiers peints, des couleurs ou de la traduction, il y a *match*.

Le métier – *skill* – du traducteur consiste ainsi à trouver dans sa propre langue des correspondances relativement abstraites susceptibles d'être réalisées en pratique entre des motifs, des figures ou des modèles aux niveaux lexical, syntaxique, contextuel, référentiel et stylistique – des *patterns* – présents dans la source de telle façon qu'on puisse dire : ça se marie bien. Un métier dont les paragraphes qui précèdent constituent un exemple plutôt longuet mais, nous l'espérons bien, Daniel et moi, adéquat.

D'où la question non encore résolue : quelles sont les caractéristiques de ces correspondances qui promettent un mariage heureux ? Patience. On va y arriver – nous y sommes presque.

27

La traduction de textes littéraires

Dans le monde anglophone, les agences pour l'emploi ne proposent pas de postes de traducteur littéraire, et les débutants dans la carrière ont la vie dure. Quand elle est rémunérée, la traduction littéraire est payée à un tarif équivalent au salaire horaire des baby-sitters. Elle est généralement confiée à des gens qui disposent d'autres sources de revenus pour payer le loyer et l'épicier. Il y a quelques exceptions, mais pour l'essentiel, la traduction littéraire vers l'anglais est faite par des amateurs.

Et pourtant elle joue un rôle central dans la circulation internationale des nouveautés littéraires. Cette disparité entre rôle global et reconnaissance locale est peut-être l'aspect le plus curieux de ce métier.

La traduction littéraire vers quelque langue que ce soit possède des caractères qui la distinguent de la plupart des autres tâches langagières. D'abord, elle bénéficie d'ordinaire de conditions temporelles très souples par rapport au travail qui s'accomplit dans un cadre commercial, légal ou technique. Elle engage par ailleurs la responsabilité du traducteur de façon bien moins intimidante. Une erreur de traduction au tribunal, à l'hôpital ou dans un manuel d'entretien peut immédiatement avoir des effets néfastes. Le bousillage d'un chef-d'œuvre ne va certainement pas sans conséquences, mais le tort qu'elles font au traducteur ou à son client est d'une tout autre nature. Enfin, il est également plus amusant d'écrire une prose fluide visant à tenir lieu d'une histoire racontée en allemand ou en espagnol que de composer dans sa langue maternelle un résumé détaillé d'un document russe sur des conflits frontaliers en mer de Barents. Tout bien pesé, on comprend mieux pourquoi les individus chargés de récrire des romans étrangers en version anglaise sont aussi mal payés que peu connus. Ils ne sont pas trop à plaindre.

Rien à voir avec la situation japonaise. Shibata Motoyuki est incontestablement le traducteur de l'anglais le plus célèbre de l'archipel : son éditeur publie une « Collection des traductions de Shibata Motoyuki » et les librairies lui réservent des présentoirs entiers. Non seulement son nom figure sur la couverture, mais il est imprimé en caractères de même taille que celui de l'auteur.

Les traducteurs littéraires japonais jouissent à peu près du même statut que les auteurs en Grande-Bretagne ou aux USA. Beaucoup d'auteurs traducteurs sont connus du grand public, et il existe même un livre qui les traite en véritables *people* : *Honyakuka Retsuden 101*, littéralement « Les Vies des traducteurs, niveau 1 ».

Nombreux sont les pays qui accordent aux traducteurs une plus grande reconnaissance matérielle et symbolique que les États-Unis ou l'Angleterre. En Allemagne, les traducteurs littéraires touchent généralement des droits honnêtes sur les ventes des œuvres qu'ils traduisent ; les traducteurs littéraires français sont eux aussi mieux payés que leurs collègues anglo-saxons. Dans le monde anglophone, presque tous les traducteurs littéraires ont un métier qui leur permet de pratiquer leur art ; en France, en Allemagne, au Japon et ailleurs, c'est la traduction qui peut tenir lieu de métier principal et financer une autre vocation (telle que l'écriture de fiction, par exemple).

Ces disparités dans le contexte social et économique de la traduction littéraire en Extrême-Orient, en Europe et dans le monde anglo-saxon reflètent l'asymétrie dans le flux global de traduction. Les contextes situationnels de la traduction littéraire sont si différents selon qu'elle est *amont* ou *aval* – vers le centre ou vers la périphérie, pour reprendre les termes de Pascale Casanova [1] – qu'ils ne peuvent manquer d'avoir un grand impact sur la façon dont la tâche est menée.

Dans les cultures qui se tiennent à la périphérie de la circulation globale des œuvres littéraires, ce qui importe est d'accéder au centre. La valeur culturelle reconnue aux œuvres littéraires en traduction est déterminée avant tout par le simple fait qu'elles donnent accès à ce qui est étranger. En revanche, dans les langues centrales, le caractère étranger d'un nouveau livre ne revêt aucune importance particulière. Les nouveautés importées doivent conquérir leur place dans le paysage culturel par d'autres moyens. Or, comme il n'existe actuellement qu'une seule langue centrale, c'est entre l'anglais et les autres que s'est ouvert un abîme en matière de pratique de la traduction.

La traduction des nouveautés en anglais s'effectue presque toujours dans un style fluide et relativement invisible. Ce qui est évidemment lié au fait que, tout comme les jeunes auteurs, les traducteurs littéraires d'œuvres jusque-là inconnues ont beaucoup de mal à trouver un éditeur qui consente à les publier. Mais en pratique, les livres proposés au public anglophone par suite des efforts d'un traducteur sont peu nombreux. La plus grande partie de la littérature internationale actuelle a été sélectionnée par des éditeurs qui se forment une opinion en écoutant les arguments de vente d'agents littéraires internationaux, les avis d'éditeurs étrangers et les rumeurs des différentes foires du livre à travers le monde. Presque toujours, quand les traducteurs littéraires entendent parler de leur prochain ouvrage, un éditeur s'est déjà engagé à le mettre à son catalogue.

Dans les maisons d'édition britanniques et américaines, rares sont les cadres qui lisent d'autres langues étrangères que le français. Entre autres conséquences de cette situation presque gênante, la traduction en français, sans être un préliminaire indispensable, est au moins une très utile carte de visite pour une œuvre écrite en une autre langue qui cherche à accéder au marché littéraire mondial [2]. Les carrières internationales d'auteurs tels qu'Ismail Kadaré et Javier Marías, par exemple, doivent beaucoup à leurs traducteurs français, grâce auxquels ces auteurs de stature mondiale ont pu être portés à la connaissance d'éditeurs britanniques ou américains. Mais les droits de traduction de nombreux ouvrages sont acquis par des éditeurs qui ne s'appuient que sur des notes de lecture ou sur le bouche-à-oreille, et le traducteur anglais est très souvent la seule personne dans la chaîne qui ait une connaissance réelle du livre ou de son auteur. C'est une position délicate, et une responsabilité qui s'étend bien au-delà de ce qu'implique la tâche, déjà difficile en soi, de produire une traduction acceptable et efficace.

La retraduction de « classiques » anciens et modernes s'inscrit dans de tout autres contraintes d'ordre concret. Les discussions qu'elle suscite à propos de la responsabilité du traducteur sont distinctes de celles que provoque la traduction d'une œuvre inédite.

Juste après la fin de la Seconde Guerre mondiale, Penguin a publié une traduction nouvelle de l'*Odyssée* d'Homère par Emile

V. Rieu. Ce fut un succès inattendu. Comme le rappelle le site Internet de la maison, le style vif et enlevé de Rieu « proclamait que c'était là un livre que chacun, que tous pouvaient et devaient lire ». Les classiques n'étaient plus l'apanage d'une élite privilégiée.

Dans la collection des « Penguin Classics », « classique » a d'abord signifié « gréco-latin ». Les traductions antérieures visaient dans leur grande majorité à accompagner l'enseignement du latin et du grec dans les écoles les plus huppées ; la version plus directe de Rieu fut donc une révélation pour un lectorat moins privilégié. Son succès, et la longue série de traductions du même type qui s'ensuivit, reflétait aussi une importante aspiration de la société britannique d'après-guerre : offrir au grand public des perspectives éducatives d'une ampleur sans précédent. Les premiers titres de la « Penguin Classics » furent surtout des œuvres antiques ou médiévales, dont la célèbre version de Chaucer due à Nevill Coghill, mais la collection ne tarda pas à élargir son champ de l'Égypte pharaonique aux dernières années du XIXe siècle. Cette entreprise collective fut animée par une « culture de la traduction » consciente et explicite. « Le directeur de la collection entend travailler avec des traducteurs capables de suivre son propre exemple et de présenter au grand public, en anglais moderne, des versions des chefs-d'œuvre agréables à lire et dépouillées des difficultés inutiles, de l'érudition, du parfum archaïque et des tournures étrangères qui rendent tant de traductions existantes si peu conformes au goût de nos contemporains. » Les souhaits de Rieu sont clairs : il se range sans fausse pudeur dans le camp de la traduction adaptative. Il tenta tout d'abord de recruter des universitaires, mais constata que très peu d'entre eux étaient à même d'écrire le type d'anglais qu'il appréciait. Il fit alors appel à des auteurs professionnels comme Robert Graves, Rex Warner et Dorothy L. Sayers, dont les personnalités couvraient une gamme allant de l'académique à l'idiosyncrasique. Mais un style commun fut fermement imposé à ces versions, avec pour résultat que les deux cents premiers « Penguin Classics » donnent l'impression d'avoir tous été écrits dans la même langue : un anglais britannique souple et sans prétention, datant du milieu du XXe siècle. Ce fut un remarquable accomplissement. Cette collection a sans aucun doute éduqué des millions de lecteurs (dont l'auteur de ce livre) ; elle est certainement l'une des sources historiques de la nette préférence, dans le domaine anglo-saxon, pour des styles de traduction fondés sur l'adaptation, la normalisation ou la domestication.

Cependant, les aspirations sociales et culturelles de ces premiers chantiers de retraduction ne sont pas nécessairement celles qui motivent les projets plus récents. Sauf à certains moments particuliers – l'immédiat après-guerre, ou les premières années qui suivirent la révolution russe, quand Maxime Gorki lança sa collection de « Littérature du monde » – la retraduction est presque toujours une affaire strictement commerciale.

Le copyright est une invention moderne qui remonte à 1708, mais le copyright international est beaucoup plus récent. D'abord esquissées dans des traités bilatéraux au milieu du XIXe siècle, les normes juridiques modernes régissant la traduction d'œuvres littéraires commencent à être codifiées dans les années 1920. La convention de Berne pour la protection des œuvres littéraires et artistiques interdit à un éditeur de publier une traduction sans l'autorisation du détenteur des droits du texte original. Mais une fois qu'un éditeur a acquis les droits de publication d'une œuvre étrangère en traduction, il devient le seul propriétaire de l'œuvre traduite aussi longtemps que l'édition est disponible [3]. Il en détient l'exclusivité dans la langue cible, jusqu'à ce que l'œuvre originale tombe dans le domaine public.

Actuellement, la protection internationale du copyright est fixée à soixante-dix ans à compter de la mort de l'auteur, ou de la première publication dans le cas d'œuvres posthumes. Joyce est mort en 1941 ; *Ulysses* a été publié en 1922 (et la première traduction française en 1929). Franz Kafka est mort en 1924 et ses œuvres les plus célèbres ont été publiées en 1925 (*Le Procès*), 1926 (*Le Château*) et 1927 (*L'Amérique*). Les éditeurs des traductions de ces classiques ont donc perdu leur exclusivité dans la dernière décennie du XXe siècle. Freud est mort en 1939 : désormais, ses œuvres sont également « libres de droits ». En règle générale, les éditeurs tentent de conserver une part du marché que représentent ces succès durables en commandant des retraductions. Voilà pourquoi l'on voit paraître, depuis une vingtaine d'années, tant de « nouveaux » Kafka, Joyce ou Freud.

Les contraintes juridiques imposées à la circulation internationale des textes littéraires expliquent pourquoi il n'existe qu'une seule traduction disponible pour la plupart des œuvres publiées depuis la Première Guerre mondiale. La retraduction n'est pas une pratique qui affecte la plus grande partie de la littérature mondiale écrite au cours des trois dernières générations.

Qu'il travaille sur des textes relativement anciens ou sur des œuvres qui viennent de franchir le cap des soixante-dix ans de protection juridique, un retraducteur doit concilier des exigences ambiguës et contradictoires. Pour que la retraduction puisse être protégée en tant qu'œuvre nouvelle, il faut qu'elle soit distincte de toute autre traduction, et cela de façon mesurable. Pour être sûr d'être original, le moyen le plus simple consiste à ne pas même jeter un coup d'œil sur les versions antérieures, car la probabilité que deux traducteurs tombent sans s'être concertés sur la même formulation dans la langue cible est égale à zéro. D'un autre côté, un retraducteur doit aussi être à même d'expliquer pourquoi la nouvelle version l'emporte sur la précédente, et pour ce faire, il faut bien qu'il ait lu cette dernière. La traduction plus ancienne peut être d'un grand secours – voire d'une utilité précieuse – mais elle est toujours encombrante quand arrive le moment d'inventer une solution inédite pour les sections les plus délicates du texte. Je ne suis vraiment pas jaloux des retraducteurs de classiques modernes. Ils doivent constamment se frayer un étroit passage entre le Charybde du plagiat par inadvertance et la Scylla de la variation gratuite.

Il arrive qu'une traduction nouvelle soit amplement justifiée par la découverte ou la publication d'une version complète, ou non expurgée, ou corrigée, d'un texte qui ne circulait jusque-là que sous forme imparfaite ou censurée (exemple : *Le Maître et Marguerite*, de Boulgakov). Et quand une œuvre a été étudiée de près pendant plusieurs décennies, une nouvelle version peut incorporer des lectures et des interprétations dont la première traduction ne pouvait bénéficier. Mais de tels cas particuliers ne suffisent pas à justifier le principe général proclamant que « les traductions doivent être refaites au bout d'une ou deux générations ». Si ce principe s'applique aussi fréquemment, et avec une rigueur toute mathématique, il le doit avant tout à la loi internationale sur le copyright et aux intérêts commerciaux qui en dérivent.

Cependant – malgré ces différences majeures entre traduction et retraduction, entre traduction vers l'anglais et vers d'autres langues – il existe un caractère par lequel la traduction d'œuvres littéraires en tous genres se distingue de toutes les autres tâches de traduction. Nous aimons à croire qu'une œuvre littéraire, dans la mesure où elle relève effectivement de la littérature, est absolument singulière : unique, originale, à nulle autre pareille. Et cela crée un vrai problème.

Si la traduction d'œuvres sérieuses de non-fiction réclame des compétences et des connaissances dont les traducteurs littéraires n'ont pas besoin (au premier rang desquelles une bonne maîtrise de la discipline), elle ne pose en revanche aucun problème quant à la détermination des normes linguistiques auxquelles le texte cible devrait se conformer. Quand vous traduisez un livre sur l'archéologie, vous voulez évidemment qu'il ait un air de famille avec d'autres ouvrages respectés sur le même sujet déjà publiés dans votre culture. En cas de traduction *amont*, les normes pour la non-fiction sont celles des œuvres originales, dans le domaine considéré, qui sont dues à des locuteurs de la langue cible.

Mais des questions délicates surgissent dès lors que le domaine spécifique d'une œuvre de non-fiction est nouveau ou difficile à classer. Il n'y a peut-être pas de meilleur exemple de la frontière incertaine entre traduction littéraire et traduction informative que celui qu'offrent les œuvres de Sigmund Freud.

En dépit de sa célébrité mondiale, les œuvres complètes de Freud n'ont fait l'objet d'une traduction intégrale qu'en quatre langues seulement : l'anglais, l'italien, l'espagnol et le japonais. Basée sur l'édition allemande publiée à Londres en 1942, la version anglaise de James Strachey est considérée par beaucoup de lecteurs comme un chef-d'œuvre de traduction, et par d'autres comme une trahison de Freud. Quel type de langue anglaise pour représenter l'écriture freudienne ? Cette vieille controverse tourne sur la question du genre auquel rattacher cette écriture : relève-t-elle des sciences humaines, ou doit-elle plutôt être conçue comme étant d'ordre littéraire ?

Pour Strachey, il allait de soi que la psychanalyse était une science. La terminologie scientifique anglaise puise traditionnellement dans le trésor des racines grecques et latines pour forger des néologismes. Or Freud lui-même écrivait en une langue qui forme des composés à partir de mots tout à fait courants, y compris dans les sciences humaines et naturelles. L'anglais, comme le français, a fait des emprunts au grec pour nommer l'« hydrogène » et l'« oxygène » ; l'allemand n'emploie que des mots de tous les jours : *Wasserstoff*, « matière » (*-stoff* ; anglais *stuff*) à « eau » (*Wasser* ; anglais *Water*), ou *Sauerstoff*, « matière acide » (*sauer* ; anglais *sour*). Cela étant, les termes allemands ne sont pas moins techniques et précis que leurs correspondants anglais et français dérivés du grec. Conséquence : quand Freud écrit *Anlehnung* (« fait de se pencher ou de s'appuyer sur », en anglais *leaning-on*), Strachey crée *anaclisis*, et pour rendre *Schaulust* (de *Schau*, « vue », et *Lust*, « plaisir, goût, envie »), il invente *scopophilia*. Un grand nombre de termes passés en anglais dans le langage courant – *ego*, *id*, *superego*, *empathy*, *displacement*, par exemple – proviennent de la traduction de Freud par James Strachey, comme équivalents des néologismes également techniques mais moins recherchés de l'original – *Ich*, *Es*, *Überich*, *Einfühlung* et *Verschiebung*[4].

L'approche de Strachey est inattaquable pour peu que l'on considère les écrits de Freud comme des contributions à la médecine ou aux sciences humaines. On peut en vérifier la validité par simple rétroversion : qu'est-ce que Freud aurait pu écrire s'il avait voulu créer un mot allemand pour rendre un néologisme anglais tel que *scopophilia* ? Les normes stylistiques des publications scientifiques de son temps l'auraient inévitablement conduit à forger un nom composé tel que *Schaulust*.

D'un autre côté, si des œuvres comme *L'Interprétation des rêves* sont assimilées non à des textes scientifiques mais à des créations littéraires, alors la version anglaise de Strachey, dont le ton et le style s'écartent de l'original, n'en propose pas une représentation adéquate.

En France, un important groupe de traducteurs travaillant en équipe coordonne ses efforts depuis les années 1980 pour établir une première version cohérente des œuvres complètes en langue française. L'entreprise vise à rétablir la spécificité de l'allemand de Freud, considéré moins comme inventeur d'une science nouvelle que comme écrivain usant d'un type de prose littéraire particulier (et plutôt étrange). Les « freudologues » responsables du projet sont allés jusqu'à déclarer que Freud n'écrivait pas en allemand, mais en « freudien », un « idiome de l'allemand qui n'est pas l'allemand mais une langue inventée par Freud ». Le résultat est souvent jugé incompréhensible en français – mais après tout, si le « freudien » n'est pas de l'allemand, il n'a pas dû être facile à déchiffrer dans l'original non plus[5]...

Les querelles byzantines sur les versions française et anglaise du texte de Freud n'auraient pas lieu d'être si l'on voyait clairement dans quelle catégorie ranger son œuvre. Le plus souvent, en matière de traduction dans les sciences humaines, le problème ne se pose pas. Dans ce domaine, on estime dans beaucoup de pays que c'est actuellement la recherche américaine qui donne le ton ; en conséquence, les traductions d'ouvrages de sciences humaines d'expression anglo-saxonne conservent fréquemment quelques traits linguistiques de l'original, pour authentifier la qualité du texte. En revanche, il n'existe aucun consensus sur la nature du modèle à suivre dans le domaine littéraire. Un nouveau roman étranger en traduction devrait-il se conformer à la manière et au style d'un prosateur déjà connu dans la langue cible ? Pour certains critiques, il crève les yeux que non : quand les Français importent du Paul Auster, ce n'est quand même pas pour qu'on le travestisse en Patrick Modiano. Pour d'autres, c'est évidemment le contraire qui est vrai : nous voulons lire quelque chose qui corresponde à l'idée que nous nous faisons du style romanesque en prose française. Que le livre ait été écrit en albanais ou en chinois, peu importe : s'il s'agit d'un bon roman, alors il faut qu'il en ait le ton – dans un registre reconnaissable pour nous.

Cette dispute n'est pas près d'être tranchée. Vous pouvez soutenir que la traduction littéraire est facile, puisqu'en dernière analyse, on peut y faire ce qu'on veut. Ou vous pouvez affirmer que la traduction littéraire est impossible, puisque quoi que l'on fasse, on s'expose à des objections sérieuses. La traduction littéraire se distingue de toutes les autres espèces de traduction. Elle rend à ses lecteurs un genre de service tout à fait particulier. Humblement, qu'ils le veuillent ou non, mais inéluctablement, elle leur enseigne à chaque fois ce qu'est la traduction.

28

Ce que font les traducteurs

Dans toutes les langues, les locuteurs passent leur temps à se répéter et à répéter autrui, et pour le faire, ils s'appuient sur leur capacité naturelle à reformuler, ainsi que sur une boîte à outils bien remplie. Ils peuvent :

– remplacer un mot par un autre de sens analogue (synonymie) ;

– prendre une partie de l'expression et la remplacer par une formulation plus longue et plus complexe (expansion) ;

– prendre une partie de l'expression et la remplacer par un bouche-trou, une abréviation, une ellipse, voire la supprimer (contraction) ;

– prendre une partie de l'expression et la déplacer, tout en apportant à l'ordre des autres mots les aménagements qui s'imposent (variation topique) ;

– puiser dans leur boîte à outils celui qui leur permettra de donner à une partie de l'expression une importance particulière (mise en relief) ;

– ajouter des expressions portant sur des faits, des états, des opinions implicites dans la formulation primitive, de façon à mieux faire comprendre ce qu'eux-mêmes (ou leur interlocuteur) viennent de dire (clarification) ;

– mais s'ils essaient de répéter exactement ce qui vient d'être dit en conservant identiques le ton, le timbre, les mots, les formes et les structures, ils n'y parviennent pas (à moins d'être également des imitateurs talentueux et surentraînés, avec une excellente oreille et un contrat en poche pour un numéro de music-hall).

Les traducteurs font exactement de même quand ils répètent les mots d'un autre, et le fait que leur « parole seconde » soit énoncée en ce qu'on appelle une autre langue ne change rien à la panoplie des moyens discursifs dont ils disposent.

Mais l'usage qu'ils font de cette panoplie vise à l'accomplissement d'un but suprême qui n'est pas nécessairement pris en considération en cas de répétition machinale ou d'interaction dans une même langue. Les traducteurs, eux, cherchent à préserver la *valeur* de l'énoncé original – non seulement le sens global de ce qui a été dit, mais le sens du fait même que cela ait été dit. Et ils s'efforcent de le faire d'une manière qui soit appropriée au contexte spécifique dans lequel la formulation seconde doit être entendue ou employée. Ils n'essaient pas de changer quoi que ce soit – tandis que nous, quand nous répétons quelque chose sans le traduire, nous entendons généralement y introduire une différence, petite ou grande.

Voici un minuscule exemple du genre de changement qu'introduisent les traducteurs pour qu'au fond, rien ne change vraiment, ou si peu. Dans le magazine multilingue offert aux voyageurs de l'Eurostar, une page est réservée à des graphiques illustrant quel énorme défi a représenté l'ouverture d'une ligne à grande vitesse à travers le tunnel sous la Manche. Dans l'un des phylactères est inscrit le chiffre 334,7 km/h, accompagné de l'explication anglaise suivante : « *The record-breaking top speed (208 mph) a Eurostar train reached in July 2003 when testing the UK High Speed 1 line.* » Elle est suivie des quelques mots français que voici : « Le record de vitesse d'un train Eurostar établi en juillet 2003 lors du test d'une ligne TGV en Grande-Bretagne. » La suppression de la vitesse exprimée en milles/heure (*mph*) dans la version française semblera peut-être pure affaire de convention – mais si une telle information est omise, c'est évidemment parce qu'elle est dépourvue de toute pertinence pour les lecteurs français, dont la plupart ignorent de toute façon quelle est la valeur du mille (*mile*) exprimée en mètres. Il est déjà plus intéressant de noter que le texte français qualifie ces 334,7 km/h de simple « record de vitesse » du train effectuant le test, alors que son correspondant anglais affirme que cette vitesse maximum ou de pointe (*top speed*) a *battu* un record (record-*breaking*). Quel record ? Eh bien, en Grande-Bretagne, à peu près tous – jamais aucun train n'avait circulé aussi vite sur le réseau du Royaume-Uni. Mais ce record n'en est guère un en France, où les TGV ont bien des fois dépassé cette vitesse. En conséquence, s'il veut éviter d'énoncer une contre-vérité en français, le traducteur doit reformuler et recontextualiser. Mais à cet égard, la vraie subtilité tient à la « *UK High Speed 1 line* » transformée en simple « ligne TGV en Grande-Bretagne ». Les lecteurs français n'ont pas besoin d'être informés du fait embarrassant que la Grande-Bretagne ne dispose encore que d'une seule ligne à grande vitesse, alors que la France possède déjà tout un réseau : mieux vaut donc leur épargner le nom exact d'un tronçon de voie qui ne mérite son numéro un que du point de vue britannique. Désormais reliées par train rapide et plus proches l'une de l'autre qu'elles ne le furent jamais, la Grande-Bretagne et la France exigent aujourd'hui encore la prise en compte de contextes très différents, y compris pour les expressions les plus simples. Les traductions reformulent tout naturellement le message de façon à l'adapter à ses nouvelles conditions de réception [1].

Les traducteurs littéraires ont une idée moins claire des conditions de réception de leur travail que tous les autres types de traducteurs. À vrai dire, ils ne sont pas même sûrs qu'il y ait réception, de quelque nature que ce soit. Un grand nombre d'œuvres traduites (beaucoup d'entre elles de grand mérite) ne s'écoulent qu'à un nombre dérisoire d'exemplaires avant de disparaître dans un trou noir. Le seul vrai « client » d'une traduction littéraire est un lecteur imaginaire – le Lecteur que tout traducteur invente dans sa tête.

Et voilà la véritable raison pour laquelle, quand il s'agit de la transmission de biens culturels, les traducteurs se racontent qu'ils essaient de produire un « effet équivalent ».

Ce critère, fréquemment mentionné, de l'art de la traduction soulève deux difficultés : « effet » et « équivalent ».

Les traductions ont bien des effets. Elles font rire leurs lecteurs, les font pleurer, les font courir à la bibliothèque en quête de livres du même genre. Elles peuvent même avoir des effets assez sinistres, comme l'illustre l'anecdote historique suivante.

En 1870, Otto von Bismarck, le chancelier allemand, annonça dans un communiqué de presse que son souverain, rejetant la requête soumise par l'ambassadeur français, refusait de renoncer pour l'avenir à toute prétention de la famille royale allemande sur le trône d'Espagne. Le communiqué signalait en outre que le Kaiser n'avait pas souhaité accorder de nouvelle audience à l'ambassadeur et lui avait signifié sa volonté par l'intermédiaire de « l'adjutant de service » :

Seine Majestät der König hat es darauf abgelehnt, den französischen Botschafter nochmals zu empfangen, und demselben durch den Adjutanten vom Dienst sagen lassen, daß Seine Majestät dem Botschafter nichts weiter mitzuteilen habe.

L'« adjutant de service » – *Adjutant vom Dienst* – désigne un courtisan de rang élevé, une sorte d'aide de camp aristocratique. Mais le mot *Adjutant* est presque identique au mot « adjudant ». Quand le communiqué de Bismarck parvint à Paris, il fut aussitôt traduit par l'agence Havas puis télégraphié à tous les journaux, qui l'imprimèrent dans des éditions spéciales mises en vente aussitôt. Dans la traduction de l'agence Havas, *Adjutant* n'est pas traduit, mais reproduit tel quel en version originale. Et ce petit mot eut un effet énorme. Car en France, un adjudant est hiérarchiquement à mille lieues de l'*Adjutant* prussien. Le Kaiser paraissait avoir infligé à l'ambassadeur une avanie sanglante en lui faisant porter un message par un simple sous-officier. Les Français étaient furieux. Six jours plus tard, ils déclaraient la guerre à la Prusse.

Autant il est vraisemblable que l'effet à grande échelle – l'ouverture des hostilités – était bien ce que recherchait Bismarck à l'époque, autant il est peu plausible qu'il ait voulu y parvenir en rédigeant la dépêche d'Ems de façon à provoquer un malentendu fondé sur l'existence en français d'un « faux ami » correspondant à un certain terme allemand. Après tout, ce n'est pas Bismarck, mais l'agence Havas, qui a choisi de conserver *Adjutant* dans la version française.

Dans la vie en général, et dans la traduction en particulier, nous ne sommes pas toujours très doués pour calculer les effets qu'auront nos paroles et nos actes.

En traduisant un roman policier de Fred Vargas, je suis tombé sur une tirade d'une grandiloquence comique, calquée sur un vers célèbre de Victor Hugo : « S'il doit en rester un [qui se tiendra debout contre les vagues mortelles de la superstition], ce sera moi[2]... » Pour recréer un effet équivalent (c'est du moins ce que je croyais) d'hyperbole malencontreuse, j'ai remplacé cette allusion par une parodie de Winston Churchill : « *I've taken my stand against morbid superstition. I'll fight it on the beaches. I'll fight it in the streets. I'll never surrender*[3] *!* » (« Je me suis dressé contre la superstition morbide. Je la combattrai sur les plages. Je la combattrai dans les rues. Jamais je ne me rendrai ! »). Cela n'a pas marché. Un critique m'a reproché d'introduire du verbe churchillien là où l'original en était évidemment dépourvu[4]. Puis-je lui en vouloir d'ignorer ce qui avait motivé l'effet que je recherchais ? Bien sûr que non. L'emploi de « Churchill » en lieu et place de « Hugo » n'était qu'un distrayant jeu d'esprit. Vous ne pouvez exiger de vos lecteurs qu'ils remarquent qu'un tel jeu de bascule est censé produire un effet équivalent dans les deux versions, car il n'y a aucun moyen de vérifier si tel est bien le cas ou non.

On trouvera un autre exemple, également futile, de soumission à la doctrine de l'« effet équivalent » parmi les bobines de bande-son réalisées par Jacques Tati pour le film qui lui valut un Oscar : *Mon oncle*. Un jour, avant sa distribution, Jacques Tati eut une idée ambitieuse : produire lui-même une version anglaise. Il retourna plusieurs scènes où figuraient des panneaux ou des enseignes qu'il fit repeindre, remplaçant « École » et « Sortie » par *School*, *Way Out*, etc. On lui fit alors remarquer que ce changement visible de langue provoquerait des confusions sur la localisation effective des scènes. Devant ce problème, la solution de Tati consista à modifier l'arrière-plan musical de la version anglaise pour la faire sonner encore plus « français » – et voilà pourquoi les archives Tati contiennent des bobines étiquetées « ambiance française pour version anglaise ». Cela n'a pas marché non plus. Malgré tout le soin apporté à l'entreprise, *My Uncle* n'eut jamais un « effet équivalent » à *Mon oncle* – les distributeurs et le public aimaient trop l'original français. La version anglaise avec « ambiance française » fut projetée quelques semaines à New York dans une seule salle, puis disparut pendant cinquante ans.

L'adhésion servile à l'idéologie de l'« effet équivalent » peut faire tourner les traducteurs en bourrique et susciter des « effets » imprévisibles – quand ils ne sont pas invisibles, bien entendu. Le protagoniste qui mène l'enquête dans *53 jours*, un « policier littéraire » inachevé de Georges Perec, travaille sur la disparition d'un auteur de polars nommé Serval. Il tombe sur son dernier opus, laissé inachevé sur la table de travail de l'écrivain ; la dactylo qui travaillait pour ce dernier lui apprend que quatorze lignes du manuscrit ont été empruntées telles quelles à un autre livre. L'enquêteur examine de plus près les deux textes (Perec nous met sous les yeux les deux pages originales, qui sont de son cru) : Serval, en passant du modèle au plagiat, a modifié certains mots. Curieusement, ils comptent tous douze lettres, et ils sont au nombre de douze. Le héros en dresse la liste en lettres capitales, obtenant naturellement deux carrés :

LAMENTATIONS	RESURRECTION
CALLIGRAPHIE	STENOGRAPHIE
SECHECHEVEUX	TAILLECRAYON
SACHERMASOCH	ROBBEGRILLET
MITRAILLEUSE	KALEIDOSCOPE
READERDIGEST	HEBDOMADAIRE
CARICATURALE	PAROXYSTIQUE
INTEMPORELLE	METAPHYSIQUE
FOOTBALLEUSE	OCEANOGRAPHE
HAMPTONCOURT	CHANDERNAGOR
QUELQUECHOSE	JENESAISQUOI
FORTDEFRANCE	SALTLAKECITY

Notre enquêteur passe quelques instants à contempler les deux listes, mais comme elles lui paraissent dépourvues de sens, il les laisse de côté. Fin du chapitre.

Un jour, à Manchester, alors que j'avais déjà entrepris la traduction du roman, une étudiante fit irruption dans mon bureau pour me demander si j'avais remarqué que ce diable de Perec avait bel et bien dissimulé un indice essentiel dans la première liste reproduite ci-dessus. En commençant en haut à gauche, lisez les lettres formant la diagonale du carré (la première lettre de la première ligne, puis la deuxième de la deuxième, etc.) : vous obtiendrez le nom d'un massif montagneux du Sud-Est de la France qui est aussi le début du titre d'un célèbre roman de Stendhal. J'espère que vous pouvez voir ce que personne n'avait vu à l'époque, pas même l'éditeur, pas même les amis qui établirent le texte du roman posthume de Perec. « Bravo ! dis-je à Heather. Et maintenant, qu'est-ce que je fais, moi ? »

Voici ce que j'ai fait, par soumission aveugle au principe de l'« effet équivalent » : j'ai retravaillé la traduction anglaise du pseudo-extrait de quatorze lignes de façon à y faire figurer douze expressions de douze lettres, lesquelles, une fois écrites sous forme de liste, préservent la référence, l'autoréférence et la valeur de vérité par rapport à la liste de gauche, telle que Perec l'avait conçue :

LAMENTATIONS
C**A**LLIGRAPHER
FA**C**UPROSETTE
SAC**H**ERMASOCH
MORT**A**RBARREL
NEWYO**R**KTIMES
EXORBI**T**ANTLY
CRAFTYA**R**TFUL
HUNDREDM**E**TRE
HAMPTONCO**U**RT
CLEARLYGUE**S**S
FORTDEFRANC**E**

Mais après avoir ainsi repiqué l'indice invisible, et plutôt content de moi-même, j'ai fait un pas de plus : j'ai inventé à mon tour une liste purement fictionnelle que j'ai substituée aux douze mots employés par Serval pour masquer l'original. Il fallait que ces mots puissent figurer de façon plausible aux mêmes endroits du texte plagié ; mes choix pour la liste 2 eurent donc un effet rétroactif sur la liste 1, et de là, sur la forme des phrases dans la traduction de la « source » fictive. Rome ne s'est pas faite en un jour. Et comme la tâche représentait un tel effort de gymnastique cérébrale, j'ai décidé de lui donner une tournure personnelle absente de l'original. Voici donc les deux listes dans ma traduction anglaise :

LAMENTATIONS	BENEDICTIONS
CALLIGRAPHER	PENCRAFTSMAN
FACUPROSETTE	KALEIDOSCOPE
SACHERMASOCH	CARLOFRUGONI
MORTARBARREL	DEDIONBOUTON
NEWYORKTIMES	SMITHSWEEKLY
EXORBITANTLY	TOOEVIDENTLY
CRAFTYARTFUL	STUPIDFUTILE
HUNDREDMETRE	TRAMPOLINING
HAMPTONCOURT	TRIPOLITANIA
CLEARLYGUESS	ALMOSTINTUIT
FORTDEFRANCE	NORTHDETROIT

Et voici enfin une esquisse de rétrotraduction de la seconde de ces listes, conçue de façon à ce que ses termes puissent être réinsérés directement dans le texte français (ce qui n'est pas simple, puisqu'il m'a fallu respecter le genre, le nombre et parfois la première lettre, pour cause de liaison) :

DISPARITIONS
ABONDANCISTE
COMPTONBURNS
RENAULTBREAK
MOTOTRACTEUR
ARTFORUMNEWS
HYPERSADIQUE
ALONGUEDUREE
SKIEUSERUSSE
GREATBARLING
SECONDEPISTE
IVRYSURSEINE

Tous ces efforts débouchent-ils sur un effet « équivalent » ? À ma connaissance, ma simulation du petit jeu pratiqué par Perec n'a pas eu le moindre « effet » sur les lecteurs de son roman en version anglaise. En tout cas, ça fait vingt ans que j'attends leur courrier.

L'idée d'« effet équivalent » soulève un problème encore plus évident : il n'existe pas d'échelle de mesure permettant de jauger l'équivalence. Les « effets », et tout particulièrement les impressions globales que produisent les œuvres d'une certaine étendue, ne se laissent pas extraire des gens pour être comparés deux à deux. Et aucun lecteur ne peut fournir une mesure indépendante des effets qu'a suscités en lui deux versions du même texte en deux langues différentes. Car la lecture d'un texte ne s'effectue jamais dans l'intervalle entre deux langues, mais bien dans l'une d'entre elles. Même si la distinction entre la langue A et la langue B est problématique, une chose est sûre : il n'existe aucun no man's land linguistique dans la zone intermédiaire, tout comme il n'existe aucun point médian entre Douvres et Calais d'où vous puissiez, debout sur les eaux, surveiller le domaine anglais d'un œil et le français de l'autre en restant extérieur aux deux.

Un lecteur bilingue peut très bien juger de façon parfaitement fiable si une traduction communique le même sens que sa source. Mais pourra-t-il jamais raisonnablement soutenir, si subtil et malin soit-il, que ce Baudelaire-en-traduction-allemande a sur lui un « effet équivalent » à celui que produit ce Baudelaire-dans-l'original-français ? Une telle affirmation serait radicalement invérifiable – et à mon avis, elle n'est qu'une suite de mots dépourvus de sens. Baudelaire-en-français suscite en moi toute une palette d'effets différents à différents moments, et une palette plus large encore sur la communauté des lecteurs dans son ensemble. Lequel d'entre eux exactement une traduction doit-elle prendre en compte pour en fournir un « effet équivalent » ?

La vérité de la traduction littéraire est que les œuvres traduites sont incommensurables avec leur source, tout comme les œuvres littéraires sont incommensurables entre elles, tout comme chaque lecture singulière d'un roman, d'un poème, d'une pièce, ne peut être « mesurée » que dans et par le dialogue avec d'autres lecteurs. Que font donc les traducteurs ? Ils trouvent, non pas des équivalences, mais des correspondances – des mariages, des *matches* – pour les unités qui constituent une œuvre, dans l'espoir et dans l'attente que la somme de ces correspondances produira une œuvre nouvelle pouvant servir, en gros, de substitut à l'œuvre originale.

Voilà pourquoi la version du poème de Clément Marot par Douglas Hofstadter citée au début de cet ouvrage en constitue une traduction. Elle propose des correspondances pour un grand nombre de ses traits sémantiques, stylistiques et formels (sinon pour tous). Peut-être qu'il ne vous plaît pas – c'est votre affaire. Mais vous ne pouvez soutenir qu'il ne s'agit pas d'une traduction sous prétexte que l'effet global qu'il produit, ou l'un de ses constituants, ou tel trait particulier, n'est pas « équivalent » à l'élément correspondant dans la source.

Pour trouver une correspondance, pour marier deux textes, tous les moyens sont bons – ces moyens, employés ensemble ou séparément, dont nous disposons pour reformuler un énoncé dans notre propre langue ou dans n'importe quelle autre.

Qu'est-ce qui peut compter comme correspondance satisfaisante ? À chaque fois, cela est affaire de jugement. Nul ne peut le fixer une fois pour toutes. Une seule certitude : un élément correspondant ne peut être identique à l'élément auquel il correspond.

Si vous tenez à l'identité, pas de problème. Lisez l'original.

29

Les tours du propriétaire
Ce que la traduction n'est pas

Ce que font les traducteurs comprend tout ce que les locuteurs font normalement quand ils parlent leur propre langue. Mais si la traduction couvre un aussi large domaine, cela ne revient pas à dire que l'ensemble de ce domaine se laisse utilement concevoir comme traduction. Outre sa capacité à puiser dans toutes les ressources des langues naturelles, la traduction présente des traits qui lui sont spécifiques. Ce qu'ils sont, et ce qu'ils ont été – voilà ce que le présent ouvrage tente de dire.

Comme la langue elle-même, la traduction n'a pas de limites fixées une fois pour toutes, et beaucoup d'autres arts offrent des exemples de frontières également floues. Un violoniste peut introduire sa propre cadence, ou en modifier une qu'il doit à un prédécesseur, et n'en être pas moins incontestablement un interprète du *Concerto n° 2 en mi mineur* de Mendelssohn. Un acteur peut retoucher son texte certains soirs, le réciter tel quel à d'autres occasions, et néanmoins jouer le même rôle. De même en traduction : le point où une reformulation cesse de valoir comme correspondance de la source est toujours à négocier, dans un cadre qui varie énormément d'une tradition et d'un genre à l'autre.

En Inde, où les conceptions de la traduction les plus courantes en Occident n'ont pas de racines, les histoires, les mythes, les légendes et les textes religieux ont circulé d'une langue à l'autre depuis des millénaires sous forme d'adaptations ou de reformulations des versions originales. En Occident, les poètes sont fréquemment partis d'un modèle qu'ils s'appropriaient en y puisant les éléments d'une création nouvelle, dans la même langue ou dans une autre. Les paroles d'une chanson écrite par Raymond Queneau et interprétée par Juliette Gréco – *Si tu t'imagines, fillette, fillette…* – ont pour source un poème de Ronsard, et pourraient compter comme traduction du français au français, tout comme les *Imitations* de Robert Lowell, explicitement composées d'après des poésies écrites en d'autres langues, pourraient être considérées comme des traductions, sans rien perdre pour autant de leur authentique nouveauté.

Se demander si ce que Queneau a fait (à partir) de Ronsard est oui ou non une traduction revient à poser une question sur le sens des mots en général, et sur celui du mot « traduction » en particulier. Une telle enquête risque de nous entraîner dans tout un dédale de ruelles et d'impasses historiques, linguistiques et culturelles. À l'époque médiévale, par exemple, le mot anglais *translation*, qui fut d'ailleurs en vieille langue française un synonyme de « traduction », désignait le transfert d'un lieu à l'autre des reliques d'un saint (le mot russe перевод retient le même sens). De façon analogue, en français, « traduire » est encore de nos jours un terme de palais signifiant « transférer quelqu'un d'un lieu à un autre », ou plus couramment, « citer ou renvoyer quelqu'un devant un juge, un tribunal ». Dans le domaine nautique, on appelle « vague de translation » celle qui imprime un mouvement vers l'avant ; dans le domaine juridique, la translation consiste à transférer d'une personne à une autre (une propriété, une dignité, un impôt, etc.). La *translation* anglaise, qui est restée proche de son sens latin (qu'on songe à la *translatio imperii*, le « déplacement de l'Empire » de l'Orient vers l'Occident), peut être employée dans toutes sortes de contextes amusants : elle peut décrire la démarche du crabe (le français parle alors de « translation latérale »), le transfert direct de la terre aux cieux (la translation d'Énoch), et ainsi de suite. Le grand linguiste Roman Jakobson a tenté de mettre un peu d'ordre là-dedans au moyen d'une triple division, distinguant entre traduction d'un médium à l'autre (« transposition »), traduction entre différents états d'une même langue (« traduction intralinguistique ») et « traduction proprement dite », d'une langue à l'autre. Mais la tentative jakobsonienne de clarification a de fait provoqué une grande confusion dont il nous faut traiter avant de conclure cet ouvrage.

Beaucoup de pratiques culturelles présentent, tout comme la traduction, une structure d'ensemble qui se laisse décrire en termes d'« avant » et d'« après ». Le tricot, la cuisine, la production automobile sont des processus qui partent d'un matériau initial (une pelote de laine, des ingrédients comestibles, un ensemble de pièces manufacturées) et en tirent quelque chose de radicalement différent (un pull, un repas, une voiture). Le français est assez flexible pour nous permettre de dire, sans donner lieu à un malentendu trop grave, que notre partenaire a « traduit » quelques douzaines de fins cylindres de blé dur desséché en un plat de spaghetti – voire d'affirmer qu'en enfilant une queue-de-pie je me suis « traduit » en dandy – mais les locuteurs francophones, dans leur grande sagesse, savent bien que de telles façons de parler n'ont aucune incidence sur ce qu'est la traduction elle-même.

De façon analogue, ce que fait un dramaturge adaptant un texte narratif pour lui donner une forme scénique n'a pas plus de rapport avec la traduction que, par exemple, le tricot. En proposant de considérer le passage d'un médium à l'autre comme une forme de traduction, Jakobson ne fait qu'embrouiller les choses, et je ne suis pas sûr de saisir d'où lui est venue une telle idée. Cela n'a pas empêché ses nombreux lecteurs au cours des dernières décennies de mordre à l'hameçon et de traiter les adaptations théâtrales ou cinématographiques de romans ou d'autres textes en prose comme autant de cas particuliers de « traduction » au plein sens du terme.

Faire un film mobilise une foule de capacités et de ressources qui n'ont aucun lien avec les activités ou les moyens des traducteurs. En qualifiant *Le Docteur Jivago*, de David Lean, de « traduction » du roman de Pasternak, non seulement on fait bon marché de ce qui fait la spécificité du cinéma, mais on emploie le mot « traduction » en un sens si vague qu'il conviendrait aussi bien à n'importe quel type de transformation. Tricot compris.

La popularité de l'idée que tout est traduction est certainement le reflet contemporain d'une vénérable tradition de pensée – en fait, d'une vénérable tradition de pensée sur la pensée. Même les Grecs avaient reconnu que si les mots ont d'abord été les noms propres des choses, alors les nombreux mots qui ne nomment pas des choses visibles en ce monde doivent être les noms d'états mentaux, qu'on peut appeler des *idées*. À vrai dire, même dans le cas des choses visibles, un mot donné ne nomme pas parmi elles tel ou tel individu en particulier, mais seulement ce qui leur permet à toutes d'être vues comme des exemplaires d'une même idée. « Arbre », par exemple, n'est pas le nom propre de ce chêne-ci ou de ce tremble-là, mais nomme l'idée d'un arbre – une représentation mentale de l'« arborité » en vertu de laquelle tous les arbres réels peuvent être reconnus comme tels. Dans une telle tradition, toute expression linguistique est la forme extérieure d'une pensée. Quand nous nous parlons, nous transmettons des images mentales *via* un certain processus de traduction, comme ceci :

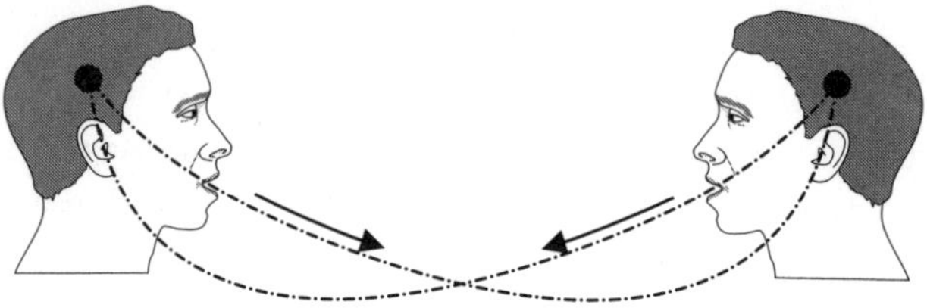

Ce schéma de la transmission de la pensée est en fait tiré du *Cours de linguistique générale* de Saussure, qui, en dépit de ses profondes innovations, maintint fermement la tradition selon laquelle la langue est le vêtement de la pensée.

Cette représentation visuelle de l'interaction linguistique n'exige même pas que A et B parlent la même langue. Pour peu que l'un et l'autre connaissent les langues L1 et L2, rien ne serait changé au processus de compréhension linguistique dont le schéma est présenté ici (traduction d'un flux sonore en une image mentale, puis production d'un flux sonore représentant une image mentale, que l'interlocuteur devra à son tour traduire en son for intérieur). Vous parvenez à la même conclusion que le langage est de la pensée en traduction (et la pensée de la langue traduite) si vous élargissez le diagramme pour y introduire C, un médiateur chargé de la traduction entre A et B si ceux-ci parlent des langues différentes. C aurait exactement le même aspect qu'A et B, avec les mêmes circuits de transmission reliant la bouche, l'oreille et le cerveau. L'ajout de la traduction n'entraîne aucune modification du modèle, parce que celui-ci donne d'ores et déjà à voir que tout est traduction. En conséquence, le *Cours* de Saussure ainsi que la plupart des recherches qui s'inscrivent dans son sillage ne prêtent pas la moindre attention à la traduction entre deux langues.

Je ne sais pas si le langage est possible sans la pensée – il semblerait bien que oui, vu le nombre de gens qui parlent sans penser – et je ne me risquerai pas à intervenir dans l'interminable débat sur la possibilité d'une pensée sans mots. La seule contribution que je ne crains pas d'apporter est la suivante : l'assimilation de tous les usages du langage à la traduction, sous prétexte que tout discours est une traduction mentale d'une pensée, entrave sérieusement notre capacité à comprendre en quoi consiste la pratique de la traduction entre langues.

Pour éviter de telles objections, certains chercheurs parlent de « transcodage » pour décrire la transformation d'une œuvre (existant dans un médium donné) en quelque chose de tout à fait différent (celle d'un drame ou d'une comédie musicale en un film, mais le plus souvent, d'un roman en n'importe quoi d'autre). Cette tactique a des effets encore plus dévastateurs, car elle conduit les gens à croire que toute expression peut être considérée comme un cas particulier d'une sorte de code. Les codes sont des inventions ingénieuses et utiles, mais comme l'ont prouvé sans appel les premiers épisodes de l'aventure de la traduction automatique, les langues ne se comportent pas du tout comme des codes. Transformer une pièce de théâtre en un film n'a pas la moindre analogie, pas le moindre lien, avec la transformation d'un message codé en un autre code, et baptiser le premier processus un « transcodage » n'est qu'une figure de pensée consistant à employer un mot sans se soucier d'examiner ce qu'on entend exactement par « code [1] ».

Les *fellows* des collèges d'Oxford inspectent chaque année les propriétés de l'université dans la campagne environnante à l'occasion de sorties annuelles au cours desquelles (en principe sinon en fait) ils accomplissent un circuit de l'une à l'autre. Ce périple s'appelle *beating the bounds* (littéralement : « battre les limites », comme on bat les buissons). Nous venons d'en faire autant avec la traduction.

Sur l'un de ses côtés, elle est aussi illimitée que la ligne d'un littoral : les marées vont et viennent, et les côtes peuvent changer de forme. Mais d'autres frontières sont clairement marquées. La traduction ne s'étend pas également dans toutes les directions. Son propre domaine est bien assez large.

30

Tirez sur le traducteur !

Du seul fait que vous redites un énoncé, et que vous le redites de façon différente, un acte de traduction en fait inévitablement une nouveauté qui est vôtre. Un journaliste reformulant une dépêche d'agence, un juriste linguiste réajustant l'expression d'une opinion énoncée par un juge de la Cour européenne, un auteur anglophone récrivant Pouchkine en vers ou en prose – tous ces traducteurs, et tous leurs confrères en d'autres genres, possèdent le produit de leur travail d'une manière personnelle. À certains égards, la traduction ne peut pas ne pas être une appropriation de la source.

Posséder, s'approprier, faire sien – autant de termes relevant du vocabulaire des passions. Que dire alors du « désir » et de ses compagnons naturels, « jalousie » et « blessure » ?

C'est un fait curieux : une bonne part des réflexions sur la traduction menées dans les langues occidentales laisse échapper des signes non équivoques de colère et de douleur. Les professeurs, les critiques littéraires, et jusqu'aux théoriciens éreintent couramment d'autres traducteurs (mauvais, bien entendu : « serviles », « mécaniques », « de deuxième ordre »), et la gamme des injures pourrait figurer sans mal dans une dispute entre amants. Tu n'as pas d'oreille ! Ta prose est lourde, plate, fade ! Cette fois-ci, tu as pris trop de libertés ! Qu'est-ce qui te fait croire qu'une telle licence soit autorisée ? Ce gâchis-là, mon bonhomme, c'est de la trahison ! Âne bâté ! Imposteur ! Grossier personnage ! Voleur !

En 1680, John Dryden, dans une préface soigneusement méditée à sa traduction des *Épîtres* d'Ovide, a jeté l'anathème sur un rival, Spence, accusé d'avoir substitué à « la fine raillerie » et au « sel attique de Lucien [...] les tournures vulgaires de Billingsgate [1] ». Quel rustre !

Le philosophe Schopenhauer a dénigré ces « personnages aux capacités intellectuelles limitées », n'usant « que de formes d'expression éculées dans leur propre langue, combinées entre elles avec tant de gaucherie que force est de remarquer combien ils comprennent mal le sens de ce qu'ils disent [...] si bien que leurs traductions ne valent guère plus que les répétitions ineptes d'un perroquet [2] ». Abrutis !

Au tour de Nabokov d'ouvrir le feu : « L'un des problèmes majeurs des prétendus traducteurs est leur ignorance. » Parmi les exemples qu'il cite, l'un est qualifié d'« effroyable », un autre d'« invraisemblablement coquet », un autre encore « d'une platitude grotesque [3] ».

Ortega y Gasset résume en une phrase un point de vue qui n'a quasiment jamais cessé d'être exprimé depuis que ce débat a cours : « Presque toutes les traductions effectuées avant notre époque sont mauvaises [4]. »

Imagine-t-on qu'une autre voix s'élèverait pour dénoncer en termes pareils quelque autre activité humaine que ce soit ? Essayons pour voir : « Presque tous les pompiers qui ont vécu avant notre époque ont été mauvais », « Presque toutes les preuves mathématiques établies avant notre époque sont mauvaises », « Presque tous les romans écrits avant le mien sont de deuxième ordre », « Presque toutes les femmes que j'ai connues avant toi étaient horribles ». Quiconque dirait l'une de ces phrases, sauf la dernière, passerait pour fou – et si exception il y a, c'est uniquement parce que nous concédons un certain degré de déraison en matière amoureuse. Les traducteurs, dont la vie professionnelle n'a vraiment rien de torride, recourent au langage de l'amour pour parler de leur travail. Étrange !

En revanche, il n'y a rien d'étrange, dans ces circonstances, à ce que les non-spécialistes n'aient guère d'estime pour les traducteurs. En fait de solidarité corporatiste, les commentateurs de traductions sont les premiers à jeter aux ordures la plus grande partie du travail des collègues.

La plupart des gens rencontrent la traduction à l'école, dans le cadre de cours de langue étrangère. L'apprentissage d'une telle langue est couronné de succès le jour si gratifiant où vous vous découvrez tout d'un coup capable de lire et peut-être même de penser dans cette langue sans devoir tout traduire dans votre tête. Quand vous en êtes là, vous laissez la traduction derrière vous. Elle n'est qu'une humble béquille à l'usage de ceux qui n'ont pas travaillé assez dur. Et si vous poursuivez vos études de lettres classiques ou de langues étrangères à un niveau supérieur, le recours aux traductions devient quasiment tabou.

Curieux paradoxe. Le dénigrement de la traduction émane avant tout des cercles mêmes où la capacité à traduire (du moins au sens technique) est concentrée. Et cette attitude est encore renforcée dans beaucoup d'universités au sein de départements de langues modernes où un enseignement de lettres à base de traductions est autorisé à contrecœur, pourvu qu'il soit restreint à un programme distinct de littérature comparée. Bien entendu, les collègues historiens, linguistes, philosophes, sociologues, anthropologues et même mathématiciens s'appuient constamment sur des traductions. Mais les départements de langues modernes font mine de regarder ailleurs.

La critique d'une traduction n'est pas nécessairement négative, mais la palette des termes dont on dispose pour dire du bien du travail d'un traducteur est remarquablement réduite. Si tant est que les comptes rendus d'ouvrages traduits prêtent la moindre attention aux qualités de la traduction (et ne se bornent pas à réciter l'une ou l'autre des faussetés triviales que nous avons cherché à démolir dans d'autres chapitres), on y retrouve toujours le même petit groupe de termes élogieux : « fluide, spirituelle, vive, subtile, exacte, brillante, solide, élégante ». Mieux vaut ne pas compter combien d'articles il vous faudrait passer au crible pour voir saluer au passage un traducteur en des termes qui ne soient pas puisés dans ce maigre vivier de quasi-synonymes. Si les critères d'évaluation d'une traduction sont difficiles à établir, comme nous l'avons souligné plus haut, il paraît plus difficile encore de mettre au point le langage critique qui permettrait d'exprimer de telles évaluations.

Quand vous recourez à une traduction pour vous aider à apprendre une langue, vous voulez avant tout savoir, quand vous avez fini de traduire une phrase, si vous avez tout juste ou tout faux. Rares sont les membres de la communauté anglophone qui vont beaucoup plus loin dans l'acquisition d'une langue ; et en conséquence, ce que la plupart des gens veulent savoir, quand ils sont confrontés à une traduction, est exactement identique à ce qu'ils avaient besoin de savoir à l'école. Tout au long de notre jeunesse, nous sommes formés à placer très haut le « juste » et le « correct » dans l'échelle des valeurs scolaires, et les maîtres tirent parti de l'esprit d'émulation des enfants pour les amener à intérioriser ces concepts. Se tromper, « avoir faux », est une chose honteuse, et le désir de trouver la réponse juste est des plus durables. Il alimente l'estime de soi, ainsi que bien d'autres sentiments, souvent passionnément éprouvés. Quand un lecteur non spécialiste demande d'une traduction : « Mais est-ce qu'elle est juste ? », la question telle qu'il l'entend a une importance d'ordre quasiment moral. Mais ce n'est pas la bonne question. Si nous parvenions à en faire notre deuil une bonne fois pour toutes, un grand nombre des passions qui transforment tant de commentaires de traduction en exercices de vitupération s'apaiseraient et finiraient peut-être un jour par disparaître.

Une traduction ne peut pas être juste ou fausse à la manière d'une interrogation scolaire ou d'un extrait bancaire. Une traduction est plutôt comme un portrait à l'huile. L'artiste peut inventer un pendentif avec une perle, ajouter une touche de carnation à la joue, négliger quelques fils d'argent dans les tempes – et tout de même nous proposer un portrait ressemblant. Il est difficile de dire ce qui autorise les spectateurs à s'accorder sur la qualité d'un portrait restituant l'essentiel – est-ce la forme d'ensemble, cet éclat si particulier du regard ? Les mystérieuses capacités qui nous permettent de reconnaître de bonnes correspondances – un *match*, un harmonieux « mariage » – en matière visuelle semblent proches des talents requis pour juger de la valeur d'une traduction. Mais contrairement aux amis du modèle d'un peintre, les utilisateurs d'une traduction n'ont pas pleinement accès à la source de l'œuvre (sinon, ils n'auraient pas besoin de recourir à la traduction). Et cela explique probablement pour quelles raisons la traduction suscite des réactions aussi passionnées. Il n'y a pas d'autre choix que de faire confiance au traducteur. Et en matière de parole ou d'écriture, pour des raisons dont j'espère qu'elles sont désormais tout à fait claires, les gens ont bien du mal à se faire confiance.

31

PAREIL, IDENTIQUE ET (HONORABLE) CORRESPONDANT

QUELQUES VÉRITÉS SUR LA TRADUCTION

Pour qu'un énoncé répété en une autre langue naturelle puisse être compté comme une traduction de la source, il doit donner la même information et avoir la même valeur. Il peut expliciter des informations que la source laisse implicites (soit en les insérant dans le corps du texte, soit en ajoutant des notes) ; il peut aussi, quoique moins fréquemment, en omettre, parce qu'elles sont censées être suffisamment connues du lectorat visé pour qu'on ne leur donne pas autant de relief que dans l'original. Mais à ces marges de tolérance près, la transmission de l'information et de la valeur constitue une norme de l'art du traducteur qui est très largement reconnue.

Il vaut la peine de rappeler que ce ne sont pas là les seuls aspects d'un énoncé qui pourraient en principe être conservés dans sa répétition en une autre langue. Il ne serait pas difficile de reproduire la répartition exacte des virgules et des points en faisant passer un texte de l'anglais en français (par exemple), mais personne n'en prend la peine. (Il m'est arrivé de travailler quelque temps avec un auteur qui soutenait fanatiquement que sa ponctuation était un trait inaliénable de son style, mais cela n'a fait que me confirmer dans mon impression initiale qu'il n'avait pas toute sa tête.) Un traducteur compétent et disposant de beaucoup de temps pourrait aisément préserver le décompte de mots et de caractères d'une source par paragraphe, par phrase ou par ligne, mais ce type d'identité n'est pas considéré comme relevant de la tâche du traducteur [1]. L'identité recherchée ne s'étend pas davantage au choix ou à la distribution des lettres de la source (malgré des exceptions aussi frappantes que la transposition par Douglas Hofstadter du titre de *La Chamade*, de Françoise Sagan, rendu par *That Mad Ache*). Dans la traduction de poésies ou de paroles de chansons, l'égalité du nombre de syllabes, vers par vers, peut être reçue comme une contrainte, et l'égalité approximative des dimensions textuelles est une nécessité dans les légendes de BD, les panneaux de signalisation, les notices dans les musées ou les expositions. Mais ce ne sont là que des cas particuliers. Partout ailleurs, l'exigence d'équivalence ne porte que sur l'information et la valeur.

Au cours d'une traduction orale, le ton, le timbre, les gestes, les mimiques, les battements de pied, sont jetés aux quatre vents, bien qu'ils transmettent des indices majeurs sur la façon dont l'énoncé doit être reçu.

Dans toutes les autres dimensions et dans tous les autres nombreux niveaux d'un énoncé, qu'il soit sous forme orale ou écrite, la traduction a pour critère d'être non pas identique, mais pareille ou analogue à la source.

A n'est pareil à B que par rapport à C. Autrement dit : quand quelque chose est comparé à autre chose, l'acte de comparaison repose sur un troisième terme qui n'est ni A ni B. En quoi la soupe de poissons et le *chowder* sont-ils pareils ? Le terme de comparaison (le *tertium comparationis* de l'ancienne rhétorique) pourrait être le fait que tous deux sont des soupes (mais l'analogie serait bien pauvre), ou des spécialités de la mer (c'est déjà mieux : l'une et l'autre contiennent du poisson ou des coquillages), ou encore le fait d'être consommés chauds, ou disponibles en conserve, ou stockés côte à côte sur l'étagère que voici. Si la soupe de poissons et le *chowder* sont analogues, cette analogie est une variable, qui prend différentes valeurs en fonction du terme de comparaison choisi ou implicitement appliqué dans un contexte donné.

Les dimensions d'un énoncé pour lequel la similitude ou l'analogie constitue le critère traductionnel à appliquer sont de différentes sortes. Registres, tons, rythmes, styles, esprits ne peuvent être dits « analogues » ou « pareils » que par rapport à quelque chose d'extérieur au texte même. Par exemple, quand on juge que l'écriture de pentamètres iambiques en langue anglaise est analogue à l'emploi de l'alexandrin chez Racine, on fonde l'analogie sur les valeurs sociales et culturelles des formes poétiques dans deux environnements distincts. Dans leurs domaines linguistiques respectifs, ce sont là les vers les plus fréquemment employés ; à cet égard, ils se correspondent – mais à cet égard seulement. D'un autre côté, la composition de vers anglais de douze syllabes pour créer une forme correspondant à l'alexandrin français n'en produit qu'un équivalent numérique artificiel, sans qu'il y ait aucun rapport entre les rythmes sous-jacents de l'anglais (qui est une langue à prosodie accentuelle) et ceux du français (qui ne l'est pas).

En déterminant les dimensions qu'il importe de mettre en relation d'analogie ainsi que la plus ou moins grande visibilité de cette relation, une traduction organise hiérarchiquement les traits superposés, entremêlés de l'original. Ne serait-ce que dans cette mesure, une traduction constitue toujours une interprétation de sa source. Ce caractère est plus sensible dans le cas de textes littéraires imposant relativement peu de contraintes pratiques, mais la même situation fondamentale se retrouve dans tous les actes de traduction entre deux langues.

Le cœur du problème est le suivant : étant donné qu'une traduction préserve l'information et la valeur globale de sa source, dans quelle mesure peut-on affirmer que sa manière, son ton ou son style est pareil ou analogue à ce qui leur correspond dans ladite source ?

Georges Perec usait d'une large variété de styles, mais un trait caractéristique se retrouve dans toute son écriture : une information importante est retenue jusqu'à la fin, amenant le lecteur à reconnaître qu'il n'avait pas vraiment saisi jusque-là le point essentiel de la phrase ou du paragraphe (voire du roman tout entier). Au niveau des phrases et des paragraphes, cela est plus facile à réaliser en français qu'en prose littéraire anglaise, où les informations nouvelles sont généralement introduites d'une autre manière. Cependant, en exploitant la fameuse flexibilité de la structure de la phrase anglaise, j'ai pu lui imprimer une courbe qui m'a permis de respecter tant bien que mal la technique de « dévoilement différé » pratiquée par Perec. En procédant ainsi, et de ce fait, je proposais une interprétation du style de Perec, mais ma prose n'est « pareille » à la sienne que sur ce genre de détail précis, et l'analogie reste fragile : comme il m'a fallu prendre de plus grandes libertés avec ma langue que lui avec la sienne, mon écriture n'est pas du tout « pareille » à celle de Perec en termes de normes linguistiques.

Aucune traduction n'est identique à sa source ; aucune traduction ne peut être pareille ou analogue à sa source, sinon à certains égards, sur un petit nombre de points choisis. Leur sélection dépend des conventions de la culture réceptrice, de la nature du domaine en jeu, voire du caprice du commanditaire de la traduction. Mais un énoncé, quel qu'il soit, présente tant de facettes que son traducteur disposera toujours d'un peu d'espace libre où se glisser. Et réciproquement, jamais aucun ensemble de contraintes sociales, pratiques, linguistiques ou génériques ne détermine complètement la façon dont une traduction doit être effectuée.

Si le sens et la valeur sont maintenus et si, relativement à un petit nombre d'autres aspects, une traduction est visiblement pareille à sa source, alors il y a correspondance. Socrate se disait accoucheur ; les traducteurs, eux, sont en quelque sorte des marieurs d'un genre particulier. Mais il serait trop simple de parler d'union du fond et de la forme. C'est comme quand nous devons établir une correspondance entre des visages et des portraits : nous nous fondons sur de multiples dimensions et qualités pour juger s'il y a eu, oui ou non, traduction.

Les livres puzzles pour enfants exploitent, et les psychologues étudient, notre capacité à reconnaître et à manipuler les trois relations de similitude distinctes mais toujours mêlées que nous avons nommées identité, ressemblance et *match*.

Les traducteurs exercent cette capacité – le PMS, ou *pattern-matching skill* – dans les domaines spécifiques de l'expression orale et écrite en langue étrangère. Tous ne s'en tirent pas aussi brillamment ; rares sont ceux d'entre eux qui ont le temps et le loisir d'attendre que la meilleure solution vienne correspondre à tel problème. Mais quand nous disons qu'une traduction est acceptable, ce que nous nommons là est une relation globale entre source et cible qui n'est ni identité, ni équivalence, ni analogie, mais seulement cette chose complexe qui nous permet de reconnaître un heureux mariage.

Telle est la vérité sur la traduction.

32

AVATAR
UNE PARABOLE DE LA TRADUCTION

Au cours d'une récente visite en Inde, où j'essayais d'en apprendre plus sur la traduction, je me suis réservé une après-midi pour aller au cinéma, et je suis allé voir une copie déjà vieillie de ce qui passe, je crois, pour être le film le plus cher de tous les temps. À ma grande surprise, et à mon très grand plaisir, *Avatar* s'est révélé être une parabole sur la traduction. Voilà pourquoi j'en dis deux mots en guise de conclusion.

Le héros de cette épopée de science-fiction signée James Cameron est un humain transformé grâce à un tour de passe-passe technique en un autre être, de près de trois mètres de haut, avec une queue préhensile et un don stupéfiant pour la chute libre. Sa mission : infiltrer la société de ses nouveaux congénères (qui mettent des bâtons dans les roues d'une compagnie minière de taille galactique) puis renvoyer à ses contrôleurs les informations dont ils ont besoin pour ôter ces indigènes de leur chemin. Sous son impressionnante enveloppe, il reste néanmoins un être humain.

Mais une fois qu'il a revêtu l'aspect extérieur d'un natif de Pandora, notre héros commence à en devenir un à d'autres égards également. Il se naturalise, en quelque sorte, et s'engage loyalement au sein de la communauté qui lui a fait bon accueil et l'a adopté. Ces êtres étranges luttent pour rester eux-mêmes et continuer à vivre comme ils l'ont toujours fait. Notre héros épouse leur cause et leur combat pour le droit à la différence.

Or le film vise clairement à nous présenter le respect de la différence comme l'expression d'une valeur *humaine*. Notre héros est-il donc l'un d'eux, ou est-il encore, au fond, l'un de nous ? Est-ce la compagnie minière qui est le représentant de l'humanité – ou est-ce l'étrange espèce lui faisant obstacle qui serait l'authentique incarnation de nos aspirations et de nos âmes ?

Le film s'achève sans avoir tout à fait répondu à la question. Cette question est celle que pose la traduction, et qu'elle doit à son tour laisser ouverte. Comment un énoncé, après avoir subi une métamorphose aussi radicale et bouleversante – impliquant parfois l'équivalent verbal d'une longue queue préhensile sur un corps de trois mètres – peut-il cependant demeurer, à un certain niveau fondamental, ce qu'il était ?

La pratique de la traduction, tout comme le film de Cameron, repose sur deux présupposés. Le premier : nous sommes tous différents. Nous parlons différentes langues, et nos visions du monde sont profondément influencées par les caractères particuliers des langues que nous parlons. Le second : nous sommes tous pareils. Nous pouvons partager, en gros et en détail, les mêmes types de sentiments, d'informations, d'accords, etc. Sans ces deux présupposés, la traduction ne pourrait pas exister.

Ni rien de ce que nous voudrions appeler la vie en société.

La traduction est l'un des noms de la condition humaine.

33

Adieu Babel
(en guise d'épilogue)

Dans la plupart des disciplines intellectuelles, cela fait un certain temps qu'on ne recourt plus aux histoires tirées de la Bible hébraïque, ni comme source ni comme instrument de pensée. La traductologie fait exception. Les universitaires et les essayistes, dans ce domaine, accordent encore et toujours une attention invraisemblable au récit de l'origine de la diversité linguistique que contient la Bible [1]. Font-ils là un bon usage de leur temps ? C'est loin d'être sûr.

L'histoire de la tour de Babel figure au chapitre XI de la Genèse. Le premier verset affirme qu'au commencement, « la terre entière n'avait qu'une seule langue ».

Cela n'est pas très plausible. Rien de ce que nous savons ou pouvons observer sur le comportement linguistique humain ne rend probable une telle thèse de l'unicité de la langue originelle.

Le reste de cette même section de la Bible (Genèse, XI, 2-9) raconte comment les ancêtres du peuple juif sont passés de cet état hypothétique d'unité linguistique à la diversité qui caractérisait manifestement la région du monde qu'ils habitaient il y a trois ou quatre millénaires.

La volumineuse tradition du commentaire babélien entretisse des spéculations d'ordre religieux, philosophique, historique, culturel, archéologique et philologique autour du récit de la Genèse. Ces versets conservent-ils un écho d'événements historiques ? Devrions-nous plutôt les lire comme une fable visant à expliquer l'état actuel des choses, ou l'état qui fut le leur dans un lointain passé ? En ce qui concerne le sujet de ce livre, peu importe qu'une ziggourat en l'honneur d'un dieu assyrien nommé Mardouk ait vraiment été dressée près d'un lieu-dit aujourd'hui appelé Babil (en Irak) ; peu importe qu'elle ait été visitée par Hérodote, ou de quand date sa chute. Pour ce qui est de comprendre le langage et la traduction, peu importe de savoir si (ou comment) le récit biblique a le moindre lien avec le texte de l'Enuma Elish. Et que nous préférions privilégier, dans la masse des commentaires babéliens, ceux qui postulent que la diversité linguistique est un Affreux Désordre (c'est d'ailleurs la thèse de la majorité), ceux qui prétendent qu'elle a ses Côtés Positifs, ou ceux qui soutiennent qu'elle est une Très Bonne Chose – voilà qui ne change absolument rien à l'affaire [2].

Tout ce qui importe, c'est de savoir si nous estimons que le premier verset nous dispense d'imaginer d'autres origines possibles du langage humain. Il se trouvera peut-être quelques cyniques pour dire que c'est bien à cela que servent les textes religieux. Mais la traduction n'est pas une affaire de foi. C'est tellement plus intéressant !

L'affirmation selon laquelle une forme de langue commune a existé au temps des origines a été interprétée comme signifiant que l'intercompréhensibilité est l'idéal ou la nature essentielle du langage comme tel. Une telle supposition fait de la traduction une stratégie compensatoire visant uniquement à remédier à une situation de déchéance, dont l'idéal s'est désormais absenté. Elle légitime, de façon indirecte mais avec non moins de force, les nombreuses tentatives qui ont été menées pour inventer des langues meilleures à certains égards (sinon à tous) que celles dont nous disposons déjà [3].

Ce fondement discutable du récit babélien a trouvé un soutien implicite, quoique imprévu, dans les travaux érudits des tenants de la linguistique historique au cours des XIXe et XXe siècles. Ils cherchaient à regrouper les langues en « familles » et à reconstruire les hypothétiques parents ayant engendré ces langues cousines, ainsi que les règles ayant présidé à la constitution de l'héritage de chacune. La découverte d'un air de famille entre le sanscrit, le grec, le latin et le vieux perse a ouvert sur le passé une perspective inédite, convergeant vers une source unique d'où proviendrait toute une gamme de langues parlées entre le Nord de l'Inde et l'océan Atlantique.

Ces progrès fascinants incitaient à considérer la dérivation historique des langues modernes comme une sorte de torrent dévalant les pentes montagneuses du temps, puis se séparant en différents courants distincts. Plus en amont devait se trouver, aujourd'hui inaccessible, une source unique – le proto-indo-européen, pour la grande famille qui joint les langues du Nord de l'Inde à beaucoup de celles de l'Occident ; plus haut encore, le nostratique, l'ancêtre commun supposé du proto-indo-européen et d'autres groupes de langues européennes et asiatiques ; et à une altitude encore supérieure, un parler proto-*sapiens*, la langue d'avant Babel, la langue humaine originelle et unitaire.

Certains ont considéré la signification sous-jacente du changement et de la diversification linguistiques à travers des lunettes darwiniennes. À leurs yeux, la complexité sans cesse croissante depuis les formes de vie unicellulaires jusqu'à la magnifique mécanique humaine devait servir de modèle pour comprendre « l'évolution du langage », depuis les échanges frustes des chasseurs-cueilleurs jusqu'aux raffinements de l'Académie française. D'autres voyaient dans le changement linguistique une chute, depuis la concentration et le mystère des langues anciennes jusqu'à la rumeur vertigineuse et multiforme qui bruit aujourd'hui dans nos rues. Mais toutes ces spéculations érudites (et souvent scolaires) reposaient sur un même postulat, jamais ou presque remis en question : au fond, toutes les langues sont le même genre de chose, parce que au commencement, elles ne faisaient toutes qu'une. À vrai dire, les données plaident plutôt pour la thèse adverse. L'histoire de Babel dit peut-être qu'au commencement, toutes les langues n'en faisaient qu'une – mais ce qu'elle montre, c'est qu'aux yeux d'un certain peuple du IIIe ou IIe millénaire avant Jésus-Christ, la diversité linguistique était déjà un fait majeur de l'existence.

Cela dit, si nous souscrivons à la théorie selon laquelle toutes les langues sont des cas particuliers du même genre de chose, il faut bien que nous nous demandions ce qui les rend ainsi semblables. Au cours du XXe siècle la réponse la plus influente à cette question a été : une grammaire.

L'idée qu'une grammaire est la propriété commune de toutes les langues humaines ressemble à une hypothèse – quelque chose que l'on pourrait mettre à l'épreuve des faits ou de l'expérience, quelque chose que l'on peut rejeter ou affiner. En fait, ce n'est pas sous cet angle qu'elle a été approchée. En règle générale, « l'hypothèse de grammaticalité » est un axiome, la base fondatrice d'une vaste pétition de principe. Cet axiome « explique » pourquoi la communication animale et les systèmes de signalisation mécanique ne constituent pas des langues. Comme les feux de circulation et les aboiements des chiens ne semblent offrir ni règles combinatoires discernables ni la moindre possibilité de créer des combinaisons nouvelles, ils sont dépourvus de grammaire, et puisque toutes les langues ont une grammaire (sans quoi elles ne seraient pas comptées comme langues), les feux de signalisation et les aboiements des chiens ne sont pas des langues. C.Q.F.D.

En vertu d'une pétition de principe analogue, l'axiome de grammaticalité repousse aux marges de la recherche linguistique tous les emplois des bruits vocaux humains – raclages de gorge, hemmages, hurlements, ricanements, marmonnements, bégaiements, exclamations, interjections, ainsi qu'ellipses, délires, gargouillements, roucoulements, parler bébé, gazouillis entre amants, etc. – qui ne se laissent pas proprement décomposer en noms, verbes et points finals.

Même en laissant de côté toute la faune des emplois dits « agrammaticaux » et « non linguistiques » de la parole, la variabilité et la diversité des éléments que gouvernent les grammaires des langues effectives rendent très difficile de comprendre ce que l'on veut dire lorsqu'on affirme qu'une grammaire est ce que toutes les langues ont en commun. Inévitablement, cette affirmation suscite une autre question : ce point commun entre toutes les langues, en quoi consiste-t-il ?

Il n'est pas facile de trouver une catégorie grammaticale existante qui soit commune à toutes les formes de langage humain. Beaucoup de langues se passent de déterminants tels que « le » ou « un » (exemples : le russe et le chinois). Beaucoup de langues se passent du genre (le finlandais conversationnel ne distingue pas entre « celui-ci », « celle-ci » et « ceci »). Beaucoup de langues du monde, majeures ou mineures, n'ont pas de marque de nombre (le chinois, encore lui, ne dispose pas de formes spéciales pour le duel ou le pluriel). Il est assez évident qu'on peut se débrouiller sans adjectifs – même en français, sans même parler de termes comme « marron », « pourpre » ou « bordeaux », on peut dire d'un objet qu'il est « couleur tomate » pour signifier qu'il est rouge ; des préfixes vous permettent de distinguer entre des individus plus ou moins grands d'une même entité (anglais *minibus*, français « hypermarché ») et fonctionnent exactement comme les suffixes en italien (*uomaccio*, « homme énorme »), latin (*homunculus*, « petit bonhomme ») ou russe (левчик, « petit lion »). Jorge Luis Borges, toujours spirituel, a imaginé une langue sans noms, entièrement constituée de verbes et d'adverbes. « Il lune bleuement » est tout ce qu'il vous faudrait pour parler de la présence d'une lune bleue dans le ciel. Quant à l'aspect, il n'est formellement grammaticalisé que dans certaines langues (dont le russe), et le temps est manifestement redondant, même dans les langues qui disposent de variables pour l'exprimer. « Napoléon entre dans Moscou en août 1812 » est un énoncé français irréprochable : les marqueurs circonstanciels explicites (« demain », « 1812 ») rendent inutile de conjuguer le verbe au futur ou au passé. Quelques langues seulement disposent d'évidentiels ; beaucoup d'entre elles n'ont pas de prépositions ; beaucoup d'autres encore ne connaissent pas l'agglutination. Le concept de cas est virtuellement absent du français et de l'anglais (où il subsiste à l'état de trace dans la flexion pronominale : « je/ me, tu/ te, il/ le/ lui, elle/ la/ lui, ils ou elles/ les/ leur », *he/ him*, *she/ her* – et c'est à peu près tout). Il est totalement inconnu du chinois.

Et ça continue. Le mode, qui est quasiment inexistant en grammaire anglaise (nous recourons à des verbes modaux séparés, tels que *may*, *should*, *ought*, etc.), fournit à l'albanais une riche collection de nuances permettant d'exprimer toutes sortes de qualités affectives, dont l'admiration. L'harmonie vocalique est un trait fondamental du hongrois : vous direz *a moziba* si vous êtes allé au cinéma, mais *az étterembe* si vous êtes allé au restaurant, parce que dans le premier cas, les sons « o » et « i » imposent le suffixe *-ba* qui leur correspond, tandis que dans le second, les sons « é » et « e » réclament le suffixe *-be*. Un tel phénomène est inconnu dans l'énorme majorité des langues du monde.

La recherche des points communs que toutes les grammaires partagent – la quête de la « Grammaire universelle » – dure déjà depuis un certain temps, et a progressé à peu près autant que celle du saint Graal [4]. À un certain niveau, il existe pourtant une réponse évidente, car elle n'est qu'une question de définition : toutes les grammaires gouvernent les manières dont des éléments libres se laissent combiner de façon à produire une phrase acceptable.

Le point faible d'une telle solution saute aux yeux : « phrase » est déjà un concept grammatical. La « phraséité » n'est pas une qualité observable des actes de parole. Ce n'est pas seulement dans la poésie de Mallarmé que nous avons parfois du mal à savoir où placer le point final. Écoutez donc vos enfants ! Jamais ils ne finissent leurs phrases selon les règles.

Il est vrai que nous pouvons produire des phrases dans n'importe quelle langue humaine. Mais il est tout aussi vrai que la plupart de nos emplois effectifs de la parole n'impliquent rien qui ressemble de près ou de loin à une phrase grammaticale. Quand nous écrivons, bien sûr, nous nous efforçons généralement d'écrire des phrases. Mais pas toujours.

Le deuxième grand problème, avec l'axiome de grammaticalité – avec l'idée que ce qui fait d'une langue une langue est l'existence d'une grammaire – est qu'aucune langue vivante n'a encore été dotée d'une grammaire qui rende compte d'absolument toutes les expressions (y compris les phrases) énoncées par ses locuteurs. La « grammaire du français » – ou de quelque langue que ce soit – n'a pas encore été achevée, et l'on peut sans trop de risque avancer qu'elle restera toujours en chantier.

En aérodynamique ou en théorie de la probabilité, des failles de cette gravité auraient cloué les frères Wright au sol ou interdiraient à la Française des jeux d'être une affaire rentable.

Le talon d'Achille d'une théorie linguistique dont la grammaire occupe la position centrale peut être formulé comme suit : puisqu'une grammaire universelle continue à nous échapper et qu'aucune grammaire exhaustive n'a encore été élaborée pour aucune variété linguistique, tout sujet parlant sur cette planète sait quelque chose que la grammaire ne sait pas.

Laissons donc l'histoire biblique et la sagesse scolaire de côté. Mettons par ailleurs qu'il y a quelque chose, en toute forme de comportement humain que nous reconnaissons pour être du langage, que toutes les langues ont en commun. Qu'est-ce que c'est ? Qu'est-ce donc qui identifie sans ambiguïté certains ensembles de sons émis comme étant du langage ?

C'est une vaste question, et l'on voit mal par où commencer. Mais essayons de le faire sans présuppositions. L'une des premières choses que nous pouvons aisément observer n'est pas sans rapport avec nos mains.

Il n'existe pas au monde de forme linguistique qui soit jamais articulée à haute voix sans être accompagnée de gestes des mains. De fait, plus un locuteur est concentré sur son énonciation vivante, plus il lui faut bouger ses mains. Essayez d'entrevoir les interprètes de conférence derrière leurs parois de verre à Luxembourg ou à Genève. Alors même qu'absolument personne n'est censé les regarder, ils sont tous – qu'ils parlent allemand, estonien, arabe ou néerlandais – en train de gesticuler sauvagement, tout simplement pour maintenir le rythme du discours. Le mouvement des mains est une partie profondément inconsciente et inséparable de la parole naturelle.

Nous pourrions donc partir de cette observation solide et réitérable : la parole naturelle est une activité partiellement mais nécessairement manuelle [5]. Voici une exception manifeste qui confirme la règle. Dans la plupart des langues, les présentateurs de télévision ne gesticulent pas du tout, mais gardent leurs mains sur ou sous leur bureau, ou ne s'en servent que pour déplacer les quelques feuilles posées devant eux. Tout cela s'explique par un fait simple : ils feignent seulement de vous parler. Ce qu'ils font réellement, c'est lire les mots qui défilent sur le téléprompteur. De façon similaire, un conférencier qui agite les mains est presque certainement en train d'improviser – en train de vous parler réellement, selon les formes du discours naturel. Un orateur occupé à lire des notes écrites garde typiquement ses mains le long du corps, ou posées devant lui. Parler et lire à haute voix sont deux activités très différentes.

Réciproquement, un travail manuel un peu délicat et de type non linguistique suscite presque toujours certains mouvements des lèvres. Avez-vous déjà observé quelqu'un en train d'enfiler une aiguille ? Rares sont les personnes qui en sont capables sans faire une moue ou crisper la bouche.

Qu'est-ce qui lie la main et la bouche ? La connexion la plus évidente est en rapport avec la nourriture. C'est la main qui chez l'homme, mais aussi chez beaucoup de primates, sert à porter l'aliment à la bouche. Et celle-ci est aussi l'organe de la parole.

Manger et parler sont deux activités distinctes qui ont beaucoup de points communs. L'une et l'autre font intervenir la main et la bouche. Elles mobilisent par ailleurs le même appareil musculaire. Voilà peut-être pourquoi l'on juge grossier de parler et manger en même temps (« parler la bouche pleine ») – sans parler du risque que cette confusion des fonctions entraîne pour les enfants, chez qui le contrôle musculaire n'est pas encore tout à fait acquis.

De ce point de vue, la parole peut être considérée comme un emploi parasitique d'organes dont la destination première est d'assurer la survie. Mais alors, quel a dû être le rôle originel de ce merveilleux usage second et supplémentaire des lèvres, de la langue, des muscles permettant la respiration et la déglutition ? Et comment s'est-il lié à d'autres fonctions de la main et du bras ?

Main et bras ont des valeurs communicatives qui varient considérablement d'une culture et d'une communauté à l'autre, mais cette variété est loin d'approcher la multiplicité stupéfiante des phonèmes, des lexiques, des structures grammaticales attestés dans les langues du globe. Une claque dans le dos, un haussement d'épaules, un coup de poing dans le ventre n'ont pas exactement le même sens partout dans le monde, mais sont nettement plus « transportables » qu'un son ou qu'un mot. Même un appel à l'aide, un éclat de rire, un cri de douleur sont moins intercompréhensibles entre différentes cultures linguistiques qu'une main posée sur votre bras.

Avec l'émergence du langage articulé (peu importe quand et comment, dans une seule ou dans plusieurs lignées humaines) est apparu un canal de communication tout à fait nouveau, radicalement différent de l'expression manuelle ou gestuelle. Ce canal était nettement moins « transportable » que toutes les ressources disponibles jusque-là. Telle est sans doute la raison de son succès.

Dans la plupart des domaines de l'existence, nous ne perdons pas de vue que la raison d'être d'une invention et ses emplois effectifs ne sont pas nécessairement liés. Le parapluie a sans doute été conçu pour nous protéger des intempéries, mais il a également servi en 1978 à assassiner un dissident bulgare alors qu'il traversait le pont de Waterloo. Les allumettes, originellement destinées à fournir un procédé d'ignition simple et bon marché, font aussi à l'occasion de bons cure-dents. On ne devrait pas confondre ce pour quoi une chose est « faite » et ce à quoi on l'emploie effectivement. Il est tout à fait curieux qu'une règle aussi fondamentale n'ait presque jamais été observée dans aucune réflexion sérieuse sur les fonctions du langage et de la traduction.

Le simple fait de la diversité linguistique suggère très fortement que la parole n'est pas apparue pour permettre de communiquer avec des membres d'autres groupes de congénères. Ou si tel a été le cas, nos ancêtres se sont lourdement trompés. Ils auraient mieux fait d'y renoncer tout de suite.

De même, il n'y a aucune raison particulière de croire que le langage ait surgi pour favoriser la communication entre membres d'un même groupe. Car ils communiquaient déjà entre eux – avec leurs mains, leurs bras, leurs mimiques, leurs corps. De nombreuses espèces procèdent visiblement ainsi. Vous pouvez les observer dans n'importe quel zoo.

Si la « communication » est ce que nous pensons faire quand nous parlons ou écrivons, c'est essentiellement parce qu'on nous a appris à le croire à l'école. Mais quand nous regardons et écoutons des gens en plein « comportement linguistique », ce que nous constatons en tant que spectateurs du zoo humain est tout à fait autre chose.

Semblable en cela à d'autres usages des lèvres et des mains (sourire, caresser, bouder, cogner, etc.), le bruit vocal établit des liens entre personnes qui doivent ou désirent être en contact d'une façon ou d'une autre, pour une raison quelconque : assistance mutuelle, établissement d'une hiérarchie ou déclaration d'hostilité, par exemple. À cet égard, le *baby-sitter* qui chante une berceuse à un nourrisson dans son couffin accomplit un acte de langage du même genre que l'étudiante ambitieuse qui me lance un « Bonjour, monsieur ! » orné d'un accent d'intensité distinctif sur la première syllabe (ou d'une élévation du ton sur la dernière si elle préfère me parler anglais : « *Good morning, sir !* »). S'il s'agit là d'actes de communication, alors il nous faut redéfinir ce que nous entendons par là : non pas la transmission d'états mentaux de A à B (et moins encore la transmission d'« information »), mais l'établissement, le renforcement et la modification de relations interpersonnelles immédiates. Cependant, il vaudrait mieux dire alors que cela n'est pas de la communication – c'est du langage. Le langage est un mode humain de relation avec d'autres êtres humains.

Chez les primates supérieurs, de telles fonctions sont accomplies par le biais d'une pratique très étudiée : le toilettage social. Les activités de toilettage établissent un lien entre mère et enfant, entre mâles au sein d'une hiérarchie (de dominé à dominant), entre mâles et femelles avant la copulation ; plus généralement, elles donnent sa cohésion à tout le groupe ou clan d'animaux en cohabitation. Or le toilettage prend beaucoup de temps. Au-delà d'une certaine masse critique de population, il ne peut plus remplir efficacement son rôle social. Selon Robin Dunbar, un groupe d'environ 55 individus constitue le maximum que puisse atteindre une communauté fondée sur le toilettage ; au-delà, il lui faut se diviser. Une fois la division opérée, toute relation de toilettage d'un groupe à l'autre est exclue : vous appartenez exclusivement soit au nouveau groupe, soit à l'ancien. Pas question d'épouiller le pelage des chimpanzés qui ne sont pas de « votre bande[6] ».

Entre cette image de la construction sociale chez les primates et la façon dont les gens se parlent effectivement, la correspondance est frappante. Le langage articulé permet au groupe d'accroître sa taille nettement, mais non pas indéfiniment. La manière dont chaque individu parle fait partie de son identité en tant que membre d'une communauté spécifique, telle qu'elle se définit par région, zone, ville, voire rue, et évidemment par clan ou par famille. Ce que l'on nomme la variation dialectale, et qui n'est qu'un autre aspect de la diversité linguistique, remplit une fonction structurante analogue au toilettage social des chimpanzés. Pour résumer d'un mot cette thèse un peu rapide : le langage est ethnicité.

L'ethnicité, entendue en ce sens, n'a rien à voir avec le lignage, l'hérédité, la race, le groupe sanguin ou l'ADN. Elle ne signifie qu'une chose : la façon dont un groupe social se constitue et s'identifie.

La vertigineuse diversité des accents et des styles de diction des habitants des Îles britanniques illustre de manière spectaculaire cette fonction distinctive du mode de parole, signalant jusque dans les nuances les plus fines l'appartenance à tel ou tel groupe. Différents sons servent à communiquer que l'on est membre d'une communauté basée dans l'Essex ou le Norfolk, dans tel ou tel secteur du Yorkshire, à Teesside, Édimbourg, Aberdeen, dans les Orcades ou le Shetland, à Lewis, Glasgow, Liverpool, Manchester, Birmingham, au Nord ou au Sud du pays de Galles, dans le Somerset ou dans les Sorlingues, les parages de l'île de Wight ou dans le Kent, sans compter le parler londonien, ou « estuarien », actuellement divisé en deux variétés selon que vous vivez sur la rive nord ou sud des eaux boueuses de la Tamise. À cela s'ajoute que certains traits phonologiques viennent annuler ou compléter ces marqueurs régionaux, de façon à situer le locuteur dans la hiérarchie sociale britannique : élocution dite « Mayfair » des riches et des privilégiés, articulation apparentée (mais non pas identique) des individus ayant fréquenté les plus prestigieuses des écoles privées (dites *public schools*), accent des écoles publiques (dites *grammar schools*), etc. Bien entendu, certains (dont moi-même, je crois) ne tiennent pas leur façon de parler de leurs camarades d'études mais de l'écoute de la BBC, marquant ainsi leur allégeance à une certaine idée de la « langue châtiée » comme dialecte de l'autorité (culturelle). En

Grande-Bretagne, vous ne pouvez pas y échapper : rien qu'en ouvrant la bouche, tout un chacun laisse échapper un flot de messages sur son appartenance régionale et sociale.

Dans la comédie musicale *My Fair Lady*, adaptée de la pièce de George Bernard Shaw intitulée *Pygmalion* (qui elle-même récrit un mythe bien plus ancien), le professeur Higgins s'exclame : « Ah ! pourquoi les Anglais n'apprennent-ils pas à leurs enfants à parler ? » Réponse : mais ils le font, Professeur. Ils leur apprennent à se dire originaires de Newcastle ou d'Aberdeen, à révéler qu'ils ont fréquenté Eton ou l'omnibus de Clapham, à proclamer leur identité de demoiselles de Morningside ou de pêcheurs de Newquay. Si vous êtes britannique, vous ne pouvez pas ne pas le remarquer. L'anglais n'est pas seulement, sous sa forme imprimée, une langue de contact de dimensions planétaires ; il est aussi, comme toutes les autres langues, une façon richement nuancée de dire à autrui qui vous êtes.

C'est là un trait que toutes les formes de parole articulée partagent, et c'est peut-être, concernant le langage, la seule chose qui soit vraiment universelle. Toute langue dit à votre auditeur qui vous êtes, d'où vous venez, où vous vous situez. La diversité linguistique – y compris les subtiles différenciations d'accent entre locuteurs de dialectes intercompréhensibles – est le mécanisme permettant d'effectuer cette fonction sociale primordiale.

La fonction différentielle de la parole va même plus loin encore. Deux individus ne produisent jamais exactement les mêmes sons, même s'ils parlent la même variante locale d'une langue. Quand ma belle-mère téléphonait, il lui suffisait d'annoncer « Allô, c'est moi ! » Voilà bien des paroles inutiles – à chaque fois, je me faisais cette réflexion. Mais le but instinctif de son expression phatique ne consistait que partiellement à « établir le contact ». Il s'agissait aussi de confirmer une relation interpersonnelle fondée sur la différence irréductible entre elle et moi. Cela, tout acte de parole l'accomplit – quoi que vous puissiez dire.

La diction individuelle et les formes d'expression ne varient pas en vertu de nécessités physiques, intellectuelles ou pratiques : les imitateurs prouvent qu'avec un entraînement rigoureux, il est possible d'assumer l'identité vocale d'une autre personne. Si la parole individuelle varie, c'est parce que l'un des buts fondamentaux, et peut-être originels, de la parole est d'être un instrument de différenciation – non seulement d'indiquer sous forme distincte votre provenance, votre rang, votre clan, votre bande, mais de proclamer : « Je ne suis pas vous mais *moi.* »

Avec Babel, on se trompe d'histoire. Selon toute vraisemblance, l'utilité première de la parole humaine fut d'affirmer la différence, non l'identité.

Dans les régions du monde à faible densité de population et où des obstacles physiques (chaînes de montagnes, déserts arides, jungles impénétrables) font du moindre voyage une aventure périlleuse, la diversité linguistique est très marquée. Les différentes communautés indigènes de Papouasie-Nouvelle-Guinée, des grandes plaines australiennes ou du bassin de l'Amazone n'entrent que rarement en contact avec leurs voisines. Même dans un pays aussi riche que la Suisse, les difficultés à surmonter pour nouer à travers les siècles des relations suivies d'une haute vallée à l'autre ont laissé leur empreinte jusqu'à nos jours : quatre langues principales se partagent encore ce petit territoire. En revanche, dans les contrées où la géographie invite davantage au voyage, et donc au contact, aux échanges, au commerce et à la guerre, la diversité linguistique est nettement réduite. Les langues se mêlent quand les peuples le font.

Renonçons donc à cette vieille image dépeignant la diversité linguistique comme une cascade torrentielle se divisant et se subdivisant encore à mesure que ses flots se précipitent à flanc de montagne du haut d'un unique glacier. Imaginons plutôt le résultat toujours provisoire d'une multiplicité de puits, de résurgences, de mares, de ruisseaux en débâcle creusant la pente jusqu'au fond des vallées où leurs eaux se rejoignent pour former de plus larges et plus profondes rivières. Ici encore, l'anglais nous fournit un exemple assez extrême : ses sources identifiables comprennent le dialecte germanique des Angles et des Saxons, le français qu'avaient appris les soldats normands qui envahirent l'île en 1066, une bonne dose de latin, deux doigts de danois, un soupçon de vocabulaire celtique, plus quelques fragments hasardeux puisés dans une bonne centaine au moins de langues du monde entier. À l'heure actuelle, il semble en pleine crue et paraît déborder jusque dans d'autres fleuves. Mais il n'y a pas vraiment lieu de se faire du souci. La probabilité que toutes les langues finissent englouties par l'anglais est à peu près égale à celle que l'Amazone et la Volga se jettent dans la même mer. D'ailleurs, nous l'avons vu, la différenciation linguistique est un mécanisme absolument fondamental ; du fait de son influence, l'anglais est un marqueur de différences qui n'a rien à envier aux autres langues.

Il s'ensuit de ces remarques que la traduction n'intervient pas « après Babel ». Elle intervient dès le moment où un certain groupe humain a soudain la brillante idée que les gars du village voisin ou la tribu de l'autre côté de la colline méritent peut-être bien qu'on leur adresse la parole. La traduction est un premier pas vers la civilisation.

Des centaines de milliers d'années, des millions peut-être, se sont écoulées entre l'émergence de sons vocaux destinés à remplir les fonctions de cohésion remplies par le toilettage social et l'apparition de l'écriture alphabétique. Au cours de cet abîme temporel à tout jamais soustrait à notre savoir, les communautés humaines ont découvert que le langage leur permettait d'accomplir un nombre immense d'activités incroyablement plus diverses que le simple maintien de l'ordre dans leurs familles, leurs clans ou leurs tribus.

C'est à la plupart de ces autres activités que la traduction s'intéresse. Elle ne peut pas tenter de remplir, d'imiter ou de reproduire les fonctions interpersonnelles de la parole humaine – d'ailleurs, elle ne le tente même pas. Comme nous l'avons indiqué dans un chapitre précédent, les traducteurs ne font pas correspondre un dialecte à un autre dialecte quand ils traduisent entre deux langues reconnues.

« *Hallo, darling* », « *Yalrite ?* » et « *Wotcha, mate* » sont des formules de salutation déclarant que le locuteur est (respectivement) un fan de mode, un natif de Glasgow, et un Londonien. Elles peuvent servir, selon les cas, à traduire « Bonjour, trésor », « Tu vas ? » ou « Yo, mon frère ! » mais la tâche qu'elles remplissent, involontairement et inévitablement, est de marquer l'appartenance à telle communauté et non à telle autre. Il n'y a aucun sens à vouloir transporter la dimension ethnique, auto-identifiante d'un énoncé. Absolument n'importe quelle autre formulation de l'expression, dans telle langue, dans tel dialecte ou dans tel autre, construira une identité différente.

Si c'est de l'ineffable que vous cherchez, vous voilà enfin à la bonne adresse. Cela crève les yeux : ce n'est pas la poésie, mais la communauté qui se perd à la traduction. Le langage dans ses emplois effectifs a aussi pour fonction de constituer une dimension communautaire, et cette fonction – c'est aussi simple que cela – ne relève pas des tâches de la traduction.

Mais pour presque toutes les autres fonctions que remplit le langage humain, la traduction a un rôle utile à jouer. Plus que la parole même, c'est elle qui fournit des preuves indiscutables de la capacité humaine à produire et à communiquer de la pensée.

Il faut traduire. Encore et toujours plus. On ne le fera jamais assez.

Notes

1. Qu'est-ce qu'une traduction ?

1. Douglas Hofstadter, *Le Ton beau de Marot. In Praise of the Music of Language*, New York, Basic Books, 1997, p. 1a.

2. Peut-on éviter la traduction ?

1. Harish Trivedi, « In Our Own Time, on Our Own Terms : "Translation" in India », dans Theo Hermans (dir.), *Translating Others*, Manchester, Saint Jerome Pub., 2006, t. I, p. 102-119.

2. Claire Blanche-Benveniste, « Comment retrouver l'expérience des anciens voyageurs en terres de langues romanes ? », dans Virginie Conti et François Grin, *S'entendre entre langues voisines : vers l'intercompréhension*, Chêne-Bourg, Georg, 2008, p. 34-51. Sur la *lingua franca*, voir John A. Holm, *An Introduction to Pidgins and Creoles*, Cambridge University Press, 2000.

3. Les chiffres varient d'un expert à l'autre, dans une fourchette allant de cinq mille à sept mille. Nous citons l'estimation haute, mais le nombre exact n'affecte pas les thèses soutenues dans cet ouvrage.

4. Ces chiffres, empruntés à Wikipédia, incluent les locuteurs non natifs des langues concernées. Comme beaucoup de gens parlent au moins deux des principales langues du monde, il se peut que l'ensemble des locuteurs des treize langues les plus employées soit supérieur à la population totale du globe. Les statistiques pour les locuteurs natifs (ou les usagers en première langue) reflètent une tout autre réalité : chinois mandarin (863 millions), hindi (680 millions), anglais (400 millions), espagnol (350 millions), arabe (280 millions), russe (164 millions), japonais (130 millions), allemand (105 millions), français (80 millions), turc (63 millions), ourdou (60 millions), indonésien (17 millions), swahili (10 millions). Total : 3,2 milliards, soit un peu plus de la moitié de la population mondiale.

5. Une réponse évidente : le portugais. Mais, malgré le rôle qu'il joue comme langue première pour d'importantes communautés en Europe, en Amérique du Sud et en Afrique, le portugais ne sert plus comme langue véhiculaire dans aucun de ces territoires.

6. James N. Adams (dans *Bilingualism and the Latin Language*, Cambridge University Press, 2003) fournit un portrait détaillé des relations entre le latin et les autres langues de Rome ou de ses territoires. Un grand nombre des textes discutés par Adams attestent que le latin a été en contact avec d'autres langues, mais aucun ne pourrait être classé, même approximativement, comme traduction en latin d'un texte non latin.

7. Georges Perec, « Experimental Demonstration of the Tomatotopic Organization in the Soprano », dans *Cantatrix sopranica L. et autres écrits scientifiques*, Seuil, 1991.

8. Selon Claude Hagège (dans *Dictionnaire amoureux des langues*, Plon, 2009, p. 109), Konstantin Päts, dernier président de l'Estonie indépendante, prononça également, en août 1939, un message radiodiffusé en latin, pour les mêmes raisons.

9. Voir Élisabeth et Jean-Paul Champseix, *57, boulevard Staline. Chroniques albanaises*, La Découverte, 1990.

10. Georges Perec, *La Vie mode d'emploi*, Hachette, 1978, p. 148.

3. AU FAIT, POURQUOI « TRADUCTION » ?

1. Michael Emmerich, « Beyond Between : Translation, Ghosts, Metaphors », mis en ligne sur wordswithoutborders.org, avril 2009.

2. Bambi B. Scheiffelin, « Found in Translating. Reflexive Language Across Time and Texts in Bosavi », dans Miki Makihara et Bambi B. Shieffelin (dir.), *Consequences of Contact : Language Ideologies and Sociocultural Transformations in Pacific Societies*, Oxford University Press, 2007, p. 141-165.

3. D'après Andrew Chesterman, *Memes of Translation. The Spread of Ideas in Translation Theory*, Amsterdam, Philadelphia, John Benjamins, 1997, p. 61.

4. Tiré du *Livre des rites*, postérieur à 206 avant notre ère, cité par Martha P. Y. Cheung dans « "To Translate" Means "To Exchange" ? A New Interpretation of the Earliest Chinese Attempts to Define Translation ("*fanyì*") », *Target*, vol. 17, n° 1, 2005, p. 29.

5. D'après le premier dictionnaire chinois (IIe siècle de notre ère) ; Kong Yingda (VIIe siècle de notre ère) ; Jia Gongyan (*id.*) et Zan Ning (un moine bouddhiste), cités et traduits par Martha P. Y. Cheung dans « "To Translate" Means "to Exchange" ?... », art. cité, p. 33-34.

6. Pour le moment, j'entends par « traduction » tout type de communication interlinguistique, qu'elle soit écrite ou orale. L'interprétation, qui ne s'attache qu'à la parole, est l'objet du chapitre 25.

7. Luis d'Antin van Rooten, *Mots d'heures, Gousses, Rames* (1967), Penguin, 1980.

4. CHOSES QU'ON DIT À PROPOS DE TRADUCTION

1. Pour un exposé complet, voir Leo Spitzer, « Les *Lettres portugaises* », *Romanische Forschungen*, vol. 65, 1954, p. 91-135.

2. Cité dans Lev Loseff, *On the Beneficence of Censorship. Aesopian Language in Modern Russian Literature*, Munich, Otto Sagner, 1984, p. 78.

3. Lev Loseff, « La vie persistante de James Clifford : le retour d'une mystification », *Zvezda*, janvier 2001 (en russe).

4. Pour le détail de la carrière de langue anglaise de cet écrivain multiple, voir David Bellos, *Romain Gary. A Tall Story*, Londres, Harvill Secker, 2010.

5. FICTIONS DE L'ÉTRANGER

1. Lawrence Venuti, *The Translator's Invisibility. A History of Translation*, Londres, New York, Routledge, 1995, p. 20 et *passim*.

2. Jean Le Rond d'Alembert, « Observations sur l'art de traduire », dans *Mélanges de littérature...*, Amsterdam, Chatelain, 1763, t. III, p. 18.

3. *Dangerous connections : or, Letters Collected in a Society, and Published for the Instruction of Other Societies, par M. C*** de L****, Londres, 1784.

4. Fred Vargas, *Have Mercy on Us All*, trad. David Bellos, Londres, Harvill, 2003.

5. Mise en scène de David Ka-Shing pour le Yellow Earth Theatre et le Shanghai Dramatic Arts Center. Représentations à Stratford-upon-Avon, Londres et Shanghai en 2006.

6. Friedrich Schleiermacher, *Des différentes méthodes du traduire*, trad. Antoine Berman, Seuil, « Points Essais », 1998, p. 75.

7. *Ibid.*, p. 63.

8. Extrait du chapitre II de Jacques Derrida, *Of Grammatology* (1967), trad. Gayatri Chakravorti Spivak, Baltimore, Johns Hopkins University Press, 1974. Voici le texte original : « Les sciences *positives* et classiques de l'écriture ne peuvent que réprimer ce type de question. Jusqu'à un certain point, cette répression est même nécessaire au progrès de l'enquête positive. Outre qu'elle serait encore prise dans la logique philosophante, la question onto-phénoménologique sur l'essence, c'est-à-dire sur l'origine de l'écriture, ne pourrait, à elle seule, que paralyser et stériliser la recherche historique et typologique des *faits*. Aussi notre intention n'est-elle pas de mettre cette question préjudicielle, cette sèche, nécessaire et, d'une certaine facilité, facile question de droit, en balance avec la puissance et l'efficacité des recherches positives auxquelles il nous est donné d'assister aujourd'hui. Jamais la genèse et le système des écritures n'avaient donné lieu à des explorations aussi profondes, étendues et assurées. Il s'agit d'autant moins de mettre la question en balance avec le poids des découvertes que les questions sont impondérables. Si celle-ci ne l'est pas tout à fait, c'est peut-être parce que son refoulement a des conséquences effectives dans le contenu même de recherches qui, dans le cas présent et par privilège, s'ordonnent toujours autour de problèmes de définition et de commencement » (*De la grammatologie*, Minuit, 1967, p. 43).

9. Voir Mariagrazia Margarito, « Une valise pour bien voyager… avec les italianismes du français », *Synergies*, n° 4, 2008, p. 63-73.

10. Antoine Volodine, « Écrire en français une littérature étrangère », *Chaoïd*, n° 6, 2002. Les citations suivantes sont extraites du même article.

11. David Remnick, « The Translation Wars », *The New Yorker*, 7 novembre 2005.

12. Voir David Remnick, « The Translation Wars », art. cité. Voir également Gary Saul Morton, « The Pevearsion of Russian Literature », *Commentary*, juillet-août 2010, qui se montre beaucoup plus sévère.

13. Pour un bel exemple des effets qu'on peut en tirer, voir Mariusz Wilk, *The Journals of a White Sea Wolf*, trad. Daniusa Stok, Londres, Harvill, 2003.

6. La compétence native

1. Dans certains pays, les enfants d'immigrants ne se voient pas même accorder de nationalité. L'état de l'apatride peut être considéré comme la « condition zéro » de ce qui s'acquiert par le fait d'être né – et aussi comme une violation des conventions internationales sur les droits fondamentaux.

2. Voir Gelii V. Tchernov, *Osnovy sinkhronnogo perevoda* (*Fondements de la traduction simultanée*), Moscou, Vysshaia shkola, 1987, p. 5-8.

3. Voir Lynn Visson, *Sinkhronni perevod s russkogo na angliski*, Moscou, R. Valent, 2005, p. 15-16 ; voir aussi Lynn Visson, « Teaching Simultaneous Interpetation into a Foreign Language », *Мосты*, 2.22, 2009, p. 57-59.

7. Le sens, ce n'est pas simple…

1. Tiré de *LINGUIST List 2.457*, 3 septembre 1991.

8. … Les mots, c'est encore pire

1. Roman Jakobson, « On Linguistic Aspects of Translation », dans Reuben A. Brower (dir.), *On Translation*, Oxford University Press, 1959, p. 232.

2. Ce n'est là qu'une façon simple d'exposer la loi de Zipf, selon laquelle la fréquence d'un terme, quel qu'il soit, est inversement proportionnelle à son rang dans la table de fréquence. C'est ainsi que le mot le plus fréquent aura un nombre d'occurrences à peu près double de celui du second mot le plus fréquent, et triple de celui du mot venant en troisième position. En conséquence, cent trente-cinq mots à peine suffisent à rendre compte de la moitié des occurrences dans un corpus de langue anglaise d'environ un million de mots.

3. Leonard Bloomfield, *Language*, New York, H. Holt and Company, 1933, p. 140.

4. Genèse, II, 19, trad. Louis Segond.

5. Elle peut ne pas être arbitraire du tout d'un point de vue historique : deux mots peuvent remonter à des origines complètement différentes (par exemple « son » ; au sens de « bruit », il dérive du latin *sonus* ; au sens de « résidu de

mouture », il dérive de *secundus*) ; en revanche, tous les sens de « tête » remontent à une source unique.

6. D'autres règles additionnelles s'appliquent aux séquences alphabétiques contenant les symboles – et * (telles que « sous-entendu » ou la marque déposée « E*Trade ») ; pour certaines langues, il faut tenir compte de signes typographiques supplémentaires (comme ¿ ou ¡ en espagnol), mais ce genre de détails, inhérent aux écritures alphabétiques ou syllabiques, n'altère pas la structure des règles ou la conception de base de ce qu'est un mot – pour un ordinateur.

7. Hayley G. Davis (dans *Words. An Integrational Approach*, Richmond, Curzon, 2001) illustre au moyen de nombreux exemples hilarants la confusion dans laquelle se débattent les locuteurs anglo-saxons dès qu'ils tentent de cerner ce qu'est un mot.

8. Anna M. Davies, « Folk-Linguistics and the Greek Word », dans George Cardon et Norman H. Zide (dir.), *Festschrift for Henry Hoenigswald*, Tübingen, Narr, 1987, p. 263-280.

9. Comment comprendre un dictionnaire

1. Jonathon Green, *Chasing the Sun. Dictionary-Makers and the Dictionaries They Made*, Londres, J. Cape, 1996, p. 40-41.

2. Voir Jan Assmann, « Translating Gods : Religion as a Factor of Cultural (Un)Translatability », dans Sanford Budick et Wolfgang Iser (dir.), *The Translatability of Cultures. Figurations of the Space Between*, Stanford University Press, 1996, p. 25-36.

3. J'emprunte ces informations à Christoph Harbsmeier, *Language and Logic in Traditional China*, t. VII, vol. I de Joseph Needham (dir.), *Science and Civilisation in China*, Cambridge University Press, 1998, p. 65-84, et à Endymion P. Wilkinson, *Chinese History : A Manual*, Harvard University Press, 1998, p. 62-94.

4. *Amarakośa* a été composée par Amara Sinha au IVe siècle de notre ère.

5. Georges Perec, *La Vie mode d'emploi*, *op. cit.*, p. 361-362.

10. Le mythe de la traduction littérale

1. Selon Naomi Seidman, « on serait bien en peine de citer un plaidoyer important en faveur de la traduction mot à mot antérieur à l'époque moderne » (*Faithful Renderings. Jewish-Christian Difference and the Politics of Translation*, Chicago University Press, 2006, p. 75).

2. George Steiner, *Après Babel. Une poétique du dire et de la traduction*, trad. Lucienne Lotringer et Pierre-Emmanuel Dauzat, Albin Michel, 1998, p. 330.

3. Nicolas Herberay des Essarts, « Préface du traducteur », dans *Amadis de Gaule* (1540), éd. Michel Bideaux, livre I, Champion, 2006, p. 168.

4. Octavio Paz, « Un poema de John Donne », *Traducción : literatura y literalidad*, Barcelone, Tusquets, 1990, p. 13.

5. Louis G. Kelly, auteur de *The True Interpreter. A History of Translation Theory and Practice in the West* (Oxford, Blackwell, 1979), cité par l'un de ses anciens collègues de l'université d'Ottawa sur son blog (http://unprofessional-translation.blogspot.com).

6. *Revue des Deux Mondes*, vol. 100, juillet 1872, p. 314.

7. Mark Twain, *The Jumping Frog, in English, then in French, Then Clawed Back Into a Civilized Language Once More by Patient, Unremunerated Toil*, New York, Harper and Brothers, 1903, p. 39-40.

8. Michael Israel, « The Rhetoric of "Literal Meaning" », dans Seana Coulson et Barbara Lewandowska-Tomaszczyk (dir.), *The Literal and Non-Literal in Language and Thought*, Francfort-sur-le-Main, Peter Lang, 2005, p. 147-238.

9. Voir Dominique Jullien, *Les Amoureux de Schéhérazade. Variations sur* Les Mille et Une Nuits, Genève, Droz, 2009, pour une discussion des problèmes culturels soulevés par la traduction de Mardrus.

10. Cité *ibid.*, p. 107.

11. André Gide, *La Revue blanche*, t. XXI, janvier 1900, p. 475, cité par Dominique Jullien dans *Les Amoureux de Schéhérazade*..., *op. cit.*, p. 110.

12. Joseph-Charles Mardrus, lettre au directeur de la *Revue critique d'histoire et de littérature* (t. XLI, n° 26, juin 1900, p. 515), citée par Dominique Jullien dans *Les Amoureux de Schéhérazade*..., *op. cit.*, p. 85.

11. De la méfiance

1. Voir Roy Harris, *The Origin of Writing*, Londres, Duckworth, 1986, p. 177. L'écriture a été inventée à quatre reprises : par les Mayas, dans l'Amérique précolombienne ; en Chine ; dans l'ancienne Égypte ; et en Mésopotamie. Tous les systèmes modernes d'écriture descendent de deux de ces inventions, et tous les systèmes alphabétiques dérivent d'un ancêtre unique.

2. L'expression « oralité primaire » a été forgée par le jésuite Walter J. Ong. Voir son ouvrage *Orality and Literacy : The Technologizing of the Word*, Londres, New York, Routledge, 1982.

3. Dans la plupart des pays européens, ce n'est qu'entre 1860 et 1920 que la maîtrise de la lecture et de l'écriture se diffuse dans l'ensemble de la population. Dans d'autres régions du monde, il faut attendre une date plus récente ; et dans nombre de pays, elle est encore loin d'être acquise.

4. Léon Tolstoï, *La Guerre et la Paix*, IV, 1, 13, trad. Boris de Schlœzer, Le Club français du livre, 1960, rééd. Gallimard, « Folio », 2002, t. II, p. 593-594.

5. Dans la pratique, lorsque les relations sont cordiales, l'ancien protocole est souvent abandonné : les deux traducteurs se succèdent par tranches de vingt minutes pour traduire dans les deux langues, exactement comme ils le feraient dans des circonstances plus publiques. Mais pour des discussions portant sur des affaires importantes entre chefs d'État ou de gouvernement, il est hors de question qu'un seul traducteur soit présent.

6. Pour une fiction ironique sur les archives oniriques ottomanes, voir Ismail Kadaré, *Le Palais des rêves* (1981), trad. Jusuf Vrioni, LGF, « Livre de Poche », 2009, roman en partie fondé sur des faits historiques.

7. Pour de plus amples détails, voir E. Natalie Rothman, « Interpreting Dragomans : Boundaries and Crossings in the Early Modern Mediterranean », *Comparative Studies in Society and History*, vol. 51, nº 4, 2009, p. 771-800.

8. On admet généralement que « ziggourat » (pyramide à étages) est le seul autre terme akkadien à avoir intégré le lexique français (ou anglais), mais il s'agit d'un emprunt savant datant du XIXe siècle.

9. *Le Firman aveugle* (1991) et *Le Pont aux trois arches* (1978) complètent à cet égard *Le Palais des rêves*.

10. Le français, qui commença à jouer ce rôle au XVIIe siècle, supplanta tout à fait l'italien dans le courant du XIXe.

11. Exemple emprunté à Bernard Lewis, *From Babel to Dragomans. Interpreting the Middle East*, Oxford University Press, 2004, p. 29.

12. *Ibid.*, p. 27.

13. George F. Abbott, *Under the Turk in Constantinople*, Londres, Macmillan, 1920, p. 46, cité par Judy Laffan dans « Navigating Empires : "British" Dragomans and Changing Identity in the Nineteenth-Century Levant », thèse inédite, Brisbane, université du Queensland.

14. *Ibid.*

15. Voir Allan Cunningham, « *Dragomania* : The Dragomans of the British Embassy in Turkey », *Middle Eastern Affairs*, nº 2, 1961, p. 81-100.

12. SUR MESURE

1. Stephen Owen, « World Poetry », compte rendu de Bei Dao, *The August Sleepwalker*, trad. Bonnie McDougall, *New Republic*, novembre 1990.

2. Pour une liste des stars de cinéma et des voix allemandes qui les représentent, voir le site http://www.deutsche-synchronsprecher.de

3. *Le Monde*, 7 août 2010, p. 14.

4. Vladimir Nabokov, « Introduction », dans Alexandre Pouchkine, *Eugene Onegin. A Novel in Verse*, trad. Vladimir Nabokov, Londres, Routledge, 1964, t. I, p. VII-IX.

5. Vladimir Nabokov, « The Servile Path », dans Reuben A. Brower (dir.), *On Translation*, *op. cit.*, p. 97-110.

6. Georges Perec, *Entretiens et conférences*, t. I, « 1965-1978 », éd. Dominique Bertelli et Mireille Ribière, Nantes, Joseph K., 2003, p. 49.

13. INTRADUISIBLE N'EST PAS FRANÇAIS

1. « Le vers libre se situe où vous voulez, n'importe où entre ces deux choses, la prose et le vers. J'aime dire, avec précaution, que je pourrais définir la poésie ainsi : c'est ce qui, en prose comme en vers, se perd à la traduction » (Robert Frost, *Robert Frost on Writing*, éd. Elain Barry, New Brunswick, Rutgers University Press, 1973, p. 159).

2. Rainer Maria Rilke, *Les Élégies de Duino*, trad. Philippe Jaccottet, Genève, La Dogana, 2008, p. 9.

3. Ludwig Wittgenstein, *Tractatus Logico-Philosophicus* (1921), « Proposition 74 » (*Wovon man nicht sprechen kann, davon muß man schweigen*).

4. Depuis Willard van Orman Quine, les philosophes du langage de l'école anglo-saxonne ont longuement traité de cette question. Ma position reflète celle de Donald Davidson, telle que je la comprends d'après le commentaire qu'en donne Jeff E. Malpas dans « The Intertranslatability of Natural Languages », *Synthese*, n° 78, 1989, p. 233-264.

5. Romain Gary, *Chien blanc*, Gallimard, « Folio », 1972, p. 10-11.

6. Marshall D. Sahlins (dans *The Western Illusion of Human Nature*, Chicago, Prickly Paradigm, 2008) poursuit le même argument beaucoup plus loin encore. Christine Kenneally (dans *The First Word. The Search for the Origins of Language*, New York, Viking, 2007), fournit un panorama à jour des recherches actuelles qui subvertissent toujours plus profondément la distinction entre « langage » et « signal », ainsi qu'entre communication humaine et non humaine.

7. Mark E. Laidre et Jessica L. Yorzinski, « The Silent Bared-Teeth Face and the Crest-Raise of the Mandrill (*Mandrillus sphinx*) : A Contextual Analysis of Signal Function », *Ethology*, n° 111, 2005, p. 143-157. Pour une introduction classique au domaine des systèmes de signes animaux, voir Thomas A. Sebeok (dir.), *How Animals Communicate*, Bloomington, Indiana University Press, 1977.

14. Combien de mots pour dire « café » ?

1. Laura Martin, « "Eskimo Words for Snow." A Case Study in the Genesis and Decay of an Anthropological Example », *American Anthropologist*, vol. 88, n° 2, 1986, p. 418-423 ; Geoffrey K. Pullum, *The Great Eskimo Vocabulary Hoax and Other Irreverent Essays on the Study of Language*, Chicago University Press, 1991.

2. Les langues inuits sont agglutinantes. Elles ajoutent trivialement des suffixes et des préfixes à un terme de base pour formuler ce que le français ou l'anglais rendent au moyen d'expressions complexes. Les Inuits disposent donc d'un nombre incalculable de « mots » pour tout ce que l'on voudra. Chacune de leurs formes lexicales contient des indicateurs qualitatifs ou fonctionnels qui seraient traduits dans nos langues par autant de mots distincts. Il est aussi vain de soutenir que telle langue inuit possède 20, 60 ou 80 mots pour « neige » qu'il serait absurde de prétendre que le hongrois compte 17 mots pour « Anne ».

3. Publié dans *The Works of Sir William Jones*, Londres, Robinson and Evans, 1799.

4. Wilhelm Freiherr von Humboldt, *Prüfung der Untersuchungen über die Urbewohner Hispaniens vermittelst der vaskischen Sprache* (1821).

5. Wilhelm Freiherr von Humboldt, *Über die Entstehung der grammatischen Formen und ihren Einfluss auf die Ideenentwicklung* (1822).

6. Voir le compte rendu de Lera Boroditsky sur cette langue à http://www.edge.org/3rd_culture/boroditsky09/boroditsky09_index.html

7. Edward Sapir, « Abnormal Types of Speech in Nootka » (1915), *Selected Writings in Language, Culture and Personality*, éd. David Mandelbaum, Berkeley, University of California Press, 1949, p. 179-196.

8. Voir Hilary Henson, *British Social Anthropologists and Language*, Oxford University Press, 1974, p. 11.

9. Mildred L. Larson, *Meaning-Based Translation. A Guide to Cross-Language Equivalence*, Lanham, University Press of America, 1984, p. 158.

10. Edward J. Payne, *History of the New World Called America*, Oxford, Clarendon Press, 1889, t. II, p. 103, cité par Hilary Henson dans *British Social Anthropologists and Language*, *op. cit.*, p. 10.

11. Voir Michael D. Coe, *Breaking the Maya Code*, New York, Thames and Hudson, 1999.

15. LES BANANES DE SAINT MATTHIEU

1. Chiffres tirés de Philip Noss (dir.), *A History of Bible Translation*, Rome, Edizioni di Storia et letteratura, 2007, p. 24.

2. Eugene Nida et Jan de Waard, *From One Language to Another. Functional Equivalence in Bible Translating*, Nashville, Nelson, 1986.

3. Edesio Sánchez-Cetina, « Word of God, Word of the People », dans Philip Noss (dir.), *A History of Bible Translation*, *op. cit.*, p. 395.

4. Daud Soesilo, « Bible Translation in Asia-Pacific and the Americas », dans Philip Noss (dir.), *A History of Bible Translation*, *op. cit.*, p. 165-166, p. 175.

5. Eugene A. Nida, *Fascinated by Languages*, Amsterdam, Philadelphia, John Benjamins, 2003.

6. Richard L. Rohrbaugh, *The New Testament in Cross-Cultural Perspective*, Eugene, Cascade, 2007, cité dans Dietmar Neufeld (dir.), *The Social Sciences and Biblical Translation*, Atlanta, Society of Biblical Literature, 2008, p. IX.

7. Dietmar Neufeld (dir.), *The Social Sciences and Biblical Translation*, *op. cit.*, p. 3.

8. Leora Batnitsky, « Translation as Transcendence : A Glimpse into the Workshop of the Buber-Rosenzweig Bible Translation », *New German Critique*, n° 70, 1997, p. 87-116.

9. « *Gott sprach zu Mosche/ Ich werde dasein, als der ich dasein werde./ Und sprach :/ So sollst du zu den Söhnen Jifsraels sprechen :/* ICH BIN DA *schickt mich zu euch/ Und weiter sprach Gott zu Mosche :/ So sollst du den Söhnen Jifsraels sprechen :/* ER,*/ der Gott eurer Väter/ der Gott Abrahams, der Gott/ Jitzchaks, der Gott Jakobs/ schickt mich zu euch./ Das ist mein Name in Weltzeit/ das mein Gedenken, Geschlecht für/ Geschlecht.* »

16. IMPACTS DE TRADUCTION

1. Friedrich Schleiermacher, *Des différentes méthodes du traduire*, *op. cit.*, p. 69 et 91.

2. Voir Martha Gellerstam, « Fingerprints in Translation », dans Gunilla M. Anderman et Margaret Rogers (dir.), *In and Out of English : for Better, for Worse*, Cleveland (Grande-Bretagne), Multilingual Matters, 2005 (à qui j'emprunte les matériaux des paragraphes suivants).

3. Preston M. Torbert, « Globalizing Legal Drafting : What the Chinese Can Teach Us About *Ejusdem Generis* and All That », *The Scribes Journal of Legal Writing*, vol. 11, 2007, p. 41-50.

4. Toute la matière des paragraphes suivants est empruntée, sous forme abrégée, à Bambi B. Schieffelin, « Found in Translating. Reflexive Language Across Time and Texts in Bosavi », dans Miki Makihara et Bambi B. Shieffelin (dir.), *Consequences of Contact : Language Ideologies and Sociocultural Transformations in Pacific Societies*, Oxford University Press, 2007, p. 141-165.

5. Marc, II, 6-10, dans *The Good News Bible*, New York, American Bible Society, 1966.

6. Voir Scott L. Montgomery, *Science in Translation : Movements of Knowledge Through Cultures and Time*, Chicago University Press, 2000, p. 68.

17. Le troisième code

1. Lawrence Venuti, *The Translator's Invisibility...*, *op. cit.*

2. Sara Laviosa, *Corpus-Based Translation Studies. Theory, Findings, Applications*, Amsterdam, New York, Rodopi, 2002.

3. Mairi McLaughlin, « (In)Visibility : Dislocation in French and the Voice of the Translator », *French Studies*, vol. 62, n° 1, 2008, p. 53-64.

4. Entre autres exceptions, on peut citer la traduction de *Guerre et Paix* par Rosemary Edmonds (*War and Peace*, Londres, Penguin Classics, 1957), dans laquelle Platon Karataïev parle un dialecte anglais générique qui fait vaguement songer aux parlers populaires du Yorkshire.

5. Voir Ineke Wallaert, « The Translation of Sociolects : A Paradigm of Ideological Issues in Translation ? », dans Janet Cotterill et Anne E. Ife (dir.), *Language Across Boundaries*, Londres, New York, British Association for Applied Linguistics et Continuum, 2001, p. 171-184.

18. Nulle langue n'est une île

1. Simon Gaunt, « Translating the Diversity of the Middle Ages : Marco Polo and John Mandeville as "French" Writers », *Australian Journal of French Studies*, vol. 46, n° 3, 2009, p. 235-248.

2. Claude Lanzmann, *Shoah*, préface de Simone de Beauvoir, Fayard, 1985, p. 44, transcrit une partie de ce dialogue mais sans indiquer le jeu complexe entre langues et participants, que l'on ne peut apprécier que dans le mouvement même du film.

3. Cyril Aslanov (dans *Le Français au Levant, jadis et naguère. À la recherche d'une langue perdue*, Champion, 2006) ressuscite cet « empire du français », trop souvent oublié, qui s'étendit, entre le XIIe et le XVe siècle, de la Sicile jusqu'au royaume (francophone) de Jérusalem en passant par Chypre.

4. Simon Gaunt, « Translating the Diversity of the Middle Ages... », art. cité, p. 237.

5. Léon Tolstoï, *La Guerre et la Paix*, II, 2, 3, *op. cit.*, t. I, p. 583.

19. FLUX GLOBAUX

1. Ce chiffre est remarquablement stable et se retrouve dans d'autres langues majeures ou centrales. Gisèle Sapiro (dans « Globalization and Cultural Diversity in the Book Market », *Poetics*, vol. 38, n° 4, 2010, p. 419-439) recense 42 langues sources pour les traductions littéraires publiées en France entre 1984 et 2002. Une aventure américaine relativement récente en matière de traduction littéraire sur Internet, WordsWithoutBorders.org, a élargi la palette jusqu'à 70 langues sources, mais n'a pas encore affecté à un degré significatif la publication d'ouvrages sous forme traditionnelle.

2. Pour un article illustrant cette illusion de la toute-puissance du dollar, voir Michel Onfray, « Les deux bouts de la langue », *Le Monde*, 10 juillet 2010.

3. Voir Gideon Toury, « Enhancing Cultural Change by Means of Fictitious Translations », consultable en ligne à http://spinoza.tau.ac.il/~toury/works

4. *Rasâ'il al-Ikhwan al-Safâ'* (*Épîtres des frères de la pureté*), vol. III, Le Caire, 1928, p. 152, cité par Bernard Lewis dans *From Babel to Dragomans*..., *op. cit.*, p. 31.

5. Katharina Rout, « Fragments of a Greater Language », dans Susan Ouriou (dir.), *Beyond Words : Translating the World*, Banff Center Press, 2010, p. 33-37.

6. Jessica Ka Yee Chan, « Translating Russia into China : Lu Xun's Fashioning of an Antithesis to Western Europe », communication présentée à la MLA Conference, Philadelphie, Pennsylvanie, 2009.

7. Arnold B. McMillin, « Small is Sometimes Beautiful : Studying "Minor Languages" at a University with Particular Reference to Belarus », *Modern Language Review*, vol. 101, n° 4, octobre 2006, p. XXXII-XLIII.

8. Éditorial anonyme, *Yomiuri Shimbun*, 23 juin 1888 (traduction anglaise due à Michael Emmerich).

9. « The Wu Jing Project : A New Translation of the Five Chinese Classics into the Major Languages of the World. An International Project Sponsored by the Confucius Institutes Headquarters, Beijing, China » (je remercie Martin Kern de m'avoir fourni la description du projet).

20. HOMME POUR HOMME

1. Ferdinand de Saussure, *Cours de linguistique générale* (1916), Payot, 1995.

2. La situation tout aussi difficile en Afrique du Sud, où onze langues sont reconnues comme « officielles » par les tribunaux, est analysée par Rosemary Moeketsi, « Intervention in Court Interpreting : South Africa », dans Jeremy Munday (dir.), *Translation as Intervention*, Londres, New York, Continuum, 2007, p. 97-117.

3. Il jouit cependant, comme le japonais, d'un statut officieux. Le *Deutscher Übersetzungsdienst*, financé conjointement par la République fédérale allemande, la Suisse, le Liechtenstein et l'Autriche, est chargé des services linguistiques en allemand auprès du siège de l'ONU à New York.

4. Cité par sir Frederick Pollock dans *A First Book of Jurisprudence for Students of the Common Law*, Londres, Macmillan, 1896, p. 283.

5. Karen McAuliffe, « Translation at the Court of Justice of the European Communities », dans Frances Olsen, Alexander Lorz et Dieter Stein (dir.), *Translation Issues in Language and Law*, New York, Palgrave Macmillan, 2009 (p. 107 ; c'est moi qui souligne).

21. « Ceci n'est pas une traduction »

1. La DG Interprétation, qui est une entité distincte, dispose également d'un budget énorme – elle constitue, et de loin, le plus important service d'interprétation au monde.
2. Karen McAuliffe, « Translation at the Court of Justice of the European Communities », art. cité, p. 105.
3. *Lubella* vs *Hauptzollamt Cottbus*, cité par Lawrence Solan dans « Statutory Interpretation in the EU : The Augustinian Approach », dans Frances Olsen, Alexander Lorz et Dieter Stein (dir.), *Translation Issues in Language and Law*, *op. cit.*, p. 49.
4. Voir Lawrence Solan, « Statutory Interpretation in the EU : The Augustinian Approach », art. cité, p. 35-53.

22. Journalisme et traduction

1. Susan Bassnett et Esperança Bielsa, *Translation in Global News*, Londres, New York, Routledge, 2009, est la principale source des informations et des exemples présentés dans ce chapitre.

23. La traduction automatique

1. Voir Michael D. Gordin, *Red Cloud at Dawn : Truman, Stalin, and the End of the Atomic Monopoly*, New York, Farrar, Straus and Giroux, 2009, pour un exposé bien documenté des méthodes de collecte de renseignements à l'époque concernée.
2. Warren Weaver, « Translation », dans William N. Locke et A. Donald Booth (dir.), *Machine Translation of Languages : Fourteen Essays*, Cambridge (Massachusetts), MIT, 1955, p. 15.
3. Warren Weaver, *op. cit.*, cité dans *MT News International*, n° 22, juillet 1999, p. 6.
4. Yehoshua Bar-Hillel, « A Demonstration of the Nonfeasibility of Fully Automatic High Quality Translation » (1960), *Language and Information : Selected Essays on their Theory and Application*, Reading (Massachusetts), Addison-Wesley, 1964, p. 174.
5. http://www.youtube.com/watch?v=_GdSC1Z1Kzs
6. http://www.whitehouse.gov/administration/eop/nec/StrategyforAmerican Innovation

24. Un Poisson Babel dans votre oreille

1. Martine Behr et Maike Corpataux, *Die Nürnberger-Prozesse. Zur Bedeutung der Dolmetscher für die Prozesse und der Prozesse für die Dolmetscher*, Munich, Meidenbauer, 2006, p. 25-30.

2. Richard W. Sonnenfeldt, *Witness to Nuremberg*, New York, Arcade, 2006, p. 51.

3. Francesca Gaiba, *The Origins of Simultaneous Interpretation. The Nuremberg Trial*, Ottawa University Press, 1998, p. 110.

4. Voir les articles 41 à 43 du « Règlement intérieur provisoire du Conseil de sécurité adopté à la 41e séance, tenue le 16 mai 1946 ».

5. Annelise Riles, « Models and Documents : Artefacts of International Legal Knowledge », *The International and Comparative Law Quarterly*, vol. 48, nº 4, octobre 1999, p. 819.

6. Denis Peiron (« La France à court d'interprètes », *Le Monde*, 8 mars 2010) a lancé un cri d'alarme devant le manque de candidats français aux emplois linguistiques à pourvoir dans l'UE ; selon Brigitte Perucca (« Un monde sans interprètes », *Le Monde*, 19 mars 2010), 30 % à peine des candidats à des postes d'interprétariat dans l'ensemble des organisations internationales franchissent la première étape des épreuves de sélection.

7. Le Conseil de l'Europe ne doit pas être confondu avec le Parlement européen (qui a également son siège à Strasbourg). Ses langues officielles sont l'anglais et le français, mais il assure également, à ses propres frais, des services d'interprétariat allemand, italien et russe, en tant que « langues de travail additionnelles ».

25. Équivaille que vaille

1. Arvo Krikmann, *Netinalju Stalinist* – Интернет-анекдоты о Сталине – *Internet Humour about Stalin*, Tartu, Eesti Kirjandusmuuseum, 2004, blague nº 11, citée par Alexandra Arkhipova, « Laughing about Stalin », communication présentée au colloque « Totalitarian Laughter », Princeton, mai 2009.

2. Pour une discussion plus approfondie de ce domaine d'étude particulièrement épineux, voir William D. Hart, « On Self-Reference », *Philosophical Review*, nº 79, 1970, p. 523-528.

26. Style et traduction

1. Dans le même ordre d'idées, signalons un équivalent français, dû à Philippe Brunet : *L'Égal des dieux. Cent versions d'un poème de Sapho*, Allia, 1998 (N.D.T.).

2. Georges Perec, dans *Les Choses* (1965), porte son exercise d'écriture « à la manière de » Flaubert à un degré d'intensité inusité : son texte incorpore une douzaine de phrases effectivement dues à Flaubert.

3. La traduction anglaise, due à Ralph Manheim, des *Champs d'honneur* de Jean Rouaud (*Fields of Glory*, Harvill, 1992), est un grand exemple de la façon dont le style « inimitable » de Proust peut être rendu visible *comme tel* dans unc autre langue.

4. Adam Thirlwell, *Miss Herbert*, Londres, Cape, 2007.

5. Gilles Philippe, *Sujet, verbe, complément. Le moment grammatical de la littérature française (1890-1940)*, Paris, Gallimard, 2002, fournit un immense matériau pour soutenir et raffiner les thèses de Thirwell sans toutefois commenter les questions spécifiques soulevées par la traduction.

6. Henri Godin, *Les Ressources stylistiques du français contemporain*, Oxford, Blackwell, 1948 ; rééd. 1964, p. 2-3.

7. Richard A. Sayce, *Style in the French Prose : a Method of Analysis*, Oxford, Clarendon Press, 1953.

8. Sur ce domaine de recherche et ses applications, voir Cyril et Dominique Labbé, « La classification des textes » (http://images.math.cnrs.fr/la-classification-des-textes.html).

27. La traduction de textes littéraires

1. Pascale Casanova, *La République mondiale des lettres*, Seuil, « Points Essais », 2008.

2. Il n'y aurait rien d'invraisemblable à ce que l'espagnol assume un jour la position de « première interlangue » en traduction littéraire, mais pour l'instant, il en est encore loin.

3. Pour la langue anglaise, les droits peuvent être acquis, soit pour le monde entier (on parle alors de WELR, *World English Language Rights*), soit pour telle ou telle région particulière : « Grande-Bretagne et Commonwealth » ou « Amérique du Nord », parfois subdivisée en « États-Unis » et « Canada ».

4. Voir Mark Solms, « Controversies in Freud Translation », *Psychoanalysis and History*, vol. 1, n° 1, 1998, p. 28-43.

5. Voir Élisabeth Roudinesco, « Freud, une passion publique », *Le Monde*, 8 janvier 2010.

28. Ce que font les traducteurs

1. *Eurostar Metropolitan*, juin 2010, p. 5. Les modifications apportées rendent manifeste que cette phrase a été traduite de l'anglais en français, et non l'inverse. Une rétroversion du français vers l'anglais produirait sans doute quelque chose comme « *Top speed reached in July 2003 by a Eurostar train during testing of a high-speed line in the UK* ».

2. « Et s'il n'en reste qu'un, je serai celui-là ! » (Victor Hugo, « Ultima Verba », *Les Châtiments*, VII, 17).

3. Fred Vargas, *Pars vite et reviens tard*, Viviane Hamy, 2001, p. 208.

4. Ruth Morse, « The Sign of Four », *Times Literary Supplement*, 17 octobre 2003, p. 24.

29. Les tours du propriétaire

1. Roman Jakobson et Abraham Moles ont proposé un « Modèle de communication » très influent, dans lequel la fonction de langue naturelle est remplie

par quelque chose qu'ils baptisèrent « code ». Ils ne voulaient pas parler d'un code au sens strict du terme, mais la métaphore est restée.

30. Tirez sur le traducteur !

1. John Dryden, « On Translation », dans Rainer Schulte et John Biguenet, *Theories of Translation. An Anthology of Essays from Dryden to Derrida*, University of Chicago Press, 1992, p. 31.

2. Arthur Schopenhauer, *Parerga und Paralipomena* (1851) ; traduction anglaise de l'extrait par Peter Mollenhauer sous le titre « On Language and Words », dans Rainer Schulte et John Biguenet, *Theories of Translation*..., *op. cit.*, p. 34.

3. Vladimir Nabokov, « Problems of Translation : *Onegin* in English », *Partisan Review*, vol. 22, nº 5, automne 1955.

4. José Ortega y Gasset, « La Miseria y el esplendor de la traducción », *La Nación*, juin 1937.

31. Pareil, identique et (honorable) correspondant

1. Pour un contre-exemple, où la traduction conserve le nombre de caractères d'imprimerie ligne par ligne, voir ma traduction de Georges Perec, *Life a User's Manual*, chap. LI (voir également ci-dessus, p. 146, version 1).

33. Adieu Babel

1. Voici une sélection succincte : Walter Benjamin, « La tâche du traducteur » (1923), trad. Maurice de Gandillac, dans *Œuvres I*, éd. Rainer Rochlitz, Gallimard, 2000 ; George Steiner, *Après Babel*..., *op. cit.* ; Paul Zumthor, *Babel ou l'Inachèvement*, Seuil, 1997 ; Daniel Heller-Roazen, *Écholalies. Essai sur l'oubli des langues*, trad. Justine Landau, Seuil, 2007 ; Jacques Derrida, « Des tours de Babel », *Psyché. L'Invention de l'autre*, Galilée, 2007.

2. Voir François Ost, *Traduire. Défense et illustration du multilinguisme*, Fayard, 2009. Ost consacre un abondant premier chapitre à passer en revue un grand nombre d'interprétations possibles du mythe de Babel.

3. Voir Arika Okrent, *In the World of Constructed Languages*, Philadelpia, Pennsylvania University Press, 2008, pour un compte rendu aussi accessible que spirituel de la vieille histoire des plans d'amélioration des langues.

4. Ce qui ne revient pas à dire que les néogrammairiens aient perdu leur temps. Aux yeux de beaucoup de gens, l'épopée de la grammaire transformationnelle, commencée en 1957, reste à elle seule une aventure plus stimulante que l'ensemble des légendes du cycle arthurien.

5. Pour une discussion plus approfondie du rôle du geste dans l'évolution du langage, voir Christine Kenneally, *The First Word*..., *op. cit.*, p. 123-138.

6. L'exposé classique de la relation, au cours de l'évolution, entre soins de toilette mutuels et langage se trouve chez Robin Dunbar, dans *Grooming, Gossip and the Evolution of Language* (Cambridge [Massachusetts], Harvard University

Press, 1996). Même si Dunbar est tenant d'une théorie monogénétique de l'origine du langage, son livre fourmille d'intuitions précieuses, employées sous forme simplifiée en différents endroits du présent ouvrage.

Index

AVERTISSEMENTS ET REMERCIEMENTS

Comme j'ai tenté d'écrire sur la traduction entre langues naturelles, je n'ai pas mentionné l'usage technique du terme en mathématiques, en logique et dans certaines branches de l'informatique. Ce serait là un tout autre ouvrage.

J'ai également renoncé à aborder les aventures et les risques de la traduction dans un cadre militaire, dans les zones de guerre, dans les hôpitaux. Je dois ici plaider l'ignorance. Je suis certain que nous avons beaucoup à apprendre des courageux médiateurs linguistiques qui exercent leurs talents sur ces terrains.

Les lecteurs versés dans l'étude de la traduction auront noté d'autres omissions. Certaines sont délibérées. *Après Babel*, de George Steiner, est toujours disponible en librairie ; quant à mes raisons de ne pas revenir plus longuement sur l'essai que Walter Benjamin a consacré à la tâche du traducteur, on se reportera à la *Cambridge Literary Review* (n° 3, été 2010, p. 194-206).

Un grand nombre des intellects où j'ai puisé sont mentionnés dans les notes et les références, mais beaucoup de gens et d'institutions m'ont assisté de façon moins formelle en me communiquant des indices, des souvenirs, des aperçus, des matériaux. J'espère n'avoir oublié ici aucun de mes chers (et parfois involontaires) soutiens. À tous, j'adresse l'expression de ma sincère gratitude – et qu'il me soit aussi permis de saluer ici la mémoire de ceux qui ne sont plus là pour m'entendre : Ruth Adler, Valerie Aguilar, Esther Allen, Mitzi Angel, Srinavas Bangalore, Alex Bellos, Nat Bellos, George Bermann, Susan Bernofsky, Jim Brogden, Andrew Chesterman, Olivia Coghlan, Helen Conford, Michael T. Davis, Karen Emmerich, Michael Emmerich, Denis Feeney, Michael Gordin, Jane

Grayson, Tom Hare, Roy Harris, Susan Harris, James Hodson, Douglas Hofstadter, Susan Ingram, Adriana Jacobs, David Jones, Graham Jones, Patrick Jospin, Joshua Katz, Sarah Kay, Carine Kennedy, Martin Kern, Judy Laffan, Ella Laszlo, Andrew Lendrum, Perry Link, Simone Marchesi, Heather Mawhinney, Ilona Morison, Monsieur Pryce, Serguei Oushakine, Claire Paterson, Georges Perec, Katy Pinke, Efthymia Rentzou, Kurt Riechenberg, Bambi B. Schieffelin, Anti Saar, Jonathan Charles Smith, « Froggy » Smith, Kim Scheppele, Catherine Temerson, Lawrence Venuti, Lynn Visson, Kerim Yasar, Froma Zeitlin ; la bibliothèque de l'École de traduction et d'interprétation (ÉTI), de l'université de Genève ; les personnels et les ressources de la Firestone Library, Princeton ; les conférenciers et les auditeurs qui ont pris part aux *translation lunches* depuis leur séance inaugurale à Princeton en 2008 ; et les quatre groupes d'étudiants des promotions 2008 à 2013 qui, en s'inscrivant au cours TRA 200 « *Thinking Translation* » m'ont obligé à penser, beaucoup.

TABLE

Mise en page par Meta-systems
59100 Roubaix

Cet ouvrage a été achevé d'imprimer en janvier 2012
dans les ateliers de Normandie Roto Impression s.a.s.
61250 Lonrai
N° d'impression : 11-4911
N° d'édition : L.01EHBN000420.N001
Dépôt légal : janvier 2012

Imprimé en France